LA SECTE SANS NOM

COLLECTION TERREUR
dirigée par Patrice Duvic

Iain Banks
LE SEIGNEUR DES GUÊPES

William P. Blatty
EXORCISTE 3

Robert Bloch
PSYCHOSE
PSYCHOSE 2
LORI

Ramsey Campbell
ENVOÛTEMENT
LA SECTE SANS NOM

Martin Cruz-Smith
LE VOL NOIR

John Farris
LE FILS DE LA NUIT ÉTERNELLE
L'ANGE DES TÉNÈBRES

Raymond Feist
FAËRIE

Ray Garton
EXTASE SANGLANTE

Linda C. Gray
MEDIUM

Thomas Harris
DRAGON ROUGE

James Herbert
LES RATS
LE REPAIRE DES RATS
LE SURVIVANT
FOG

Stephen King
SALEM

Dean R. Koontz
LE MASQUE DE L'OUBLI
MIROIRS DE SANG
LA VOIX DES TÉNÈBRES
LES YEUX DES TÉNÈBRES
UNE PORTE SUR L'HIVER
LA PESTE GRISE
LA MORT À LA TRAÎNE

Stephen Laws
TRAIN FANTÔME

Michael McDowell
LES BRUMES DE BABYLONE

Graham Masterton
LE DÉMON DES MORTS
LE PORTRAIT DU MAL
LE JOUR « J » DU JUGEMENT
MANITOU
LA VENGEANCE DU MANITOU

Anne Rice
LESTAT LE VAMPIRE
ENTRETIEN AVEC UN VAMPIRE

Peter Straub
GHOST STORY
JULIA
KOKO

Sheri S. Tepper
OSSEMENTS

Thomas Tessier
L'ANTRE DU CAUCHEMAR

Jack Vance
MÉCHANT GARÇON

Chet Williamson
LA FORÊT MAUDITE

Bari Wood-Jack Geasland
FAUX-SEMBLANTS

RAMSEY CAMPBELL

LA SECTE SANS NOM

Traduit de l'anglais par Gérard Coisne

PRESSES POCKET

Titre original :

THE NAMELESS

ISBN 2-266-03182-1

Pour Tamsin
(qui m'a aidé sans même le savoir)
avec mon amour

REMERCIEMENTS

Je tiens particulièrement à remercier pour leur aide et leurs conseils tout au long de l'écriture de ce livre Robert Aickman, Tony Beck, Arthur Cullimore, Phil Edwards, Kay McCauley, Christine Ruth, Tim Shackleton, Bob Shaw (le fan de la convention de science-fiction de Glasgow plutôt que l'écrivain du district des Lacs), Carol Smith et John Thompson. Ma dette est encore plus grande envers Barry Forshaw, Peter et Susie Straub, et Tom et Alice Tessier, qui m'ont accueilli de nombreuses fois lors de mes déplacements professionnels à Londres, et envers Harlan Ellison, dont je salue bien bas les confondantes facultés à se souvenir du moindre détail.

Il va sans dire que l'école maternelle d'Otford est de mon invention. A la date où le roman a été écrit, il n'y avait pas de distributeur de la Barclaybank à Glasgow.

PROLOGUE

1940

La cour de la prison, plus vaste qu'un terrain de football, semblait pourtant beaucoup plus petite. Dès l'entrée, les murs fondaient sur vous. Le ciel d'été et les collines avaient beau briller comme sur des affiches, les mouettes tournoyer en piaillant au-dessus de la baie de San Francisco, une fois à l'intérieur, il était impossible de prêter attention à autre chose. Était-ce dû aux centaines de visages, tendus vers vous, à ces centaines de voix, qui toutes voulaient vous dire quelque chose, comme les putains qui racolent le client sur leur bout de trottoir, mais on courbait instinctivement les épaules en avançant, écrasé par ces murs qui semblaient crouler sous le poids de toute la misère et l'amertume du monde. Par moments, on avait même l'impression de pouvoir sentir la souffrance des pierres.

L'homme, très grand, ne remarqua rien de tout cela et traversa la cour d'un air indifférent, précédé par son ombre, aussi maigre que ses bras et aussi noire que ses vêtements, son long profil d'oiseau ne révélant aucune émotion. Seuls ses yeux, brillants, semblaient animés d'une intention précise. Il entra dans le bloc nord comme s'il n'avait pas de temps à perdre. Malgré tout, lorsqu'il arriva devant la porte verte, il marqua un temps d'arrêt et regarda à travers le judas.

Il n'y avait pas grand-chose à voir : juste une pièce de

deux mètres quatre-vingts de large, aux murs du même vert agressif que la porte. A première vue, on n'aurait jamais cru que les murs d'acier pesaient deux tonnes à eux seuls. Les deux fauteuils vides auraient pu être ceux d'un dentiste ou d'un coiffeur, sortis dîner en ville, excepté que tous ceux qui y prenaient place un jour ne s'en relevaient jamais.

Au bout d'un instant, l'homme s'avança jusqu'aux ascenseurs et entra dans une cabine. Chose étonnante, ses yeux semblaient briller encore davantage. Quand le garde, au dernier étage, déverrouilla les portes pour le laisser sortir, son visage avait retrouvé une expression de parfaite neutralité et c'est à peine si un second garde, posté devant l'autre ascenseur, lui jeta un regard. Une minute plus tard, les portes de la cabine se refermèrent derrière lui. Il était dans le Quartier de la Mort.

C'était un endroit beaucoup plus calme que la cour : aucun bruit ne semblait pouvoir percer l'épaisseur des murs. Il régnait une atmosphère d'hommes qui attendaient nerveusement tout en prétendant le contraire. Il flottait dans l'air comme une odeur de gaz, invisible mais qui prenait à la gorge. Des yeux mangés d'ombres le regardaient depuis les cellules, un peu plus larges que ses deux bras écartés et qu'il aurait presque pu toucher au passage. Derrière chaque homme, sous une ampoule grillagée, il n'y avait qu'un tabouret, une couchette et des toilettes à la turque. Dans les yeux de certains des prisonniers, on aurait dit qu'il y avait plus que des ombres.

L'homme ignora tout cela et remonta le couloir jusqu'à Santini, qui agitait ses clefs, digérant encore ses boulettes de viande de la veille au soir, et se demandait quel pouvait bien être ce grand type au visage émacié. Il aurait préféré le savoir car il se serait senti moins nerveux. Il avait beau se dire qu'on finissait par s'habituer à n'importe quel boulot, chaque fois qu'on amenait un prisonnier dans le Quartier de la Mort, Santini devenait nerveux ; la découverte de l'endroit où ils allaient devoir passer ce qu'il leur restait à vivre pouvait rendre certains types fous à lier. Santini respirait toujours un peu mieux une fois le nouvel arrivant enfermé dans sa cellule.

« Je suis le docteur Ganz, déclara l'homme d'un ton sec. Je suis venu voir Frank Bannon. »

A la façon dont ce type le regardait, Santini aurait tout aussi bien pu être un spécimen de laboratoire. Ganz était certainement un de ces gars à fourrer son nez partout pour critiquer les méthodes employées par l'établissement. Qu'ils soient psychiatres ou juges, pensa Santini, on devrait tous les enfermer un petit moment ; et ils comprendraient très vite combien tout ce qui se faisait ici était nécessaire. Cependant, il n'avait jamais vu un juge ou un médecin aussi calme. Quelqu'un capable d'afficher un air aussi imperturbable après avoir traversé la chambre à gaz devait sûrement avoir quelque chose qui ne tournait pas rond quelque part.

Santini ouvrit la salle du parloir, à peine plus grande qu'un cabinet de toilette, et Ganz alla s'asseoir à l'extrémité de la table. Une seconde, à le voir ainsi les coudes posés sur la table, les mains caressant ses joues creuses, Santini se dit qu'il ressemblait à quelqu'un qu'il connaissait. Il alla rejoindre son collègue, qui attendait pour ouvrir la cellule, et remarqua que les yeux de Ganz brillaient d'un éclat intense.

Bannon releva la tête, un vague sourire amusé dans les yeux, et les regarda entrer quand il vit s'ouvrir la porte de sa cellule. Santini sentit un vide se former au creux de son estomac. De tous les fauves emprisonnés à San Quentin, Bannon était le pire. Santini ne pouvait pas, sans avoir envie de vomir, penser à ce que cette ordure avait fait à cette fille. Son aspect extérieur était aussi dérangeant que son attitude : toujours net et soigné, le visage frotté jusqu'au sang et si impassible qu'il était difficile de lui attribuer un âge. Comme si cela ne suffisait pas, le gouverneur Olson s'agitait maintenant à Sacramento et ne cessait de brandir les foudres d'une réforme carcérale, parlant de supprimer les mitards et les mesures d'exception — mais, bon Dieu, s'il y avait quelqu'un qui méritait de moisir au cachot sans même une couverture sur le dos, c'était bien Bannon. Santini aurait volontiers prêté main-forte aux gardes qui maniaient les tuyaux de caoutchouc si Bannon avait fait le moindre mouvement suspect. Un petit traitement à base d'eau et de salpêtre lui aurait peut-être arraché quelques larmes pour la fille.

Les gardes firent sortir Bannon et l'escortèrent le long du couloir.

« Merci, monsieur Santini », dit-il en passant, ses chaussons claquant sur le sol.

Santini l'aurait bien assommé d'un coup de poing. Ce fils de pute observait les règles si scrupuleusement que c'était à croire que cela l'amusait. Santini fit claquer la porte de la pièce dépourvue de fenêtres et la referma, sans que cela n'améliore en rien son humeur ou les renvois de boulettes. Il s'éloignait déjà mais il entendit Ganz déclarer :

« Bon après-midi. »

On pouvait oublier l'heure du jour, ici, mais ce n'est pas pour cela que Santini se retourna.

« Je vais rester un moment dans le secteur, dit-il, si jamais ça ne durait pas trop longtemps. »

Son équipier fit un pas en arrière et se contenta de marmonner. Il avait sans doute compris qu'il avait l'intention d'écouter à la porte, mais Santini n'en avait cure. Il voulait seulement savoir si Bannon, ce fils de pute, allait dire quelque chose à son sujet, et aussi pourquoi cet homme en noir était tellement désireux de lui parler.

D'abord, Ganz se comporta comme n'importe quel visiteur de l'Armée du Salut et posa les questions rituelles. Bannon ne se sentait-il pas déprimé ? Lui donnait-on des livres s'il avait envie de lire ? Avait-il vu sa femme depuis son arrivée ici ? Aimerait-il la voir ?

« Bien sûr que j'aimerais la voir, si elle veut bien venir, dit Bannon.

— Comment décririez-vous votre vie d'homme marié ? Entièrement satisfaisante ?

— Je dirais que nous avions une chouette petite vie. Elle n'avait pas à se plaindre et, pour ma part, tout allait très bien. Je gagnais pas mal d'argent comme ingénieur. Nous vivions aussi bien que tous nos amis. »

Santini serra les poings : ce fils de pute avait probablement fait un meilleur mariage que lui — il n'avait pas besoin de chercher un prétexte pour sortir, lui, dès qu'il entendait les éternels jacassements de sa femme, aussitôt la porte franchie, ou qu'il voyait sur la table l'éternel plat de pâtes ruisselantes de beurre fondu. Comment s'étonner, après ça, qu'elle ait doublé de volume depuis leur mariage ?

Il fit taire ces pensées moroses car Ganz demandait : « Vous savez pourquoi vous êtes ici ?

— Évidemment. Je ne suis pas dingue, vous savez. Ils ont dit que je ne l'étais pas, au procès.

— Et, aujourd'hui, que pensez-vous de tout cela ?

— Je me sens très bien. Ça ne me dérange pas d'en parler, si vous voulez. »

Une telle indifférence était odieuse. Santini n'était pas sûr de pouvoir supporter la suite de la conversation. Il pouvait admettre un certain degré de violence — on ne saurait blâmer, par exemple, un homme qui tape de temps en temps sur sa femme — mais pas ce que cette bête sauvage avait fait.

« Oui, j'aimerais qu'on en parle, dit Ganz. Je veux que vous me racontiez tout ce que vous avez fait et ressenti. En êtes-vous capable ? »

Il parlait d'un ton neutre et professionnel, mais Santini crut également déceler, sous les propos anodins, un intérêt qu'il avait du mal à cerner. Il risqua un regard à travers la lucarne de la porte et comprit subitement à quoi Ganz ressemblait. Avec ses yeux brillants, ses bras grêles pliés sur les coudes, ses longues mains qui caressaient son long visage maigre et sans âge, il avait tout d'une mante religieuse.

« Bon, par où voulez-vous que je commence ? demanda Bannon. J'ai juste aperçu cette femme un jour dans la rue et je l'ai suivie, c'est tout.

— Pourquoi l'avez-vous suivie ?

— Parce qu'elle était très belle, je suppose. Il se trouve qu'elle rentrait chez elle et je l'ai suivie jusqu'à l'immeuble où elle habitait. Mais je ne pensais vraiment pas pouvoir faire quoi que ce soit car on nous aurait certainement entendus dans les appartements voisins.

— A quoi pensiez-vous, à cet instant précis ? Vous songiez à la violer ?

— Pas du tout, se récria Bannon sur un ton qui se voulait outragé. Je vous l'ai dit, notre mariage était très heureux. Je n'avais jamais pensé à tromper ma femme, jamais. Tout ce que je savais, c'était qu'il fallait que je sois seul avec cette femme, quelque part où nous ne serions pas dérangés. Plus je la suivais et plus je savais que c'était ce que je devais faire.

— Vous l'avez suivie pendant plusieurs semaines. Croyez-vous que votre femme ait remarqué quelque chose d'anormal dans votre comportement ?

— Elle a déclaré devant la Cour qu'elle n'avait jamais rien remarqué. Je lui disais simplement que je sortais pour chercher du travail. Elle n'avait aucune raison de ne pas me croire.

— Un jour, la poursuite a cessé. Comment est-ce arrivé ?

— Eh bien, elle travaillait dans une usine et donc, un matin, j'ai décidé de la suivre là-bas. Il y avait des centaines de gens qui entraient ou sortaient et personne n'a fait attention à moi. Personne ne m'a posé de questions et je l'ai suivie jusqu'au secteur où elle travaillait. Je réfléchissais à un moyen de m'isoler avec elle quand j'ai aperçu une vieille paire de bleus de travail dont on avait dû se servir pour essuyer quelque chose. Je me suis glissé derrière une machine et j'ai enfilé la salopette. Une fois la figure barbouillée d'huile, ma propre femme ne m'aurait pas reconnu. Ça ne me plaisait pas trop d'être sale et de ressembler à un quelconque arpète, mais il fallait bien le faire. Je suis allé la trouver directement et lui ai fait comprendre que j'avais besoin d'elle pour ouvrir la porte de l'entrepôt, de l'autre côté du couloir. Je crois que vous savez qu'elle était surveillante. Et puis, avec tout le bruit qu'il y avait, elle ne m'a pas posé de questions. Elle a ouvert la porte et je l'ai suivie à l'intérieur. »

Ganz se rapprocha de la table.

« Et alors vous...

— Eh bien, je me suis d'abord emparé des clefs et j'ai refermé la porte. Ça ne m'a pris que quelques instants. Puis je l'ai fait tomber et me suis assis sur sa poitrine. Elle avait le bras droit libre mais je lui maintenais l'autre sous mon genou. Je crois que vous savez ce que je lui ai fait ensuite. Je lui ai arraché les doigts de la main droite avec une paire de tenailles.

— Cela a dû vous demander un certain temps », déclara Ganz sur le ton de la conversation.

Santini dut serrer les poings pour se maîtriser.

« Ses cris vous ont-il gêné ?

— Non, pas vraiment. Je savais qu'à cause du bruit qu'il y avait dehors, personne ne pouvait entendre.

— Qu'avez-vous ressenti à ce moment-là ?

— Rien de particulier, à part peut-être que j'avais vaguement l'impression de rêver. Je me souviens que tout avait l'air de se passer en dehors de moi. Attendez, je ressentais aussi autre chose — une sorte de déception de ne pas pouvoir en faire plus, en quelque sorte.

— Selon vous, pourquoi avez-vous commis un tel acte ?

— Je n'en sais vraiment rien. Je sais seulement que c'était quelque chose qui devait être fait.

— Après en avoir terminé avec elle, vous l'avez laissée ?

— Oui. Je l'ai enfermée dans l'entrepôt et j'ai filé droit jusqu'à la sortie. Plus tard, ils ont dû penser qu'elle avait été appelée à l'autre bout de l'usine pour un motif quelconque, car ils ne l'ont pas cherchée tout de suite. Je me suis débarrassé des bleus de travail à la première occasion et me suis lavé dans des toilettes publiques. Puis je suis allé travailler. Personne ne m'a demandé pourquoi j'étais un peu en retard — j'avais dû en effet acheter un costume neuf pour remplacer celui que je portais, qui était tout taché. Je l'ai fait brûler et tout s'est passé ensuite comme sur des roulettes.

— Qu'avez-vous fait quand vous avez appris que votre victime n'était pas morte ?

— Oh, j'espérais bien qu'elle était vivante. J'avais peur qu'elle meure car elle avait vraiment perdu beaucoup de sang. Pendant quelque temps, j'ai même été malade à cette pensée. Si elle était morte, je ne sais pas ce que j'aurais fait. Quand j'ai lu que les médecins avaient réussi à la sauver, je me suis senti tellement soulagé que j'ai dû raconter à ma femme que j'avais trouvé un travail intéressant pour qu'elle ne se demande pas pourquoi j'avais l'air si heureux.

— Puis il y a eu un trou de quelques mois. Aviez-vous peur que la police vous retrouve ?

— Pour vous dire la vérité, je n'y ai jamais pensé. Tout se passait comme si ce qui était arrivé était de l'entière responsabilité de quelqu'un d'autre.

— Mais vous pensiez toujours à cette femme, n'est-ce pas ?

— Oh, bien sûr. J'aurais peut-être dû aller la trouver à l'hôpital. Mais ça ne me dérangeait pas d'attendre ; j'ai mis le projet de côté dans mon esprit. Je savais que je devais finir ce que j'avais commencé.

— Parlez-moi de cela. »

Fils de pute, marmonna Santini entre ses dents, si serrées qu'elles lui en faisaient mal. Saloperie de fumier de sadique, ragea-t-il sans savoir au juste auquel des deux hommes s'adressait ce jugement.

« C'est simple, dit Bannon, j'ai continué à surveiller son appartement. Un jour, elle a quitté l'hôpital et est rentrée chez elle. Sa mère s'était déjà installée pour s'occuper d'elle. Je suis monté à l'appartement un matin, à une heure où la plupart des voisins avaient quitté l'immeuble. Je ne savais pas trop ce que j'allais faire mais, cette fois, j'avais emmené une trousse à outils.

— C'est la mère qui vous a ouvert la porte?

— Oui. Je lui ai dit que le concierge m'avait demandé de venir vérifier le compteur électrique et elle m'a laissé entrer. Puis elle s'est ravisée et a dû penser que le concierge aurait tout de même pu la prévenir, car elle s'est dirigée vers le téléphone. Je l'ai assommée proprement avant qu'elle ne puisse faire quoi que ce soit, puis je suis allé trouver sa fille.

— Qu'avez-vous éprouvé en la voyant?

— Une sorte de déception. Elle n'était plus aussi belle. Je veux dire qu'elle devait avoir la trentaine mais qu'elle semblait néanmoins être plus vieille que sa mère. Elle avait un bandage autour de la main droite, une sorte de gant chirurgical, je présume. Je me souviens que je me sentais mal à l'aise, un peu comme on se sent devant un spectacle de monstres, à la foire. Je crois que ça m'a dégoûté de la voir dans cet état. Elle était assise dans son lit et écoutait Count Basie à la radio. Elle avait probablement dû s'assoupir un instant car elle s'est réveillée brusquement en me voyant entrer. Elle a aperçu la trousse à outils, puis elle m'a regardé et j'ai vu qu'elle m'avait parfaitement reconnu.

— Qu'avez-vous fait, alors?

— Eh bien, d'abord, il fallait l'empêcher de crier, au cas où quelqu'un aurait entendu ses cris », répondit Bannon.

A ce point du récit, Santini se boucha les oreilles. Il en savait suffisamment sur ce qui s'était passé ensuite sans avoir besoin d'en écouter davantage. Il imaginait parfaitement la victime de Bannon, enfin de retour chez elle et se croyant définitivement à l'abri du danger, qui relevait les yeux et l'apercevait soudain dans sa chambre. Il ravala la bile amère qui lui montait à la gorge et se concentra sur Ganz, dont les yeux brillaient maintenant d'une lueur sauvage. C'était peut-être un psychiatre, mais Santini était persuadé que c'était lui qu'il aurait fallu enfermer.

Il se passa environ cinq minutes, puis il vit Ganz se détendre et se sentit de nouveau capable d'écouter.

« Lorsque sa mère a vu ce que j'étais en train de faire, elle s'est ruée dans le couloir et a couru vers la porte, était en train de dire Bannon. Je l'ai entendue hurler dans les escaliers et frapper à toutes les portes, alors que j'avais pourtant poussé la radio à fond.

— Vous étiez encore là quand la police est arrivée.

— La femme n'était pas encore morte. Je voulais, si possible, terminer le travail que j'avais commencé.

— Qu'avez-vous ressenti au moment de votre arrestation ?

— Du dépit, je crois. Je ne cessais de me dire que je n'avais pas fini mon travail. D'un autre côté, ils m'avaient pris et je n'y pouvais rien.

— Pensez-vous toujours la même chose, aujourd'hui ?

— A dire vrai, je me sens simplement fatigué, profondément replié sur moi. Si vraiment j'ai fait toutes ces choses à cette femme, je suppose qu'on devait me punir pour ça. Mais ça n'a pas tellement d'importance, de toute façon. Le seul ennui, quand j'essaye d'y repenser, c'est que je ne sais toujours pas pourquoi je l'ai fait... »

Les longues mains de Ganz se tendirent en avant.

« Quoi ? Que voulez-vous dire ?

— Eh bien, j'ai parfois le sentiment d'avoir agi à la place d'un autre. »

Santini s'agita, excédé. C'étaient là les habituelles conneries à l'usage des psychiatres, même s'il n'avait jamais entendu un récit semblable auparavant. Ganz hocha la tête.

« Oui, oui. Je vois. Bien, vous avez été très patient en acceptant de répondre à mes questions. Y en a-t-il une que vous aimeriez me poser ?

— Sûr, dit soudain Bannon, si vous pouviez me dire pourquoi j'ai fait tout ça. »

L'ombre d'un sourire éclaira le visage de Ganz.

« Vous n'êtes pas le premier à me poser une telle question. Je veux dire que vous n'êtes pas un cas isolé. Si cela peut être une consolation, il existe d'autres gens, possédés par les mêmes forces que vous. »

Santini vit la main de Bannon agripper le bord de la table, telle une serre, prête à dépecer. Peut-être allait-il se jeter sur le psychiatre, ce qui aurait été une manière de justice immanente. Pour la première fois, la voix de Bannon parut manquer d'assurance.

« Vous... vous pouvez me dire ce que sont ces forces ?

— Oui, je crois que je le pourrais », dit Ganz.

Santini entendit le bruit de la porte qu'on déverrouillait, au bout du couloir. Il se retourna et vit apparaître son coéquipier, accompagné de deux policiers en uniforme et du directeur.

« Il est là-bas. Là où est Santini. »

Santini essaya d'écouter les dernières paroles de Ganz mais ne put rien entendre à cause du bruit provoqué par l'arrivée des quatre hommes.

« Ce gars-là ne manque pas d'aplomb, lui dit son équipier. Il n'est pas plus psychiatre que toi et moi. Il a déjà fait le même coup à Alcatraz. Ça ne serait jamais arrivé s'il n'y avait pas toute cette agitation soulevée par le gouverneur. »

Il abaissa la voix à l'approche de la salle du parloir et lui murmura brièvement :

« T'as qu'à dire que tu surveillais parce qu'il t'a paru louche, ça pourrait être bon pour toi. »

Les choses allaient trop vite pour que Santini se pose des questions. Il se contenta de regarder, étonné, les quatre hommes ouvrir la porte de la salle, puis il s'avança à pas traînants, au cas où il y aurait un problème. Apparemment, il ne semblait y avoir aucun danger du côté de Bannon, qui paraissait choqué par ce qu'avait pu lui dire Ganz et aurait visiblement préféré n'avoir rien entendu.

Les deux policiers se déployèrent autour de l'homme

en noir et la grande silhouette dégingandée se releva de toute sa hauteur.

« Kaspar Ganz, dit l'un des policiers, également connu sous le nom de Jasper Gance... »

Celui qui venait de parler s'attira un regard si flamboyant de mépris qu'il en recula.

« Arrêtez-moi, si vous pensez que c'est votre devoir, dit Ganz d'un ton indifférent. Cela ne changera rien du tout. Vous ne pouvez pas arrêter ce qui se prépare, vous ne savez même pas ce que c'est. De toute façon, vous ne pourriez pas comprendre. »

Ses yeux brillaient d'une lueur si insoutenable que Santini sentit la nausée lui tordre l'estomac.

« Lorsque vous commencerez à comprendre, poursuivit Ganz, il sera trop tard. »

CHAPITRE UN

1979

A cinq heures moins dix, il se mit à mordiller le bord de son verre et elle eut peur qu'il ne le casse.

« C'est trop tard, dit-il. Ils ont sans doute réfléchi.

— Pas du tout. C'est encore trop tôt, croyez-moi. Ils aiment bien prendre leur temps.

— On ne peut pas leur reprocher d'hésiter. »

Il se rassit, mais pas pour longtemps. Il n'avait cessé d'aller et venir des fauteuils au canapé durant tout l'après-midi, prisonnier d'un étrange ballet muet.

« J'ai voulu relire mes bouquins, l'autre nuit, mais je n'arrivais pas à rentrer dedans. Ils ont l'air si ennuyeux et tellement pompeux.

— Paul, ce sont les meilleures choses que vous ayez jamais écrites. S'il n'y avait pas espoir d'en faire un best-seller, nous ne serions pas assis là à attendre les enchères.

— Je ne sais pas, Barbara. Je n'en sais rien. Vous aviez déjà aimé mes autres livres et regardez ce qui s'est passé. J'ai aperçu le dernier en vente pour trois fois rien, pas plus tard que l'autre jour au rayon des soldes, mais il n'avait pas l'air de mieux se vendre pour autant.

— Oubliez vos ouvrages précédents. Mario Puzo a connu deux échecs commerciaux avant d'écrire *Le Parrain*.

— Peut-être, mais je ne suis pas Mario Puzo. D'ailleurs, bon Dieu, qui suis-je?

— Vous êtes Paul Gregory et *Le torrent de la vie* va devenir un best-seller. »

J'en suis sûre, dit-elle silencieusement à la photo d'Arthur posée devant elle sur son bureau. Malgré tout, l'agitation de Paul la rendait nerveuse et lui ôtait une partie de ses moyens face à la chaleur écrasante de juillet et au grondement de la circulation — les véhicules qui surgissaient de Piccadilly et de Bond Street se disputaient le passage à coups d'avertisseur juste sous ses fenêtres. Des manifestants juifs défilaient en chantant devant les bureaux de l'Aeroflot. Chaque fois qu'il passait devant la fenêtre ouverte, son ombre courait sur le haut plafond blanc.

Elle le vit prendre un livre sur une étagère et le regarder comme si toutes les pages étaient blanches, comme un roman qu'il aurait encore à écrire.

« Je ne suis pas arrivé à recréer l'atmosphère de la Guerre Civile dans *Torrent*, dit-il. Tout ne reste qu'à l'état d'ébauche et ne prend jamais vie.

— Paul, asseyez-vous un moment et écoutez-moi. Je n'avais envoyé que le premier volume à Pan Books, à Fontana et à Penguin, et ils ont tous rappelé le lendemain pour demander les deux autres. Cela montre bien qu'ils sont très intéressés.

— Hum, je pense que le premier n'est pas si mal enlevé que ça. Ce sont les deux autres qui se traînent comme des dinosaures qui n'en finissent pas de mourir. J'aime bien écrire, mais pas nécessairement le genre de choses qu'attendent les gens. Ce bouquin représente deux ans de ma vie. »

Il se mit à fouiller parmi les magazines, sous la table au plateau de verre — *Publishers Weekly* et *Bookseller* — pour se donner quelque chose à faire.

« Ma vie, celle de Sybil et celle des enfants », ajouta-t-il d'un ton sourd.

Elle sentait elle aussi l'exaspération la gagner. Elle

avait connu quelques doutes jusqu'à ce qu'il lui montre enfin les trois romans. Il avait tout parié sur eux et avait quitté son emploi dans une agence de publicité. Il avait ensuite vite découvert qu'il allait devoir y consacrer bien plus d'une année, ainsi qu'il l'avait primitivement escompté. Avec cela, le ménage Gregory était assailli par les créanciers et croulait sous les remboursements d'emprunts. Les trois romans dactylographiés, il était venu les porter lui-même à son bureau, presque à la sauvette et comme s'il en avait honte, alors qu'ils étaient une révélation, utilisant une structure narrative étonnamment complexe qui entremêlait le destin de plusieurs familles et se terminait dans un climat de science-fiction, à cent années dans le futur. Mais peut-être le résultat ne correspondait-il pas à ses ambitions initiales, peut-être était-ce cela qui l'aveuglait.

Quand le téléphone sonna, il releva brusquement les yeux, puis, la seconde d'après, reprit une contenance destinée à prouver qu'il n'était absolument pas nerveux. Elle le gratifia d'un sourire pour calmer son angoisse.

« Agence littéraire Barbara Waugh », dit-elle.

Son instinct lui disait de ne pas trop espérer. De fait, il ne s'agissait que d'un auteur qui appelait pour lui dire qu'il venait de terminer son dernier roman. Il souffrait visiblement de l'habituelle dépression postnatale du romancier. Elle lui dit qu'elle allait le proposer à plusieurs éditeurs et il raccrocha.

« Jésus, qui accepterait de vivre de cette façon? dit Paul en se massant le cuir chevelu comme s'il voulait se réchauffer le cerveau. L'écriture doit être une forme de folie. »

Il avala son scotch et s'en servit un autre. Il avait trouvé le supplément dominical de la semaine dernière parmi la pile de magazines et entreprit de lire l'article qu'on avait écrit sur elle.

« S'ils décident de revenir sur leur décision, marmonna-t-il, est-ce qu'ils vous appelleront pour vous en avertir?

— On ne revient pas sur un choix à ce stade-là. Ce n'est pas ainsi que les choses se passent. »

Bien sûr, il fallait qu'il y ait une première fois, mais ce ne serait pas le cas avec *Le torrent de la vie*. Elle surprit Paul, qui ne se croyait pas observé, à lorgner subrepticement vers la pendule. Elle savait qu'il était dix-sept heures vingt, ce qui était encore très tôt. Arthur — qu'aurait-il pu faire d'autre? — souriait toujours. Cela voulait dire que tout allait bien se passer. Le téléphone sonna à nouveau.

« Agence littéraire Barbara Waugh », dit-elle d'un ton aussi égal qu'un message enregistré.

En la voyant se renfoncer dans son fauteuil et tendre la main vers son stylo, Paul se leva, le journal froissé à la main. Elle écouta, hocha la tête, puis dit « Merci » d'un ton neutre tout en griffonnant sur son carnet. Elle arracha la page, la lui tendit par-dessus le bureau et se mit à appeler les autres éditeurs en compétition. Paul regarda la feuille bouche bée, n'osant pas sourire, de crainte d'avoir mal lu.

« Ça nous fait une offre de départ de trente mille livres, dit-elle en agitant le menton dans sa direction.

— Bon Dieu, c'est rudement bien, non? dit-il, ne paraissant plus savoir où poser les yeux.

— Nous devrions pouvoir faire un peu mieux, assura-t-elle, confiante à présente. Vous allez voir. »

Ils attendirent. Pour lui, le temps devait maintenant s'écouler encore plus lentement. Il retourna à son magazine et se plongea dans la lecture de l'article. Elle devina, rien qu'à la façon dont ses traits changèrent, l'instant où il parvint au paragraphe consacré à Angela. Elle aurait préféré qu'on ne parle pas d'Angela. Elle enregistra une nouvelle enchère. Il suffisait de se laisser emporter, de téléphoner un peu partout, de se plonger dans le travail à corps perdu pour oublier Angela, à supposer qu'elle y parvienne un jour.

« Nous en sommes maintenant à plus de quarante mille livres », dit-elle.

Sous ses fenêtres, des flots de banlieusards se dirigeaient vers le métro, bruits de pas et de voix mêlés en un flot sonore. La circulation était devenue plus fluide lorsqu'elle reçut une nouvelle offre. Puis elle parcourut *Publishers Weekly*, fit le brouillon de quelques lettres, passa son agenda en revue — déjeuner chez Fontana demain, déjeuner avec un auteur vendredi, anniversaire de Ted dimanche. Le dernier rayon de soleil rampa au plafond et disparut, laissant la pièce dans la fournaise. Paul s'épongeait le front. Négocier les droits d'un livre exigeait encore plus de temps que la plus lente des parties de poker.

Lorsqu'elle eut fait le tour de tous ses correspondants, le calme était retombé sur Mayfair. Elle rappela l'éditeur qui avait fait l'offre initiale.

« J'ai une offre finale à cent mille livres. »

Elle était tellement sûre qu'il allait exercer ses droits d'antériorité, qu'elle inscrivit sans attendre le montant de l'offre finale sur son carnet ; à savoir le chiffre qu'elle venait d'annoncer plus dix pour cent. Puis elle déchira la page et la tendit à Paul.

« Voilà », dit-elle.

Il se mit à marcher d'un air peu assuré, sans qu'on sache si c'était dû au choc ou au scotch.

« Oh, merci, Barbara. C'est merveilleux, s'écria-t-il en l'embrassant avec maladresse. Il faut que j'appelle Sybil », ajouta-t-il, tout à coup anxieux.

Sa femme attendait-elle près du téléphone ? Sans doute, car elle répondit immédiatement. Il l'informa du montant de l'avance.

« Je ne peux pas encore y croire. Cela semble complètement irréel. »

Un instant plus tard, Barbara apprit pourquoi il était si inquiet.

« J'espère que je n'ai pas gâché le repas, dit-il. Je ne m'attendais pas à ce que les choses durent si longtemps. »

Elle le regarda s'éloigner rapidement vers Piccadilly.

Parvenu à mi-chemin, il se rendit compte qu'il étreignait toujours la page de carnet et l'enfouit dans sa poche. Elle referma la fenêtre, souriant intérieurement. Combien de lecteurs savaient que la moitié des best-sellers étaient écrits par des gens comme Paul Gregory, des hommes et des femmes tout ce qu'il y avait de plus ordinaires, peut-être un peu plus inquiets et fragiles que la moyenne, des gens tout simplement capables de raconter des histoires? Il fallait bien des agents pour s'occuper d'eux.

Elle quitta son bureau et entra dans celui de la réception, vide. Louise ne serait de retour que demain, remise de son rhume des foins. Barbara s'attarda un instant sous le porche d'entrée. Les pierres étaient chaudes comme de la chair. Tout le monde, dans Dover Street, semblait avoir regagné son domicile à part elle: les vendeurs de chez Christie's, Longman & Strongi'th'arm, les joailliers, la librairie Oxford University Press, avec ses fenêtres à meneaux qui trouaient la façade rongée par le temps, telles des berniques sur un rocher. Elle traversa Piccadilly et pénétra dans Green Park.

A présent que les enchères étaient terminées, elle se sentait vidée, curieusement abattue. Elle avait parfois le sentiment que cela n'était qu'un jeu où tout dépendait de la manière d'abattre ses cartes: avec les mêmes cartes et pour les mêmes enjeux on pouvait aussi bien remporter un énorme succès que connaître un échec cuisant. D'autre part, son métier d'agent littéraire impliquait peut-être, outre le fait de négocier leurs droits en leur nom, l'obligation de materner ses auteurs, de compatir à leurs problèmes personnels ou familiaux, voire les résoudre, de leur donner et redonner sans cesse confiance en eux-mêmes, de les apaiser et d'agir parfois avec leurs ouvrages comme une sage-femme avec un bébé — pour ne parler que des auteurs faciles. Malgré tout, c'était le métier le plus passionnant qu'elle connaissait.

Elle fit quelques pas dans le parc et gagna l'abri des arbres. Sous le ciel en fusion, la terre tremblait sous la chaleur mais il restait un peu de fraîcheur à l'ombre des branches. Des chaises longues, rayées comme des tabliers de bouchers, gisaient renversées sur les pelouses ; des pigeons au ramage argenté aussi lustré que le vernis nacré de certains coquillages exploraient chaque brin d'herbe. Elle se sentit de nouveau en pleine forme et eut envie de manger quelque chose. Ne s'arrêtant que le temps d'indiquer à un couple de touristes la direction de Buckingham Palace, de l'autre côté du parc, elle retourna à son bureau car elle avait un manuscrit à lire.

Parvenue sous le porche, elle entendit un téléphone sonner. Il était tard pour un appel professionnel, mais c'était peut-être Paul, qui voulait s'excuser de ne pas l'avoir invitée à dîner pour célébrer l'événement, car c'était dans son bureau que le téléphone sonnait. Elle dut ralentir dans l'escalier, soudain violemment incommodée par la chaleur, le corps parcouru d'ondes brûlantes et la vision trouble. Aussi, quel besoin avait-elle de courir un jour comme aujourd'hui ?

Elle ouvrit la porte et prit la communication sur l'appareil de Louise.

« Agence littéraire Barbara Waugh », dit-elle d'une traite, haletante.

Y avait-il quelqu'un, à l'autre bout de la ligne, ou bien était-ce le sifflement de l'électricité statique ? Elle entendit quelqu'un composer un numéro sur une autre ligne, puis un grésillement électrique et une sonnerie retentir au loin ; une voix se mit à parler en arabe, voilée par la distance. Hormis ces menus bruits, seul régnait le silence. Elle s'apprêtait à reposer le récepteur lorsqu'une voix déclara :

« Maman. »

Un faux numéro, donc.

« Agence littéraire Barbara Waugh », répéta-t-elle patiemment pour la énième fois de la journée.

Cette fois, il n'y eut pas de temps mort et une voix de petite fille répondit aussitôt, anxieuse qu'on ne raccroche pas.

« Maman », dit-elle d'un ton implorant.

Ce devait être la fille de Louise. Il était tout de même curieux qu'elle confonde Barbara avec sa mère et encore plus curieux qu'elle ait cru pouvoir la trouver là, alors qu'elle était malade. Barbara parla plus sèchement qu'elle en avait l'intention, sans doute pour se débarrasser du nœud d'appréhension qui lui tordait les entrailles.

« Barbara Waugh elle-même à l'appareil. »

Puis elle agrippa le dos du fauteuil de Louise et s'y laissa choir, de peur de tomber.

« Oui, maman, je sais, avait répondu la petite fille.

— Non, c'est impossible », dit Barbara.

Mais elle n'en était pas aussi sûre qu'elle aurait pu le souhaiter. Autour d'elle — le bureau, le téléphone dans sa main, sa main elle-même — tout se mit à s'éloigner et à diminuer, remplacé par une noirceur de suie.

CHAPITRE DEUX

1966

ELLE se réveilla persuadée qu'Angela était en danger, impression peut-être due au rêve qu'elle venait de faire. Elle lutta pour se réveiller complètement car Arthur rentrait enfin à la maison et elle voulait être là quand il verrait leur bébé, son petit visage profondément endormi et tout innocent, ses minuscules poings potelés levés au-dessus de sa tête, comme si Angela jouait aux gendarmes et aux voleurs dans son sommeil.

Barbara resta étendue au moins une minute avant d'être capable d'analyser clairement le cours de ses pensées. Elle faillit se laisser aller à une nouvelle vague de chagrin mais, pour le bien d'Angela, il ne le fallait pas. Elle se leva rapidement pour achever de se réveiller tout à fait. Angela, elle, gigotait dans son petit lit, au pied du sien.

Dès qu'elle vit sa mère, Angela se mit à gazouiller en signe de bienvenue, poussant force couinements et grognements ravis. Elle roula sur le ventre et se mit à ramper par à-coups, comme à l'étroit dans le lit. Barbara la serra contre elle quelques instants, puis la changea, ce qui n'était pas un mince exploit maintenant qu'elle avait découvert qu'elle pouvait se retourner toute seule. Barbara se souvenait à peine de la minuscule créature glaireuse et pitoyable qui était sortie de son ventre.

Elle avait dormi plus longtemps qu'elle en avait eu l'intention. Les rayons du soleil, débordant du bureau d'Arthur, étaient maintenant parvenus au milieu du palier. Les derniers temps, lors de ses rares visites, Arthur s'y réfugiait tout en faisant semblant d'écrire, uniquement pour faire croire qu'il n'avait pas d'ennuis, ce qui revenait à dire que même lorsqu'il était à la maison, il était distant, pour ne pas dire parfois totalement absent. Il avait peut-être cru se rapprocher d'elle en acceptant sans poser de questions le fait qu'ils devaient avoir un enfant avant d'être trop installés dans leurs habitudes, ou il avait pensé que ce serait pour elle une façon de ne pas être seule : jusqu'où avait-il prévu ce qui allait arriver ? Ses yeux se mouillèrent et sa vue s'embua mais elle ne pouvait pas se permettre de se laisser aller à pleurer. Elle descendit Angela au rez-de-chaussée, la mit dans sa poussette et sortit sous la chaleur de cet après-midi d'août.

Sous un ciel bleu et blanc comme de la porcelaine de Wedgwood, les collines du Kent avaient l'air couvertes de mousse, et non d'arbres. Face à la maison, au-delà du portail en ruine et de la tour de l'ancien palais, s'étendait le parc de l'archevêché, occupé à présent par des pavillons éparpillés parmi les décombres. Des gens étaient assis, occupés à lire ; d'autres bêchaient leurs jardins. Angela rit à la vue du ruisseau scintillant au milieu de la prairie. Tout était encore nouveau pour elle mais, pour Barbara, qui venait souvent la promener là, la randonnée semblait être devenue aussi lassante qu'une séquence publicitaire à la télévision.

Un peu plus loin vers le village, les arbres devenaient plus nombreux que les maisons. A côté de la mare au milieu du rond-point, des canards se reposaient, immobiles comme des galets et énigmatiques comme des tortues. L'auberge était un bloc de lumière blanche ; le poste de police — un bâtiment de deux étages en brique rouge qui ressemblait tout à fait à n'importe quel pavillon de banlieue — brillait de mille feux. Éblouie, elle serra la poussette avec plus de force. Chaque fois qu'elle croisait une autre route, elle avait peur qu'elle lui échappe des mains.

Dans le village, elle passa sous la lame de rasoir géante qui se balançait en guise d'enseigne au-dessus de la porte du coiffeur ; des armes de la couleur d'un ciel de tempête brillaient de façon inquiétante dans la vitrine de l'armurier. Les gens se détournaient pour admirer Angela. « C'est fou ce qu'elle vous ressemble », disait-on. Elle laissa la poussette devant chez le marchand de légumes et ne cessa de la surveiller du coin de l'œil. Chaque fois que quelqu'un s'arrêtait sur le trottoir pour admirer Angela, Barbara se crispait intérieurement, prête à se précipiter dehors.

Justement, quelqu'un la regardait en ce moment. Mais ce n'était que Jan, dans un T-shirt tellement déformé qu'il était devenu trop grand, même pour elle. « Ba, ba, ba », lui cria Angela, qui éclata de rire tout en frappant gauchement dans ses mains. Accompagnée de ses propres enfants, Jan attendit que Barbara sorte de la boutique.

« Elle a l'air vive comme un gardon, dit Jan.

— Toujours en mouvement. De toute façon, je préfère la voir comme ça plutôt que d'avoir un bébé lymphatique.

— Évidemment. Ne t'en va pas, Jason, viens m'aider à rouler la poussette, tu veux? Sois gentil. »

Pendant quelques secondes, Barbara fut de façon poignante consciente du fait que Jason avait trois ans. Quand ils avaient su qu'elle était enceinte, Arthur avait souvent joué avec lui, l'avait fait bondir et sauter en l'air, riant chaque fois qu'il faisait rire le petit garçon. Un instant, elle entendit la voix d'Arthur plus clairement que celle de Jason.

« Cafards, s'écria le petit garçon, excité. Cafards.

— Oui, Jason, dit Jan, balayant du regard les gros titres derrière la vitrine du marchand de journaux. Des canards. »

Les oiseaux s'étaient repliés sous les saules qui bordaient la mare et s'ébrouaient comme on secoue ses vêtements.

« Au moins, les *tueurs de la lande* sont sous les verrous*, dit soudain Jan. Maintenant, il va fallloir payer pour les maintenir en vie. J'aimerais bien voir quelqu'un faire du mal à un gosse si je suis à proximité. »

Barbara, en un bref éclair, aperçut une manchette qui parlait de l'Arabie Saoudite. Elle détourna la tête, les yeux humides. Jan posa une de ses grandes mains presque moites et masculines sur son bras.

« Ne vous en faites pas. Je suis sûre que nous ne risquons rien par ici.

— Je ne pensais jamais à des choses pareilles avant d'avoir Angela. »

C'était vrai, mais ce n'était pas ce qui l'inquiétait. De plus, elle ne voulait pas se laisser entraîner par les envolées tonitruantes de Jan, même animée d'intentions amicales.

« Il se passe des choses horribles, comme cet étudiant au Texas, l'autre jour, qui a tué douze personnes apparemment sans aucune raison, dit Barbara.

— Parfois, je pense que le monde devient fou. C'est comme tous ces gens qui prennent de la drogue. Mais qu'est-ce qu'ils cherchent, bon Dieu?

— Peut-être n'en savent-ils rien avant d'avoir trouvé, s'ils y arrivent un jour. »

Elles firent rouler leurs poussettes côte à côte pour retraverser le parc, Angela et le petit Nigel se tenant par la main.

« Au fait, se rappela Barbara, il faut que je vous demande quelque chose.

* Allusion à une affaire qui fit grand bruit à l'époque, en Angleterre. Les tueurs de la lande étaient un couple de détraqués sexuels, Ian Brady et sa compagne Myra Hendley, qui, non contents de torturer et de mettre à mort des enfants et des adolescents, garçons et filles, enregistraient leurs exploits sur bandes magnétiques, ce qui les perdit devant la Cour du Cheshire. (NdT.)

— Je suis une experte pour tous les problèmes infantiles. Contente-toi de regarder l'eau, Jason, pas question d'aller y barboter.

— Oh, pour vous c'est sans doute à peine un problème. Je me demandais simplement si les enfants de l'âge d'Angela ont l'habitude de s'inventer des compagnons imaginaires.

— Huit mois est un peu jeune, je dirais. Pourquoi?

— Eh bien, parce qu'on dirait parfois qu'elle parle avec quelqu'un alors que je ne suis pas dans la chambre.

— Jason avait l'habitude de parler aux rayons de soleil. Il doit probablement s'agir de quelque chose de semblable. »

Parvenues devant les maisons mitoyennes, elles se séparèrent. Barbara entendit Jason grimper l'escalier en faisant trembler chaque marche. Elle joua un moment avec Angela qui, venant de découvrir que son miroir cerclé de plastique avait deux faces, gloussait de plaisir à la vue du côté aveugle et criait encore plus fort en se voyant réapparaître de l'autre côté.

Barbara lui donna un bain puis l'étendit, la peau rose et luisante, toute gigotante, dans une serviette. Elle embrassa la marque de naissance, une tache pourpre en forme de feuille de trèfle, qu'elle avait sur l'épaule gauche, et sentit son lait monter en elle, en un écoulement spontané, signe d'un amour devenu tangible. Elle lui donna le sein et Angela finit par s'endormir dans ses bras, du lait coulant des commissures de ses lèvres.

Elle lui enfilait son pyjama quand elle entendit rentrer Keith, le mari de Jan. Jason s'élança bruyamment dans l'escalier en criant « Papa, papa! » Angela, elle, ne ferait jamais des choses pareilles.

Elle rassembla les jouets de sa fille et les rangea dans le cagibi sous la cage d'escalier. Au-delà du parc, le ciel moutonnait, fraîchissant; des nuages à la consistance de guimauve flottaient au-dessus des collines. Tout était aussi calme, le soir où elle avait annoncé à Arthur qu'elle était enceinte, ou bien alors s'était-elle sentie en paix à cause de la façon dont il s'était comporté, calme et protecteur, comme il le serait plus tard quand leur enfant serait né ? Il avait réussi à ne montrer aucun signe d'anxiété ou de tension, bien qu'il ait eu de sérieux problèmes — des ennuis assez graves, en tout cas, pour le tenir éloigné de la maison pendant tout le reste de sa grossesse, assez graves pour qu'il oublie presque de lui téléphoner le soir de Noël. Elle avait espéré qu'il serait de retour pour la naissance, et lorsque le téléphone avait sonné une première fois, un triste jour entre Noël et le Premier de l'An, elle avait cru que c'était lui qui appelait ; qui d'autre aurait pu l'appeler d'Arabie Saoudite ? Mais, aussi étouffée et incompréhensible qu'elle était, elle avait tout de suite su que ce n'était pas la voix d'Arthur. L'homme avait rappelé presque tout de suite : elle avait dû revenir en courant de la salle de bains, le ventre déchiré par une violente contraction, sensation déroutante. Oui, avait déclaré l'homme, c'était bien à elle qu'il voulait parler, mais il avait cru qu'il n'y avait personne à l'écoute. L'entendait-elle, à présent ? Oui, il appelait au sujet de son mari. Arthur Waugh, oui, exactement. Oui, il était mort.

Saisie par les premières contractions, cet appel lui avait semblé complètement irréel. Son corps ne lui avait pas laissé le loisir de penser ou d'analyser ses sentiments. Arthur était parti encore plus loin, c'était tout, et elle avait si peu pris conscience de la nouvelle qu'elle venait d'apprendre qu'elle n'avait même pas dit à Jan qu'Arthur était mort quand celle-ci était venue la conduire à l'hôpital. Dans la salle d'accouchement, la vérité avait fini par s'infiltrer en elle, après des heures d'effort au cours desquelles elle avait atteint un stade d'hébétude totale où rien ne pouvait plus la faire réagir, pas même les tentatives d'aide ou de réconfort. Elle avait haï les élèves infirmières, avec leurs masques semblables au voile des femmes musulmanes, haï les docteurs arabes qui n'avaient pas réussi à sauver Arthur. Et si la crise cardiaque d'Arthur tuait aussi son bébé, dans une sorte de réaction en chaîne ? Puis, entièrement étrangers à sa volonté, ses muscles pelviens avaient commencé leur travail. Même si cela ne semblait être qu'une piètre consolation, Angela était arrivée pour la sauver du désespoir.

On entendait le souffle d'Angela dans l'interphone, puissant comme celui de l'astronaute dans *2001*, le film de Kubrick. Barbara termina son dîner, puis emporta son travail dans la salle de séjour. Elle ne pouvait pas travailler dans le bureau d'Arthur, où elle se sentait oppressée, assaillie par les soucis. Elle avait presque terminé les corrections du dernier roman de la série *L'espion invisible*. Dire qu'elle avait cru avoir le temps d'écrire elle-même un roman ! Elle n'était pas obligée de corriger des manuscrits : Arthur avait laissé dans son testament suffisamment d'argent pour qu'elle puisse s'arrêter quelque temps, le temps d'élever Angela, et reprendre ensuite son métier. Mais cela l'aidait de savoir qu'elle allait de l'avant, qu'elle ne s'était pas laissée complètement scléroser par la maternité. Ou bien était-elle tellement désireuse de continuer à travailler parce que cela l'empêchait de succomber au chagrin ? Parfois, elle aurait voulu s'y noyer, s'y abandonner totalement, aussi longtemps qu'il aurait été nécessaire, mais, depuis la mort d'Arthur, elle n'avait jamais eu le temps d'en trouver l'occasion. La mort d'Arthur lui semblait même maintenant lointaine.

« Tu baiseras plus beaucoup les nanas, grimaça Hilde Braun, un scalpel à la main. » Les séries populaires devaient éviter la vulgarité. Barbara lui fit donc plutôt déclarer : « Tu ne feras bientôt plus grand mal aux nanas. » Avec une production de dix ouvrages par an, il n'était guère surprenant que l'auteur n'ait pas le temps de peaufiner son style et il fallait bien que quelqu'un s'en charge.

Elle avait terminé de revoir un chapitre quand Angela se mit à grogner et à s'agiter, brisant le silence de la pièce. Pourvu qu'elle ne passe pas encore une nuit sans sommeil ; elle voulait livrer l'ouvrage à la fin de la semaine. Elle entendit une voix d'homme murmurer inintelligiblement — l'interphone captait souvent des fréquences radio. La première fois que Barbara avait surpris ce phénomène, elle avait presque connu un instant de panique en entendant tout à coup retentir une voix masculine dans la pièce.

Elle monta au premier. Les trois premières marches faisaient du bruit et on ne pouvait les enjamber d'un seul coup. La maison vide amplifiait le moindre craquement. Mais Angela dormait, enveloppée dans ses draps en désordre, dans sa chambre envahie peu à peu par le crépuscule, et étranglait son pantin dans son sommeil.

Barbara regagna le palier en reculant sur la pointe des pieds. Elle referma doucement la porte et entendit à nouveau une voix indistincte murmurer dans la chambre. Elle s'éloigna, songeuse, essayant de se persuader que l'interphone installé près du berceau avait capté une communication égarée, puis comprit que cela n'avait rien à voir avec l'interphone. Quelqu'un était réellement en train de parler à Angela.

Elle ouvrit si violemment la porte, et avec si peu de précautions, qu'elle aurait très bien pu réveiller Angela. La chambre était vide et silencieuse, excepté le souffle régulier de sa fille. Barbara se glissa dans la pièce pour s'assurer que tout allait bien car la chambre était plongée dans le noir et avait perdu son aspect familier. Même après en avoir fait deux fois le tour, elle ne réussit pas à calmer les battements de son cœur. Elle entendait des voix, sans doute parce que Angela se réveillait si souvent au milieu de la nuit, mais elle préféra laisser la porte ouverte avant de retourner à son travail. C'était peut-être un phénomène d'interférences, mais on aurait vraiment dit que quelqu'un chuchotait dans le noir.

CHAPITRE TROIS

1968

« PAS trop loin, cria Jan. Ne t'éloigne pas trop. »

Elles étaient dans le jardin de Jan, parmi tout un assortiment de jouets qu'on avait sortis de la maison. Jason veillait sur Angela et son petit frère, qu'il avait emmenés en promenade vers le parc, afin de bien montrer qu'il était un grand garçon. Il faisait chaud sous le soleil d'avril et la journée s'annonçait claire. Les arbres, encore nus et le tronc luisant, se paraient de couleurs nouvelles ; les collines et les champs étaient un peu plus verts que la veille et les premières abeilles s'affairaient déjà autour des premières fleurs.

Angela s'était arrêtée sur l'allée bétonnée et tendait la main avec excitation, encore malhabile, vers la route. Barbara ne put entendre ce qu'elle disait, par-dessus le claquement des sabots des chevaux que deux adolescents faisaient courir autour de la prairie, et entendit seulement Jason répondre « Allez, viens. » Il était trop vieux pour comprendre le langage des bébés. Barbara regarda sa fille dans sa gigoteuse bleue qui brillait au soleil. Angela trépignait d'impatience, peu désireuse de suivre Jason. Il était difficile de croire qu'hier encore elle n'était qu'un bébé nouveau-né.

« Dieu, que je l'aime », dit-elle à Jan en riant.

Angela faussa compagnie à Jason et revint cahin-caha retrouver sa mère.

« Un homme volant », dit-elle d'un ton excité en désignant l'allée.

Les deux femmes se levèrent pour regarder dans cette direction ; les glaçons tintèrent dans leurs verres. Un convoi funéraire se dirigeait vers l'église. Dans la première des limousines, une femme en noir se tamponnait les yeux.

« L'homme au-dessus d'elle, dit Angela.

— Au-dessus, Angela ? Oui, ah oui... »

Jan se rassit rapidement, de crainte que quelqu'un ne la remarque dans le convoi.

« Les enfants disent parfois de drôles de choses, dit-elle à Barbara. C'est à se demander où ils vont chercher tout ça ! »

Peut-être voient-ils plus de choses que nous, pensa Barbara. Voyaient-elles autant de choses, lorsqu'elles avaient toutes les deux l'âge d'Angela ? Barbara ne le pensait pas.

« Vous vous souvenez de ce qu'elle a dit l'autre jour en passant devant le crématorium ? demanda Barbara impulsivement.

— Quelque chose à propos d'hommes en or, non ? Quelque chose de bizarre dans ce goût-là.

— Des hommes en or qui se déployaient vers les cieux, pour être exacte.

— Oui, elle possède déjà un joli vocabulaire. Il faut dire que vous lui lisez tellement de choses. Ça doit sûrement vouloir dire quelque chose. »

Le claquement intermittent des sabots sur l'allée attira de nouveau son attention vers la prairie. Jason avait totalement oublié qu'il devait veiller sur son petit frère et se battait avec lui dans l'allée.

« Jason, arrête ! » cria Jan, mais il ne l'entendit pas, apparemment trop occupé.

Elle courut rejoindre les deux garçons mais Angela y fut avant elle. Ils cessèrent de se battre immédiatement et escortèrent plutôt solennellement la petite fille vers le ruisseau, où les chevaux étaient en train de se désaltérer.

« Ils ne veulent pas faire mauvaise impression devant leur petite amie, dit Jan.

— Vous ne croyez pas qu'il y a autre chose?

— Quoi donc? Que voulez-vous dire? »

Peut-être valait-il mieux ne pas parler de ce qu'elle avait découvert.

« Je dois probablement trop l'aimer, répondit Barbara.

— Vous l'avez déjà dit. Est-ce moi, que vous cherchez à convaincre, ou bien vous? »

Subitement, Barbara ne sut plus où se mettre.

« Qu'est-ce qui se passe, exactement? demanda Jan.

— Est-ce que vous aimez toujours Jason et Nigel?

— Tout le temps, vous voulez dire? Vous plaisantez. Je tuerais quiconque poserait la main sur eux mais, croyez-moi, il y a des moments où je les noierais bien tous les deux avec plaisir. »

Elle jeta un regard vers les chevaux, qui faisaient voler des mottes de terre tout autour du champ.

« Mais ce n'est peut-être pas ce que vous vouliez dire. Vous vous sentez frustrée, c'est ça?

— Disons que parfois je me sens tellement prisonnière. J'ai l'impression de n'avoir pas contemplé autre chose, depuis des années, que les quatre murs de la maison, dit-elle en agitant les glaçons dans son verre, comme si elle s'apprêtait à lancer des dés. Et je hais réellement le travail que je fais en ce moment, taillader dans les manuscrits, en essayant de me convaincre que c'est de la chirurgie esthétique. D'accord, ces bouquins ont besoin d'être remaniés car, par certains côtés, ils sont vraiment lamentables, mais c'est un boulot que je ne veux plus faire. »

Elle lança ses glaçons à demi fondus sur la pelouse. Ils brillèrent un instant avant de disparaître.

« Quand je travaillais à Londres, je pouvais choisir les livres qui me plaisaient. »

Le bruit des glaçons dans les verres avait tiré Keith de son somme derrière les pages de l'*Observer*.

« J'ai l'impression que vous en voulez à Angela car vous pensez qu'elle entrave votre carrière, dit-il.

— Oui, avoua-t-elle misérablement. Je crois que c'est cela.

— Mais une telle pensée est tout à fait normale. Pourquoi ne reprendriez-vous pas votre emploi ? suggéra Jan. Vous savez, je pourrais m'occuper d'Angela pendant la journée.

— Oh, Jan, vous feriez ça ?

— Ça lui ferait le plus grand bien d'avoir de la compagnie, et Nigel aussi. Ça les préparerait à entrer à la maternelle l'année prochaine. »

Jason fit sa réapparition, flanqué des deux plus petits.

« Angela dit qu'elle est fatiguée, dit-il gravement.

— Je vous suis, Barbara. Surveille les garçons, Keith. »

Pendant qu'elles allaient coucher Angela, Jan lui demanda dans l'escalier :

« Aimerais-tu à l'avenir venir jouer avec Jason et Nigel pendant que ta maman sera partie travailler ?

— Oui, répondit-elle avec un tout petit sourire. Tu rentreras de temps en temps, dit-elle à sa mère d'un ton péremptoire.

— Mais bien sûr, ma chérie. »

Barbara la prit un instant dans ses bras et la posa dans son lit pour sa sieste de l'après-midi. Redescendue au rez-de-chaussée, elle confia tristement à Jan :

« Maintenant, je me sens coupable de vouloir l'abandonner.

— C'est tout de même une meilleure solution que de continuer à vous morfondre et à vous ronger les sangs, non ?

— Je suppose que oui. »

Elle enclencha l'interphone et entendit un chapelet de bips, version brouillée d'un appel de police quelque part dans les collines. Tout à coup, au milieu des bruits de draps et de couverture, Angela dit :

« Papa. »

Jan se tourna brusquement vers la fenêtre, ne voulant pas imposer de mauvais souvenirs à Barbara.

« On retourne dehors? demanda-t-elle d'un ton badin.

— Non, je ne vais pas ressortir maintenant. J'ai encore un chapitre à charcuter. »

Jan partie, elle put étaler son travail un peu partout. Ce chapitre ne s'annonçait pas trop mal, mises à part les difficultés du personnage principal à s'exprimer correctement. Ce n'étaient que des tirades laconiques tantôt « glapies », tantôt « aboyées », assénées d'un ton sec et cassant, auxquelles faisaient écho les répliques de l'interlocuteur du héros, la voix « grasse et croassante », qui lâchait en permanence des rafales de jurons. Un troisième larron essayait bien d'intervenir dans la conversation, mais il « jacassait comme une pie » et radotait dans le vide ; personne ne l'écoutait. Barbara ne put s'empêcher de sourire, en partie à cause de son amie.

Manifestement Jan avait cru que son père manquait à Angela et qu'elle avait appelé « Papa » un compagnon de jeu imaginaire. Il était clair qu'elle était partie pour laisser Barbara seule avec son chagrin, mais Barbara était certaine qu'Angela savait exactement ce qu'elle disait, et à qui.

Bien sûr, elle avait pleuré quand elle l'avait entendue dire « Papa » la première fois, bien qu'elle-même ait souvent aussi eu l'impression qu'elles n'étaient pas seules dans la maison. Puis la voix s'était tue et, jusqu'à aujourd'hui, elle ne l'avait plus entendue. Hallucination, peut-être, mais l'idée d'une présence invisible à ses côtés l'avait beaucoup aidée. Barbara avait peu à peu trouvé cette présence réconfortante et avait fini par croire qu'elle cherchait à la protéger.

Elle avait espéré apprendre le nom du compagnon d'Angela bien avant qu'elle puisse parler correctement, car elle se mettait souvent à gazouiller subitement de plaisir comme s'il y avait quelqu'un dans sa chambre, alors qu'il n'y avait évidemment personne. Pourtant, la première fois où Angela avait dit « Papa », Barbara n'avait pas voulu y croire. C'était sans doute un mot qu'elle avait entendu dans la bouche de Nigel ou de Jason.

Un jour, elle avait laissé son album de photos ouvert sur un cliché d'Arthur. Angela n'avait jamais vu la moindre photo de son père car Barbara pensait qu'il valait mieux attendre qu'elle demande elle-même qui il était. En allant lever Angela, une brève seconde, dans l'escalier, elle avait eu envie de se ruer en avant et de ranger l'album, le cœur soudain réduit à la taille d'un poing minuscule, le souffle court. Mais, dès qu'Angela avait aperçu la photo de son père, qui souriait largement d'un air un peu timide, comme s'il pensait qu'il ne valait pas la peine d'être photographié, elle avait dit : « Papa. »

C'était suffisant pour Barbara. C'était peut-être pour Arthur une façon de partager leur enfant, malgré tout — de connaître ses premiers gloussements, à peine âgée d'un mois, en découvrant ses mains, son premier vrai sourire qui n'ait pas été qu'une simple grimace, la première fois qu'elle avait réussi à se retourner et avait éclaté de rire, ses premiers mots. Au moment de l'accouchement, elle avait été visitée par l'image du visage d'Arthur qui se désagrégeait comme du sable emporté par le vent. Mais ce n'était qu'un cauchemar éveillé.

Elle se demandait parfois si la présence d'Arthur était pour quelque chose dans le climat de calme et de sérénité qui irradiait toujours de la personne d'Angela. Il ne s'agissait pas simplement des seuls enfants de Jan : personne ne pouvait rester longtemps fâché ou agité à proximité d'Angela. Peut-être trouvait-elle en la contemplant un sentiment de paix et de plénitude qui allait au-delà de l'instinct maternel. Elle ne devait pas se laisser emporter par de telles pensées et préférait ne pas trop analyser ce phénomène ; c'était encore trop fragile et pouvait disparaître. Malgré tout, c'était un fait et elle l'avait maintenant admis.

Elle termina rapidement son chapitre. Dit-il, dit-elle, dit, dit. Barbara laissa le héros pérorer et raconter ses sornettes car, la lecture aidant, elle s'était éprise du personnage et aurait trouvé dommage de châtrer son langage. Pour la première fois depuis des mois, elle prenait plaisir à son travail car elle savait que ce livre serait le dernier. Bientôt, elle serait de retour dans son bureau londonien. Jamais elle n'aurait accepté de confier Angela à quelqu'un d'autre que Jan.

CHAPITRE QUATRE

1970

DANS Tottenham Court Road, un homme qui distribuait des tracts essaya d'agripper le bras de Barbara en marmonnant : « La mission Apollo était maudite dès le départ, treize est un nombre qui porte malheur. » Campé au pied de Centre Point, immense cage de béton vide trouée de centaines de fenêtres, il se précipitait vers tous ceux qui passaient à sa portée. Plus tôt dans la journée, un scientologiste l'avait accostée sur Piccadilly ; des jeunes gens au crâne rasé dansaient et psalmodiaient le long d'Oxford Street, comme la traîne d'un cortège de réception ; plusieurs adolescents méditaient, jambes croisées, près des toilettes de Leicester Square. Du moins, le thème de la mission Apollo était-il relativement d'actualité.

Près de la Tour des Postes, quinze niveaux de fenêtres verdâtres qui semblaient avoir été taillées à l'emporte-pièce, les bureaux de la Mellwood-Nuttall ressemblaient à une minuscule échoppe. Des supporters de football erraient du côté de la gare d'Euston ; certains donnaient des coups de pied dans les poubelles après y avoir mis le feu, d'autres se répandaient dans les magasins en titubant tandis que les assoiffés lançaient des injures en passant devant les pubs, fermés à cette heure. Juste devant les locaux de la Mellwood-Nuttall, un marteau-piqueur faisait trembler le sol, infime contribution à l'éternelle reconstruction de Londres.

Ted Crichton était assis derrière un monceau de lettres et de manuscrits dactylographiés aux pages cornées. Son grand visage ouvert s'éclaira en la voyant et son nez frémit en guise de bienvenue. Quand il se releva, faisant tomber sa veste du dos de son siège, son bureau parut se réduire à la taille de celui d'un écolier.

« Le voici, dit-il en lui tendant le roman qu'il allait bientôt publier.

— Vous voulez le sortir en poche, vraiment?

— Oui. Faites-moi savoir la réponse dès que possible — il y en a d'autres qui sont déjà sur les rangs. »

Elle glissa les feuillets dactylographiés dans sa serviette, en compagnie d'ouvrages pour Angela.

« Quoi de neuf, à part ça?

— Oh, qu'est-ce que vous diriez d'un roman avec Hitler comme héros? Voilà qui ne manquerait pas d'attirer l'attention sur Melwood-Nuttall, peu habitué jusque-là à ce genre de littérature. J'ai dit à son auteur que c'était quelque peu prématuré par rapport à son temps, dit-il en riant. Et vous, êtes-vous tombée sur quelque chose d'extraordinaire, dernièrement?

— Je crois, oui. Je crois même que je viens de lire le meilleur premier roman depuis bien des années. C'est écrit par un certain Paul Gregory. Il peut en dire plus en une seule phrase que la plupart des écrivains dans tout un paragraphe. Mais le grand chef a déclaré que c'était d'un « attrait limité » et j'ai dû le renvoyer à son auteur.

— Oui, c'est le prix à payer quand on travaille pour une grosse maison. Vous devriez faire comme moi et œuvrer en solitaire avec quelques auteurs éprouvés. Comme ça, au moins, pas de risques inutiles. »

Voyant qu'elle ne riait pas, il redevint sérieux.

« Vous êtes vraiment déçue, n'est-ce pas?

— Je pense qu'il méritait d'être publié. Je suis sûre qu'il aurait bien marché, convenablement présenté au public. Cela me rend tout simplement malade de ne rien pouvoir faire pour encourager un tel talent d'écrivain. Je suis persuadée que ce roman aurait fait son chemin.

— Vous n'aurez qu'à me laisser son adresse et j'y jetterai un œil. Peut-être que si je pouvais en faire une édition brochée, vous arriveriez à convaincre votre patron. Vous savez, ajouta-t-il en fourrageant dans sa barbe grisonnante, je vous ai déjà entendu parler comme ça auparavant. Francfort, vous vous rappelez ? L'époque de nos mutuels épanchements. »

Il s'était occupé d'elle à Francfort, à la première foire du livre à laquelle elle avait assisté : il l'avait présentée à la ronde, s'était arrangé pour qu'elle ne soit pas toute seule à manger et s'était trouvé à proximité chaque fois qu'elle avait été en butte aux avances de directeurs de collections par trop entreprenants.

« Vous devriez devenir agent littéraire, dit-il. Vous possédez indéniablement toute l'énergie nécessaire. Cela pourrait vous apporter plus de liberté, sans parler d'un beau petit paquet, côté financier. »

Il passa dans le bureau de réception pour aider sa secrétaire, menacée par une invasion d'admirateurs du ballon rond.

« Vous pouvez prendre ce que vous voulez, était en train de brailler l'un d'eux. C'est gratuit. »

Quand l'imposante silhouette de Ted fit son apparition dans l'encadrement de la porte, la troupe décampa sans demander son reste.

« Heureusement, j'en impose, dit-il à Barbara. Je n'ai jamais porté la main sur quiconque. Le genre redresseur de torts, ce n'est pas du tout mon style. Comment va la famille ?

— Oh, très bien. Vous dites que je suis une femme pleine d'énergie, mais vous devriez voir Angela. Elle vient d'entrer à la maternelle et tous les soirs elle attend mon retour avec impatience. Elle vient de découvrir le jeu de l'oie.

— C'est plutôt bien pour une petite fille de quatre ans, non ?

— Ma foi, oui. »

Cependant, Angela n'avait aucune des manières détestables de certains enfants précoces. Tout le monde l'aimait d'emblée, tout le monde sauf la femme au bec-de-lièvre, qui d'ailleurs n'avait pas que le visage de bizarre. Angela, même si elle était étrange par bien des côtés, ne se comportait en tout cas jamais comme si elle avait conscience d'être différente des autres enfants. Un jour que Barbara avait voulu l'interroger sur celui qu'elle appelait « papa », elle s'était subitement transformée en gamine apeurée qui ne savait plus si elle devait garder son secret ou en parler. Barbara avait changé de sujet, de peur qu'Angela ne sente quelque chose d'anormal. Elle était parfois tentée de se poster à côté de l'interphone, branché en permanence, même si elle ne l'utilisait que rarement, mais elle aurait eu l'impression d'écouter aux portes.

Ted avait enfin remarqué que sa veste était tombée et entreprit de la secouer pour en enlever la poussière, précaution bien inutile car, aussi impeccable était-il en début de journée, à midi il était déjà tout chiffonné ; aujourd'hui, on aurait dit qu'il avait passé la nuit sur un banc du parc.

« Et cela ne vous empêche pas d'exercer votre métier, dit-il.

— J'ai de la chance. Une amie qui habite la maison d'à côté s'occupe d'elle, l'emmène à l'école et la ramène. Je me sens parfois horriblement coupable — je suis sûre que je préfère mon travail à mon rôle de mère. Mais, demanda-t-elle, ayant remarqué qu'il avait l'air intéressé, votre femme ne va-t-elle pas avoir un bébé bientôt ?

— Ça m'en a tout l'air. Helen a laissé tomber la pilule avec toutes ces rumeurs au sujet du cancer. Je suppose que je vais maintenant devoir attendre que la marmaille soit couchée pour écrire le grand ouvrage dont j'ai toujours rêvé.

— Je suis sûre que vous êtes très content d'être bientôt papa.

— C'est ce qu'on dit toujours dans ces cas-là, dit-il en frottant ses épais sourcils, peut-être pour masquer une once de contrariété. Helen désire beaucoup avoir un enfant, c'est le principal.

— Mais vous aussi, vous verrez. Il faut que je m'en aille. Le petit dernier de mon amie est malade et j'ai promis de rentrer tôt pour la débarrasser d'Angela. La vie de famille implique parfois des contraintes mais, croyez-moi, c'est toute votre vie qui va être transformée. »

Dehors, la chaleur de septembre était toujours aussi écrasante. La Tour des Postes était zébrée d'éclats lumineux ; Centre Point n'était qu'une fournaise de béton. Sa serviette était lourde. Elle aurait pu laisser les livres chez Ted mais elle avait promis à Angela de ramener quelque chose à lire.

Le métro était noir de supporters de football qui chahutaient au bord des quais et lançaient des canettes vides sur les voies. Certains s'employaient à couvrir les murs d'inscriptions, d'autres rôdaient autour des femmes seules ; quelques-uns firent mine de s'approcher d'elle et elle les éloigna d'un regard méprisant. Il régnait une lourde odeur de sueur que les déplacements d'air provoqués par l'arrivée des rames n'arrivaient pas à chasser.

Dans la voiture, ce fut pire. Même si elle avait pu s'asseoir, Barbara aurait tout de même eu envie de s'évanouir, cernée par les fans de football pendus aux poignées comme de la viande de boucherie. Des fanions qui sentaient la bière dansaient devant ses yeux. Sur une longue plainte monotone et perçante, la rame quitta la station et s'enfonça dans l'obscurité des tunnels en tanguant. Il y avait autant de monde que le jour où la femme au bec-de-lièvre s'était assise à côté d'Angela.

Elles étaient allées chez Hamley, dans Regent Street, acheter des jouets. Dans le métro, à Oxford Circus, il y avait tellement foule qu'elles avaient dû avancer au pas jusque sur le quai. Barbara s'apprêtait à dire à Angela de venir s'asseoir sur ses genoux quand une femme s'était brusquement assise à côté d'elle, repoussant la petite contre la fenêtre.

Barbara s'était d'abord efforcée, après un regard préliminaire, de ne pas lui accorder spécialement attention, ne voulant pas être surprise à l'observer. Bien qu'elle eût les traits tirés, la femme ne devait pas avoir plus de vingt ans. Au-dessus de la lèvre fendue et d'un grand nez rouge et grêlé comme une fraise, l'un des yeux vous regardait de travers, plus bas que l'autre. Que devait penser cette pauvre créature, chaque fois qu'elle avait le malheur de se regarder dans une glace ? Pour elle, la vie ne devait être qu'un désespoir sans fin.

A un moment donné, Barbara avait remarqué que la femme regardait Angela d'une drôle de façon. Elle était peut-être droguée — Londres semblait en ce moment plein de gens qui se comportaient comme s'ils évoluaient en retrait dans un monde factice — mais peu importait la raison : elle dévisageait Angela ouvertement, absolument incapable de regarder ailleurs, les yeux débordants de peur et de haine.

Barbara s'était demandé si elle devait intervenir — elle ne s'était pas senti d'humeur aussi farouche et protectrice depuis la naissance d'Angela — quand la rame avait ralenti à l'approche de la station de Green Park. La femme avait alors vu que Barbara l'observait. Un instant plus tard, elle se jetait dans la foule et quittait la station. N'avait-elle pas plutôt simplement changé de voiture ? Au milieu de la foule rassemblée à la gare Victoria, et tout le temps du trajet du retour dans le train, Barbara avait eu l'impression d'être poursuivie.

A Victoria, elle put enfin abandonner derrière elle les hordes de maniaques du football. En attendant le train pour Otford, elle examina les manchettes des journaux : le procès de Charles Manson durait toujours, on avait découvert des mitraillettes dans les vestiaires de l'hôtel Hilton. Cela lui rappela qu'il n'y avait pas qu'Angela au monde, même si, quand elle repensait à la manière dont elle s'était tassée sur son siège au contact de cette horrible femme, si effrayée qu'elle avait à peine osé parler avant d'être de retour à la maison, Barbara sentait la colère la gagner de nouveau.

Dans le train pour Otford, elle posa sa serviette à côté d'elle et, avec un soupir de soulagement, se cala le dos dans son fauteuil. Un train attendait sur l'autre voie, semblable à la vitrine d'une boutique de modiste, à voir les hommes enlever leurs melons pour s'éponger le front ou même, comme l'un d'entre eux, s'en servir comme éventail. Le train dépassa bientôt le refuge pour chiens de Battersea où, selon Angela, on battait les animaux. Passé Peckham Rye, les immeubles et les tours commencèrent à se clairsemer et à disparaître, abandonnant la place à des villages nichés dans les collines. Sur le Kent, le ciel était de plus en plus menaçant et brillait d'une lueur crépusculaire annonciatrice d'orage.

Lorsqu'elle descendit à Otford, elle entendit le tonnerre gronder au loin dans les collines, écrasées par un ciel de plomb. Le train s'éloigna le long du quai, devint un jouet, une simple tache, puis la gare déserte retomba dans une torpeur totale sous la lueur blafarde venue des collines. On aurait dit que l'air s'était changé en résine.

Au milieu de la passerelle qui traversait les voies, elle vit que la gare n'était pas tout à fait déserte. Une femme se tenait sur le quai pour Londres. Elle se déplaça sous l'ombre de la passerelle lorsque Barbara se remit en mouvement, comme si elle cherchait à se cacher.

Sans savoir pourquoi elle agissait ainsi, et tout en se disant qu'elle devenait folle, Barbara hâta l'allure dans l'espoir d'apercevoir le visage de la femme. Parvenue au bout de la passerelle, elle aperçut alors Jan, en bas des marches.

Jamais elle ne l'avait connue dans un tel état, tassée sur elle-même, beaucoup plus petite que d'habitude. Ce matin, pourtant, Nigel n'avait pas semblé avoir autre chose qu'un banal rhume. Qui s'occupait d'Angela ? Elle s'élança et dévala les marches de la passerelle.

« Que se passe-t-il, Jan ? Nigel est malade ? »

Elle faillit se trouver mal en voyant Jan reculer devant elle et se déchirer la poitrine. Elle devait se faire mal, même si elle ne semblait pas s'en rendre compte.

« Oh, Barbara, dit-elle. Je suis tellement désolée. »

CHAPITRE CINQ

BARBARA fut réveillée par l'orage. Quelque chose n'allait pas mais elle n'aurait su dire quoi. En fait de tonnerre, il ne s'agissait que du bruit des pas d'Angela qui marchait dans sa chambre, au premier. Il fallait se relever ; elle n'avait pas eu conscience de piquer du nez dans sa chaise et avait peur d'avoir laissé Angela seule trop longtemps.

Puis les bruits de pas cessèrent et, à travers la cloison mitoyenne, elle entendit Jan marmonner. Ce n'était pas Angela, mais Nigel qui marchait dans l'appartement d'à côté. La voix assourdie de Jan lui procura un vague sentiment de malaise. Bien que l'événement fût déjà vieux de plusieurs semaines, elle se revoyait encore s'enfuir de la gare en courant, même si maintenant elle savait ce qui l'attendait à la maison.

Elle s'était mise à courir avant que Jan puisse s'expliquer. Elle était passée comme une folle devant les maisons, au fond de leurs jardins étroits. Les feuilles des arbres brillaient comme de l'huile au soleil. Tout avait l'air trop proche et oppressant, mais en même temps irréel, tel un décor dressé sous le ciel menaçant. Pas un oiseau ne chantait. Nul ne bougeait sauf elle ; tout cherchait à la retenir en arrière.

Jan haletait et s'essoufflait à ses côtés.

« Un homme est venu à l'école, avait-elle dit d'une voix brisée. Il a dit que c'était lui qui venait parce que je devais m'occuper de Nigel qui était malade. Je ne suis arrivée qu'avec une ou deux minutes de retard. »

Mais Barbara l'avait à peine entendue ; elle n'écouterait ses explications que lorsqu'elle aurait pu constater par elle-même, une fois à la maison, ce qui était arrivé à Angela. Elle avait traversé le parc comme une somnambule et emprunté l'allée, toute défoncée par les sabots des chevaux ; sa serviette pleine de livres lui meurtrissait le côté. Le ciel se reflétait dans les fenêtres de la tour en ruine au toit d'ardoises et avait changé l'eau du ruisseau en vase où ne se mirait plus le soleil.

Devant la maison, elle avait vu qu'il y avait du monde chez Jan. Elle avait reconnu Mlle Clarke, la directrice de la maternelle, une femme boulotte entre deux âges que Barbara jugeait plutôt stupide mais que les enfants adoraient. Il y avait aussi Keith, penché derrière la fenêtre pour dire quelque chose à Angela — à un enfant, en tout cas — et le brigadier, imposant mais débonnaire, qui commandait le douillet poste de police provincial d'Otford. A sa vue, Barbara sentit son cœur bondir. Mais il faisait son métier et tout allait bientôt rentrer dans l'ordre.

Il était sorti de la maison à l'instant où elle surgissait à travers la haie du jardin. Son visage s'était adouci et avait adopté une mine professionnelle qui se voulait rassurante.

« Il ne faut pas vous tracasser, madame Waugh. La police du comté a été alertée. Elle va arrêter tous les véhicules. »

Le ciel noir lui avait soudain semblé s'abattre sur elle. Un voile s'était posé sur ses yeux.

« Mais de quoi êtes-vous donc en train de parler?

— J'ai essayé de lui expliquer mais elle n'a pas voulu m'écouter, avait déclaré Jan, au bord des larmes. Barbara, quelqu'un est venu trouver Mlle Clarke et a emmené Angela. »

Barbara s'était laissée tomber dans l'un des fauteuils du jardin, incapable de se rappeler comment elle était venue jusqu'ici. Tout tanguait autour d'elle.

« Qui lui a permis de l'emmener ? avait-elle demandé.

— Il ne faut pas blâmer Mlle Clarke, avait répondu Jan anxieusement. Elle n'avait aucune raison d'avoir le moindre soupçon. »

Elle devait faire taire ses émotions et écouter tous les détails de ce qui s'était passé afin d'être sûre que rien n'avait été négligé. Il fallait qu'elle parle, qu'elle dise quelque chose pour ne pas rester seule avec ses pensées.

« Au bout de combien de temps a-t-on prévenu la police ?

— Je ne sais pas comment tout a commencé. Mlle Clarke n'était plus là lorsque je suis arrivée. Elle quitte l'école aussitôt les enfants partis. J'ai dû la chercher partout dans le village, alors que j'aurais bien mieux aimé rester là-bas, au cas où Angela serait revenue. Personne n'avait vu Mlle Clarke, ni Angela. Je croyais qu'elles étaient peut-être ensemble, avait-elle précisé pour se donner le courage de continuer. J'ai finalement trouvé Mlle Clarke au bout d'une heure et nous sommes allées droit au poste de police. »

A côté d'elle, le brigadier était sans doute l'homme idéal pour rassurer les honnêtes gens ou tancer les garnements qui chapardaient des pommes, mais pouvait-il faire face à une telle situation ?

« Vous avez dit qu'on allait arrêter tous les véhicules… avait demandé Barbara. Vous avez relevé le numéro de la voiture ?

— Je n'y ai même pas pensé, s'était exclamée Mlle Clarke, qui avait fait aussi son apparition sur le pas de la porte. Je crois que vous auriez fait la même chose que moi, madame Waugh.

— Vous avez vu la voiture ? »

Mlle Clarke avait hoché la tête et Barbara s'était tournée vers le brigadier qui lui, au moins, avait les yeux en face des trous.

« Alors vous connaissez la marque?

— Eh bien, pas vraiment, enfin je ne sais trop, était intervenue Mlle Clarke, les sourcils froncés, ce qui avait une nouvelle fois fait glisser ses lunettes, qu'elle était sans cesse obligée de remonter sur son nez. J'ai bien peur de ne pas savoir distinguer un modèle d'un autre.

— Nous savons que le véhicule était de couleur noire ou bleu foncé, avait dit le brigadier, et nous pensons qu'il s'agit d'une conduite intérieure. »

Mlle Clarke avait approuvé du menton d'un air de défi ; si elle s'était écoutée, Barbara l'aurait giflée.

« Comment avez-vous pu la laisser partir avec cet homme? s'était-elle écriée.

— Je crois que vous auriez fait pareil si vous aviez été à ma place, madame Waugh. Il était bien habillé et s'exprimait très correctement. D'ailleurs, si ç'avait été réellement la brute que vous décrivez tous, comment imaginer que j'aurais pu lui résister? Je ne suis qu'une femme, vous savez, et j'ai aussi tous les autres enfants sous ma responsabilité. En tout cas, avait-elle confié d'un air presque triomphant, ça ne s'est pas du tout passé comme vous le croyez. Angela a suivi cet homme en toute liberté. »

Avec un bruit que tout le monde avait dû entendre, les ongles de Barbara s'étaient enfoncés dans la toile du fauteuil.

« Que lui a-t-il dit?

— Oh, je ne sais plus, exactement : « Bonjour Angela, je suis descendu chez tatie Jan. Dépêche-toi, je suis garé n'importe comment. » Vous savez vous-même combien la rue est étroite. »

Barbara avait commencé à claquer des dents.

« Mais cela ne vous a tout de même pas paru un tout petit peu étrange, avait-elle dit d'un ton saccadé, que cet homme ait besoin d'une voiture pour l'emmener simplement à l'autre bout du village?

— Je n'ai pour ma part jamais eu de voiture. D'un autre côté, c'est facile de se montrer avisé une fois les événements passés, avait grincé Mlle Clarke dont la colère montait à mesure que ses lunettes glissaient de son nez. Je vous ai souvent vue prendre votre voiture pour aller simplement à l'épicerie. »

Barbara n'avait pas répondu car elle se serait mise à hurler. Heureusement, le brigadier avait tendu le bras fort à propos vers une voiture qui débouchait du rond-point.

« Je crois que voilà la police du comté. »

Barbara avait réussi à se relever, bien qu'elle tremblât de tout son corps. Le nouvel arrivant était seul et n'avait rien de nouveau à leur apprendre. Il était jeune, avait l'air terriblement efficace et semblait désapprouver la manière dont chacun avait été autorisé à quitter la maison et à se promener librement un peu partout. Il avait emmené le brigadier à l'autre bout du jardin pour lui poser quelques questions, puis était revenu vers Barbara.

« Pouvons-nous aller chez vous, s'il vous plaît ? »

Une fois là, il s'était mis à l'interroger. Il ne s'était pas montré particulièrement compatissant, mais peut-être estimait-il que ce n'était pas le moment. Elle n'avait pas de temps à perdre à lui en vouloir pour des peccadilles. Vivait-elle seule ? Où était son mari ? Quel métier exerçait-il ? Avait-il laissé un héritage substantiel ? Quel était son métier à elle ? Combien arrivait-elle à se faire ? Y avait-il quelqu'un qui pouvait penser avoir des droits sur l'enfant ? Connaissait-elle quelqu'un qui puisse correspondre au portrait d'un ravisseur ?

« Personne, avait-elle répondu. Comment cet homme pouvait-il connaître le prénom de ma petite fille et celui de Jan ?

— Vous avez probablement appelé votre fille par son prénom un jour dans la rue. Mais n'importe qui peut consulter les listes électorales. Ça ressemble à du travail de professionnel. Ils ont peut-être pensé que si vous pouviez vous permettre de vivre dans un endroit comme celui-ci, vous pouviez payer une rançon. »

Était-il jaloux? Il lui avait ensuite parlé des appels téléphoniques qu'elle n'allait pas manquer de recevoir dans les prochaines heures. Son téléphone ne serait pas mis sur écoute avant un certain temps, mais d'ici là, elle devait appeler immédiatement la police si le ou les ravisseurs prenaient contact. Il l'avait quittée pour aller interroger les autres et elle était restée seule à attendre, à se demander sans plus pouvoir penser à rien d'autre comment elle avait pu prendre si peu soin d'Angela, secouée de frissons incoercibles.

Elle avait fini par se calmer et avait cessé de trembler, vide et fragile comme un coquillage prêt à se briser au moindre souffle. Elle avait vécu ce qu'elle aurait dû vivre à la mort d'Arthur, si elle avait pu disposer d'un peu de temps, éprouvant en outre un sentiment de culpabilité, sentiment qui s'était peu à peu emparé d'elle et de la maison tout entière. Soudain, tout lui paraissait terne, sale et ne valant pas la peine d'être vécu. Puis les jours étaient passés, sans qu'elle ait rien d'autre à faire qu'attendre. Le pire avait été de ne même pas pouvoir prendre sa voiture pour partir à la recherche d'Angela car elle n'osait pas quitter la maison. Pendant des semaines, elle avait sursauté chaque fois qu'elle entendait le bruit d'une voiture et s'était précipitée vers le téléphone les rares fois où il avait sonné. Au-dehors, derrière la fenêtre, les beaux jours s'étaient écoulés, factices. Rien n'était réel, sauf le silence insupportable qui avait pris possession de la maison.

L'idée que les ravisseurs avaient peut-être choisi de ne pas la contacter par téléphone avait commencé à l'obséder ; ils pouvaient aussi mettre une annonce dans l'une des éditions locales d'un quotidien londonien, en faisant allusion à quelque chose que seule Angela pouvait partager avec elle. Un tel message aurait pu passer complètement inaperçu de la police. Elle avait vécu dans la hantise que les ravisseurs puissent faire du mal à Angela s'ils apprenaient que la police avait été prévenue.

Pendant des jours, elle avait épluché les messages

personnels des petites annonces, les yeux fiévreux à force de fixer les caractères qui se recroquevillaient comme du papier rongé par les flammes. Puis elle avait pensé que ce qu'elle cherchait pouvait même se trouver dans une autre rubrique, afin de mieux berner la police. Elle avait alors cherché parmi les maisons à vendre et les voitures d'occasion, avant de comprendre que, finalement, la seule bernée dans l'histoire était elle. Si elle s'était écoutée, pour un peu, elle aurait aussi parcouru la page des spectacles.

Parfois, elle croyait voir Arthur qui essayait de la rassurer, dans l'encadrement d'une porte ou en haut des marches de l'escalier. Ce ne pouvait être qu'une hallucination provoquée par les cauchemars qu'elle faisait la nuit entre deux épisodes d'insomnie, une hallucination comme la voix lointaine de la petite fille qui avait dit « Maman ». Elle avait même fini par penser qu'Arthur n'avait jamais existé.

Chaque fois qu'elle allait à la salle de bains, les trois premières marches craquaient, comme pour lui rappeler qu'elle n'avait désormais plus personne à aller réveiller. Elle aurait voulu, qu'à côté, les deux garçons fassent encore plus de bruit — au moins, cela l'aurait convaincue qu'il y avait quelqu'un près d'elle — mais Jan leur avait tenu la bride, durant toutes ces semaines. Jan, si serviable et si prévenante que Barbara n'avait pas tardé à ne plus pouvoir respirer toute seule.

Au début, Jan et Keith avaient essayé de la faire sortir de chez elle. Ils l'avaient exhortée à venir au moins frapper à leur porte et manger avec eux, mais c'était compter sans son entêtement. Ils avaient alors pris l'habitude de venir lui rendre visite, la mine aussi réjouie que celle qu'on prend habituellement pour veiller un malade sur son lit de mort. Elle avait néanmoins fini par les convaincre qu'elle souhaitait rester seule, même si Jan avait insisté pour faire ses courses. Jan était manifestement désireuse de se faire pardonner, alors que si Angela était rentrée un jour, saine et sauve, Barbara n'aurait rien eu à lui pardonner et qu'elle ne lui en voulait absolument pas.

Entourée d'une sympathie tellement générale, elle avait compris que chacun s'efforçait de la préparer à admettre que le pire avait peut-être été accompli. Mais elle n'avait pas voulu qu'on la prépare à cette éventualité et qu'on la soustraie à son malheur. Angela reviendrait un jour ; rien d'autre ne comptait. Elle aurait donné tout ce qu'elle avait pour cela. Un jour, quelqu'un avait frappé à la porte.

En une seconde, son estomac puis tout son corps étaient devenus aussi attentifs que ses yeux. Prise de vertiges, elle avait eu peur de se mettre à vomir. Puis elle avait réalisé qu'elle n'avait pas entendu de bruit de moteur. Ce devait encore être ses chers voisins qui venaient une nouvelle fois lui offrir toute leur sympathie : cessez de vous tracasser ; essayez de vous détendre et de vous reposer ; vous croyez que c'est rendre service à Angela que de vous mettre dans des états pareils? C'est seulement lorsqu'on avait frappé une seconde fois qu'elle avait pris conscience que les coups contre la porte ne ressemblaient pas à ceux de Keith ou de Jan, ni même à ceux des garçons. Elle s'était ruée vers la porte pour aller ouvrir.

CHAPITRE SIX

En ouvrant la porte, elle avait découvert Mlle Clarke. Celle-ci était accompagnée par une femme qui ressemblait à une actrice, le visage, profondément raviné, plâtré d'une couche de maquillage, les cheveux épais et aussi roux que la robe d'un setter feu, vêtue d'une profusion de soie, la gorge ceinte d'innombrables foulards qui formaient une sorte de fraise autour de son cou, les poignets cerclés de bracelets qui avaient tinté quand elle avait levé la main en signe de sympathie. Le contact, la présentation, devaient sans doute faire partie de ses talents.

« Je comprends que vous ne receviez pas de visites, madame Waugh, mais je considère qu'il est de mon devoir de vous aider, avait déclaré Mlle Clarke d'un ton qui signifiait clairement qu'elle n'aurait toléré aucune objection. Je vous amène quelqu'un qui pourra vous venir en aide », avait-elle ajouté.

Mais, bon Dieu, fous donc le camp, espèce de vieille folle ! avait d'abord eu envie de crier Barbara, bien peu sociable, ces derniers temps. Mais n'utilisait-elle pas Jan et Mlle Clarke comme des boucs émissaires ; ne rejetait-elle pas sur elle tous ses doutes et sa culpabilité ? Pouvait-elle refuser l'offre d'une main tendue ; ne devait-elle pas tout faire pour retrouver Angela ?

« C'est très aimable à vous. Entrez, je vous prie. »

La femme aux foulards avait franchi la porte en trottinant, inondant au passage Barbara de son parfum, et était allée directement à la salle de séjour, dont la baie panoramique dominait le parc.

« Ah, la voilà », s'était-elle écriée.

Barbara s'était tournée vers elle et l'avait observée avec attention, le cœur battant et la bouche atrocement sèche. La femme avait examiné la photographie d'Angela posée sur la cheminée.

« Oh, ma chère, quelle merveilleuse enfant. Calmez-vous à présent, si vous le pouvez. Je suis là et je vais la retrouver. »

Barbara était tout à coup devenue soupçonneuse.

« Que fait exactement votre amie, m'avez-vous dit, Mlle Clarke ?

— Elle pratique la psychométrie*, avait répondu Mlle Clarke, comme si l'évocation même de ce seul mot était assez parlante en elle-même.

— Vous voulez dire, avait demandé Barbara qui sentait la fureur la gagner, qu'elle prétend pouvoir retrouver des gens en manipulant quelque chose qui leur a appartenu ?

— Ce n'est pas une simple affirmation, madame Waugh. Je l'ai vu faire des choses que je ne pourrais pas vous expliquer. Mais je vous jure que si vous aviez vu tout ce que j'ai vu, vous ne penseriez pas du tout que j'ai l'esprit dérangé. Vous devez donner cette chance à Angela.

L'adepte du spiritisme avait pressé la photo contre son front, maculant le cadre de verre de fond de teint.

« Y a-t-il un vêtement que votre petite fille aimait tout particulièrement porter ?

— Oui, avait capitulé Barbara d'un ton las, il y a une ou deux choses.

* Terme forgé en 1842. En parapsychologie, faculté extra-sensorielle qui permet, en examinant un objet familier ayant appartenu à un individu, ou associé à son passé, de dire qui est cette personne, voire de prédire son avenir. (NdT.)

— Apportez-moi ce qu'elle préférait, vite, avait déclaré la spirite, ou l'actrice — Barbara ne savait pas encore dans quelle catégorie la ranger — assise à sa table de travail, les mains serrées contre les tempes. Ainsi qu'un planisphère, avait-elle marmonné.

— Je n'en ai pas. »

La femme avait semblé s'extraire d'une légère transe.

« Hum, je suis sûre qu'elle n'a pas quitté le pays. Une carte de la Grande-Bretagne suffira. »

C'est Keith qui avait sa carte routière et il ne serait pas de retour avant des heures.

« Je n'en ai pas non plus.

— Mlle Clarke m'a pourtant dit que vous travaillez dans l'édition. Si j'avais su, j'aurais amené mon atlas, avait-elle dit en laissant clairement entendre qu'elle ne pouvait pas faire son travail si tout le monde n'y mettait pas du sien. Tant pis, avait-elle poursuivi, magnanime. Tout va dépendre de ce que va nous dire le vêtement. »

Dans l'escalier, Barbara avait soudain éprouvé beaucoup de mal à respirer. Ce n'était pas seulement la chaleur de cette journée d'octobre, c'était la colère, une rage froide et moite, face à ce qui ne pouvait être autre chose qu'une mascarade. Elle avait hésité sur le seuil de la chambre d'Angela, qu'elle avait rangée pour passer le temps, et où elle avait remis exactement chaque chose à sa place, la première semaine de sa disparition. Elle aurait maintenant préféré n'avoir touché à rien et tout laissé en l'état, comme si Angela allait bientôt rentrer. La spirite avait parlé d'Angela au présent, alors qu'elle était sûre que Jan et tous les autres n'y pensaient plus qu'au passé. Elle avait retrouvé la salopette favorite d'Angela et était redescendue au rez-de-chaussée.

La femme n'avait apparemment pas bougé. Elle regardait fixement la photographie posée devant elle sur la table comme pour en graver les moindres détails dans sa mémoire, bien que la photo ne fût déjà plus récente. Les cheveux blonds d'Angela n'étaient plus bouclés et lui tombaient maintenant droit sur les épaules; ses yeux étaient d'un bleu encore plus profond ; le cliché ne laissait pas du tout deviner combien ses jambes étaient longues et comme elle était belle. La femme avait continué à examiner la photo avec un intérêt intense et n'avait pas relevé les yeux quand Barbara lui avait tendu le vêtement.

« Oui, avait-elle dit brusquement, c'est tout à fait ce qu'il me faut. »

Mlle Clarke lui avait fait signe de s'asseoir et de ne pas faire de bruit. Barbara avait pris place à la table tout en regrettant qu'il ne fût pas possible de laisser la lumière allumée ; des nuages s'amoncelaient au-dessus des collines et roulaient sur l'horizon, noir et menaçant ; l'air était lourd et étouffant dans la pièce plongée dans la pénombre et envahie par le parfum de la médium. Elle devait avoir pour habitude d'opérer dans l'obscurité. Les yeux fermés, elle tenait la salopette d'Angela serrée contre elle, le col en bas. Dans le noir et privée de sommeil comme elle l'était, Barbara avait cru un instant que la femme était enceinte.

« Elle est tellement jolie, avait dit la médium. Et son âme est encore plus belle que son corps. »

Manifestement, avait pensé Barbara, de telles choses devaient marcher face à des mères de familles crédules. Quelle sorte de réconfort pouvait-on trouver dans de telles pratiques ? Elle avait l'impression de ne pas être réveillée et n'arrivait pas vraiment à croire ce qui se déroulait sous ses yeux.

« Elle a les cheveux plus longs aujourd'hui, avait ajouté la médium. Oui, je la vois : une grande fille avec de longs cheveux blonds. »

Elle pouvait avoir déduit tout cela de la photo, ou Mlle Clarke avait pu lui décrire Angela. Barbara avait trouvé qu'elle avait localisé Angela avec une rapidité plutôt surprenante, mais n'était-ce pas elle qui voulait à tout prix se boucher les yeux, de peur d'espérer en vain ?

« Elle a quelque chose sur l'épaule. »

Barbara s'était raidie et avait cru qu'elle allait se mettre à trembler.

« Qu'est-ce que c'est? avait-elle demandé.

— Je le vois presque. Une marque — oui, une espèce de marque. Elle portait un insigne sur l'épaule? »

Avant que Barbara ait pu répondre, la femme avait repris:

« Attendez, je la vois très bien maintenant. C'est une blessure, une blessure à l'épaule droite.

— Non, avait répondu Barbara d'un ton morne. Elle n'a aucune blessure à l'épaule droite.

— Pas quand vous l'avez vue pour la dernière fois, avait répliqué la femme en balayant cette fausse note d'un grand geste qui avait fait tinter ses bracelets. Mais nous ne devons pas nous consacrer uniquement au corps, ma chère. La chose la plus importante est l'âme. »

Si c'était là le genre de consolation qu'elle avait à offrir, cela semblait être à première vue tout aussi néfaste qu'inutile. La pièce était saturée de son parfum, lourd comme de l'encens; la salopette d'Angela avait glissé des genoux de la femme, les jambes tordues, vides. La médium s'était penchée et l'avait rattrapée avant qu'elle ne tombe.

« Oh, ma chère, si seulement vous pouviez voir son âme. »

Ce qui laissait supposer qu'elle en était par contre parfaitement capable. Elle devait en être persuadée, car elle avait poursuivi:

« Elle a tant de choses à donner. Elle a déjà un très grand pouvoir mental. A mesure qu'elle grandira, elle apprendra à s'en servir. »

Barbara avait failli briser là cette pantomime — elle en avait assez de penser sans cesse, sans pouvoir trouver le repos, à ce qui avait pu arriver à Angela et n'avait pas besoin de cet épouvantail pour lui rappeler encore et toujours les mêmes choses.

« N'avait-elle pas des visions? »

Angela n'était qu'une enfant, une enfant en danger ; comment tout ceci pouvait-il l'aider? Mais c'était la première fois que cette femme avait dit quelque chose qui n'était pas qu'une simple et habile déduction.

« Elle parlait parfois de choses bizarres, avait admis Barbara avec circonspection.

— Elle n'est pas bizarre, elle est tout simplement merveilleuse, avait dit la femme d'un ton où perçait le reproche. Il y a des gens qui ne voient pas du tout le monde sous le même angle que le commun des mortels. Nous allons la retrouver, ne vous inquiétez plus, ma chère. Mais laissez-moi vous dire, avait-elle déclaré en ouvrant soudain les yeux, qu'elle est sous la menace d'un effroyable danger. Il faut retrouver les gens qui l'ont enlevée avant qu'ils ne la détruisent tout à fait.

— Soyez courageuse, était intervenue Mlle Clarke. Elle retrouvera Angela, j'en suis sûre. Tout ce qu'il lui faut, c'est une carte.

— Très bien, avait répondu sèchement Barbara, ne pouvant plus supporter de rester assise là à ne rien faire, cernée par l'obscurité et incommodée par le parfum entêtant. Je sais où il y en a une. »

Keith n'avait peut-être pas pris la carte aujourd'hui ; s'il l'avait emportée, elle irait frapper chez tous les voisins s'il le fallait, mais elle en trouverait une. Alors, on verrait bien si la médium avait autre chose à dire que des absurdités.

En ouvrant la porte, elle avait aperçu un homme déboucher du rond-point et se diriger vers la maison à pas lents et fatigués. Le soir tombait et, pendant un instant, elle n'avait pas été tout à fait sûre qu'il s'agissait du brigadier. Elle s'était dit rêveusement qu'il pourrait peut-être lui prêter une carte.

Quand il s'était engagé dans l'allée, elle avait enfin eu l'impression de se réveiller: la migraine l'élançait comme une dent cariée, ses nerfs fourmillaient. Le brigadier avait soigneusement refermé le portillon avant de se diriger vers elle ; il ne savait manifestement pas par où commencer.

« Puis-je entrer, madame Waugh ? J'ai peur d'avoir à vous poser quelques questions. »

Il devait procéder à un interrogatoire mais ne savait pas exactement comment s'y prendre. Elle n'avait pas osé lui demander d'aller droit au but et, les genoux tremblants, l'avait accompagné jusqu'à la salle de séjour. Il avait allumé la lumière et découvert la médium, qui regardait dans le vide et clignait des paupières comme une chauve-souris.

« Mais qu'est-ce que vous faites ? » s'était écriée Mlle Clarke avant de comprendre à qui elle avait à faire.

Il avait fait asseoir Barbara et s'était accroupi à ses côtés.

« Madame Waugh, vous avez déclaré qu'Angela portait une robe à rayures blanches et bleues, ainsi qu'une ceinture. Avait-elle quelque chose de spécial dont vous auriez oublié de nous parler ?

— Tel que ? avait-elle répondu, sans savoir où il voulait en venir.

— Nous avez-vous décrit très exactement cette ceinture ? »

Elle avait de plus en plus mal au crâne, le front traversé d'élancements douloureux, et n'avait pas envie de parler.

« Elle avait perdu sa ceinture et je lui en avais mis une autre. Cela ne se voyait presque pas, avait-elle répondu d'un ton las. La couleur était seulement un peu plus claire, c'est tout.

— Je suis profondément désolée, madame Waugh, avait-il dit, le visage grave, mais il semblerait qu'on ait retrouvé Angela. »

Il y avait quelque chose dont elle devait se rappeler, quelque chose qui pourrait annuler l'horreur implicite contenue dans ces paroles.

« Cela n'a pas d'importance pour la robe, avait-elle dit, proche de l'hystérie. Si on n'a pas trouvé de marque de naissance sur son épaule, alors ce n'est peut-être pas elle.

— Une marque de naissance! s'était exclamée la médium. Mais bien sûr, c'est ce que j'ai vu. »

Il avait froncé les sourcils à cette déclaration mais s'était contenté de regarder Barbara d'un air triste.

« J'ai bien peur qu'on ne puisse pas identifier votre fille de cette façon, madame Waugh. Elle a été abattue d'un coup de fusil tiré à bout portant. »

Barbara n'avait ressenti qu'un immense vide, le vide à l'intérieur, le vide à l'extérieur. Quelque part, la médium avait demandé :

« Quand a-t-elle été tuée?

— Probablement tôt ce matin. »

Elle s'était précipitée vers Barbara, les mains tendues.

« Madame Waugh, vous devez m'écouter. Ce n'est pas Angela. Elle était toujours vivante quand j'ai touché sa salopette. Elle est vivante en ce moment même et elle est en danger. »

Barbara s'était levée brusquement et avait repoussé la femme. Elle lui avait arraché la salopette des mains et l'avait serrée contre elle ; la salopette était vide, elle aussi.

« Et je suppose, avait-elle dit d'une voix si pleine de haine, de souffrance et de chagrin qu'elle avait du mal à la reconnaître comme étant la sienne, qu'on a tiré sur une autre petite fille pour me faire croire qu'il s'agissait d'Angela?

— Je crois que vous feriez mieux de partir, mademoiselle Clarke, avait alors dit le brigadier, et d'emmener votre amie spirite avec vous. »

Barbara n'avait pas cherché à les retenir ; son coup de colère l'avait vidée de toute son énergie et elle avait tout juste eu la force de se laisser retomber dans son fauteuil. Le brigadier lui avait encore parlé un instant, puis Jan et Keith n'avaient pas tardé à arriver, mais elle n'avait rien compris à ce qu'ils lui avaient dit. Elle était seulement consciente du silence qui régnait dans la maison.

C'était tout ce dont elle se souvenait de cette époque. Des gens ne cessaient d'apparaître — un médecin venait l'examiner de temps en temps, Jan restait avec elle aussi souvent qu'elle le pouvait car elle s'obstinait à ne pas quitter la maison — mais elle y accordait si peu d'attention qu'elle n'aurait su dire s'ils entraient ou s'ils sortaient. Parfois, elle se surprenait à contempler des plats que quelqu'un avait entamés il y avait des heures. Elle s'efforçait de rester confinée au rez-de-chaussée, car le grincement des trois premières marches la faisait toujours tressaillir, mais elle avait pris l'habitude de s'endormir n'importe où. Elle ne semblait plus savoir qui elle était et avait complètement oublié son travail — dieu merci, car chaque fois qu'elle songeait à son bureau de Londres, elle en devenait malade de honte et de culpabilité. Elle pensait sans cesse à Angela, même si elle avait le sentiment de ne plus en avoir le droit.

Plusieurs jours et plusieurs nuits étaient passés, puis l'enterrement avait eu lieu. A aucun moment, elle n'avait paru comprendre ce qu'il y avait dans le petit cercueil plombé. Il avait disparu dans le four du crématorium et les flammes avaient dévoré le corps d'Angela en grondant. Jan s'était approchée d'elle, désireuse de lui offrir son soutien afin de se sentir un peu moins coupable. Mais Barbara avait atteint à présent le tréfonds du désespoir ; elle n'avait plus une seule larme dans le corps.

Plus tard — plusieurs jours, sans doute — elle se rappelait Jan en train de dire : « Bon Dieu, j'espère qu'on va pincer ce salaud. Je sais très bien ce que je lui ferais, moi. » Barbara l'avait trouvée soudain insupportable, car elle ne voyait pas en quoi cela aurait pu ramener Angela. Finalement, à l'instant où Barbara allait se mettre à hurler, Jan avait accepté de la laisser seule. Elle avait besoin de solitude pour décider de ce qu'elle voulait faire.

Elle laissait l'interphone branché en permanence dans la chambre d'Angela et attendait, guettant avec une confiance aveugle le moment où retentirait la voix désincarnée de sa petite fille assassinée. Tout cela ne pouvant que l'enfoncer encore plus profondément dans son désespoir. Puis, un jour, dégoûtée d'elle-même, elle avait décidé de se reprendre en main.

Tôt le lendemain matin, elle avait entassé tous les jouets, les livres et les vêtements d'Angela dans sa voiture et quitté Otford. Sans savoir comment elle était venue jusque-là, elle s'était retrouvée à Maidstone où, sous le ciel bas et couvert de novembre, régnait une lourde odeur de malt. Elle avait aperçu une vente de charité, sous le porche d'une église. Elle avait laissé tout ce qui avait appartenu à Angela sur la première table venue et s'était enfuie. De retour dans la campagne du Kent, quelque part dans les collines noires et trempées par la pluie, elle avait abandonné sa voiture sous les trombes d'eau qui tombaient et marché en rond pendant des kilomètres, torturée par les souvenirs, le corps cassé par les sanglots.

Pendant des jours, elle s'était haïe d'éprouver encore l'envie de travailler. C'était pour cela qu'Angela était morte. D'un autre côté, reprendre son emploi était la seule chose à laquelle elle pouvait se raccrocher. Dès qu'elle avait été de retour à son bureau de Londres, elle s'était plongée dans le travail avec une ardeur telle qu'elle avait réussi, pendant quelque temps, à ne pas penser à autre chose, malgré tout ce qui lui rappelait constamment le passé — les choses que les gens évitaient de dire, la façon dont ses collègues, dont Jan, essayaient de se mettre en quatre tout en prenant soin de ne pas le faire remarquer, les bébés et les enfants qui apparaissaient dans la moitié des ouvrages qu'elle avait à lire. Ce n'était pas pour ces seules raisons qu'elle avait enfin pris la décision, avec l'argent laissé par le testament d'Arthur et celui procuré par la vente de la maison, de venir habiter Londres et d'ouvrir son agence, mais ce changement l'avait aidée à panser ses blessures, à accepter qu'Angela était partie pour toujours. Et malgré cela, neuf ans plus tard, une voix au téléphone l'avait appelée « Maman ».

CHAPITRE SEPT

SOUS le dôme de pierre, le ciel nocturne se précisa peu à peu et les étoiles s'allumèrent une à une. D'abord, elle vit des sortes de nuages translucides, vortex de formes imbriquées, rouges, bleues et vertes qui coulaient et se fondaient l'une dans l'autre. Puis apparut un gigantesque entrelacs de figures géométriques, arithmétique lumineuse plaquée sur le ciel. De grandes taches multicolores passaient devant les étoiles, comme des chatons géants en train de jouer à s'attraper la queue, spires lumineuses qui tombaient tout à coup de la voûte céleste, fleurs géométriques qui bourgeonnaient et se refermaient au-dessus de la tête des spectateurs, puis bourgeonnaient à nouveau. Certaines formes défilaient trop rapidement pour qu'on puisse voir ce que c'était, si rapidement que Judy oublia qu'elle était une grande fille de neuf ans et se mit à pousser des cris de plaisir.

« C'était merveilleux, dit-elle quand les lumières du bâtiment se rallumèrent. Merci, papa. »

Elle sortit du planétarium en sautillant et surgit dans Baker Street alors que, personnellement, Ted n'avait pas encore retrouvé sa vision normale : il avait l'impression que les motifs du tapis glissaient de côté s'il les regardait attentivement. Il la repéra, un peu plus haut dans la rue, près d'un groupe de jeunes visiblement drogués.

« Maman m'a emmenée au musée, la semaine dernière, mais c'était loin d'être aussi amusant qu'aujourd'hui. »

Dans le métro, le plan du réseau rappelait les rayons laser du spectacle auquel ils venaient d'assister.

« A ta place, c'est une chose que je ne lui dirais pas, dit-il.

— Évidemment, tiens. »

La sagacité de son sourire le surprit. Les signes qu'elle grandissait le prenaient toujours au dépourvu. Pourtant c'était logique : chaque fois qu'il la voyait, elle était plus vieille d'une semaine.

Elle descendit bruyamment les marches de l'escalier mécanique, puis revint vers lui en courant, incroyablement féminine dans sa robe qui lui tombait sur les chevilles. Avait-elle deviné qu'il était fier d'être avec elle ? Certainement.

« Oncle Steve ne vous a pas emmenées en balade ? lui demanda-t-il en montant dans la rame.

— Il avait dit qu'il nous emmènerait en vacances mais, au lieu de ça, il est parti en Afrique du Sud. Je ne crois pas que maman l'aime beaucoup.

— C'est dommage. »

Judy l'adorait et, d'après ses dires, Steve s'était beaucoup attaché à elle. Steve était comptable, même s'il ne semblait pas posséder l'esprit de rigueur généralement de mise dans son métier. Après cela, Helen allait maintenant encore plus se méfier des hommes.

Ils retrouvèrent la lumière du jour à Highbury-Islington. Ils s'engagèrent dans Upper Street, bordée de boutiques serrées les unes sur les autres, telles des boîtes abandonnées sur une étagère, rongées par le soleil et les intempéries. Sur la devanture d'un restaurant, des affiches du National Front* côtoyaient les autocollants des cartes de crédit acceptées par l'établissement ; une coiffeuse, le miroir poussiéreux démonté de

* Équivalent britannique de notre Front National.

son cadre, avait été sortie sur le trottoir devant un entrepôt de meubles à prix soldés.

« Tu aimes habiter ce quartier ? demanda-t-il d'un ton innocent.

— Oui, beaucoup. Mais j'aimais mieux le vieil appartement où on habitait avant. »

Il aurait juré qu'elle était trop jeune pour s'en souvenir. Ce qui aurait été préférable, car il était obligé de s'avouer que tous les souvenirs de cette époque n'étaient pas forcément agréables : l'appartement lui-même, minuscule, où la vie était vite devenue intolérable avec un bébé ; leurs disputes, qu'elle avait dû entendre à travers le mur de sa chambre, querelles de plus en plus fréquentes à mesure qu'Helen et lui se repliaient sur eux-mêmes et que chacun trouvait un prétexte à affrontement dans tout ce que disait ou faisait l'autre. La seule chose qu'il espérait était qu'elle n'ait pas compris quelle était la cause de leurs disputes.

Des ouvriers démolissaient des demeures géorgiennes pour y construire des appartements. Helen vivait au bout d'une rue latérale, au-delà d'un passage bas et voûté qui menait, non pas à des communs, mais à un petit lotissement. Elle ouvrit la porte avant que Judy ait eu le temps d'atteindre la sonnette, les mains rouges comme celles d'une marionnette, gantées de caoutchouc.

« J'espère que vous vous êtes bien amusés, dit-elle.

— C'était fantastique, maman, meilleur que *Rencontres du troisième type*. Le plus amusant, ç'a été quand l'homme a dit que si quelqu'un voulait fumer, il n'avait qu'à aller le faire dehors. Tout le monde a ri parce qu'on savait bien qu'il ne voulait pas parler de tabac, déclara Judy en se précipitant vers sa chambre.

— Je ne pense pas que ce soit vraiment le genre de choses à faire entendre à une enfant.

— Bon Dieu, je l'ai seulement emmenée à un spectacle laser, un spectacle tout ce qu'il y a de plus convenable. »

Il n'avait pas envie d'entamer une discussion. Helen, l'air hagard, semblait fatiguée ; le bandeau qui lui retenait les cheveux semblait lui tirer la peau ; des rides se formaient aux coins de ses yeux.

« Elle veut seulement se donner des airs d'adulte, dit-il.

— Tiens, voyez-vous ça ! »

Elle ne cherchait nullement à cacher le peu de cas qu'elle faisait de ses opinions. Brusquement, avec un de ses changements d'humeur auxquels il n'avait jamais pu s'habituer, elle lui offrit un verre.

« Joyeux anniversaire, dit-elle.

— A mon roman policier, que je vais terminer cette année. »

Son sourire était si poli qu'il en était presque insultant. Il avait beau s'ingénier à se comporter aussi amicalement que possible, chacune de ses visites tournait à l'épreuve de force.

« Comment vont les choses pour toi ? demanda-t-il, du ton le plus neutre possible.

— Judy est heureuse ; c'est tout ce qui compte.

— Mais non. Et toi, dans tout ça, que deviens-tu ? As-tu besoin d'aide ?

— Je ne vois pas très bien ce que tu pourrais faire, dit-elle en le dévisageant sans le regarder vraiment.

— Eh bien, par exemple, dit-il, songeant que si elle n'avait pas l'air de manquer de travail, à voir ses traits tirés, elle ne devait sans doute pas gagner beaucoup avec sa place de vendeuse en librairie, je pourrais te donner un peu plus, maintenant que Judy grandit.

— Tu n'as peut-être pas l'air de le remarquer, mais je me débrouille parfaitement bien toute seule. Si j'ai besoin de plus, tu le sauras par l'intermédiaire de ton avocat. Judith est-elle mal habillée ? A-t-elle l'air de ne pas manger à sa faim ? »

Il sentit de vieilles rancœurs lui remonter au bord des lèvres. Autrefois, Helen avait été une femme extrêmement intelligente, mais la maternité l'avait tellement murée en elle-même qu'elle n'avait plus jamais accordé d'attention à autre chose. Aujourd'hui, elle lui refusait encore tout moyen de l'atteindre ; elle se comportait comme si la pension alimentaire était un châtiment dont il aurait dû avoir honte de parler et n'appelait pas Judy par son diminutif, ce qui était une manière de lui reprocher sa familiarité déplacée. Judy survint à point nommé pour sauver la situation.

« Tu n'as pas encore donné son cadeau à papa ? demanda-t-elle d'une voix inquiète.

— Je t'attendais. »

Helen lui tendit deux paquets, un stylo avec son nom gravé sur le côté de la part de Judy, une boîte de mouchoirs de la sienne — présent anonyme, destiné, soupçonnait-il, à lui montrer que c'était tout ce qu'elle pouvait se permettre, avec le peu d'argent dont elle disposait. Judy le serra dans ses bras ; Helen lui tendit une joue indifférente.

« Tu restes dîner avec nous pour ton anniversaire ? demanda Judy.

— Désolé, ma chérie, mais je suis déjà retenu. »

Il la serra contre lui et sentit nettement le désappointement qu'elle éprouvait. Helen avait-elle pu lui faire croire qu'il allait rester, de manière qu'il se sente coupable ? Elle en voulait toujours à Barbara Waugh et continuait à lui reprocher le naufrage de leur mariage, bien qu'elle n'ait jamais rien pu prouver. D'ailleurs, il n'y avait rien à prouver.

De retour dans la rue, après avoir promis à Judy de venir la voir le week-end prochain, il eut l'impression d'avoir laissé une partie de lui-même derrière lui. Helen lui avait toujours clairement fait comprendre qu'elle ne souhaitait pas qu'il s'attarde outre mesure lors de ses visites. Elle lui accordait chichement quelques instantanés hebdomadaires de sa fille, puis les lui reprenait aussitôt.

Il aimait beaucoup cette image. Il essayerait de la placer dans son roman. Il se sentit soudain joyeux et l'esprit léger. Dans le train, il s'installa confortablement pour méditer sur sa métaphore photographique. Un bébé se mit à pleurer. Il fut forcé d'écouter ses pleurs, entrecoupés de périodes de répit pendant lesquelles le bambin reprenait son souffle, pauses qui laissaient croire qu'il allait enfin se calmer, espoir toujours interrompu par de nouveaux hurlements, encore plus féroces et éprouvants pour les nerfs. L'idée qu'il était presque parvenu à saisir s'envola. Elle lui reviendrait peut-être, tapie dans le labyrinthe de son esprit, dès qu'il aurait retrouvé un peu de calme.

Lorsqu'il regagna son appartement, il faisait nuit noire. Il prit rapidement une douche et se changea, puis traversa une partie du gigantesque complexe du Barbican Centre*, assemblage de balcons ventrus comme des barriques géantes et de terrasses qui s'étageaient sur différents niveaux, pour aller chez Barbara. Au-dessus des balcons et des escaliers, les lampadaires s'allumaient un à un. Les lueurs du couchant s'attardaient encore sur les marches de béton qui bordaient les berges du lac rectangulaire.

Il atteignit bientôt l'immeuble où habitait Barbara, qui ressemblait presque à une forteresse médiévale, gigantesque fauteuil de pierre. Quelques canards clopinaient à travers l'esplanade rouge brique qui séparait l'église St Giles du lac. Parmi les lanternes haut perchées qui éclairaient l'esplanade, des saules agitaient leur chevelure filasse. Quand le crépuscule tomba définitivement sur l'église, il crut voir les pierres se désagréger, se transformer en cendres grises.

Barbara l'embrassa sur le pas de la porte pour lui souhaiter un joyeux anniversaire, puis le précéda d'un pas vif le long du couloir d'entrée. Dans ses longs

* Quartier de la City, gigantesque cité futuriste où se mêlent témoignages du passé (ruines romaines et médiévales, maisons de corporations, église gothique St Giles Cripplegate), pièces d'eau, jardins et terrasses fleuries, quartier culturel, secteur d'affaires et immeubles résidentiels. (NdT.)

cheveux auburn, outre son parfum, âpre mais discret, il remarqua distraitement quelques éclairs argentés. Nous voilà bien loin de nos trente ans, se dit-il en lui-même.

Il la suivit jusqu'au salon, la pièce principale, et la vit successivement se diriger vers le canapé, sous lequel elle rangea un album de photos qu'elle devait être en train de compulser, puis gagner son bureau afin de glisser un signet dans un manuscrit qu'elle était en train de lire pour enfin rallier la cuisine.

« Je prendrais bien un sherry », dit-elle depuis l'autre bout du couloir.

Deux minutes plus tard, la table était mise : salade, jarret froid, avocats.

« Comment s'est déroulé cet anniversaire ?

— Merveilleusement bien. »

Il se félicitait d'être passé chez lui et d'y avoir laissé ses cadeaux. Ce n'était pas la peine de lui parler de Judy et d'Helen lorsque ce n'était pas nécessaire. Il en eut malgré tout envie.

« Judy m'a offert un stylo gravé à mon nom. Elle a dû économiser pendant des mois. »

Il avait sans doute laissé transparaître plus de choses qu'il n'en avait eu l'intention.

« Des regrets ? demanda-t-elle.

— Eh bien, je l'aime beaucoup mieux, maintenant qu'elle est un peu plus grande. J'ai peine à croire qu'à une époque je ne pouvais pas la supporter. »

Il avait dû beaucoup manquer à Judy, lors de cette étape décisive de son enfance. Il avait parlé vite car il ne voulait pas que Barbara recommence à s'accuser — quelque chose dans son attitude lui disait qu'elle avait ses propres problèmes.

« Vous savez, je crois que j'aurais pu finir par m'habituer à perdre le sommeil, s'il n'y avait eu que ça. Je vous ai dit qu'Helen insistait pour la faire dormir avec nous alors qu'elle aurait dû avoir sa propre chambre depuis longtemps ? »

Bien sûr qu'il l'avait déjà fait, ici même, dans cet

appartement, la nuit où elle lui avait dit « Restez, si vous voulez », mais ce n'était vraiment pas le moment de lui rappeler ce genre de détail.

« C'est de la faute d'Helen, dit-il en espérant ne pas paraître surtout désireux de se convaincre lui-même. Jamais elle ne défendait à Judy de grimper et de fouiner partout. Quel que soit l'endroit où je cachais les manuscrits, Judy tombait dessus et Helen avait l'air de penser que ça n'avait aucune espèce d'importance. Il ne me restait plus qu'à en demander un second exemplaire à l'auteur. Parfois, je pense qu'on ne devrait pas avoir d'enfant dans ce métier. »

Il voulait tellement la rassurer qu'il avait lâché cette remarque sans réfléchir. Quels visages disparus avait-elle regardés dans l'album ?

« Avez-vous eu le temps de lire mon roman ? s'empressa-t-il de demander.

— Il a bien fallu que je le trouve, puisque vous veniez aujourd'hui.

— Si c'est mauvais, n'hésitez surtout pas à me le dire. »

Il se sentit brusquement mal à l'aise ; on ne devrait jamais demander à un ami son avis sur un de vos livres, même si son métier consistait justement à juger les livres.

« Je veux dire que je sais combien vous êtes occupée. Il est normal que vos auteurs passent avant.

— Mais c'est qu'il serait sérieux, ma parole. En ce qui concerne votre livre, ce pourrait être un ouvrage très fort si vous preniez le temps de le terminer. Qu'est-ce qui vous arrête, Ted ?

— Je ne suis pas encore suffisamment dans la peau de mon personnage. C'est pas si facile de prévoir les réactions d'une détective privée.

— Mais c'est une très bonne chose. Laissez l'histoire se développer. Laissez l'intrigue aller jusqu'à sa conclusion logique et voyez comment se comportent les personnages. Je crois que vous consacrez trop d'énergie à écrire justement de la façon dont il ne faut pas. »

Elle devenait très belle quand elle était enthousiaste ; au repos, son long visage ovale aux traits délicatement ciselés avait l'air aussi froid que celui d'une statue ; dans le feu de la discussion, au contraire, ses yeux d'un bleu étonnant brillaient d'une flamme intense et il savait combien sa bouche pouvait être passionnée. Mais aujourd'hui, elle semblait préoccupée, fatiguée.

« On se remet juste de la vente du Paul Gregory? hasarda-t-il.

— Ce n'est pas tout à fait terminé. Le plus gros reste encore à faire: New York », dit-elle.

Le téléphone sonna et elle se précipita vers la chambre.

Elle attendait peut-être un appel, ce qui pouvait expliquer pourquoi elle paraissait si tendue. Elle escalada rapidement les quelques marches qui menaient à l'étage et ferma la porte derrière elle. Elle avait sans doute installé le téléphone dans sa chambre parce qu'elle ne voulait pas qu'on l'entende. Malgré cela, ainsi que l'avait amplement prouvé le précédent locataire, l'appartement amplifiait les sons et conduisait les voix. Il regarda autour de lui pour ne pas être tenté d'écouter et balaya du regard les éléments de la chaîne hi-fi, le récepteur de télévision sphérique, les tables gigognes qui avaient l'air de jouer à saute-mouton, le canapé de cuir dont la couleur brune avait tendance à passer à cause du soleil, les nombreuses étagères pleines de livres. Éparpillés au hasard des rayons, trônaient quelques livres publiés par Melwood-Nuttall qu'il lui avait offerts. Il ne voulait pas publier lui-même son propre roman ; il désirait l'avis de quelqu'un d'autre pour lui prouver que l'ouvrage en valait la peine.

Elle réapparut bientôt, emmena les avocats à la cuisine, bien qu'elle n'eût pas fini le sien, et revint avec du poulet tikka.

« Je ne sais pas ce que vous en pensez, mais figurez-vous que l'amie qui devait venir avec moi en Italie a décidé de ne plus y aller. »

Ses yeux se portèrent sur le mur, derrière elle, et il aperçut une lithographie d'Escher, un paysage de l'Italie méridionale : les maisons, dessinées d'un trait précis et délicat, et les rochers sur lesquels elles se dressaient semblaient taillés dans un seul et même bloc de marbre ; seule une entrée mystérieuse était visible au loin dans les collines.

« Ça me plairait bien, l'Italie, dit-il.

— Essayez donc de venir avec moi, si vous pouvez vous libérer à la fin du mois prochain. Je vais voir s'il est possible de modifier la réservation. »

Elle parut retrouver tout à coup sa bonne humeur et réussit à manger presque tout son poulet avant que le téléphone ne sonne à nouveau.

Ses yeux cillèrent plusieurs fois sans qu'elle puisse se contrôler. Elle parut hésiter à aller répondre, l'air traqué. Quelqu'un la harcelait peut-être et elle avait décidé de laisser le téléphone dans sa chambre, dans une tentative de magie instinctive pour repousser l'appel en éloignant l'appareil.

Il entendit la porte de la chambre se refermer et alla se poster à la fenêtre. Les lanternes de l'esplanade étaient maintenant toutes allumées ; l'église St Giles Cripplegate était une esquisse au fusain, découpée et dressée sur un radeau de brique rouge lesté de bouées lumineuses. Barbara parlait à voix basse, mais il crut saisir quelques bribes de phrases. A un moment donné, il fut certain de l'entendre déclarer « Ce n'est pas possible ! » Un léger mouvement près de l'église attira un instant son attention. L'ombre des saules, sans doute.

Il y eut un déclic quand elle reposa le combiné, puis un long silence. L'église, réduite à un simple décor, semblait flotter sans bruit dans la nuit. Puis Barbara sortit précipitamment de sa chambre et se rua dans les marches de l'escalier.

« Oh, votre gâteau, dit-elle à mi-chemin du salon et de la cuisine. Vous ne vous formaliserez pas si je ne vous accompagne pas ? J'ai peur d'avoir trop mangé. »

Il aurait voulu lui demander si elle avait des problèmes, mais il savait qu'elle lui aurait assuré que tout allait bien. Sans doute lui en parlerait-elle à son heure, quand elle en ressentirait le besoin. Pendant qu'elle découpait le gâteau, n'ayant pas songé à lui demander de le faire, il vit que ses mains tremblaient.

CHAPITRE HUIT

Il y avait un monde fou dans le métro, mais Barbara trouva que c'était encore pire à Notting Hill. Sous le ciel d'un bleu douloureux, l'air était gris de poussière en suspension que les camions, les voitures et les bus qui fonçaient vers Holland Park Avenue projetaient sur les arbres. Le bruit, semblable à celui d'une chaîne de montage automobile, rendait l'air encore plus difficile à respirer. Elle avait besoin de réfléchir et pour cela devait s'éloigner de ce bruit infernal.

Elle réussit finalement à traverser et s'engagea dans Pembridge Road. C'était un peu plus calme, malgré le flot ininterrompu de véhicules. Les caniveaux, du fait de la grève des éboueurs, débordaient d'immondices. Elle passa rapidement devant des magasins aux façades noircies par la fumée et les gaz d'échappement (dans une vitrine, des chiens en peluche — il y en avait un qui était borgne — la regardèrent passer de leurs yeux de porcelaine) puis, plus loin, devant des échafaudages, dressés contre plusieurs grandes demeures, et un énorme tas de ciment qui brillait au soleil sur le trottoir. Parvenue au coin de Portobello Road, elle s'arrêta et entreprit de mettre un peu d'ordre dans ses pensées. Que faisait-elle ici ? Pourquoi ne pouvait-elle pas accepter l'idée qu'elle avait été victime d'une farce sinistre ?

Jusqu'à la nuit dernière, elle n'avait pas encore envisagé cette éventualité — l'appel qu'elle avait reçu à son bureau était peut-être une erreur, après tout. Bien qu'elle ait entendu la fillette suffisamment clairement, cela ne voulait pas dire pour autant que celle-ci l'avait entendue aussi. Néanmoins, elle avait été nerveuse toute la semaine. Parfois, quand le téléphone sonnait, elle sentait grandir une boule d'angoisse au creux de son estomac et devait faire un effort pour garder son calme.

L'appel de la nuit dernière, pendant le dîner d'anniversaire de Ted, avait presque été un soulagement ; enfin, ainsi qu'elle se l'était dit en entendant la voix, bien que son cœur battît à grands coups, enfin quelque chose de concret à affronter. Cette fois, elle n'avait pas raccroché.

« Maman, c'est moi. S'il te plaît, ne raccroche pas. »

Elle s'était assise sur son lit, les yeux au bord des larmes. Il y avait d'abord eu la tonalité, suivie d'un bruit de chute de pièces de monnaie. Puis une voix lui avait parlé. Les fantômes ne glissent pas de pièces dans les téléphones publics ; ce n'était certainement pas ainsi qu'elle allait pouvoir savoir si Angela lui avait pardonné, secret espoir qu'elle n'osait que rarement évoquer.

« Ne vous fatiguez pas à prétendre que vous êtes ma fille, avait-elle dit d'une voix rauque. Ce n'est pas possible. La police a retrouvé son corps dans un champ, dans le Kent.

— Ce n'était pas moi. Ils voulaient te faire croire que j'étais morte. »

Elle avait décidé de laisser la voix dire ce qu'elle voulait mais, pendant un instant, un souvenir désagréable lui avait traversé l'esprit car elle s'était subitement revue en train de déclarer : « Et je suppose qu'on a tiré sur une autre petite fille pour me faire croire qu'il s'agissait d'Angela ? » Elle avait désespérément besoin de croire à cette possibilité mais ne voulait pas non plus se laisser abuser grossièrement ; la voix ressemblait à celle de quelqu'un de plus âgé, quelqu'un qui voulait se faire passer pour plus jeune qu'il n'était.

« Qui voudrait me faire croire une chose pareille? avait-elle demandé. Et pourquoi?

— Maman, ne pose pas tant de questions. Je te dirai tout quand tu viendras me chercher.

— Mais où ça? avait-elle demandé malgré elle. Où es-tu?

— Si je te le dis, avait déclaré la voix d'un ton soudain curieusement enfantin, tu dois me promettre de ne le répéter à personne.

— Oui. Maintenant, dis-moi où tu es.

— Non. Tu dois d'abord promettre. Tu ne dois rien dire à personne. Et ne pas prévenir la police.

— Oui, oui, promis, avait-elle répondu malgré ses scrupules à prononcer un tel serment. Où es-tu? »

En réponse, le signal de fin de communication avait retenti, stupide petit rire grelottant, alors qu'elle ne s'y attendait pas du tout.

« Vers Portobello Road. La maison au portail muré », avait eu le temps de déclarer la voix avant d'être interrompue par un bourdonnement électronique.

Pendant les longues heures où elle était restée seule après le départ de Ted, elle avait fini par se convaincre que c'était bien ce que la voix avait bredouillé. Elle n'avait pas pu dormir et avait fait les cent pas dans tout l'appartement, redoutant de se bercer de faux espoirs et de se replier à nouveau complètement sur elle-même, comme après l'enlèvement. Elle ne voulait plus jamais revivre ces moments-là. Mais il lui fallait absolument mettre la main sur celle qui voulait de nouveau jouer avec ses nerfs et sa santé et elle était là, à l'entrée de Portobello Road.

Avant de savoir ce qu'elle avait décidé de faire, elle se remit en marche et pénétra dans Portobello Road. Passé le coin de la rue, le grondement de la circulation diminua tout de suite d'intensité. Une enfilade de maisons de deux étages, peintes en vert, blanc ou rose, menait à un carrefour; par endroits, la peinture était craquelée et sèche comme du parchemin. Des arbres, à peine plus hauts que les maisons, poussaient sur les trottoirs. Quelques voitures sommeillaient dans la rue.

Aucun des murets, hauts comme le genou, n'avait apparemment de portillon condamné, mais la voix avait dit vers Portobello Road, non Portobello Road elle-même. Jusqu'au carrefour, plus haut dans la rue, il n'y avait qu'une longue file de façades à la blancheur de craie qui attiraient le regard. Elle avait pensé explorer les deux côtés de la rue, mais il y avait un certain nombre de rues latérales et elle se demanda combien de temps allait durer ce qui n'était peut-être qu'un canular. Elle était là, à se promener, alors qu'elle aurait dû être à son travail. Mais, une fois déjà, elle avait fait passer son travail avant tout et elle ne voulait pas recommencer la même chose aujourd'hui.

Elle descendit rapidement Portobello Road, passa devant des galeries d'art, des studios photographiques, des magasins d'antiquités, et arriva à la hauteur de Westbourne Grove, alignement de maisons blanches qui brillaient d'un éclat aveuglant. C'était peut-être l'endroit dont la voix avait voulu parler. Ou qu'elle aurait mentionné si la communication n'avait pas été coupée. Ou bien on se livrait à ses dépens à une sinistre plaisanterie et on la faisait errer volontairement sous le soleil de plus en plus écrasant. Mais non, personne ne pouvait concevoir un plan au fil aussi lâche.

Elle arpenta Westbourne Grove dans les deux sens et revint dans Portobello Road. Elle aperçut les puces au loin, mélange d'humbles étals de marché et de magasins protégés par des systèmes d'alarme contre le vol*. Les rues latérales étaient maintenant plus nombreuses et elle dut traverser plusieurs fois pour examiner brièvement chaque artère. Et si la voix n'avait jamais parlé de « portail muré » et avait voulu dire tout autre chose ?

Elle s'arrêta soudain au milieu des bornes, semblables

* Un des principaux marchés de Londres. Le samedi, il occupe toute la longueur de la rue et on y trouve absolument tout. (NdT.)

à des bittes d'amarrage, qui fermaient Lonsdale Road. Toutes les rues avaient un nom, dans ce secteur ; pourquoi la voix ne lui avait-elle pas simplement indiqué le nom de la rue, plutôt qu'une maison ? Pouvait-il y avoir une autre raison, à part la volonté de prolonger ce jeu cruel ? Celle qui l'avait appelée avait peut-être lu l'article qu'on lui avait consacré dans le dernier supplément dominical et avait pu prendre ombrage de son succès. Quelqu'un de déséquilibré qui voulait lui faire du mal.

Furieuse contre elle-même, Barbara rassembla toute sa résolution. Il fallait qu'elle trouve cette maison si elle existait, car quelqu'un devait sûrement attendre là-bas, histoire de voir si elle allait mordre à l'hameçon. Elle se remit en marche, malgré la foule où elle avait l'impression d'étouffer. Derrière leurs bancs, des marchands faisaient l'article et discutaient âprement, entourés d'un flot de badauds massés sur le trottoir étroit. Un homme grand et puissamment bâti, à la barbe épaisse et vêtu, même en cette saison, de bottes de cosaques et d'un bonnet de fourrure, passa rapidement devant elle. Elle était en sueur et avait du mal à avancer.

Elle croisa une autre rue latérale où, là encore, il n'y avait que des maisons blanches, ridées comme des vieillardes. Seules les couleurs passées de rideaux dépareillés, brûlés par le soleil, différenciaient les fenêtres de chaque demeure, deux par maison, comme des yeux atteints par la cataracte. Toutes ces maisons s'enorgueillissaient d'une allée privée et d'un portail plus ou moins branlant, ou tout au moins d'un espace vide entre les montants initialement prévus à cet effet. Tournant la tête pour reprendre sa route, elle tomba nez à nez sur une femme qui l'observait.

Une femme entièrement vêtue de noir : chaussettes noires, pantalons noirs et amples, chandail noir constellé de taches blanches, peut-être des pellicules tombées de ses cheveux rêches. Son visage rond d'adolescente était lourdement maquillé pour tenter de dissimuler son âge et affichait un sourire vide et inexpressif — elle ressemblait exactement à ce qu'on était en droit d'attendre de la part de quelqu'un qui passait sa vie à tenir de bien curieuses conversations au téléphone. Elle parut un moment vouloir dire quelque chose mais le regard de Barbara, étant donné la façon dont elle la dévisageait, dut la faire hésiter. Barbara fit un écart pour l'éviter. Elle se sentait idiote, irritée et honteuse d'elle-même. Un peu plus loin, elle se retourna et vit que la femme la regardait toujours.

Heureusement, le marché se terminait là, tout près, sous les piliers du pont de l'autoroute, surchargé de trafic, au-dessus duquel l'air tremblait, gris de chaleur et des fumées des pots d'échappement. Barbara eut l'impression qu'il n'y avait aujourd'hui que des petites filles dans les rues — c'étaient bien sûr les vacances scolaires — qui toutes la regardaient, ce qui n'était pas surprenant, bouleversée comme elle l'était. Les boutiques surgissaient devant elle comme des diables à ressort dans leurs boîtes ; la présence, le bruit de la foule, des animaux chassés des bancs à grands coups de pied, tout l'agaçait et lui portait sur les nerfs. Elle voulut hâter le pas et faillit trébucher contre un présentoir à chaussures métallique.

Sous le pont, la situation n'était guère meilleure avec le grondement de la circulation, sourd et accablant. Beaucoup de gens étaient rassemblés là comme des clochards et tâtaient de la main des vêtements pendus à des crochets. Tout avait l'air gris, usé, les visages comme les vêtements. Plus que la semi-pénombre, c'était le bruit qui lui brouillait la vue et égarait ses pensées.

Après le pont, le bruit devint infernal, murmure grondant qui montait continuellement des flots de circulation, agression permanente qui finissait par vous rendre physiquement malade. Elle se plaqua les mains sur les oreilles, mais cela ne lui fut pas d'un grand secours car, même ainsi, le bruit était à peine atténué. Elle avait l'impression que son esprit avait été effacé comme une bande magnétique. Tout avait l'air aussi plat que le ciel de plastique bleu placardé entre les espaces libres des cheminées et la rangée de maisons qui courait parallèlement au pont. Elle se contenta de rester là et de regarder autour d'elle tout en essayant de s'habituer au bruit.

Les maisons, de trois ou quatre étages, étaient dans un tel état de délabrement qu'il était difficile d'en distinguer une en particulier. Les porches étaient tous semblablement flanqués de colonnes à la peinture écaillée, plusieurs fenêtres n'avaient plus de carreaux et certaines ouvertures béantes avaient été masquées par des rideaux gris. L'une d'elles, toutefois, le portail du jardin condamné, tranchait sur les autres.

CHAPITRE NEUF

AINSI, ce n'était pas plus compliqué que ça. Une maison abandonnée ; la fin d'un jeu cruel. Aucune des fenêtres ne semblait posséder de rideaux, remplacés par la poussière. Elle ne serait absolument certaine que la maison était vide, même si les deux maisons adjacentes l'étaient de toute évidence, que lorsqu'elle serait allée y jeter un coup d'œil. Était-ce l'ombre biscornue du porche qui produisait cet effet, mais la porte semblait entrebâillée.

Elle traversa la rue et alla jusqu'à la hauteur du jardin de la maison voisine, écrasée par la chaleur et abrutie par le bruit. Un fauteuil brisé, qu'on avait apparemment jeté d'une des fenêtres supérieures, avait emporté un morceau de la barrière qui séparait les deux jardins. Elle jeta un regard par-dessus son épaule en direction du marché, à la fois parce qu'elle se sentait fautive et dans l'espoir d'apercevoir celle qui l'avait attirée jusqu'ici. Une ou deux personnes regardaient vers elle mais, pour autant qu'elle puisse en juger à cette distance, d'un air plutôt amical. Peut-être la prenait-on pour une sans-abri à la recherche d'un logement.

Elle enjamba le fauteuil et se fraya rapidement un chemin vers le porche. Des journaux jaunis souillés d'immondices, des pages de livres arrachées, une bouteille de sherry, des détritus de toutes sortes encombraient la méchante allée envahie d'herbes folles. Des fragments de maçonnerie tombés du porche crissèrent sous ses pieds quand elle s'engagea sur les quelques marches qui menaient à la porte. Oui, elle était bien entrouverte. Barbara l'ouvrit plus en grand. Le carrelage du couloir d'entrée était recouvert de poussière mais il n'y avait aucune trace de pas.

Elle en était presque sûre ; comment aurait-il pu en être autrement? Elle tourna le dos à la maison et observa les environs, plus soulagée qu'en colère. Elle s'était peut-être montrée crédule, mais c'était terminé, à présent. Toute à ses pensées, elle admira un instant l'autopont, trouvant aux puces installées dessous un air délicieusement pittoresque, même avec ce bruit infernal. Du coin de l'œil, elle surprit quelqu'un en train de l'épier à l'une des fenêtres.

Elle se retourna si vivement qu'elle faillit tomber dans les marches. Elle se rattrapa à l'une des colonnes et sentit le bois s'émietter sous ses doigts. Mais ce qu'elle avait vu n'était qu'un amas de toiles d'araignée, terne et poussiéreux. Elle vit la masse grise glisser le long du carreau et disparaître hors de vue.

Pour se rassurer, elle regarda une nouvelle fois en direction de la foule massée sous le pont et crut apercevoir un visage qu'elle connaissait. Oui, la femme aux cheveux blancs vêtue de noir l'observait, sous les piliers de béton. Barbara retraversa le jardin mais, quand elle émergea du trou dans la clôture, la femme se fondit dans la foule.

C'en était assez. A bien y réfléchir, le vague sourire de cette femme semblait plein de sous-entendus. Si jamais elle la retrouvait, elle n'aurait plus l'occasion de rire beaucoup. Au moins, elle aurait enfin une raison valable de lui en vouloir. Elle avait déjà perdu assez de temps. Elle regagna le trottoir et se dirigea vers Ladbroke Grove.

Elle s'engouffra dans le calme des couloirs du métro,

la tête vide, cloche rouillée qui n'avait plus de battant mais continuait à résonner métalliquement. Une fois assise, elle put lisser ses vêtements pour les débarrasser de la poussière de la rue. Barbara ne comprenait pas que son succès puisse conduire quelqu'un qu'elle n'avait jamais vu à la haïr autant et à vouloir la traiter aussi cruellement, mais au moins c'était fini. La femme n'avait sans doute pas osé tenter quelque chose quand elle avait vu que Barbara l'avait repérée.

Lorsqu'elle regagna Dover Street, elle avait retrouvé toute sa gaieté et sa bonne humeur naturelle. Les taxis, tels de noirs cafards, grouillaient dans Bond Street et Piccadilly, mais elle allait aisément aussi vite à pied. Elle était heureuse lorsqu'elle franchit la porte de son bureau. Ici, elle dirigeait les événements ; ici, le jeu avait des règles qu'elle connaissait.

Louise consulta le bloc où elle notait les messages.

« Fiona dit qu'elle est désolée, impossible de changer sa réservation pour l'Italie.

— Les rats. Pas question de déroger au sacro-saint règlement, hein ? »

Elle allait devoir se débrouiller autrement pour Ted.

« Quoi d'autre ?

— Paul Gregory estime que les éditeurs ne devraient toucher aucun droit d'adaptation cinématographique. C'est tout pour les messages. Le courrier est sur votre bureau. Des refus, surtout, et un manuscrit. Oh... »

Barbara était impatiente de se mettre au travail, après le faux départ de la journée.

« Oui, qu'y a-t-il ?

— Je me demandais si je ne pourrais pas amener Hannah ici de temps en temps, cet été, pendant les vacances...

— Mais bien sûr, grands dieux ! »

Probablement que Louise, maintenant qu'elle avait appris par les journaux l'histoire d'Angela, hésitait à amener sa fille au bureau, ce en quoi elle avait tout à fait tort. Un instant, Barbara se demanda si elle ne voulait pas chasser trop vite les événements de la matinée, chasser Angela hors de son esprit. Elle n'avait aucune raison de se torturer et de se sentir coupable : Angela était morte depuis neuf ans et elle avait fini par l'accepter. Permettre à ses remords d'interférer maintenant avec son travail aurait été non seulement stupide, mais injuste envers sa fille.

La photo d'Arthur la regardait, par-dessus le courrier posé sur le bureau. Elle la rapprocha du téléphone afin de faire un peu de place. Il y avait plusieurs lettres provenant des États-Unis, toutes pleines d'éloges pour *Le torrent de la vie* ; un auteur se plaignait d'une petite maison d'édition, qui avait repris un de ses récits juste avant de faire faillite, histoire de repartir pour un tour sous un nouveau nom ; un agent désirait lui vendre les droits américains d'un ouvrage qu'elle avait déjà vendus à un autre. Plus tôt elle ouvrirait un bureau aux États-Unis, mieux cela vaudrait. Le manuscrit — les pages en désordre et maculées de taches de café — lui était renvoyé par l'une des principales maisons d'édition sur la place. Il y avait aussi trois cahiers d'écoliers écrits pas un pasteur de Cornouailles : *Le sel a perdu sa saveur, hip-hip-hip-hourra*. Sa lettre d'accompagnement était de la même impeccable écriture manuscrite.

« J'ai lu l'article qu'on vous a consacré dans le journal et je me demandais si vous n'auriez pas le temps de vous occuper d'un modeste ouvrage qui, s'il n'est pas au goût du jour, n'en est, comme j'espère que vous en conviendrez, que meilleur... »

Depuis la parution de l'article, elle était assaillie de lettres de sympathie au sujet d'Angela et de manuscrits, pour la plupart illisibles, tapés avec des rubans usagés : *Rapunzel la méduse, Embellie en Terre Adélie, Le magnat du pétrole*. Tous étaient impubliables. Décourageant de penser combien il pouvait y avoir de créativité frustrée de par le monde.

Bon, ce n'était que la routine habituelle. Tout d'abord, il fallait mettre les choses au point avec Paul.

Le téléphone sonna longtemps, mais il finit par décrocher.

« Qui c'est? demanda une voix enfantine.

— Pourrais-je parler à Paul Gregory, s'il vous plaît? C'est Barbara Waugh à l'appareil.

— C'est Barbara quelque chose », cria l'enfant.

Au bout d'un moment, une femme prit la communication.

« En fait, c'est à Paul que j'aurais voulu parler. Je suis Barbara Waugh, son agent.

— Il n'est pas là pour l'instant, répondit sa femme après un temps d'hésitation. Vous voulez qu'il vous rappelle?

— Oui, s'il vous plaît. Dites-lui que les Américains sont en train de baver sur sa trilogie. Ils vont faire la queue quand je serai à New York.

— Il va être très content », répondit Mme Gregory avant de raccrocher brusquement.

Était-ce elle qui avait soufflé à Paul ces nouvelles idées au sujet des droits cinématographiques? Maintenant que son époux gagnait beaucoup d'argent, trouvait-elle Barbara trop gourmande? Barbara avait hâte de dissiper ce malentendu, mais Louise arriva avec le courrier de l'après-midi — un nouveau manuscrit de Cherry Newton-Brown.

Barbara lut les premières pages et sentit son cœur s'emballer ; si le reste était aussi prenant, alors elle tenait le bon numéro. Elle allait en emmener quelques chapitres pour lire dans le parc. Toujours plongée dans sa lecture, la main tendue vers le téléphone pour demander à Louise d'aller lui chercher un sandwich — le roman était plus que prenant, il était captivant — elle mit quelques instants avant de comprendre pourquoi elle tendait bêtement la main dans le vide. Quelqu'un parlait avec Louise, dans le bureau adjacent. La discussion paraissait animée.

Elle répondit dès que le téléphone sonna.

« J'ai une certaine Mme Margery Turner dans mon

bureau, dit Louise. Elle n'a pas de rendez-vous mais elle insiste pour vous rencontrer.

— Que veut-elle ?

— Elle dit qu'elle ne veut parler qu'à vous seule.

— Humm, je vois. »

Un écrivain de dernière zone avait déjà usé de cette tactique pour s'introduire auprès d'elle et l'agonir d'injures, estimant qu'elle était la seule responsable de l'échec de ses œuvres.

« Encore quelqu'un qui veut me refiler quelque chose.

— Je ne crois pas que ce soit le genre.

— Dites-lui d'écrire. Oh, et quand vous en aurez fini avec elle, voudriez-vous aller me chercher un sandwich ? N'importe quoi avec de la salade. »

Elle voulut continuer sa lecture mais elle n'arrivait pas à se concentrer. La nommée Margery Turner était encore en train de palabrer, bruit de fond irrégulier et indistinct. Barbara se surprit à relire sans arrêt les mêmes phrases : « ...il ne pouvait pas s'empêcher, il ne pouvait pas s'empêcher... ». La discussion cessa brusquement dans la pièce d'à côté et, deux secondes plus tard, Louise entra.

« Elle ne veut pas s'en aller, chuchota-t-elle d'un air désolé.

— C'est ce qu'on va voir. J'ai eu assez d'emmerdements comme ça pour aujourd'hui. »

Barbara se leva, imaginant déjà le ton froid et sec de sa voix. Elle s'attarda quelques instants dans l'encadrement de la porte et regarda attentivement la femme qui était là, avec ses cheveux blancs, son visage rond d'adolescente et son sourire vague.

CHAPITRE DIX

UNE chose fut soudain claire pour Barbara : si cette femme avait eu quelque chose à voir avec les deux appels téléphoniques qu'elle avait reçus, jamais elle ne serait venue la voir ici. Pourquoi se serait-elle montrée à Barbara à visage découvert, sans parler de Louise ? Mais cela soulevait à nouveau trop de questions qu'elle avait crues définitivement réglées. Elle ne savait pas quoi dire et se contenta de regarder celle qui disait s'appeler Margery Turner. Barbara se sentit devenir nerveuse et maladroite quand la femme se mit à parler.

« Puis-je vous parler en privé ? »

Barbara regagna un peu de sa maîtrise ; après tout, elle était dans son bureau.

« Cela dépend de ce que vous voulez.

— La même chose que vous. Nous cherchons toutes les deux la même chose.

— C'est-à-dire ?

— Vous le savez bien. C'est la raison pour laquelle vous êtes allée jusqu'à cette maison.

— Et si je ne savais pas moi-même ce que je cherche ? »

La conversation prenait un tour affolant, irréel.

« Vous pourriez peut-être me le dire ? » poursuivit Barbara.

La femme lui jeta un regard suspicieux.

« Peut-être, si vous le désirez, mais ne pourrions-nous pas parler seule à seule ? »

Le plus important était de découvrir ce qu'elle voulait, ce qu'elle savait ; Barbara, quant à elle, pensait plutôt qu'elle ne savait rien.

« Je dois sortir, dit-elle brusquement. Vous n'avez qu'à m'accompagner, si vous voulez. »

Quand elle prit son sac à main, sur la photo, les yeux d'Arthur brillaient d'une lueur d'avertissement, sans doute à cause du soleil qui jouait derrière les vitres de la fenêtre.

« Je serai de retour dans une heure », dit-elle à Louise en quittant rapidement le bureau pour qu'elle évite de se poser trop de questions au sujet de sa singulière invitée.

« Je ne voulais pas parler devant elle, déclara Margery Turner dans l'escalier. Je n'aime pas les gens qui vous traitent comme si vous étiez une criminelle. Quand je vous ai répondu que je cherchais la même chose que vous, je voulais dire que les gens de cette maison m'ont volé ma fille, moi aussi. »

Barbara n'eut aucune réaction. Elle ne devait rien dire avant de savoir exactement à quel jeu jouait cette femme. Il y avait peut-être moyen de l'amener à parler plus librement.

« Pourquoi ne pas en discuter devant un bon repas ? » déclara-t-elle.

Elle entraîna Margery Turner jusqu'en bas de Hay Hill, en plein cœur de Mayfair. Sur Lansdowne Row, les rigoles d'évacuation qui coupaient le trottoir ressemblaient à des lézardes ouvertes par la chaleur. Dans Curzon Street, bordée d'immeubles rouge brique et blanc cassé, elle eut l'impression d'avancer dans un four, tant les murs semblaient cuire sous le soleil. À côté de la demi-coquille, soutenue par des colonnes de pierre, de l'Église de Scientologie, des senteurs d'after-shave s'échappaient d'un salon de coiffure pour hommes. Des dizaines de blaireaux étaient rassemblés dans un coin de la vitrine, semblables à des anémones desséchées.

Barbara n'avait aucune envie de continuer à bavarder jusqu'à la cave à vin, mais il pouvait être de mauvaise stratégie de rester à ruminer sans rien dire.

« Que savez-vous des gens qui habitent cette maison? demanda-t-elle, s'efforçant de demeurer suffisamment dans le vague pour ne pas dévoiler sa propre ignorance. Où sont-ils à présent?

— J'aurais une lettre à vous montrer quand nous serons assises, répondit Margery Turner, d'une voix aussi lente que l'était son grand corps. Je suppose que vous vous demandez comment j'ai pu avoir l'adresse de votre bureau?

— Euh, oui, répondit Barbara, qu'une foule d'autres questions avait justement empêchée de se poser celle-là.

— J'ai bien peur de vous avoir suivie. Je n'aime pas agir ainsi, mais j'ai senti que je devais le faire. Je vous ai reconnue grâce à la photo quand je vous ai vue passer dans la rue — j'ai lu l'article qu'on a écrit sur vous dans le journal, à la bibliothèque. Aussi, quand je vous ai vue vous diriger vers cette maison, j'ai tout de suite deviné ce que vous cherchiez. »

Cela n'avait aucun sens.

« Et d'après vous, qu'est-ce que je pouvais bien chercher?

— Votre petite fille, naturellement. J'ai oublié son nom, ajouta-t-elle, sans que son sourire inexpressif ait varié un seul instant, avec pourtant une lueur de circonspection et de suspicion dans les yeux.

— Angela. Mais pourquoi pensez-vous que je la cherche, alors qu'elle est morte depuis neuf ans?

— Que voulez-vous dire? s'écria la femme d'un ton presque outragé. Qui prétend une chose pareille?

— Eh bien, par exemple, dit Barbara avec une sorte de triomphe amer, l'auteur de l'article que vous avez lu. »

Un instant, elle fut de nouveau sûre que c'était elle, Margery Turner, l'auteur des deux appels téléphoniques. Pourtant, elle paraissait vraiment bouleversée.

« Je n'ai pas lu cette partie, j'ai seulement lu ce qui concernait Angela. Je n'avais alors aucune raison de m'intéresser à vous, n'est-ce pas ? dit-elle d'un ton irrité. Certains membres du personnel de la bibliothèque vous traitent parfois comme si vous étiez une voleuse. Je croyais qu'on m'avait donné l'article en entier. »

C'était une explication trop maladroite pour être un mensonge.

« De toute façon, dit-elle, vous ne croyez pas vraiment qu'elle soit morte, sinon vous ne seriez pas allée là-bas.

— Je n'ai pas envie de parler de ça en ce moment », répondit Barbara, faute de meilleure réplique.

Elle conduisit Margery jusqu'au passage voûté, à peine plus large qu'un encadrement de porte, qui donnait sur Shepherd Market. Au centre de la petite place pavée, une prostituée vêtue d'une minuscule veste de fourrure officiait près d'un groupe de cabines téléphoniques au rouge aussi éclatant que celui de ses lèvres.

« Je crois que nous devrions nous aider l'une l'autre », dit Margery Turner.

Voilà qui ne laissait présager rien de bon.

« La police pourrait certainement vous être beaucoup plus utile que moi.

— La police ? soupira Margery Turner avec un sourire amer. Elle ne peut rien faire du tout, car Susan a plus de dix-sept ans. Ils m'ont dit qu'ils ne la croyaient pas en danger, mais en fait, ils veulent simplement l'éloigner de moi. Vous imaginez comment on peut traiter une mère, dans un commissariat. Non, je n'ai personne vers qui me tourner.

— Hum, racontez-moi donc tout ça », répliqua Barbara en choisissant soigneusement ses mots tout en guidant Margery vers les marches qui menaient à la cave.

Des photos dans des cadres jaunis par le temps couvraient les murs de la cage d'escalier. Après l'éclat du soleil, on n'y voyait presque rien dans la faible lumière orangée qui éclairait les lieux. Barbara se fraya un chemin jusqu'à une petite table ; elle avait l'impression d'avancer dans de la marmelade.

Un garçon vint immédiatement prendre leur commande. Marjorie lui jeta un regard appuyé, comme pour le défier de la jeter dehors.

« Comme vous », répondit-elle quand Barbara lui demanda ce qu'elle voulait prendre.

Le vin leur fut servi aussitôt. Margery semblait maintenant hésiter à parler et ne cessait de jeter des regards torves aux clients des tables voisines, derrière les vestes posées sur le dos des chaises. Elle but la moitié de son verre et se cala dans sa chaise.

« Je vais être franche avec vous, dit-elle. Ils ne se sont pas emparés de Susan de la même façon que votre fille. Susan s'est enfuie de la maison. »

Barbara se contenta de hocher la tête mais cela parut suffisant pour encourager Margery Turner à continuer.

« Elle ne supportait pas les gens, là où nous vivions. Ils n'étaient pas plus âgés que vous ou moi, mais c'était vraiment la vieille école. Si une fille commettait une erreur et ne pouvait donc plus se marier, ils la traitaient comme une lépreuse. Susan disait souvent qu'ils s'estimaient le centre du monde et méprisaient tous ceux qui n'étaient pas comme eux. »

Elle repoussa de côté son plat de saucisses à l'oignon et vida son verre, que Barbara remplit aussitôt.

« Susan était une artiste, vous savez. Elle était extrêmement brillante, mais elle n'a jamais rien voulu faire. Je ne cessais de lui dire de s'inscrire aux Beaux-Arts — oh, j'ai bien dû la tarabuster avec ça pendant plus d'une année. Voyez-vous, je n'ai jamais été très bonne à l'école et je ne voulais pas qu'elle finisse comme moi. Lorsqu'elle a quitté la maison, j'ai d'abord cru qu'elle avait pris une chambre et qu'elle s'était inscrite aux Beaux-Arts. Puis j'ai reçu une lettre. J'ai compris qu'elle était partie à cause des voisins, même si elle ne le disait pas clairement. Les vraies natures artistiques ne supportent pas les gens qui sont faux.

— Vous deviez me montrer cette lettre, dit Barbara.

— Oh, il ne s'agit pas de celle-là. C'était simplement une lettre pour me faire savoir qu'elle allait bien — en tout cas, c'est ce qu'elle disait, et si elle avait eu quelque chose à cacher, elle n'aurait pas indiqué son adresse au dos de l'enveloppe, n'est-ce pas ? Je l'ai montrée à la police, mais ils n'ont rien voulu faire. On est censé être égaux de nos jours, mais si on n'est pas la reine ou le premier ministre, on vous traite comme une moins que rien », dit-elle, sans provoquer d'écho en Barbara.

Elle fouilla dans son sac à main noir râpé.

« Voici la lettre dont je voulais parler. Elle avait oublié mon adresse exacte et s'est trompée dans le numéro. Elle a été distribuée juste à l'autre bout de la rue. Les gens ne me l'ont pas apportée, mais l'ont réexpédiée par la poste. Voilà le genre de choses que je dois supporter sans cesse. S'ils me l'avaient apportée, j'aurais pu retrouver Susan pendant qu'elle était encore dans cette maison. »

Elle lui tendit seulement la dernière page. Quelque chose était dessiné au verso. L'écriture, large et plutôt enfantine, était facile à lire dans la lumière tamisée. Margery se rapprocha de Barbara pendant que celle-ci prenait connaissance de la lettre, prête à la récupérer aussitôt la lecture terminée.

« ... mais maintenant je peux me droguer sans que personne y trouve à redire — donc, c'est au moment où j'allais déménager que j'ai rencontré les gens avec qui je suis maintenant — tu aimerais pas ou tu comprendrais pas ce qu'on fait mais on le comprend pas vraiment nous-mêmes non plus — nous saurons pas de quoi il s'agit avant le tout dernier moment, mais ça me tracasse pas — au moins, nous allons voir des choses que personne a jamais vues — je dois en parler à personne, mais je crois que je peux faire une exception pour toi, pour que tu me croies pas morte — je dois pas non plus utiliser mon nom, mais je vais tout de même l'écrire, au cas où tu l'aurais oublié. Voilà, c'est tout.

De la part de Susan,
la bâtarde »

Barbara était bouleversée, mal à l'aise. Cette lettre était troublante, mais que prouvait-elle? Elle la retourna pour examiner le dessin griffonné au verso et ne put s'empêcher de sursauter: le marché sous l'autopont, la maison au portail condamné, l'enfilade des maisons identiques qui allaient se perdre au loin. A l'affût derrière l'une des fenêtres supérieures de la maison, on distinguait un visage. Un visage avec des yeux qui n'étaient que deux cercles minuscules, absolument vides d'expression.

Margery remit rapidement la lettre dans son sac en toisant d'un regard sourcilleux un garçon qui passait à proximité.

« Ne vous laissez pas abuser par la façon dont elle parle. On dirait qu'elle fait ça pour le seul plaisir de choquer, vous ne croyez pas? Mais pensez plutôt à ce qu'elle essaye de dire. Cette lettre est un appel à l'aide. Elle n'est pas censée écrire à quelqu'un, ni même utiliser son propre prénom ; elle ne pourrait pas quitter ces gens, même si elle en avait envie. Je ne sais pas si vous saisissez toute l'importance de ce qu'elle dit. Elle n'ose pas non plus indiquer l'endroit où elle se trouve et je pense qu'elle a dessiné la maison parce qu'un dessin n'est pas tout à fait un véritable aveu. Une fois qu'on a commencé à se droguer, l'esprit fonctionne différemment. »

Barbara l'imagina, penchée des heures au-dessus de la lettre, y découvrant de nouveaux détails à chaque lecture.

« Est-ce que vous n'êtes pas en train d'échafauder toute une histoire? Je veux dire que...

— Vous n'êtes pas tenue de prendre ce que je dis pour paroles d'évangile. Mais je ne suis pas la seule à penser ainsi. Je connais quelqu'un que vous devriez rencontrer.

— Peut-être. Qui est-ce?

— Elle s'appelle Gerry Martin. Vous savez qui elle est, n'est-ce pas? Vous devez la connaître. C'est un écrivain. »

Un instant, le soupçon dansa dans ses yeux.
« Hum, ce n'est peut-être pas votre genre d'écrivain — en fait, elle écrit des articles pour les journaux. Elle a écrit beaucoup de choses sur toutes ces sectes qui enlèvent des enfants à leur famille. J'ai pris contact avec elle. Elle croit que les gens qui ont attiré Susan ont déménagé parce qu'elle m'avait révélé où ils habitaient. Maintenant, elle essaye de les retrouver.
— Oh, on vous aide, alors.
— Oui, mais je ne peux tout de même pas me contenter de m'en remettre complètement à elle, sans rien faire de mon côté. Vous le pourriez, vous? »
Barbara se souvint des longues semaines, des jours et des nuits qu'elle avait passés, seule, à se torturer et à attendre dans la maison d'Otford.
« Quand j'ai découvert la maison, grâce au cachet de la poste, et vu qu'il n'y avait plus personne, je me suis mise à tourner en rond, comme une femme à l'esprit dérangé, l'une de ces vieilles femmes que l'on voit errer au hasard des rues. J'ai découvert un appartement à louer, juste à côté, dans la rue où vous m'avez aperçue. Vous savez, je suis persuadée que c'est Dieu qui l'a placée là. Je vais tous les jours près du pont et j'y reste aussi longtemps que je le peux, juste au cas où, Susan sait que c'est le seul endroit où je peux la chercher. »
Pour l'instant, Barbara n'éprouvait rien d'autre que de la sympathie.
« Avez-vous jeté un coup d'œil à l'intérieur?
— Je n'ai pas encore osé y entrer, au cas où quelqu'un préviendrait la police en me voyant pénétrer dedans par effraction. Vous seriez surprise, mais les gens sont comme ça. Pourquoi ne pas y aller toutes les deux, qu'en pensez-vous? On vous croira, vous. »
Nous y voilà donc, pensa Barbara avec un sourire entendu. Il était encore assez facile de refuser, d'invoquer les nécessités de son travail, et c'est ce qu'elle s'apprêtait à faire quand elle pensa soudainement à quelque chose. Si les gens que recherchait Margery

étaient les mêmes que ceux qui avaient enlevé et assassiné Angela ? Et si les deux appels téléphoniques étaient en fait destinés à informer Barbara de leur existence, bien que de façon détournée ? Celle qui l'avait appelée n'avait peut-être pas osé se montrer plus explicite ? C'était aussi une occasion, aussi maigre et tardive fût-elle, de faire amende honorable, de cesser de se reprocher d'avoir trop négligé Angela.

« Très bien, dit-elle, pas du tout sûre d'elle ni des raisons qui la poussaient à s'impliquer dans cette affaire. Je suppose qu'il ne pourra rien nous arriver. Je suis occupée aujourd'hui et demain, mais serai libre demain soir. Je passerai chez vous vers les dix-neuf heures.

— C'est au huit. Appartement numéro trois. Mon nom n'est pas sur la porte. Il n'est pas bon de laisser les gens en connaître trop à votre sujet. »

Elle se noircit les yeux de mascara pendant que Barbara réclamait l'addition.

« Oh, laissez-moi en payer la moitié », dit-elle d'un ton si peu convaincu qu'il était clair qu'elle espérait que Barbara n'allait rien en faire.

Elle se dirigea vers la sortie pendant que Barbara payait pour elles deux. En passant près d'une table, Margery fit un faux pas et serait tombée sans la présence d'un siège providentiel. Elle se retint au dos du siège, manquant de renverser la veste du client assis là, puis se précipita dans l'escalier, un sourire d'excuse aux lèvres. On aurait dit qu'elle avait parlé parce qu'elle était ivre, mais Barbara se demanda si elle ne lui avait pas caché plus de choses qu'elle ne lui en avait dites.

« Si nous ne trouvons rien dans la maison, dit Margery lorsque Barbara la rejoignit au-dehors, nous pourrions aider Gerry Martin, non ? Ainsi, nous serions plus à chercher. Le seul inconvénient est que je ne peux pas dépenser beaucoup d'argent en déplacements.

— Attendons de voir comment les choses vont tourner », dit Barbara qui se sentait un peu trop vite entraînée vers un domaine qu'elle n'avait pas envie d'aborder.

Elle regarda Margery disparaître dans le dédale des rues latérales, puis se mit en marche vers Curzon Street. Il lui fallait trouver une histoire plausible à raconter à Louise. Mais en y réfléchissant, elle n'avait pratiquement aucune idée de l'aventure dans laquelle elle s'était lancée et ne savait pas non plus pourquoi elle avait pris cette décision.

CHAPITRE ONZE

MARGERY s'assit sur son lit et regarda par la fenêtre. Au-dessus des façades à la peinture écaillée, le bleu du ciel prenait peu à peu une couleur terne; quelque part non loin de là, un homme et une femme se querellaient. Margery lisait un gros roman qui décrivait les aventures d'une jeune et brillante actrice qui consacrait en réalité ses talents au vol, à la séduction et au chantage pour se faire une place au soleil de la haute société internationale. C'était un livre pour les gens qui aiment à s'imaginer dans la peau d'un criminel mais qui pensent que de telles choses ne peuvent pas leur arriver, ou bien n'arrivent qu'aux autres. Il était dédié à l'agent littéraire de l'auteur, Barbara Waugh.

Où était-elle? A en juger d'après le ciel, il devait être déjà tard. Margery se pencha à la fenêtre et regarda au-dehors. Les maisons blanches étaient alignées comme des chemises trouées sur un fil au-dessus du trottoir; l'homme avait cessé de crier, la femme, elle, s'était mise à hurler; deux hommes passèrent en flânant, sans se soucier des hurlements. Margery aimait bien les gens qui ne se mêlaient pas des affaires des autres, mais elle pensait parfois qu'on appliquait un peu trop ce désir à la lettre dans le quartier.

Elle glissa le livre sous son lit, avec les autres. Elle en

avait assez, assez des mensonges. Sur la petite étagère au-dessus du lit, la photo de Susan gardait les yeux baissés. Le soleil ne parvenait pas jusque-là et elle semblait regarder ailleurs, à travers une sorte de brouillard plutôt qu'à travers le verre du cadre, là-haut parmi les ombres et les taches d'humidité qui couraient au plafond. Quand Margery allumait la lumière, les taches sombres ne disparaissaient pas et, sous le plafonnier poussiéreux, on ne voyait plus le visage de Susan, gommé par les reflets lumineux.

Susan tenait un livre sur Picasso, prix qu'elle avait obtenu à l'école. Margery n'aimait guère la plupart des tableaux reproduits dans l'ouvrage, on aurait dit ces choses que les vandales peignent sur les murs, mais avouait n'avoir aucune compétence en matière artistique : si ce genre de peinture pouvait aider Susan, c'était tout ce qui comptait.

Si seulement elle avait persévéré dans cette voie. Margery l'avait toujours encouragée à faire de son mieux, mais Susan portait à peine les cadeaux qu'elle lui ramenait à la maison. Avant même de quitter l'école, elle avait déjà commencé à se rebiffer contre tout ce que Margery pouvait dire. Celle-ci avait compris trop tard que les gens essayaient de monter Susan contre elle et ne cessaient d'insister sur les erreurs qu'elle avait commises. Elle en avait eu la confirmation dans le fait que tant de gens — les voisins, la police — avaient été ravis quand Susan l'avait quittée.

Barbara Waugh faisait peut-être partie de ces gens-là. Elle n'avait pas hésité à lui servir un autre verre, mais le vin pouvait aussi être destiné à endormir sa méfiance. Comment expliquer qu'elle en sache si peu sur les gens qui avaient vécu dans la maison abandonnée, alors qu'elle en savait assez pour avoir suivi la piste de sa fille jusque-là ? Qu'avait-elle voulu dire lorsqu'elle avait déclaré qu'Angela était morte ? Toute sa prétendue sympathie n'était peut-être qu'une façade, de manière que Margery ne se pose pas de questions.

Aujourd'hui, elle était allée à la bibliothèque pour relire l'article, afin de voir s'il disait réellement qu'Angela avait été assassinée, mais, quand elle avait dit qu'elle ne connaissait pas la date de parution, on l'avait regardée comme une illettrée. On n'avait pas gardé l'article, lui avait-on répondu sans même se donner la peine de vérifier. En guise de revanche, elle avait volé l'exemplaire du livre qu'elle avait vu dans le bureau de Barbara Waugh — jamais on ne le lui aurait laissé emprunter — mais cela ne lui avait rien appris sur Barbara clle-même. Pouvait-elle se fier à elle ? Viendrait-elle, seulement ?

Le thème de *Charlie's Angels* éclata soudain dans l'appartement d'à côté. A l'époque où elle pouvait encore louer un téléviseur, elle avait toujours regardé le groupe avec un léger mépris — ils étaient tellement irréprochables, braves, irréels — même si, d'une certaine façon, elle aurait bien aimé pouvoir résoudre les difficultés aussi facilement qu'eux. Naturellement, les leurs n'avaient rien à voir avec les vrais problèmes de la vie, sordides et décevants. Décevants, comme le fait que la musique du générique lui rappelait qu'il était vingt heures et que Barbara ne viendrait donc pas.

L'après-midi était perdu. S'il y avait encore quoi que ce soit à découvrir dans la maison près du pont, il risquait d'être déjà trop tard. On emmenait peut-être Susan encore plus loin. Tout le monde avait raison, après tout : Margery était une bien piètre mère, une mère qui ne pouvait rien faire pour sauver son enfant.

Elle se reprit tout à coup. La police avait presque réussi à l'avoir, la dernière fois, mais elle avait été encore assez habile pour s'en sortir. On avait voulu l'intimider, la forcer à devenir la personne que tout le monde voulait qu'elle soit, mais on ne la manœuvrait pas si facilement, pas quand Susan était en danger. Le marché était terminé, à l'heure qu'il était, et il n'y aurait sans doute personne dans les parages pour se poser des questions sur ce qu'elle était en train de faire dans une maison vide. De toute façon, si on l'arrêtait, elle avait la seconde lettre de Susan pour expliquer pourquoi elle était là. Elle se débrouillerait aussi bien toute seule qu'avec l'aide de Barbara Waugh.

Et puis celle-ci l'aiderait quand même, en tout dernier ressort. Elle pourrait se porter garante pour Margery ; après tout, elle était elle-même en tort, puisqu'elle avait franchi la barrière et été jusqu'à la porte d'entrée, à supposer que la chose soit répréhensible. Elle avait peut-être cru se débarrasser de Margery en lui racontant des mensonges, mais son comportement devant sa secrétaire prouvait qu'elle avait quelque chose à cacher ; Margery pourrait toujours jouer là-dessus, si elle y était forcée. Elle se sourit devant la glace au-dessus de l'évier, pendue à un clou rouillé, et où elle ne pouvait se voir que le bas du visage. Elle se fit les yeux et sortit.

Mise à part la densité de la circulation sur le pont, les rues étaient plus calmes que durant la journée. Maintenant que la lumière du jour était moins éclatante, chaque chose retrouvait sa forme primitive et elle put regarder sans cligner des yeux les façades blanches des maisons. On distinguait même les couches de mortier qui liaient chaque pierre des cheminées. De fenêtre ouverte en fenêtre ouverte, le thème de *Charlie's Angels* la poursuivait de maison en maison.

Avec le marché fermé, Portobello Road semblait plus large. Les devantures des magasins étaient aussi tranquilles que des vitrines de musée, seulement plus poussiéreuses. Elle s'arrêta sous le pont au milieu des détritus qui jonchaient le sol et regarda vers la maison, au-delà du portail condamné. Il fallait qu'elle garde le contrôle de ses nerfs. Il n'y avait là peut-être plus rien à voir mais elle avait besoin de se prouver qu'elle n'avait pas besoin des autres et pouvait se débrouiller seule. A ce point de ses réflexions, elle fit taire ses pensées et revint à l'instant présent.

Le bruit chassa immédiatement toute autre préoccupation. Le vacarme des voitures était tellement assourdissant que, si elle n'était pas parvenue si près de la maison, elle aurait rebroussé chemin. Elle avait l'impression que le bruit retentissait et éclatait directement dans sa tête. Elle escalada un fauteuil qui avait brisé la clôture mitoyenne et gagna vivement le porche pour échapper au bruit, sans plus se soucier de savoir si quelqu'un l'observait.

Elle hésita quand elle vit que la porte d'entrée était fermée ; elle était persuadée d'avoir vu Barbara Waugh la laisser grande ouverte. Mais elle s'ouvrit facilement, révélant un couloir d'entrée qui, au-delà d'une cage d'escalier, menait à une cuisine. Par la fenêtre de cette dernière, elle vit des ordures en train de brûler. De chaque côté du couloir, s'ouvraient encore des portes. Le sol, le tapis trop étroit qui s'arrêtait au pied des marches, l'escalier lui-même, tout était gris de poussière.

Elle franchit la porte, poursuivie par le bruit. Bien qu'elle sentît la poussière crisser sous ses pieds, elle ne semblait faire aucun bruit en marchant. Elle baissa les yeux vers ses empreintes. Devant elle, aucune trace de pas. Satisfaite d'être capable de réfléchir malgré le mugissement de la circulation, elle alla refermer la porte d'entrée et traversa rapidement le couloir.

La cuisine était un carrefour de portes fermées : portes des placards sur les murs, d'un réfrigérateur cabossé, d'un poêle à l'émail craquelé qu'on avait retiré du mur, amputé de son tuyau. Le poêle était vide mais, par contre, quelque chose était en train de pourrir derrière le réfrigérateur. Elle réussit à faire coulisser les portes des placards dans leurs rainures, prises dans une gangue de crasse, et trouva plusieurs bocaux que la poussière recouvrait d'une fourrure grise et gluante.

Elle revint dans le couloir. Le bruit était assourdi mais omniprésent, partie intégrante de l'atmosphère qui imprégnait la maison. En passant, elle avait jeté un œil aux pièces qui donnaient dans le couloir — des pièces qui couraient sur toute la longueur de la demeure, nues et où il n'y avait que de la poussière. Elle hésitait à continuer, le cœur cognant douloureusement. La masse grise indécise dans l'encadrement de la porte de droite n'était qu'un nid de poussière et de toiles d'araignée, ou bien le rembourrage d'un fauteuil, mais pas un animal. Elle contourna la masse grise et pénétra dans la pièce.

Nulle part on aurait pu y cacher quelque chose. Excepté une cheminée qui avait été autrefois peinte en blanc, la pièce était absolument vide. Des flocons de cendre noire et grasse voletèrent vers elle quand elle se pencha vers l'âtre. Elle regagna vivement le couloir en s'efforçant d'ignorer les mouvements qui agitaient la masse de toiles d'araignée.

De l'autre côté du couloir, la seconde pièce était également vide. Le châssis de la fenêtre qui donnait sur l'arrière gisait par terre, brisé. Si le reste de la maison était aussi désert que ces deux pièces, était-ce la peine de continuer ? Mais elle ne pouvait pas le savoir sans avoir exploré toute la demeure. Pourquoi avoir peur de monter au premier ? Quelle importance si elle s'éloignait ainsi de la porte d'entrée puisqu'il n'y avait manifestement plus personne ?

Pourtant, sur les marches, elle eut l'impression de ne pas être seule et que quelqu'un, quelque part, l'observait sans faire le moindre bruit. C'était le genre de chose que n'importe qui peut éprouver dans une maison abandonnée. L'odeur de poussière était de plus en plus forte, l'air lui-même semblait gris, sombre et hostile. Sur le palier, une douille pendait au bout d'un fil rouillé et oscillait imperceptiblement.

Toutes les portes du premier étage étaient ouvertes. Une araignée avait élu domicile dans la cuvette des toilettes, jaunie par le tartre ; sur le sol, une tache en forme de cercueil montrait l'emplacement où s'était tenue la baignoire. Deux des plus grandes pièces étaient absolument vides. Des lambeaux de toiles d'araignée s'accrochaient aux plafonds et dansaient contre les murs.

Elle était heureuse de ne pas avoir à s'attarder dans ces pièces car elle devenait nerveuse dès qu'elle s'éloignait de l'escalier. Pourtant les seules empreintes visibles étaient les siennes, venues du rez-de-chaussée ; aucune ne venait du second. Elle sentit la colère la gagner : Barbara Waugh avait-elle pu se jouer d'elle, la manipuler pour qu'elle vienne ici seule, afin de lui signifier de ne plus l'importuner ? Mais ce n'était là qu'un prétexte pour s'empêcher de monter au dernier étage ; c'était la nervosité qui la rendait irritable. Pour se rassurer, elle lança un regard maussade autour d'elle et se mit en marche vers le second.

Il faisait plus sombre dans cette partie de l'escalier que dans le reste de la maison. La chaleur et la poussière semblaient s'être donné rendez-vous sous les combles. Elle dut respirer à petits coups rapides pour continuer à monter. Elle se rappela soudain que, de l'extérieur, elle avait vu que la fenêtre gauche du dernier étage était condamnée. Voilà pourquoi il faisait aussi sombre. Elle espéra qu'il ne lui faudrait pas entrer dans cette pièce.

Mais, bien sûr, elle dut s'y résoudre, même si on pouvait se rendre compte, à travers l'encadrement de la porte, qu'il y faisait plus sombre encore qu'on pouvait s'y attendre. La fenêtre côté façade était certes condamnée, mais pourquoi n'y avait-il aucune lumière en provenance de celle qui donnait sur l'arrière ? Elle jeta un regard incertain vers l'escalier ténébreux — n'y vit rien d'autre que l'empreinte de ses propres pas — puis se força à entrer dans la pièce.

La porte franchie, il fallait traverser une sorte de vestibule qui n'était guère plus large qu'une cabine téléphonique. Elle ne distingua tout d'abord rien dans l'obscurité, puis vit la pièce elle-même, au-delà d'une seconde porte ouverte. Il y faisait encore plus noir que dans le couloir. Elle s'aventura de quelques mètres et en comprit la raison. Les deux fenêtres, pas seulement celle de la façade, avaient été condamnées.

Elle tendit la main dans le noir, à la recherche d'un interrupteur. Si cette garce de Barbara Waugh ne l'avait pas laissée tomber, elle n'aurait pas si peur en ce moment. Une odeur vint lui frapper subitement les narines, trop faible pour qu'elle puisse dire ce que c'était, mais absolument horrible. Lors d'une seconde de folie, elle imagina que la porte allait se refermer et qu'elle allait rester enfermée dans l'obscurité, seule avec cette odeur répugnante. Personne ne l'entendrait crier. Elle se précipita dans le couloir en chancelant et referma la porte avec tant de violence que l'écho en résonna à travers toute la maison.

Susan avait vécu ici. A cette pensée, le désarroi de Margery fut si intense, même s'il ne reposait sur rien de précis, qu'elle sentit son cœur se serrer et eut peur de s'évanouir. C'est le chagrin qui la poussa à entrer dans la dernière pièce, même si elle savait qu'elle n'y trouverait rien. Mue par une impulsion, son regard se porta vers la fenêtre qui donnait sur l'arrière. En bas, elle vit une baignoire disparaissant sous un monceau d'ordures qui finissaient de se consumer. On aurait dit qu'on avait rassemblé là tous les détritus du voisinage. S'il y avait quelque chose à découvrir, c'était peut-être dans ce tas d'ordures.

Elle regagna le palier à la hâte — réalisant soudain que si on ouvrait la porte de la pièce condamnée, elle n'était pas sûre de l'entendre, mais elle n'aurait su dire pourquoi cette éventualité la rendait nerveuse. Une latte bougea sous ses pieds. Le plancher, vermoulu, allait-il s'écrouler ? Elle faillit perdre l'équilibre et, du coin de l'œil, aperçut une feuille de papier qui avait glissé sous la lame disjointe.

Son excitation retomba quand elle vit que ce n'était qu'une page froissée qu'on avait arrachée d'un livre, comme celles qui jonchaient le jardin devant le porche. Elle s'en empara néanmoins et la lissa, à même le plancher. Elle provenait d'un livre intitulé *La philosophie dans le boudoir* et décrivait diverses tortures qu'on infligeait à une mère. A travers la minceur du papier, on devinait faiblement une gravure au verso. Si elle était aussi révoltante que le texte, Margery ne voulait même pas la regarder. Pourtant, cela n'avait-il pas un rapport avec la vie que Susan avait menée ici? Elle tourna la page avec hésitation.

Ce n'était pas du tout une gravure. C'était un portrait dessiné par Susan. Elle lut ce que sa fille avait écrit dessous, puis examina le dessin en détail. C'était plus qu'elle n'en avait espéré. Maintenant Barbara Waugh ne pourrait plus refuser de l'aider.

Elle eut soudain peur. Elle n'aurait su dire pourquoi, mais elle sentait qu'elle n'allait pas pouvoir emporter le dessin hors de la maison et qu'il aurait mieux valu pour elle ne jamais l'avoir découvert. Toutes les peurs imprécises qu'elle n'avait osé formuler depuis qu'elle était entrée dans la maison fondirent soudain sur elle. Il fallait absolument qu'elle quitte cet endroit.

La porte de la pièce condamnée était toujours fermée. Elle se lança vers le premier, effrayée par le bruit qu'elle faisait; si elle n'entendait plus la rumeur de la circulation, on devait par contre l'entendre, elle, jusqu'à l'autre bout de la rue. Elle avait l'impression qu'un danger la guettait, un danger qui n'avait rien à voir avec la poussière ou la chaleur.

Elle fit halte sur le palier du premier, regarda autour d'elle, et vit les empreintes de ses pas qui menaient vers le bas. Elle voulut s'élancer pour les suivre mais elles n'étaient plus aussi nettes que tout à l'heure, comme si on avait traîné quelque chose dessus. Ou alors c'était un courant d'air qui les avait à demi effacées, ou bien, pensa-t-elle en désespoir de cause, peut-être ne les avait-elle pas bien regardées. Elle aurait tout le temps de s'interroger là-dessus mais il fallait d'abord sortir de la maison.

Elle descendit quelques marches en chancelant. Elle se retint à la main courante et une écharde se ficha profondément dans sa paume. Elle s'arrêta quelques instants, les poumons en feu et le souffle rauque, suffoquée par la poussière. Encore quelques marches et elle pourrait voir la porte d'entrée. Elle aperçut d'abord celle où était pendu le nid de toiles d'araignée et celui-ci avait disparu.

Elle se retourna brusquement, toujours sans savoir pourquoi, froissant la page arrachée dans ses mains ; elle n'avait pourtant entendu aucun bruit. C'était sûrement un courant d'air qui avait emporté la masse grise tendue en travers de la porte ; c'était d'ailleurs sans doute aussi un courant d'air qui l'avait formée à l'origine et qui la faisait maintenant flotter en l'air, juste au-dessus de sa tête. Tout à l'heure, dans la pièce, elle avait pensé à un animal, mais cette chose semblait à peine formée ; on aurait dit un fœtus tout gris enveloppé, ou formé, de toiles d'araignée. La chose bondit sur elle et lui sauta au visage avant même qu'elle se mette à hurler.

CHAPITRE DOUZE

La voiture de Barbara cala avant même d'avoir quitté le parking souterrain du Barbican Centre. Elle l'utilisait si rarement à Londres qu'elle avait toujours du mal à s'y habituer. Elle n'avait pas prévu de conduire aujourd'hui mais ne voulait pas être en retard à son rendez-vous avec Margery. A présent, elle n'avait même pas la ressource de laisser la voiture sur place car elle bloquait le passage.

Le temps de trouver quelqu'un pour l'aider à déplacer son véhicule — elle put finalement convaincre un homme à lunettes et costume de tweed qui admirait les restes de la forteresse médiévale et qui la suivit d'un air hésitant vers le parking souterrain — elle perdit dix minutes. Quand enfin ils purent pousser la voiture à l'écart, elle était en sueur et haletait. Elle essuya ses mains sales sur son jean. C'était vraiment l'accoutrement parfait pour aller explorer une vieille maison abandonnée.

Elle traversa tout le Barbican et courut jusqu'au métro. Elle avait dit dix-neuf heures à Margery, et il était maintenant déjà presque dix-neuf heures trente. Si seulement Margery avait eu le téléphone, elle aurait pu repousser le rendez-vous ; la journée avait été bien assez épuisante comme cela sans cette expédition inutile. Mais elle voulait voir Margery car elle avait quelques questions à lui poser auxquelles elle n'avait pas pensé la veille.

Dans l'obscurité, au bout du quai, les rames parcouraient imperturbablement la boucle fermée de la Circle Line. Elle pouvait aller jusqu'à Notting Hill, mais pas jusqu'à Ladbroke Grove ; devait-elle malgré tout monter et courir le reste du chemin ? Elle était sûre qu'il valait finalement mieux prendre le métro, même si elle devait attendre sur un quai désert, à ruminer les pensées qui la tourmentaient au sujet de Paul Gregory, pour passer le temps.

A huit heures moins le quart, une rame se présenta enfin. Les stations défilèrent. A mi-chemin, deux Américains coiffés d'une casquette à la Sherlock Holmes descendirent à Baker Street. Encore cinq stations. Le roman de Newton-Brown était bien meilleur qu'elle ne l'avait espéré et elle l'avait immédiatement soumis à plusieurs maisons d'édition. Quant à *Le sel qui perd de sa saveur*, il trahissait les premiers signes de folie de son auteur et n'était rien d'autre que les divagations solitaires d'un pasteur de Cornouailles.

A huit heures dix, elle s'élança en courant dans l'escalier roulant de Ladbroke Grove même si, au fond d'elle-même, elle savait que courir était absurde : quel était l'intérêt, grands dieux, de fouiller une maison vide ? Elle avait eu assez d'ennuis pour aujourd'hui — un confrère lui avait appris qu'on avait vu Paul Gregory dîner avec un agent rival, Howard Eastwood. C'était donc la raison pour laquelle Paul faisait, ces derniers temps, la fine bouche à propos du contrat et n'était jamais là quand elle appelait chez lui.

Pour l'instant, le problème le plus immédiat était Margery. Barbara se hâta le long des rues bordées de maisons blanches. Une poussière crayeuse flottait dans l'air ; les maisons n'étaient que des transistors qui se relayaient d'une fenêtre à l'autre. Elle arriva enfin devant chez Margery — numéro huit, appartement trois — et appuya sur la sonnette.

Lorsqu'elle n'obtint pas de réponse, elle se sentit d'abord soulagée, sans qu'elle sût pourquoi. Elle devait pourtant absolument voir Margery pour entrer en contact avec Gerry Martin. Louise avait appelé le sommier du *Daily Telegraph*, mais il n'y avait aucune journaliste de ce nom dans leurs fichiers. A l'heure qu'il était, elle avait peut-être retrouvé la trace des gens de la maison, les gens qui avaient peut-être assassiné Angela.

Après avoir frappé plusieurs fois, elle se dirigea vers le pont. Il était possible que Margery soit en train de l'attendre devant la demeure. Mais en arrivant près du pont, elle ne l'aperçut nulle part. Était-elle entrée ? Peu importait, maintenant qu'elle était là, Barbara n'avait plus qu'à entrer elle aussi et en finir une bonne fois avec cette mascarade.

Elle rassembla ses forces pour affronter le vacarme incessant et vit une voiture de police faire son apparition au bout de la rue, venant de Ladbroke Grove. Elle se retourna vivement et fit mine de se diriger nonchalamment vers le pont, le temps de laisser la voiture s'éloigner. Aussi longtemps que personne ne la verrait pénétrer dans la maison, pourquoi être si nerveuse à la vue d'une voiture de police ? Sa propre pusillanimité la faisait enrager. Elle se mit en marche vers le fauteuil brisé.

Hormis le ballet perpétuel des véhicules sur l'autoroute, il n'y avait absolument pas le moindre mouvement dans les environs. Elle se fraya un chemin à travers les herbes folles, sèches et couchées à terre. Elle poussa la porte et entra avant même de voir ce qu'il y avait à l'intérieur.

Margery gisait dans les marches de l'escalier. Une seconde, Barbara eut l'impression grotesque qu'elle se tenait sur la tête, n'eût été l'angle insolite que son cou formait avec ses épaules. Sa jupe avait glissé et révélait un morceau de cuisse empâtée, au-dessus des bas noirs. Sa main droite était cachée sous son corps. Elle ne souriait pas, même si elle en avait l'air, les lèvres retroussées sur les dents.

Barbara tourna les talons et s'enfuit en courant à travers le jardin, essayant de mettre de l'ordre dans ses idées confuses. Allait-elle trouver une cabine téléphonique en état de marche ou bien allait-elle devoir demander à quelqu'un de se servir de son téléphone? Lorsqu'elle vit la voiture de police, au bout de la rue, elle escalada vivement le fauteuil et agita frénétiquement la main. La voiture fut près d'elle avant qu'elle ait pu faire le point de toutes les questions auxquelles elle allait devoir répondre.

L'agent était un jeune policier. Comme la plupart de ceux de sa génération, il portait une moustache pour paraître plus âgé. Il passa par-dessus le portail condamné et, dans son élan, faillit perdre l'équilibre. Son visage se mua immédiatement en un masque sévère dans le but de se redonner une contenance.

« Il y a une femme dans la maison, s'écria Barbara. Je crois qu'elle est morte. Elle a dû se briser le cou. »

Il l'attendit et l'accompagna jusqu'à la maison. Contre sa poitrine, sous sa veste, quelque chose grésillait et crachotait. Quand il vit le corps de Margery, il sortit son radio émetteur et appela une ambulance. Inconsciemment, Barbara resta à l'écart de l'escalier; la poussière qui flottait au-dessus de la bouche ouverte de Margery lui faisait songer à un nuage de mouches.

Le policier explora le rez-de-chaussée puis sortit pour aller jeter un coup d'œil aux maisons voisines.

« Vous étiez ensemble, toutes les deux?

— Nous devions nous retrouver ici. »

Il était si près d'elle qu'elle pouvait sentir l'odeur de son uniforme.

« Je suis arrivée en retard et je l'ai trouvée comme ça.

— Quand l'ambulance sera là, j'aimerais que vous veniez au poste répondre à quelques questions. »

Il lui tourna le dos, comme si elle n'avait pas le loisir de refuser, et regagna la maison pour rassembler les affaires tombées du sac à main de Margery, qui avait roulé au pied de l'escalier. Il emmena le sac avec lui au-dehors et vint retrouver Barbara sous le porche. Son silence était lourd de questions. Qu'allait-elle exactement pouvoir dire ? Toute cette histoire n'allait-elle pas paraître invraisemblable ?

L'ambulance finit par arriver. Il fit signe aux brancardiers d'entrer, agrippant toujours le sac à main comme s'il s'agissait d'un suspect qu'il tenait par la peau du cou. Barbara s'attarda — Margery n'était peut-être pas morte, elle avait entendu parler de gens qui avaient survécu après s'être brisé la nuque — et regarda les brancardiers étendre son corps sur une civière. L'un d'eux baissa les yeux et secoua la tête. Elle s'apprêtait à suivre le jeune agent quand un morceau de papier vola à travers les marches de l'escalier.

C'était une page arrachée, qui était restée coincée sous le corps de Margery. Margery l'avait-elle entre les mains quand elle était tombée ? Barbara se dirigea vers l'escalier et la page vint se poser à ses pieds. Le papier était froissé et bougeait légèrement dans le courant d'air de l'entrée mais elle put malgré tout voir qu'on avait dessiné quelque chose dessus. Un portrait d'elle-même.

Elle reconnut immédiatement le style de la fille de Margery. Pourquoi lui avait-elle donné un air aussi jeune ? La page cessa de bouger un instant et elle se rendit compte que ce n'était pas du tout son visage qui était dessiné, mais celui de quelqu'un d'autre qui ressemblait beaucoup au sien. Un visage d'adolescente. Barbara fut sur le point de pleurer — personne n'y aurait fait attention de toute façon, elle la première — quand elle comprit de qui il s'agissait.

Elle se pencha si rapidement qu'un voile noir passa devant ses yeux — il y avait quelque chose d'écrit sous le dessin, mais elle n'avait pas le temps de le déchiffrer maintenant, mieux valait emporter la page. A cet instant, la feuille s'envola vers une des pièces vides. Elle eut l'impression qu'une porte venait de se fermer quelque part en elle et s'élança à la poursuite du papier, qu'elle eut le temps de voir s'envoler à travers l'ouverture béante d'une fenêtre qui n'avait plus de châssis. Elle se précipita à la fenêtre et vit la feuille tomber sur un tas de détritus en train de brûler. Le papier s'embrasa immédiatement et, en quelques secondes, ne fut plus qu'un petit tas de cendres noires que le vent dispersa.

Lorsqu'elle se retourna, brisée et anéantie, elle vit que le jeune agent l'observait et l'attendait.

« Vous êtes prête, maintenant ? » demanda-t-il d'un ton qui laissait suggérer qu'il la soupçonnait de vouloir s'échapper. Mais elle le fit attendre, même si cela ne faisait que rendre sa situation encore plus difficile, le temps d'examiner chacune des pages éparpillées dans l'herbe autour du porche.

CHAPITRE TREIZE

« J'AI bien peur que vous n'ayez été la victime d'une plaisanterie », dit l'inspecteur.

Les murs de son bureau étaient d'une couleur brune qui rappelait les viscères, artificiellement brillante sous l'éclairage au néon. Des éclats de lumière jouaient sur son bureau, la garniture de cuir des fauteuils, l'ampoule de la lampe au bout de son tortillon de métal ; une flaque de lumière flottait comme du lait tourné à la surface de la tasse de thé à laquelle Barbara n'avait pas touché. Tout avait l'air aussi plat que sur une feuille de papier, une feuille où aurait été dessiné le visage d'Angela.

Elle devait rester calme, même si elle avait les nerfs à fleur de peau, sinon elle risquait d'en dire trop.

« Non, je ne crois pas. Je suis certaine que cette secte existe. »

Elle ne savait plus très bien : Margery avait-elle dit qu'il s'agissait d'une secte ? Elle n'avait qu'à dire que Margery avait laissé entendre qu'Angela était aux mains de cette secte, même si elle semblait trahir ainsi la promesse de secret qu'elle avait faite au téléphone. Elle était anxieuse de tenir cette promesse, maintenant, même si cela ne semblait pas avoir d'importance.

« Je ne comprends d'ailleurs pas pourquoi vous dites qu'il s'agit d'une plaisanterie, dit-elle.

— Eh bien, par exemple, si elle était si ennuyée que sa fille ait rejoint cette secte, pourquoi n'est-elle pas venue nous trouver?

— Je crois que c'est ce qu'elle a fait. »

Margery ne lui avait-elle pas déclaré que la police n'avait pas voulu l'aider parce que Susan avait plus de dix-sept ans?

« Si je me souviens bien, elle m'a dit qu'elle l'avait fait.

— Je crois que vous n'avez pas compris ce qu'elle vous a dit, madame Waugh. Ou peut-être ne vous a-t-elle parlé que de sa première visite, au début, quand sa fille a quitté la maison. »

Il était gentil avec elle — son visage rond et placide, ses moustaches tachées par la pipe, tout en lui rappelait l'oncle préféré que tout le monde peut avoir dans sa famille — mais elle sentait qu'il jouait au chat et à la souris.

« Laissez-moi adopter votre point de vue et considérons qu'il ne s'agit pas d'une mauvaise plaisanterie. Vous dites que cette Mme Turner est venue vous voir et vous a convaincue que votre fille était entre les mains d'une quelconque secte. Je ne vois pas très bien comment elle aurait pu le savoir, mais laissons ce détail de côté pour l'instant, dit-il au grand soulagement de Barbara. Vous étiez censée la retrouver ce soir chez elle mais, constatant qu'elle n'y était pas, vous êtes allée jusqu'à la maison qu'elle vous avait décrite. Au fait, vous ne trouvez pas un peu étrange qu'elle habite justement tout à côté de cette maison?

— Non, pas vraiment. Elle est venue habiter dans ce quartier dans l'espoir de retrouver sa fille.

— C'est du moins la raison qu'elle vous a donnée, précisa-t-il d'un ton doucereux qui ne fit qu'augmenter sa nervosité.

— Oui, dit-elle. Elle m'a dit aussi qu'elle n'aimait pas le voisinage, là où elle vivait avant. Elle était heureuse d'avoir déménagé.

— Oh, je suis sûr que c'est la vérité, mais vous a-t-elle dit pourquoi ?

— Elle ne s'est pas étendue sur le sujet, mais j'ai cru deviner qu'elle n'avait pas confiance en eux.

— Je crains fort qu'il y ait eu une toute autre raison. Disons plutôt qu'elle a préféré venir habiter quelque part où personne ne la connaissait. Vous savez, c'était une délinquante, qui a été condamnée plusieurs fois. »

Peu importait ce qu'avait été Margery, cela ne changeait rien au fait que c'était bien le visage d'Angela qui avait été dessiné sur la page. La pièce lui parut soudain sinistre, minuscule, sans plus aucune perspective.

« Que lui reprochait-on ? demanda-t-elle.

— C'était une voleuse. Elle a même subi un traitement pour ça, à une certaine époque, mais ça ne lui a pas fait grand bien, apparemment. Inutile de vous dire que lorsqu'elle est venue nous informer que sa fille avait quitté le domicile familial, on ne s'est pas trop foulés pour la chercher. Essayer de voler de ses propres ailes, c'était vraiment ce que cette pauvre fille pouvait faire de mieux, vous ne croyez pas ? Excusez-moi », ajouta-t-il quand on frappa à la porte.

Pendant qu'il discutait à voix basse avec un agent dans le couloir, une scène ne cessait de défiler dans son esprit : Margery, quand elle avait failli tomber dans la cave à vin, s'était retenue à la veste d'un client puis s'était éloignée rapidement. Que faisait-elle, de la main gauche, pendant qu'elle faisait semblant de se raccrocher au dossier de la chaise de droite ? Avait-elle ensuite posé la main sur la rampe pour monter les marches, ou bien l'avait-elle enfouie dans son sac ? Il y avait quelque chose de plus important dont Barbara devait absolument se rappeler.

Avant qu'elle ait pu y parvenir, l'inspecteur fut de retour.

« Margery Turner vous a-t-elle demandé de l'argent ? demanda-t-il.

— Non, absolument pas », dit-elle.

Si l'on voulait bien oublier ses dernières paroles : « Le seul inconvénient est que je ne peux pas dépenser beaucoup d'argent en déplacements. »

Qu'y avait-il d'autre, encore, qui frappait faiblement à la porte de ses souvenirs ?

« Enfin... dit-elle à contrecœur, pas ouvertement.

— Bien, vous voyez où je veux en venir. En fait, elle a plusieurs fois été condamnée pour avoir extorqué de l'argent sous des prétextes fallacieux. Dieu seul sait ce qu'elle était encore en train de manigancer. On fouille en ce moment le contenu de son appartement. »

Tout d'un coup, Barbara se souvint de ce qu'elle cherchait désespérément à se rappeler.

« Vous avez son sac à main, naturellement ?

— Oui, bien sûr. Pourquoi me demandez-vous ça ?

— Vous croyez qu'elle a inventé cette histoire de secte pour me soutirer de l'argent, mais je peux vous prouver le contraire. Parmi ses affaires, vous trouverez une lettre de sa fille, qui prouve que cette secte existe bel et bien. »

Il parut sur le point de soulever une objection.

« Toutes ses affaires sont ici. Allons-y jeter un coup d'œil. »

Il la conduisit jusqu'à une pièce en sous-sol. Il n'y avait pas de fenêtres et les néons éclairaient les moindres recoins. Une jeune auxiliaire féminine, le visage sévère et ingrat, fouillait parmi les affaires de Margery étalées sur une table.

« Tâchez de ne rien déranger », dit-elle à Barbara.

Il y avait des livres, empruntés à une bibliothèque, une liasse de billets qui avaient l'air de provenir tout droit d'un portefeuille, divers vêtements qui n'avaient visiblement jamais été portés, plusieurs articles de bijouterie. La vue de toutes ces choses, exposées sous la lumière crue, rendit Barbara mal à l'aise : y avait-il quelque chose qui avait personnellement appartenu à Margery, un souvenir d'elle ? Oui, une photo d'une écolière qui tenait un livre, des cahiers avec le nom de Susan Turner en couverture, d'une écriture qui devenait plus sûre avec les années, jusqu'au dernier cahier, dont l'écriture était exactement la même que celle de la lettre que Barbara avait lue.

Mais il n'y avait pas de lettre. Elle écarta les vêtements et les livres, ce qui lui valut un regard désapprobateur de la part de l'auxiliaire féminine.

« Elle doit être restée là-bas, dit-elle.

— Mais vous l'avez cherchée partout, madame Waugh. L'agent m'a dit qu'il vous avait vue examiner tous les détritus dans le jardin. Je présume que c'était ce que vous cherchiez? »

Pouvait-elle lui parler du dessin? Il semblait être encore trop tôt pour briser sa promesse. Elle aurait voulu en parler à quelqu'un, n'importe qui, quelqu'un qui saurait ce qu'il fallait faire, et elle aurait probablement fini par céder à ses angoisses s'il n'avait pas déclaré :

« Je crois que vous devriez regarder les choses en face, Madame Waugh. Mme Turner a lu votre histoire dans le journal et a décidé de voir si elle ne pouvait pas tirer quelque chose de vous. »

Il lui avait fallu du temps, mais elle comprit brusquement qu'on s'était joué d'elle. Elle avait bien été bernée, mais pas par Margery.

« Vous avez toujours su qui j'étais, hein? Vous savez que ma fille est morte il y a neuf ans et, par conséquent, rien de ce que je pourrais vous dire ne saurait être vrai.

— Je suis sûr que personne n'a oublié ce qui est arrivé à votre fille, Madame Waugh. Soyez assurée que le dossier n'est pas clos. Un jour, nous pourrons peut-être amener les coupables devant la justice. Mais vous devez comprendre, dit-il en l'entraînant à l'écart de l'auxiliaire féminine qui examinait avec dédain les vêtements de Margery, que c'est aujourd'hui le seul espoir raisonnable. Vous ne devez pas laisser des gens comme cette Margery Turner éveiller de faux espoirs en vous. Ce sont des gens qui se repaissent du malheur des autres.

— Non, elle n'était pas comme ça. Ce n'est pas pour ça qu'elle est venue me voir. D'accord, c'était une voleuse, mais elle était sincèrement anxieuse de savoir ce qu'était devenue sa fille. »

Elle était maintenant résolue à défendre Margery puisque Margery n'était plus là pour le faire.

« Écoutez, si tout cela n'était qu'une plaisanterie, comme vous dites, pourquoi serait-elle allée dans cette maison? Cela ne pouvait rien lui apporter. Elle devait être sur la piste de quelque chose. »

De retour à son bureau, il referma la porte derrière elle.

« Madame Waugh, vous allez me dire à présent que cette secte l'a poussée dans l'escalier à seule fin de la faire taire? »

Bien qu'elle n'ait rien dit de la sorte, cette suggestion l'épouvanta.

« Non, je suis sûre qu'elle a simplement perdu l'équilibre et qu'elle est tombée. Mais elle est peut-être tombée parce qu'elle n'a pas pris garde, dans l'excitation de ce qu'elle avait découvert. »

Un frisson la parcourut tandis qu'elle essayait d'imaginer la scène.

L'inspecteur lui parut tout à coup moins aimable: c'était un policier et les policiers n'aiment pas avoir tort. Il semblait même lui en vouloir d'essayer de jouer les détectives amateurs.

« Tout montre que cette Margery Turner a inventé cette soi-disant secte et qu'elle a elle-même écrit cette lettre. Si elle était aussi convaincante que vous voudriez me le faire croire, elle serait venue nous la montrer. »

Il prit son silence pour un acquiescement et retrouva une partie de son amabilité.

« Vous n'avez pas bu votre thé. En voulez-vous une autre tasse?

— Si vous n'avez plus d'autres questions, j'aimerais rentrer chez moi. »

Elle avait besoin de réfléchir sans être dérangée.

Soudain, cette perspective l'effraya car elle allait se retrouver seule, à se poser mille questions sur tout ce qu'impliquait le portrait d'Angela, au dos de la page arrachée.

« Mais, certainement, dit-il. Je sais qu'il semble difficile de croire que quelqu'un ait pu vous jouer un tour aussi cruel, lui confia-t-il en tenant la porte ouverte pour la laisser passer, mais il n'y a pas moyen d'expliquer les choses autrement, vous comprenez? Votre fille est morte et vous avez eu le courage de l'accepter. Beaucoup de gens n'auraient pas été capables de refaire leur vie aussi bien que vous l'avez fait. »

Dehors, elle retrouva le grondement sourd de la circulation. Une vieille voiture de sport passa en cahotant, vomissant une fumée de la même couleur que le ciel. Sous le soir qui tombait, les façades des maisons blanches de Ladbroke Grove tremblaient et prenaient un aspect de cendre. Il y avait tellement de coins sombres où quelqu'un aurait pu se cacher, tellement de jardins mystérieux, protégés de haies épaisses. Elle prit rapidement la direction de Holland Park Avenue, désireuse de retrouver les lumières des vitrines des magasins et du métro.

Les couloirs carrelés étaient déserts. Les escaliers roulants avalaient et recrachaient continuellement leurs marches mécaniques. Elle croisa, venant vers elle en sens contraire, des visages aux yeux cernés qui disparurent en marmonnant indistinctement. Il n'y avait personne sur le quai, personne à part David Hemmings, épinglé comme un papillon sur les murs de la station. D'ailleurs, peu importait si quelqu'un l'observait car elle avait tenu sa promesse.

Dans le Barbican Centre, les allées et les passages couverts étaient sombres et menaçants, pareils à des rues désertes ; chaque pilier pouvait cacher un guetteur. Les lumières des lampadaires se reflétaient dans le lac et éclairaient par en dessous le double de l'église, qui tremblait au fond de l'eau. Durant tout le trajet dans le métro, elle n'avait cessé de se torturer l'esprit. Si Angela était encore en vie — et il ne semblait pas y avoir d'autre manière d'interpréter le dessin — où était-elle en ce moment ? Avec qui ? Était-elle avec ceux dont la journaliste Gerry Martin essayait de retrouver la trace ?

Même une fois seule dans son appartement fermé, Barbara eut l'impression d'être observée. Elle ne sentait plus son corps, seulement ses nerfs mis à nu, et ne conservait encore une petite lueur d'espoir que pour une seule et unique raison : elle devait trouver Gerry Martin. Mais si elle y parvenait, ne serait-elle pas obligée de briser sa promesse ? Une pensée la fit soudain frémir. A cause du scepticisme de la police, elle n'avait en fait pas eu besoin de rompre son serment. Mais si quelqu'un l'avait vue sortir de la maison et monter dans la voiture de police — quelqu'un qui tenait Angela à sa merci — cela revenait au même.

CHAPITRE QUATORZE

ELLE tenait le récepteur étroitement serré dans son poing, la sonnerie lointaine retentissait contre son oreille mais, dès qu'elle regarda la photo d'Arthur, elle fut de nouveau dans l'escalier roulant. Il régnait une obscurité presque palpable qui collait à la peau comme de la suie. La même suie qui s'était sans doute infiltrée dans les rouages de la machinerie, ce qui pouvait expliquer pourquoi l'escalier ne cessait de tressauter et de cahoter. Il tremblait même tellement qu'elle crut qu'elle n'allait jamais pouvoir parvenir en haut des marches. Faisait-il plus sombre, là-haut, ou bien n'était-ce que l'obscurité amplifiée par la distance ? Les yeux des affiches placardées sur les murs la regardaient passer, indifférents. A chaque fois qu'elle essayait de monter une marche, l'escalier se mettait à glisser en arrière.

Elle aperçut soudain Arthur, à un niveau inférieur. Il semblait vouloir lui dire quelque chose. Il n'y parvint pas, réduit à sa seule dimension de portrait, incapable de parler ou de bouger. Elle le regarda diminuer au loin dans l'obscurité où disparaissaient les rames du métro. Lorsqu'elle releva les yeux, elle vit qu'elle était presque en haut de l'escalier et aperçut sa fille devant elle.

Angela était toute seule, face aux ténèbres qui bougeaient dans son dos et l'encerclaient sournoisement.

Quand Barbara s'élança pour la serrer contre elle, elle recula et s'éloigna. L'escalier s'était remis en marche vers le bas. Il fonctionnait trop rapidement pour qu'elle puisse le remonter à contresens et il arrivait quelque chose au visage d'Angela, qui n'était plus son visage, mais une simple esquisse, de plus en plus indistincte à mesure que l'escalier l'emportait vers les ténèbres. C'est à ce moment-là qu'elle s'était réveillée, seule et en larmes. A présent, elle avait oublié pourquoi le visage d'Angela lui avait paru si désespérément triste, mais cette pensée lui trottait encore par l'esprit et, quand une voix déclara « Allô ! », il lui fallut quelques secondes pour se rappeler ce qu'elle était en train de faire.

« Oui, la bibliothèque ? »

Elle avait besoin d'un renseignement ; c'était urgent.

« Pouvez-vous me dire à quels journaux vous êtes abonné ? »

Elle griffonna les noms à mesure que la voix les lui dictait : *Times, Telegraph, Guardian*... Il lui fallait une certitude.

« Est-ce que je me trompe, mais une certaine Margery Turner n'a-t-elle pas l'habitude de venir consulter régulièrement les journaux ?

— Vous ne vous trompez pas. »

La voix, au timbre morne et tatillon, s'était durcie.

« Consulter n'est pas vraiment le terme qui convienne au cas de Mme Turner. A qui ai-je l'honneur de parler, si je puis me permettre ? »

Barbara se sentit piégée.

« Oh, juste une de ses amies », dit-elle avant de raccrocher.

Le téléphone sonna presque immédiatement. Sa bouche devint sèche et s'emplit d'un goût amer. Tout son corps fut parcouru par une sorte de hoquet d'appréhension. Il n'y avait qu'une seule voix qu'elle aurait aimé entendre, mais c'était seulement Louise.

« Paul Gregory est là, dit-elle.

— Je vais le recevoir dans quelques minutes. Ah,

pouvez-vous rechercher si une journaliste du nom de Gerry Martin travaille pour l'un de ces journaux? »

Elle lui en donna la liste et se sentit légèrement moins impuissante.

« Bien, faites-le entrer. »

Paul portait une chemise de soie bleue avec une cravate assortie et un jean délavé qu'il avait dû payer une fortune.

« Bonjour, Paul, dit-elle.

— Bonjour, répondit-il. Je me demandais, poursuivit-il avec une promptitude qui ne lui était pas familière, ce que vous diriez si quelqu'un d'autre s'occupait de mes droits pour les États-Unis.

— Quelqu'un comme Howard Eastwood?

— Oh, vous savez qu'il m'a fait une proposition? »

Bien qu'elle ait surpris ses défenses, il n'en laissa rien paraître. Le succès l'avait empli de confiance.

« Les éditeurs et les agents font partie du même monde, Paul. Les nouvelles vont vite. Naturellement, celui qui doit vous représenter relève entièrement de votre choix. »

Pour la première fois de la journée, elle se sentait sûre d'elle, capable d'oublier ses soucis et d'affronter le présent.

« J'ai réussi à susciter beaucoup d'intérêt autour de *Torrent*. Voulez-vous que je revienne sur mes engagements pour confier votre ouvrage à Howard?

— Vous le feriez? Je veux dire, est-ce que cela ne risque pas de nuire au livre?

— Ça, j'en ai bien peur.

— Oh, alors, ne le faites pas. »

Sa confiance en lui semblait encore connaître quelques ratés.

« Mais, pourriez-vous, hum, comment dire...

— Charger Eastwood de négocier à ma place? Non, Paul, je ne le ferai pas. Sans parler du fait de vous avoir invité à dîner, ce qui va totalement contre l'éthique de la profession, je n'ai aucun respect pour le personnage. Il est réputé pour vendre des droits qu'il ne possède pas. Franchement, si vous décidez de lui confier les vôtres pour l'Amérique, je n'ose penser à ce que deviendrait votre carrière en Angleterre.

— Je n'ai pour l'instant pris aucun engagement envers lui. »

Son visage restait impassible mais il se passa une main sur le front pour en chasser la sueur.

« En ce qui me concerne, ce n'était pas autre chose qu'un simple dîner en ville, ajouta-t-il.

— Vous ne saviez pas tout cela. »

En se reculant, elle vit les yeux d'Arthur briller dans sa direction.

« Mais, croyez-moi, on ne peut pas faire confiance à un agent qui essaye de voler les auteurs d'un concurrent. »

Il était manifestement soulagé qu'elle ait pris la chose aussi facilement.

« A part ça, dit-il, je voulais vous parler de l'idée qui m'est venue pour mon prochain roman. »

Cela semblait prometteur — un homme qui donne sa semence à une banque de sperme apprend, des années plus tard, qu'un secret terrible entache son hérédité et se met à la recherche de ses enfants afin de décider des suites à donner à ce qu'il vient de découvrir — mais elle n'avait pas envie de l'écouter, peut-être parce qu'elle l'avait regagné à sa cause, et avait hâte de savoir ce que Louise avait trouvé.

Louise apparut bientôt avec du café mais aussi de mauvaises nouvelles.

« Je n'ai pas pu trouver trace de cette Gerry Martin, dit-elle.

— Gerry Martin? Où donc ai-je déjà entendu ce nom? »

Paul fronça les sourcils et but lentement son café, absorbé dans ses pensées.

« Je dois confondre avec quelqu'un d'autre », dit-il finalement.

Barbara le soupçonnait de n'avoir jamais entendu parler de la journaliste, mais de vouloir simplement proposer son aide, de façon à effacer son impair avec Eastwood.

« Essayez donc de voir si elle n'aurait pas aussi écrit des livres », dit-elle à Louise en réussissant à ne pas laisser transparaître son impatience.

Elle se débarrassa de Paul dès qu'elle le put et s'attela à amender les contrats de certains de ses auteurs. Arthur la regardait, de ses yeux qui ne cillaient jamais et qui étaient une éternelle question à laquelle elle ne pouvait pas répondre, et elle dut retourner sa photo pour ne plus le voir. Elle téléphona ensuite chez Jonathan Cape, chez Gollancz et à la New English Library pour leur communiquer la teneur des corrections apportées aux contrats, sans cesser de penser qu'elle monopolisait une ligne. Mais l'autre ligne était libre ; Angela pouvait la joindre si elle l'appelait. Pourquoi avait-elle le sentiment qu'un appel la rassurerait ? Il n'y avait aucune raison de supposer que quelqu'un surveillait la maison près du pont et qu'on l'avait vue là-bas avec la police. Elle avait tort de se faire autant de souci : c'était peut-être Margery qui l'avait appelée par deux fois, qui avait aussi écrit la lettre et qui avait laissé le dessin dans la maison. Barbara n'avait que sa version des faits et ne pouvait la confronter à rien. Pire encore, elle n'était sûre de rien.

Louise vint lui rappeler qu'elle devait déjeuner avec un directeur littéraire de chez Secker et Warburg.

« Je suis désolée, lui dit Louise, mais il semblerait que Gerry Martin n'ait jamais écrit le moindre bouquin. Que savez-vous d'elle ? Il y a peut-être un autre moyen pour la retrouver.

— Je ne sais absolument rien sur elle, Louise. Tant pis, cela n'a pas d'importance. »

Mais, bien sûr, cela en avait. Et elle réalisa combien en arrivant à Piccadilly, devant le spectacle d'un groupe d'enfants, pendus à leurs ballons ou aux bras de leurs parents, en particulier à la vue d'une petite fille dont on n'apercevait que le visage, perchée sur les épaules de son père. Leurs voix furent emportées au loin par la foule et Barbara se dit que Margery pouvait aussi avoir inventé Gerry Martin.

Elle aurait préféré rencontrer le directeur de chez Secker ailleurs que dans cette même cave de Shepherd Market. Elle se crut obligée de demander à un garçon si un vol n'avait pas été commis, lundi dernier, et celui-ci la regarda comme si elle était la complice de Margery, même quand elle lui eut donné les coordonnées de la personne à contacter à la police. L'homme de chez Secker fit tout ce qu'il put pour la mettre à l'aise et lui fit une offre pour deux premiers romans prometteurs qu'elle lui avait récemment soumis, mais ses pensées ne cessèrent de la harceler pendant tout le repas. Dans quelle direction fallait-il chercher pour retrouver Gerry Martin? A qui s'adresser? Aucun nom ne lui venait à l'esprit mais, le repas terminé, une chose était claire : elle devait parler à quelqu'un de ce qui était en train de lui arriver.

Dès qu'elle regagna son bureau, elle appela Ted.

« Puis-je venir vous voir aujourd'hui? Simple visite amicale ; enfin, peut-être devrais-je dire appel à l'aide.

— Vous savez que je suis toujours ravi de vous voir. Venez tout de suite, si vous voulez... »

On aurait dit qu'il échangeait un problème contre un autre.

« ... car ce soir j'ai une conférence à la bibliothèque sur le monde de l'édition.

— Je serai chez vous dans une heure à peu près. Préparez-nous quelque chose à boire. »

Elle parcourut rapidement sa correspondance, où elle trouva la confirmation de sa réservation pour sa chambre d'hôtel à New York. Comment pouvait-elle envisager d'aller à New York, ou en Italie avec Ted, si le dessin d'Angela n'était pas un canular? Mais elle était obligée d'aller à New York pour négocier les droits américains de plusieurs romans. Elle avait répondu à la plupart des lettres quand Louise l'appela.

« Paul Gregory en ligne. »

Elle l'avait assez entendu pour aujourd'hui.

« Débrouillez-vous avec lui, Louise. Dites-lui que je ne suis pas là. »

Elle rédigea sa dernière réponse et amena le tout à Louise pour qu'elle le mette en frappe.

« Je dois aller chez Melwood-Nuttall pour une heure ou deux. Appelez-moi là-bas, si nécessaire. »

Elle franchissait la porte quand Louise la héla.

« Oh, Paul Gregory...

— Que veut-il encore, celui-là ? demanda-t-elle d'un ton qu'elle n'avait pas voulu aussi sec, énervée à l'idée de tout le travail qu'elle avait à faire. Ça ne peut pas attendre ? demanda-t-elle plus aimablement.

— Je suppose que si. Il appelait seulement pour dire qu'il se rappelait quelque chose au sujet de Gerry Martin. »

Quand Barbara se retourna, le bureau parut continuer à tourner sur lui-même.

« Ah ! De quoi se souvient-il ? demanda-t-elle.

— De l'endroit où il a rencontré son nom. Apparemment, elle écrit pour une sorte de journal alternatif, *Other News*.

— Nom de Dieu. »

Évidemment, la bibliothèque n'était pas abonnée à ce genre de feuille marginale ; elle ne devait la recevoir qu'au titre du dépôt légal.

« Dites-lui que j'ai dû m'absenter à nouveau mais que je le remercie beaucoup », dit-elle.

Elle était tellement heureuse d'avoir enfin quelque chose à quoi se raccrocher qu'elle arriva presque devant les bureaux de la Mellwood-Nuttall — Piccadilly, Shaftesbury Avenue, Charing Cross Road n'étaient qu'un seul mélange de visages et de soleil — avant de songer à se procurer un numéro du journal. Elle en trouva plusieurs exemplaires chez Words & Music — apparemment, le journal faisait de son mieux pour être mensuel. Un titre sur la couverture rouge et blanche la conduisit quatre pages plus loin au milieu du numéro : *Les Charlatans de Dieu,* par Gerry Martin.

Appuyée à un feu, à côté d'un passage pour piétons — au-dessus de sa tête un petit bonhomme vert ne cessait de clignoter mais son jumeau rouge se faisait tirer l'oreille pour se montrer — elle parcourut l'article, consacré à divers groupuscules religieux qui exigeaient de leurs membres une foi totale et, accessoirement, tout leur argent. Si l'on en jugeait par ce qui était dit en introduction, l'enquête avait été menée de façon rigoureuse et documentée.

Elle se sentait coupable mais elle savait maintenant ce qu'elle avait à faire. Elle ne ferait que perdre un temps précieux si elle tentait de tout expliquer à Ted, alors que Gerry Martin, peu importait qui elle était, connaissait sans doute déjà cette secte et avait peut-être même appris des choses nouvelles que Barbara devait savoir. Elle regagna rapidement son bureau.

Louise parut surprise de la voir.

« J'ai rappelé Paul Gregory. Il désire que vous dîniez ensemble, avec lui et sa femme.

— Merci, Louise. »

Les renseignements téléphoniques lui donnèrent le numéro du journal, mais elle n'obtint pas de réponse. Elle appela ensuite Ted pour s'excuser.

« Vous ne m'en voulez pas, dites ?

— Du moment que vous allez bien », assura-t-il.

Elle se sentit de nouveau coupable. Ted devait encore avoir des problèmes avec son ex-femme et elle se sentait tenue de l'aider, tout au moins de lui apporter son réconfort.

« Nous reparlerons de tout ça plus tard, ce n'est pas grave », dit-il.

Elle appela Paul et accepta son invitation pour la fin de la semaine prochaine, puis appela *Other News* à intervalles réguliers pendant tout l'après-midi, sans succès. Elle réussit à travailler, mais son euphorie initiale diminuait un peu plus à chaque fois qu'elle reposait le récepteur. Gerry Martin existait, mais cela voulait-il dire pour autant que tout le reste était vrai ? Angela était-elle quelque part, âgée de treize ans, soumise à la fois d'une bande de fanatiques ? Ses idées étaient confuses, incapables de s'enchaîner correctement. Si Angela était encore en vie, pensa-t-elle amèrement, c'était que ses ravisseurs avaient apparemment pris mieux soin d'elle que sa propre mère.

En rentrant chez elle, elle s'arrêta dans un garage dont elle connaissait le patron pour faire réparer sa voiture. Il la laissa dans le parking souterrain du Barbican et emmena la voiture en remorque. Le béton pesait sur ses épaules comme un ciel menaçant, lourd et bas ; au-dessus de sa tête, les néons clignotaient et crépitaient comme s'il y avait de l'orage. Tout en se dirigeant vers son appartement, pour essayer à nouveau d'obtenir *Other News*, elle se demanda si les parkings étaient souvent nettoyés : là, dans un coin sombre, le béton était couvert de nids de toiles d'araignée.

CHAPITRE QUINZE

GERRY Martin était moins impressionnante que son article ne le laissait supposer. Elle lui avait d'abord répondu de façon désinvolte, presque agacée, et était plus jeune que Barbara ne l'aurait cru. Bien sûr, se rappela-t-elle, les journalistes paraissaient souvent décevants quand on les rencontrait, un peu comme les écrivains.

« Je dois passer au journal demain soir », avait finalement déclaré la journaliste à contre-cœur. On pourrait peut-être se rencontrer là-bas. »

On était à présent demain soir et Barbara était presque arrivée à Hornsey, après une marche pénible depuis la station de métro. Les rues grimpaient toutes vers une artère principale qui débouchait brusquement dans Crouch End. Parvenue là, hors d'haleine, elle continua à avancer, la tête aussi vide que le cœur. Elle traversa et descendit une longue rue en pente, bordée de rangées de maisons aux façades identiques, alignées comme des tuyaux d'orgue.

Les bureaux d'*Other News* étaient installés dans l'une de ces maisons anonymes, en face d'une cour d'école. Une haie de troènes s'avançait sur la rue, mangeant la moitié de l'allée, et plongeait dans l'ombre la plus grande partie du minuscule jardin. Lorsqu'elle s'approcha, elle sentit le halètement des presses dans le sous-sol, semblable à un cœur en train de battre.

Elle sonna et attendit. Le soir tombait sur les collines, qui avait l'air recouvertes de feutre vert ; une antenne radio était piquée sur le toit d'une maison comme une aiguille sur un coussin. Un jeune homme velu en maillot de corps orange, les mains tachées d'encre, vint ouvrir la porte.

« J'ai rendez-vous avec Gerry Martin, dit-elle.

— Elle n'est pas là. Vous voulez voir le directeur ? » demanda-t-il en tournant les talons pour rentrer.

Elle le suivit, bien qu'elle ait déjà eu une empoignade avec le directeur. Tout le rez-de-chaussée avait été transformé en une seule pièce. Plusieurs jeunes gens étaient en train d'assembler le dernier numéro du journal sur deux longues tables à tréteaux éclairées par des rampes de spots. Quatre fauteuils, dont pas un ne faisait face à l'autre, avaient été poussés là où il restait de la place. Un garçon d'une douzaine d'années surgit de la cave en courant, des feuilles de papier dans les bras, suivi par une chaude odeur d'huile et d'encre. Barbara s'assit sur l'un des fauteuils pour se mettre à l'abri des projections.

Le directeur finit par arriver. La trentaine corpulente, il avait l'air de porter les mêmes pantalons et la même veste en jean que la semaine dernière. Il avait un accent traînant qui faisait penser à celui d'Oxford et un petit sourire dédaigneux. La semaine passée, alors qu'elle désespérait de joindre le journal, c'est lui qui avait fini par répondre au téléphone. Il lui avait fait subir un véritable interrogatoire mais elle avait réussi à ne pas lui dire grand-chose, à part le fait qu'elle avait connu le journal par l'intermédiaire de Margery.

Il la regardait à présent fixement.

« Ah oui, dit-il enfin. Gerry est sur un article. Attendez-la si vous voulez, mais je ne sais pas quand elle va rentrer. »

Sur ce, il s'en alla, ses grosses fesses ballottant dans

son jean. Elle se déplaça jusqu'à un fauteuil un tant soit peu plus confortable et l'un des collaborateurs du journal, un jeune homme avec un anneau à l'oreille, lui adressa une grimace de sympathie. Il fit du café et lui en apporta un peu dans une timbale ébréchée à l'effigie de Donald Duck. Le café était atroce et il y avait mis du lait, mais Barbara s'efforça de le boire à petites gorgées tout en promenant ses yeux autour de la pièce. Des tracts étaient punaisés partout sur les murs : un article sur les milices de sécurité privées, le texte d'une loi sur le racisme, que faire en cas d'arrestation. Elle lut lentement chaque affiche, résolue à ne pas partir avant d'avoir pu rencontrer Gerry Martin. Cela faisait déjà presque une heure qu'elle attendait.

La porte s'ouvrit brusquement et Barbara sursauta. Mais celle qui entra n'était qu'une jeune fille au visage couvert de taches de rousseur, vêtue d'un jean et d'un chandail informe aux couleurs passées et aux coudes troués. La jeune fille disparut vers les étages en faisant claquer ses sandales, ses cheveux raides emprisonnés par deux élastiques.

« Ces salauds de flics n'arrêtent pas d'emmerder les gitans, l'entendit-elle déclarer. Et quelqu'un a renversé du verre pilé autour de leurs caravanes. J'ai réussi à en faire parler deux ou trois. »

Le directeur répondit quelque chose à voix basse.

« Est-ce qu'elle est encore là ? demanda la jeune fille, avant de redescendre au rez-de-chaussée.

« Vous êtes Barbara Waugh ? Je ne vous avais pas remarquée. »

Elle était plus vieille qu'il n'y paraissait au premier coup d'œil — elle devait être âgée d'une vingtaine d'années — et ses yeux étaient alertes et intelligents. Quelque chose, dans la mine de Barbara, devait paraître malgré tout légèrement réprobateur.

« Ne vous fiez pas à mon accoutrement, confia la journaliste. Il fallait que je passe inaperçue, aujourd'hui. Que vouliez-vous me dire ?

— J'espérais plutôt que c'était vous qui pourriez me dire quelque chose.

— Hon-hon. Tout d'abord, il faut que je sache pourquoi vous vous intéressez aux sectes religieuses. Êtes-vous sûre que votre fille a été enlevée par une secte ? »

Pendant un instant, Barbara crut qu'elle allait se mettre à trembler, mais elle comprit que la journaliste — comme tous les gens qu'elle rencontrait, ces temps-ci — avait lu l'article sur elle.

« Je veux dire, poursuivit Gerry Martin, que c'est bien long, neuf ans, à moins que vous n'ayez une piste quelconque.

— Je ne suis pas sûre qu'Angela soit morte, répondit Barbara, extrêmement gênée à cause des autres qui écoutaient. Ne pourrions-nous pas discuter seule à seule ? » demanda-t-elle, croyant entendre parler Margery.

Gerry Martin la conduisit au premier, jusqu'à une petite pièce face au bureau du directeur, qui fronça les sourcils en les voyant passer. La pièce contenait une armoire de rangement rouillée, trois chaises éraflées et deux bureaux, sans qu'il reste beaucoup de place pour autre chose. Sur l'un des bureaux, un gobelet culotté de vieux café tenait lieu de presse-papier, à côté d'un cendrier débordant de mégots de cigarettes. Gerry Martin alla jusqu'à l'autre bureau et fit signe à Barbara de s'asseoir.

« Qu'est-ce qui peut vous faire croire que votre fille n'est pas morte ? »

Barbara lui raconta tout. Cela n'avait pas d'importance si ce n'était pas une célébrité du journalisme — nul doute que c'était là un atout positif pour quelqu'un de spécialisé dans les enquêtes. Barbara éprouvait tellement de soulagement à l'idée de partager son histoire avec quelqu'un qu'elle ne pouvait comparer cela qu'à la délivrance qui suit l'accouchement. Malgré sa promesse, elle ne cacha rien à la journaliste.

« Oui, j'ai trouvé ça étrange quand j'ai appris la mort

de Margery Turner, murmura la journaliste, d'un ton songeur. Remarquez, elle ne se déplaçait pas très bien, n'est-ce pas ? Il est tout à fait plausible qu'elle ait glissé dans l'escalier et se soit tuée en tombant. Vous dites que vous n'êtes jamais entrée dans la maison ?

— Non. Je suis entrée mais n'ai pas eu le temps de regarder. Et vous, y êtes-vous allée ?

— C'était mon intention, mais je n'ai pas pu me libérer, ces derniers temps. C'est trop tard, maintenant. Tout a dû brûler peu après votre départ.

— Je ne sais pas, dit Barbara en la regardant attentivement. Un feu était allumé à l'arrière de la maison, pour brûler des ordures. Je suppose qu'il a pu se répandre, mais n'est-il pas étrange que cette maison brûle le jour où quelqu'un essaye de la fouiller ?

— Peut-être, marmonna Gerry Martin. Mais, écoutez, il y a quelque chose que vous devez m'expliquer. Si c'était réellement votre fille au téléphone, pourquoi vous aurait-elle envoyée vers une maison inoccupée depuis des semaines ? »

Barbara s'était posé la même question ; c'était une possibilité réconfortante qu'elle gardait au fond de son esprit, une raison de supposer que ce n'était pas Angela qui lui avait parlé au téléphone.

« Peut-être y a-t-il une explication, dit la journaliste. Si elle est prisonnière de cette secte depuis neuf ans, elle ne doit plus connaître que des endroits où la secte a vécu. Elle a eu peur de vous indiquer l'adresse actuelle de la secte et vous a donné la dernière. »

Les trépidations des presses se répercutaient faiblement à travers la maison ; Barbara ne s'était pas rendu compte qu'elle tremblait elle aussi. Elle dut fermer les yeux.

« Je suis désolée, Mlle Martin. Ça va aller mieux dans un instant.

— Appelez-moi, Gerry, dit-elle d'un ton grave. Je ne voudrais pas vous ennuyer, Barbara, mais affirmez-vous que le meurtre de votre petite fille n'a été qu'une mise en scène délibérée ?

— Peut-être, dit Barbara d'une voix mal assurée.

— C'est possible, j'en conviens. Imaginons que la secte l'ait enlevée parce qu'une de leurs femmes voulait un enfant et ne pouvait pas en avoir — c'est ce genre d'esprits tordus que recherchent tous ces groupuscules religieux. Il n'est pas courant d'enlever un enfant de l'âge qu'avait la vôtre, mais ça arrive. En tout cas, c'est plus vraisemblable qu'un enlèvement en vue d'une rançon. Si c'était de l'argent qu'ils voulaient, pourquoi les ravisseurs n'ont-ils jamais cherché à vous contacter? »

Elle pensait tout haut, à peine consciente de la présence de Barbara.

« Voyons. Peut-être ont-ils cru qu'ils attireraient moins l'attention sur eux en se contentant de garder votre enfant, plutôt que de tenter quoi que ce soit qui pourrait s'avérer dangereux. Tout ça parce qu'ils ne tenaient absolument pas à ce que la police soit alertée. Et pour s'en assurer, ils ont tué une autre petite fille qu'ils ont fait passer pour la vôtre. La question est: d'où venait cette autre petite fille? Pourquoi n'a-t-elle jamais été portée disparue? L'idée est révoltante, mais c'était peut-être une de leurs enfants. »

Barbara crut qu'elle allait vomir.

« Vous ne pouvez certainement pas croire une chose pareille!

— Il y a beaucoup de choses que je n'aurais jamais voulu croire avant de commencer mon enquête sur *Les charlatans de Dieu*, dit-elle d'un ton qui se voulait rassurant. Tout ce que je viens de vous dire n'est bien sûr que pure hypothèse. L'important est que vous pensiez que votre fille soit encore en vie, ce que j'aurais tendance à croire, à cause du dessin que vous avez trouvé. Voyez-vous, à ma connaissance, Margery Turner n'a jamais eu le moindre don artistique. »

Barbara aurait dû être contente que la journaliste soit parvenue à peu près aux mêmes conclusions qu'elle mais elle trouvait cela plutôt effrayant.

« Mais quelle est cette secte? Savez-vous où elle est établie?

— Non, je ne sais pas. J'ai eu des renseignements par un informateur, une personne que j'ai perdue de vue depuis et qui a vu quelqu'un qui en a peut-être fait partie. Pour l'instant, je n'ai encore que peu de renseignements à ce sujet.

— Qu'avez-vous appris? demanda Barbara tout en ayant peur de l'entendre.

— Essentiellement qu'ils agissent dans le plus grand secret, dit-elle en ouvrant son bureau et en en sortant un carnet. Alors que j'enquêtais parmi divers groupes marginaux, j'ai eu vent de rumeurs au sujet de gens qui n'avaient pas de noms. Les traces les plus anciennes datent des années quarante, à Londres. Puis on trouve des rumeurs identiques à Dartmoor, Manchester, Inverness, Liverpool, Londres à nouveau, Newcastle, Birminghan, Sheffield et encore une fois Londres. Vous voyez, on ne discerne aucun lien logique dans tous ces déplacements et, aussi loin que j'ai pu remonter dans le temps, il n'y a rien à espérer non plus du côté chronologique. Il y a de longs intervalles pour lesquels je n'ai rien trouvé ; je crois qu'ils devaient se cacher. Tout se passe comme s'ils déménageaient sans arrêt afin qu'on ne puisse rien découvrir sur eux.

« Pourquoi serait-ce autre chose que des rumeurs qui circulent? Cela ne prouve pas qu'ils existent.

— Il y a eu bien plus que des rumeurs, en certains endroits. A Londres, en 1970, et à Manchester, au milieu des années quarante, des enfants ont rapporté qu'ils avaient été abordés par des bandes d'autres enfants, qui disaient qu'ils n'avaient pas de noms et ne connaissaient pas non plus celui de leurs parents. Dans certaines villes, l'Armée du Salut a plusieurs fois rencontré de tels groupes. On n'a jamais pu mettre la main sur un de ces gosses, ni en apprendre beaucoup sur leur compte, mais l'impression générale qui se dégage de tous les témoignages est que ces gosses étaient réellement mauvais, dit-elle en refermant son carnet.

— C'est tout? demanda Barbara, incrédule.

— Il y a aussi ce qu'a dit Margery Turner. La lettre de sa fille m'a aidée à rassembler quelques faits épars dont j'avais entendu parlé et j'ai effectué quelques recherches supplémentaires. En fait, je me rappelle une chose qui m'avait déjà mis la puce à l'oreille. Vous vous rappelez du procès de Charles Manson, bien sûr? L'une des femmes du groupe a déclaré que la Famille pouvait apparaître comme un groupe sanguinaire mais, qu'à côté de certains personnages qui gravitaient dans son ombre, ce n'était qu'une aimable réunion de patronage. Autour de la Famille, il y avait en effet des gens dont personne ne connaissait le nom et qui s'occupaient de choses auxquelles Manson lui-même n'avait pas le droit de toucher. Je ne veux pas dire qu'il s'agissait du même groupe, naturellement, s'empressa-t-elle de préciser quand elle vit les yeux de Barbara. On trouve toutes sortes de tordus en Californie. Ce genre de choses ne s'exporte certes pas facilement, mais on aura beau tourner la question dans tous les sens, le groupe que vous recherchez doit bien exister quelque part. Vous avez lu la lettre que Margery Turner vous a montrée, vous comprenez donc ce que je veux dire. Ces gens-là ne laissent jamais rien d'écrit derrière eux — tout ce qui est écrit est par essence mauvais pour un groupe qui a réussi à survivre si longtemps — et ils ne semblent pas non plus avoir besoin d'argent. Quel que soit le secret de ces gens, ce doit être plutôt moche. Vous pourrez découvrir tout ce que vous voulez sur les francs-maçons, si vous savez où chercher, mais essayez donc de trouver quelque chose sur ces gens-là : autant chercher à percer les secrets de la CIA. »

Barbara pensait qu'il y avait certaines failles dans son raisonnement mais elle n'avait pas le temps d'ergoter.

« Vous dites que vous avez retrouvé la trace d'un des membres de la secte, dit-elle.

— C'est vrai. »

Gerry ouvrit l'un des tiroirs de l'armoire et en sortit une coupure de presse. La Fille Sans Nom Retrouve Ses

Parents, disait la manchette. L'article parlait d'une jeune fille qui avait échappé aux griffes d'une secte obscure. « Nous continuons à l'appeler Iris dans l'espoir qu'elle se souvienne un jour », disait la mère éplorée.

« J'ai fait enquêter là-bas par un informateur, dit Gerry. La secte dont parle l'article ressemble tout à fait à celle que vous recherchez. »

Une chose était claire pour Barbara : cette fille appelée Iris pourrait peut-être lui dire si Angela était ou non aux mains de la secte, si elle était morte ou encore en vie.

« L'avez-vous déjà rencontrée ? Puis-je venir avec vous ? Il se pourrait qu'elle se montre plus communicative si je lui parlais d'Angela. »

Gerry ne semblait pas convaincue mais n'eut pas le temps de faire connaître son sentiment.

« L'article sur les nomades est bien, dit le directeur en faisant brusquement irruption dans la pièce et en se plantant devant Barbara comme si elle n'existait pas. Je crois qu'il serait maintenant bon de voir ce qu'il est possible de découvrir au sujet de cette histoire de prêts rhodésiens. Toute cette affaire me semble pourrie du début à la fin. Cela va nécessiter pas mal de recherches.

— Vous voulez que je m'en occupe maintenant ? Je voulais suivre la piste de ce groupe dont j'ai parlé dans mon dernier article, ces gens qui abandonnent leurs noms.

— Tout cela est bon pour les tabloïdes du dimanche. Ça ne peut intéresser que les bourgeois. C'est trop vague pour nous. Trop inconsistant.

— J'ai pourtant une piste qui s'annonce prometteuse.

— Ça ne vous mènera nulle part. En tout cas, avec cette histoire de prêts, je ne crois pas que vous aurez le temps de vous en occuper. »

La voyant hésiter, il ajouta :

« Ça vous regarde si vous voulez verser dans le journalisme racoleur. Tâchez tout de même de m'avertir quand vous en aurez assez de nous.

— J'essayerai, dit Gerry dans son dos quand il quitta

la pièce. C'est toujours la même chose, quel que soit le journal. Vous devez vous plier aux quatre volontés du propriétaire, même si c'est le dernier des imbéciles. Je suis désolée de ne pas pouvoir vous être plus utile. Pour être honnête, j'avais plus ou moins laissé tomber cette histoire quand j'ai appris la mort de Margery Turner. »

Barbara se leva impulsivement et alla refermer la porte.

« Supposez que je vende votre enquête à un quotidien à gros tirage ? Si vous écrivez quelque chose d'aussi fort que l'article que j'ai lu, tout le monde va se précipiter pour l'acheter. On pourrait en faire un reportage en plusieurs livraisons. Je ne vous prendrai aucune commission », ajouta-t-elle, regrettant aussitôt ses paroles car elles montraient à quel point elle était désespérée.

Gerry contempla quelques instants son carnet.

« Très bien, dit-elle en relevant finalement les yeux. Nous irons voir cette fille à Hemel Hempstead. Je pourrai probablement lui en faire dire plus que vous ne le pourriez. Après quoi, nous aviserons. Quand voulez-vous y aller ?

— Dès que possible. Demain.

— Hon. D'abord, il faut convenir d'une entrevuc. On ne peut pas simplement débarquer là-bas, pas dans une affaire comme celle-ci. Je vous appellerai dès que j'aurai pu arranger un rendez-vous. Je vous le promets, d'accord ? »

Quand Barbara sortit dans la rue, elle sentit le trottoir vibrer. Elle remonta la rue et se dirigea vers la station de métro, sous le poudroiement lumineux des lampadaires. A un moment donné, elle dut s'arrêter et s'appuyer contre le mur d'un jardin, bien qu'elle n'eût aucune raison de se sentir si émue. La journaliste croyait que le dessin ne pouvait pas être l'œuvre de Margery, mais c'était là un indice bien maigre. Une saute de vent agita l'ombre des arbres, au-dessus des maisons, déployées tout le long de la rue comme des dominos éparpillés. Elle se souvint des dernières paroles d'Angela à Otford :

« Tu m'apporteras quelques livres, dis ? » Puis, de façon plus vivante et douloureuse que jamais, elle revit Angela relever les yeux de son livre et, pour se faire admirer, déclarer : « Tu veux que je te lise quelque chose ? » « Une autre fois, ma chérie », avait-elle répondu, occupée avec un manuscrit. Mais il n'y avait pas eu de prochaine fois. Engluée dans le carcan de ses souvenirs, elle avait l'impression de ne plus pouvoir avancer. Son corps, Angela, tout lui échappait. Était-ce la pluie qui menaçait ? mais elle avait de l'eau dans les yeux.

CHAPITRE SEIZE

« IL m'a entendu appeler Hemel Hempstead, lui déclara Gerry dans Edgware Road, et il n'a pas été très content. J'aurais dû appeler plus tard. J'ai eu énormément de mal à persuader la mère de nous laisser voir sa fille. »

Elle grilla un feu rouge et fit un écart pour éviter un bus qui bifurquait.

« Monsieur ne cesse de proclamer sur tous les tons qu'il n'utilisera pas cette histoire parce que des gens qui n'ont pas de nom n'ont jamais enlevé qui que ce soit. Mais ce n'est pas du tout la vraie raison. »

Barbara, qui ne pouvait rien faire d'autre que retenir sa respiration, aurait bien aimé conduire — Edgware Road était truffée de carrefours qui étaient loin d'être tous réglementés par des feux — mais sa voiture était toujours au garage.

« Et quelle est-elle ? demanda-t-elle à Gerry, tournée vers elle.

— Eh bien, cela pourrait nous aliéner quelques lecteurs. Certains de ceux qui nous lisent sont versés dans l'occultisme, le mysticisme, ce genre de choses, quoi. Critiquer tout ce qui touche à ce domaine reviendrait à dire que fumer du hasch peut vous donner mal au crâne, qu'importe si c'est parfois le cas. »

Une petite fille surgit sans regarder d'un carrefour et Gerry fit crisser les pneus pour ralentir.

« De toute façon, il était persuadé qu'il avait réussi à me faire oublier cette histoire et j'ai dû lui dire que vous aviez accepté de la vendre. Ça tient toujours, hein?

— Naturellement. Un ou deux journaux sont déjà intéressés. »

Elle avait effectivement consacré deux jours et beaucoup de détermination à présenter l'affaire à plusieurs journaux.

« Cela dépendra de la longueur qu'aura finalement votre reportage, dit-elle. Il vaudrait peut-être mieux en faire un livre. »

Gerry fonça droit sur les deux ronds-points successifs qui menaient à l'autoroute. Dans la chaleur du mois d'août, l'air tremblait comme de la gelée au-dessus des files de voitures ; le soleil jetait des lueurs aveuglantes dans les rétroviseurs. Gerry eut juste le temps de glisser sa Fiat entre un énorme poids-lourd qui se traînait sur la voie de gauche et un camion-citerne suivi d'un autre camion ; Barbara crut que la petite voiture allait être broyée entre les mastodontes. Une fois sur l'autoroute, la conduite de Gerry ne se radoucit pas pour autant. Des monstres plus gros que des maisons se doublaient les uns les autres à des vitesses que Barbara jugeaient terrifiantes mais dont Gerry se jouait pour louvoyer entre les files.

« Il en a carrément ras le bol de toute cette histoire, ajouta-t-elle. Il m'a dit que je n'étais qu'une petite bourgeoise qui n'aspirait qu'à rejoindre le système au lieu de le combattre. Je lui ai répondu que j'étais trop grande pour recevoir des leçons. »

Mais Barbara ne l'écoutait plus qu'à moitié, ayant réussi à fermer son esprit — c'était quelqu'un d'autre qui était sanglé sur le siège avant, pas elle — et elle dut faire un effort pour comprendre ce qu'elle disait.

Hemel Hempstead n'eut rien non plus d'une étape touristique.

« Elle a dit qu'elle habitait vers le canal », se souvint Gerry sur la route du centre ville, où elle ne ralentit qu'en arrivant devant un centre commercial, surmonté d'un parking à plusieurs niveaux qui ressemblait à un ballon multicolore, posé en équilibre sur le béton. Au-delà de la galerie marchande, il y avait un rond-point et Barbara ferma les yeux. Quand elle les rouvrit, elle put admirer le canal: des péniches glissaient aussi doucement que des nuages, des cygnes dormaient, la tête sous l'aile. Elle approchait du but et elle eut tout à coup un début d'appréhension.

Gerry prit une route qui menait de l'autre côté du canal. Sur la porte d'une modiste à l'enseigne de Sarah-Boo, un poster de Snoopy proclamait paix sur la terre aux hommes de bonne volonté. Gerry tourna à gauche dans une rue en pente raide, bordée de maisons mitoyennes, serrées les unes contre les autres comme un banc de coquillages. Sur les collines, des jardins escarpés étincelaient d'éclats pourpres et orangés.

« C'est quelque part dans le coin », dit Gerry.

Un peu plus haut, elles débouchèrent dans un dédale de rues et de culs-de-sac peuplé de maisons de poupée. Une porte de garage occupait le quart de chaque façade. Devant chaque maison, un méchant bout de terrain galeux faisait office de pelouse, grand comme deux fois le plancher de la voiture, étranglé entre deux allées bétonnées. Gerry dut ralentir pour lire le nom des rues car elles étaient toutes semblables et chacune de celles où elles tournaient était la réplique de la précédente.

« Nous y voilà », dit-elle à une Barbara à peine remise de ses émotions.

Gerry s'extirpa de derrière le volant et plissa sa jupe noire; elle s'était manifestement habillée pour l'occasion. Barbara avait l'impression d'étouffer dans ces rues désertes; à travers un espace, entre deux maisons, elle aperçut les collines du Hertfordshire, jaunes comme des boutons d'or, au-delà de l'immeuble de la compagnie Kodak mais, hormis ce détail, il n'y avait que des maisons, bourdonnantes du concert matinal des aspirateurs. Les voitures avaient été sorties du garage pour la journée, les femmes étaient tranquillement occupées aux travaux du ménage.

Gerry sonna à la maison la plus proche. Un homme trapu vint immédiatement ouvrir, les manches de sa chemise remontées sur les poignets, le visage et les mains d'un rouge rubicond qui devait sans doute plus au soleil qu'à la truculence.

« Que voulez-vous ? leur demanda-t-il.

— Je suis Gerry Martin, et voici Barbara Waugh.

— Je le sais foutrement bien, qui vous êtes. Que voulez-vous ?

— Euh, mais je vous l'ai déjà expliqué au téléphone.

— Pas à moi, en tout cas. »

Il semblait prêt à refermer la porte. Barbara fit un pas en avant et ouvrit l'album de photographies qu'elle avait pris avec elle — la vue d'Angela, âgée de quatre ans, ne pouvait manquer de l'émouvoir ; elle était pour sa part devenue quasiment incapable de regarder une photo de sa fille — quand une petite femme trapue, haute d'un mètre cinquante à peine, apparut dans son dos, essuyant ses mains savonneuses à son tablier, souvenir de Brighton.

« Ne discute pas dehors, George, dit-elle avec un accent semblable au sien, à la limite du Nord et du Sud. Laisse-les au moins entrer. »

Elle les conduisit jusqu'à la salle à manger, aux murs couverts d'une tapisserie rayée aux motifs aussi tristes que la tenue d'un fonctionnaire. Des napperons couvraient le buffet ; sur le rebord de la fenêtre, une ballerine en terre cuite vernie brillait d'une lueur pourpre.

« Vous êtes la femme qui cherchez son enfant, dit la maîtresse de maison à Barbara.

— Voici une de ses photos. »

La femme jeta un regard aigu à Gerry.

« Vous m'aviez dit qu'elle était plus âgée que ça.

— Je n'ai pas de cliché plus récent. »

Pendant une seconde angoissante, Barbara crut que le couple allait lui dire qu'ils avaient lu l'article à son sujet.

« Je ne l'ai jamais revue depuis cette époque, ajouta-t-elle, les yeux mouillés.

La femme se souvint peut-être de son propre chagrin.

« Oh, George, je ne crois pas que ça ferait grand mal à Iris si on lui montrait cette photo.

— N'en sois pas si sûre, Maisie. Nous avons dit au docteur que nous lui apporterions tout le calme et la tranquillité dont elle a besoin. C'est ça qu'il lui faut.

— Nous avons fait toute la route depuis Londres car il était convenu que nous pourrions la voir, dit Gerry.

— Et j'ai dû prendre une journée de congé chez Kodak à cause de ça. Écoutez, ajouta-t-il en se tournant vers Barbara, j'aimerais vous aider, si je le pouvais. Mais je ne vois vraiment pas l'utilité d'embêter Iris avec toutes ces histoires. Elle n'a pas pu nous dire où habitaient les salauds qui lui ont fait ça. Elle leur a faussé compagnie un beau jour et est rentrée ici, par instinct. Ils ont sûrement changé d'adresse depuis, vous ne croyez pas? Pensez que je n'ai pas de cœur si vous voulez, mais je crois que vous perdez votre temps.

— Je ne m'attends pas à ce qu'elle me conduise jusqu'à eux. Je veux seulement être sûre que ma fille est bien retenue prisonnière.

— C'est un peu tard pour s'en soucier, non? »

Il parut regretter ses paroles aussitôt dites car la gêne envahit son visage.

« Sachez que je me fais les mêmes reproches en ce qui concerne Iris. Je ne vous connais pas et ne connais pas votre fille non plus. Je n'aurais jamais dû laisser Iris sortir. Elle a suivi le premier venu, vous comprenez, et n'a même pas fait attention à la direction où on l'emmenait. »

Il jeta un regard hésitant vers la photographie.

« Montrez-lui, si vous croyez qu'il n'y a pas moyen de faire autrement, grommela-t-il. Autrement, vous auriez l'impression qu'on n'a pas voulu vous aider. Mais vous ne pourrez pas dire que je ne vous avais pas prévenue. »

Sa femme les conduisit au premier, où un vol de cygnes en plâtre décorait le couloir.

« Ne parlez pas trop fort, leur dit-elle à voix basse. Iris n'aime pas le bruit.

— Ouais, et elle n'aime pas beaucoup les étrangers non plus. Vous, restez dehors, dit George à l'adresse de Gerry. Je laisserai la porte ouverte. Vous pourrez donc entendre tout ce qui se dira, au cas où Iris dirait quelque chose. »

La première idée de Barbara fut que Maisie s'était trompée de porte : la femme devant la fenêtre, près du lit, était-elle une amie ou une infirmière ? Elle avait l'air d'avoir quarante ans et d'être deux fois trop âgée pour être Iris ! Sa robe d'été rayée, le bandeau rose dans ses cheveux grisonnants n'étaient plus de son âge. Mais Maisie alla droit devant elle.

« Iris, voici une dame qui voudrait te parler. »

Iris se retourna avec une lenteur poignante. Barbara crut contempler un mannequin mécanique dont les rouages auraient eu du mal à se mettre en branle ; les yeux et le visage semblaient faits d'une même matière, douce et artificielle comme du plastique. On aurait dit une poupée grandeur nature que Maisie avait affublée de la défroque de sa fille, décolorée par des mois d'exposition à la fenêtre.

« La dame recherche sa petite fille, dit Maisie à la poupée. Elle voudrait que tu lui dises si tu l'as déjà vue. »

Barbara s'avança dans la chambre, l'album de photos ouvert. Iris baissa les yeux pour regarder — sa tête se déplaçait comme si ses yeux, eux, étaient fixes. Barbara se mit à trembler et dut lutter pour maintenir l'album ouvert. Elle crut distinguer une lueur de reconnaissance dans les yeux de la jeune fille, mais ce n'était peut-être que le reflet du soleil car ses pupilles étaient vides quand elle releva la tête. Elle regarda Barbara intensément, comme s'il n'y avait personne d'autre dans la chambre.

« Elle est plus vieille que ça. Elle a treize ans, aujourd'hui, précisa Maisie en enlevant les mots de la bouche de Barbara. Elle devait donc avoir douze ans l'année dernière, Iris. Est-ce que tu l'aurais aperçue, à cette époque, avant de rentrer à la maison ? »

Barbara serra l'album avec plus de force ; ses doigts glissèrent sur la feuille de plastique transparent qui protégeait la page avec un bruit de succion.

« Elle devait être très maigre, dit Barbara, songeant au dessin de Susan. Elle a les yeux très bleus, du moins ils l'étaient, ajouta-t-elle en se mettant à pleurer.

— Je suis désolée, dit Maisie pour rompre le silence. Certains jours, il est tout simplement impossible de la faire parler. J'ai bien peur que ce soit le cas aujourd'hui. »

Barbara comprit à cet instant comment Maisie voyait sa fille : elle avait eu de mauvaises fréquentations et avait connu une phase difficile, mais elle était maintenant de retour. Tout ce qu'il lui fallait c'était du repos et ses parents auprès d'elle ; elle finirait par oublier avec le temps. Barbara détourna les yeux, vaincue par le visage hanté d'Iris, et s'essuya les yeux.

« Laissez-moi la photo et je la lui montrerai de temps en temps, dit Maisie. Je vous préviendrais si elle se souvient de quelque chose.

— Merci », dit Barbara d'une voix rauque en lui tendant l'album, incapable de le faire elle-même.

Elle jeta un regard autour de la chambre — un phare en modèle réduit qui devait briller avec une batterie ; un magazine scolaire de 1969 ; un mandala, formé de personnages minuscules, au centre transfixé par un œil impénétrable ; un cahier d'exercices ouvert sur un poème écrit d'une main juvénile *(O, glisser vers la chaleur et la moiteur des ténèbres)* ; une poupée aux yeux crevés, qui lui rappela sinistrement le visage de la femme qu'elle avait aperçu à la fenêtre de la maison près du pont. Tout ceci était probablement destiné à rappeler des jours heureux à Iris mais semblait avoir échoué. Barbara n'aurait jamais dû venir ici.

Maisie lui redonna l'album et elle quitta la chambre. George, peu soucieux de galanterie, se dirigea immédiatement vers l'escalier ; Gerry lui sourit et haussa les épaules d'un air qui se voulait encourageant. Maisie laissa la photo dans la chambre et sortit à son tour. Sur le pas de la porte, Iris se mit à parler.

« Ils m'ont envoyé chercher quelqu'un dans New Street. »

Barbara ne fut d'abord pas sûre de l'avoir bien entendue, tant sa voix était chevrotante, désincarnée. Elle se précipita à nouveau dans la chambre. Maisie se recula avec hésitation et la laissa passer. Les lèvres d'Iris bougeaient, sans pour l'instant produire un son. Après quelques instants, elle réussit à trouver un filet de voix.

« J'ai dû le réveiller. Il est revenu avec moi et... Après, on a été à Sheffield. Et... poursuivit-elle, la voix de plus en plus faible, comme la fin d'une plage de disque à la radio, un jour, je me suis échappée et je suis rentrée à la maison.

— Y avait-il une petite fille, parmi tous les gens avec qui tu étais ? » demanda Barbara en s'efforçant de ne pas parler trop fort.

Il fallait battre le fer pendant qu'il était chaud.

« Une petite fille de douze ans, qui ressemblait à celle-ci ? »

Iris aurait peut-être regardé la photo si un oiseau ne s'était pas mis à chanter, derrière la fenêtre. Elle se retourna, effrayée, les épaules rentrées, le cou tordu comme celui d'une tortue. Sa voix semblait provenir d'un endroit où le soleil ne brillait jamais.

« Un jour, quand j'étais petite, j'ai attrapé un oiseau dans le jardin. Je croyais qu'il était mort. Quand je l'ai retourné, il a bougé, mais c'était à cause des vers qui grouillaient à l'intérieur de son corps. »

Sa mère lui prit la main, mais elle continua à parler de la même voix sans timbre, le regard vide.

« Pendant tout le temps où j'ai vécu avec eux, des choses devenaient vivantes. Le mal entrait dans ces choses et les animait.

— Ne t'énerve pas inutilement, Iris. Tout ça n'est plus qu'un mauvais rêve, tu es à la maison maintenant.

— Le mal entrait en nous. Nous faisait faire des choses, dit-elle en dégageant sa main de celles de sa mère. Des choses qu'on aimait bien faire », ajouta-t-elle, d'une voix rendue rauque par le dégoût.

Ce furent là ses dernières paroles. Son regard se ferma et elle serra les bras contre son corps, comme pour fuir tout contact.

« C'est la première fois qu'elle dit des choses pareilles, fit Maisie d'un ton péremptoire.

— Il ne faut pas croire tout ce qu'elle raconte, ajouta George d'un ton conciliant. Imaginez tout ce qu'ils ont pu lui faire. Quand vous pensez qu'elle nous a écrit pour nous dire qu'elle était partie et quittait le pays. Ils ont dû lui faire écrire ça afin qu'on n'engage pas de recherches, dit-il en entraînant vivement Barbara et Gerry vers l'escalier. Maintenant, vous comprenez pourquoi je ne voulais pas que vous la dérangiez. J'espère, si vous retrouvez votre fille un jour, qu'elle ne sera pas dans le même état qu'Iris. »

Il semblait amer, même s'il se voulait rassurant : si c'était réellement Angela qui l'avait appelée par deux fois au téléphone, alors elle avait sans doute conservé plus de force intérieure qu'Iris. Mais Iris était-elle avec la même bande de fous qui détenait Angela ? Quand Barbara sortit dans la rue, le soleil lui brûla les yeux. Comme si cela ne lui suffisait pas d'avoir les nerfs à vif.

Gerry vit ce qu'elle éprouvait. Dès qu'elles furent à la voiture, elle dit :

« Je ne sais pas si votre fille est toujours vivante, mais je vais faire tout ce que je peux. Je crois qu'il est possible de retrouver la trace de ces gens. »

C'était trop soudain. Barbara la regarda, sans comprendre. La voiture sa lança vers le bas de la ville.

« J'avais un autre indice, dit Gerry, mais je ne savais pas quoi en faire jusqu'à présent. Dénoncer le scandale des prêts rhodésiens ne fera, en définitive, de bien à personne, mais il faut arrêter ces gens. Pour cela, il faut que vous soyez sûre de pouvoir placer mon reportage quand je l'aurais écrit. »

Le canal scintillait ; le rond-point ramena la voiture en direction de l'autoroute et ses files de poids lourds.

« Je vais essayer de m'infiltrer dans le groupe. Vous n'allez peut-être pas entendre parler de moi pendant quelques semaines, mais je vous ferai savoir si j'ai retrouvé Angela, dès que je le pourrai. »

Barbara essaya de conserver un ton anodin.

« Où allez-vous effectuer vos recherches?

— J'aimerais autant garder ça pour moi pour le moment, Barbara, si vous voulez bien. Si vous vous lancez vous-même à leur recherche, vous ne pouvez que les inciter à changer encore d'adresse avant que je puisse les retrouver. Je ne serai pas là pendant un certain temps mais, surtout, ne vous faites aucun souci. »

La voiture jaillit sur l'autoroute ; au loin, le flot de la circulation se confondait avec le paysage.

« Vous savez, dit Gerry, j'ai le sentiment que je suis peut-être à un tournant de ma vie. »

CHAPITRE DIX-SEPT

BARBARA longeait Regent's Park. A l'approche du crépuscule le ciel avait la couleur de la fumée ; derrière les grilles, les buissons avaient des noirceurs tropicales. Une senteur de jungle entrait par la fenêtre ouverte de la voiture, puissants remugles d'animaux, de végétation en effervescence. Des singes criaient dans les arbres ; un lion rugit. Humides de transpiration, ses mains collaient au volant et ses vêtements étaient moites. Elle n'en avait aucune envie mais il allait pourtant falloir dîner avec Paul Gregory et sa femme.

Camden Town. Toutes les portes des pubs étaient grandes ouvertes ; des couples buvaient de la bière sur les trottoirs. Face à la gare, des gens faisaient la queue pour voir un film de Max Ophuls. Quand elle tourna dans la rue où habitaient les Gregory, dans un appartement donnant sur une banque, elle vit un homme sortir à la hâte d'un restaurant indien, la gorge en feu.

Elle gara sa voiture devant l'immeuble et sonna. Le porche à colonnes était un piège à courants d'air et il y faisait plus froid que dans la voiture. Une douzaine de coureurs cyclistes passèrent en trombe, notes multicolores d'une même partition musicale. La soirée n'allait peut-être pas être si pénible, après tout, surtout si Paul lui servait autant d'alcool qu'il en ingurgitait. Au moins, elle ne serait ni dans son bureau, ni chez elle, à attendre nerveusement que le téléphone sonne.

Une grande femme vêtue d'une longue robe noire ouvrit la porte. La robe avait été calculée pour tomber sur les chevilles mais on les devinait aussi osseuses que les bras et le visage.

« Barbara Waugh ! s'écria-t-elle en lui serrant la main droite. Sybil Gregory. »

Quelque part au rez-de-chaussée, quelqu'un exécutait des gammes à la flûte ; la sirène d'une voiture de police ululait au premier. Les Gregory vivaient au dernier étage, sous les combles. Dans la pièce principale, là où le plafond s'abaissait vers le sol, la première chose que vit Barbara fut un téléphone. Elle ne pouvait s'empêcher de guetter un appel, même si Gerry Martin n'avait commencé ses recherches que depuis deux jours. Il n'était pas raisonnable d'espérer avoir des nouvelles aussi vite.

« Paul, ton agent est là, dit Sybil d'un ton sec. Quand tu lui auras préparé un verre, tu veux mettre Bevis au lit ? Katrina, tu devrais déjà être habillée maintenant. Venez me retrouver à la cuisine, Barbara, quand vous aurez eu votre apéritif. »

Après lui avoir servi une vodka Stolichnaya, Paul s'excusa et fila vers la salle de bains, son petit garçon sous le bras. Elle gagna la cuisine, au-delà d'une petite pièce meublée de deux lits superposés, où une petite fille était en train de boutonner sa tenue de scout.

Sybil faisait griller des steaks. Un lion rugit dans le parc, comme s'il avait senti l'odeur de la viande.

« Ce doit être Imogen et son père, dit-elle à la petite fille quand la sonnette retentit. Va ouvrir et tâche de me faire honneur. Elle est presque cheftaine, confia-t-elle en aparté à Barbara. Vous avez été scout ? »

Barbara pensa à quelque chose mais cela s'effaça avant qu'elle puisse le saisir.

« Non, jamais, répondit-elle.

— Je l'ai été pendant des années. J'y ai inscrit Katrina

et Bevis y entrera aussi dès qu'il sera assez vieux. Il n'y a rien de mieux pour former le caractère d'un enfant. »

Peut-être était-elle ce dont Paul avait besoin, une cheftaine montée en graine qui pouvait s'occuper de la maison et se débrouiller avec ce qu'il gagnait, se dit songeusement Barbara qui essayait toujours vainement de se rappeler ce dont elle avait failli se souvenir. D'une certaine façon, cela valait peut-être mieux car elle avait l'impression qu'elle l'aurait regretté.

« Voir les enfants grandir m'a aidé à traverser les mauvais moments, disait Sybil. Rien ne peut remplacer la famille, malgré ce que certains voudraient faire croire. »

Barbara approuva vaguement de la tête. Elle venait juste de comprendre où Paul avait écrit *Le torrent de la vie*: derrière un bureau, dans le coin le plus éloigné du calorifère. Les mauvais moments.

« Je vous demande pardon, pérorait Sybil. C'est vraiment un manque de tact de ma part. Paul m'a raconté comment vous avez perdu votre mari, puis ensuite votre petite fille. »

Sybil pouvait ne pas avoir fait attention à ce qu'elle disait, mais comment en être sûre ? Barbara se dit qu'elle devenait paranoïaque et vida son verre.

« Oh, vous l'avez fini, déclara Sybil d'un ton qui pouvait aussi bien être innocent que contenir une nuance de reproche. Versez-vous en un autre, si Paul est toujours occupé. »

Barbara s'assit sur le canapé, qui se dépliait pour faire lit, et se versa lentement une vodka tout en essayant de faire le tri dans ses pensées. Les jaquettes des premiers romans de Paul s'écornaient sur les murs ; des valises prenaient la poussière au sommet d'une armoire. Elle aurait dû se sentir heureuse : Gerry enquêtait. Elle n'avait rien d'autre à faire, maintenant, que de continuer à travailler.

Lorsqu'elle regagna la cuisine, Sybil lui demanda :

« Que pensez-vous de Paul, en tant qu'écrivain ?

— Je pense qu'il est capable d'écrire des choses encore meilleures.

— Je crois que c'est le meilleur écrivain que j'ai jamais lu. »

Ce n'était pas la première épouse d'écrivain que Barbara entendait dire des choses de ce genre.

« Nommez-moi un écrivain vivant qui soit meilleur, poursuivit Sybil.

— Il est très, très bon, répondit Barbara, résolue à ne pas engager la discussion sur ce terrain. Il m'a raconté l'intrigue de son prochain roman. A-t-il commencé à travailler dessus ?

— Pas avant que nous ayons déménagé, dit-elle, soudain irritée. Nous songeons à aller nous établir en Irlande, dès que nous aurons commencé à toucher une partie des droits. On sait comment traiter les artistes, là-bas.

— Oui, plusieurs de mes auteurs seraient d'accord avec vous. »

Les écrivains ne payent pas d'impôt sur le revenu en Irlande*. Barbara réussit à diriger la conversation sur la manière dont on traitait les écrivains dans différents pays, sujet où les pièges tendus par Sybil étaient plus faciles à écarter. Cependant, vers le milieu du dîner, Sybil déclara :

« Je parie que vous vous êtes opposée à ce que Paul prenne un autre agent.

— Paul est libre de changer d'agent quand il lui plaira. »

Paul rougit comme un petit garçon surpris à vouloir protester alors que les adultes parlaient de lui.

« Mais je crois que ça ne lui apporterait rien de mieux.

— C'est vous qui le dites. J'espère que vous pardonnerez ma franchise, mais je veux être sûre que Paul perçoive ce qui lui est dû. Je veux être sûre que nos

* Afin de racheter le traitement infligé à James Joyce, qui s'expatria à cause de la voracité du fisc, la République gaélique dispense en effet les écrivains d'impôts sur le revenu. (NdT.)

enfants ne connaîtront pas un jour tout ce que nous avons dû traverser. Je sais bien sûr que ce ne sera pas le cas, Paul, mais, ajouta-t-elle à l'adresse de Barbara, comment pourriez-vous représenter ses intérêts aux États-Unis mieux qu'un agent américain ?

— Parce que je peux être là-bas en moins d'une journée s'il le faut. J'y vais le mois prochain pour signer le contrat. En outre, j'ai l'exclusivité des droits de langue anglaise et je peux donc négocier à de meilleures conditions que si je devais me battre avec un autre agent sur le territoire duquel j'empièterais. J'ai obtenu des clauses que n'aurait même pas osé imaginer Howard Eastwood.

— Pardonnez-moi, dit Sybil, mais nous n'avons pour l'instant que vos paroles pour en juger.

— Eastwood est un agent merdique. »

Barbara comprit qu'elle avait trop bu, mais tant pis.

« Il passe des annonces dans une demi-douzaine de magazines. Aucun bon agent n'a besoin de faire de la publicité. »

Mais pourquoi attaquer Eastwood, alors qu'il lui suffisait de se mettre en valeur ?

« Il va sans dire que nous obtiendrons plus aux États-Unis qu'ici, dit-elle, mais je peux vous promettre que ce sera encore mieux que ce que vous espérez. »

C'est seulement plus tard, pendant qu'elle rentrait lentement chez elle et longeait Euston Road, qu'elle se demanda si elle n'était pas tombée dans le plus beau piège de la soirée. Elle avait cru que le dîner de ce soir était une offre de paix, mais n'avait-il pas plutôt été offert à titre de mise en garde ? D'une certaine manière, cela n'avait pas d'importance — elle savait qu'elle obtiendrait à New York ce qu'elle avait promis — mais elle allait être forcée d'aller là-bas le mois prochain, quoi qu'il puisse se passer. Elle se dit qu'elle avait fait tout ce qu'elle avait pu et que c'était à présent à Gerry de jouer.

Elle fut heureuse de quitter le parking souterrain du Barbican. La plupart des néons ne marchaient plus ; dans l'ombre, derrière le dos rond des voitures, le plafond de béton, lourd et bas, tremblait sous les sautes de lumière. Une ombre attira son attention vers le coin où elle avait aperçu le nid de toiles d'araignée. Quelqu'un avait dû venir nettoyer l'endroit car il n'y avait plus rien. Elle aurait aimé qu'on fasse aussi quelque chose pour la lumière car on avait toujours l'impression que quelqu'un se déplaçait à mouvements furtifs et saccadés, derrière les rangées de voitures.

L'église St Giles semblait flotter sur son double illuminé. Avant de se coucher, Barbara fit le tour de l'appartement pour éteindre toute les lumières ; elle ne se rappelait pas les avoir laissées allumées. Elle finit par s'endormir, l'esprit toujours braqué vers la pensée qui l'avait effleurée avant le dîner. Elle était sûre que cela avait un rapport avec Angela.

Il lui sembla qu'elle venait à peine de se coucher quand le téléphone sonna, mais il faisait grand jour à travers les rideaux. Elle tendit la main, d'humeur maussade et seulement à moitié réveillée. Rien de tel que de répondre au téléphone pour se réveiller le matin. Elle posa maladroitement l'appareil sur le lit et coucha le récepteur sur l'oreiller.

« Allô? » coassa-t-elle.

La communication était plutôt mauvaise et elle n'arrivait pas à entendre la voix, à l'autre bout de la ligne.

« Allo? » dit-elle plus distinctement.

Après un instant de silence, une voix naquit faiblement.

« C'est moi, maman. »

Barbara tendit les bras vers le récepteur mais, dans sa tête, le fit tomber à terre. On allait croire qu'elle avait lancé l'appareil au loin. Cette fois, elle était sûre que la voix était celle d'Angela, ce n'était pas un canular, et elle comprit brusquement à quel point elle s'était jusqu'ici bouché les yeux, préférant croire qu'Angela était paisiblement morte et enterrée. Elle sauta précipitamment sur la moquette, la migraine lui martelant le crâne, et s'empara du récepteur.

« Où es-tu ? » s'écria-t-elle.

Le murmure qu'elle obtint en réponse fut masqué par le grésillement de l'électricité statique.

« Je ne t'entends pas, dit Barbara, au bord de l'hystérie. Parle plus fort.

— Je ne peux pas. Je t'appelle pendant que tout le monde dort. »

Mais ce ne devait pas être le cas car, juste à cet instant, Barbara entendit une voix d'homme en arrière-fond. Elle ne comprit pas les paroles, mais il n'y avait pas à se tromper sur leur ton, cruel et méprisant. La communication fut coupée brutalement.

Barbara essaya d'appeler l'opératrice, bien qu'elle eût les doigts paralysés. Quand on répondit enfin, ce fut pour lui dire d'un ton arrogant qu'il était trop tard pour retrouver trace de l'appel. Elle appela ensuite *Other News* et laissa sonner pendant dix minutes, épouvantée de ne pas avoir pu répondre. Finalement, pour se débarrasser d'elle, une femme lui grogna d'une voix endormie l'adresse et le numéro de téléphone de Gerry Martin.

Personne ne répondit. Barbara se précipita jusque chez elle, une maison de Brixton aux pierres noircies qui s'effritaient. Elle ne savait pas exactement ce qu'elle voulait : elle avait peur que la secte soupçonne Gerry d'être une espionne et redoutait de lui attirer des ennuis si on apprenait qu'Angela avait informé sa mère de son existence. Mais les jeunes filles qui vivaient de l'autre côté du palier lui dirent que Gerry avait réglé deux mois de loyer d'avance. Elle n'avait pas laissé d'adresse où la joindre.

CHAPITRE DIX-HUIT

AU-DESSUS de Regent's Park les nuages étaient devenus noirs et menaçants. Gerry était encore trop loin du zoo pour y trouver refuge. Elle obliqua vers un chêne, son sac de toile déchirée ballottant au côté, quand les premières grosses gouttes commencèrent à tomber. Elle s'appuya contre le tronc de l'arbre et ferma les yeux ; elle ne tenait plus debout et ressentait le besoin de dormir dans chaque fibre de son corps, malgré la rudesse de l'écorce et son atroce mal aux pieds. Elle décida de s'accorder un somme et d'attendre la fin de l'ondée.

Mais ce fut un véritable déluge. Elle se réveilla deux ou trois fois et se crut sur une île au milieu d'un lac agité par la tempête, tant cette partie du parc avait pris cet aspect. L'air n'était plus qu'un rideau liquide et gris qui l'enfermait autour de son tronc. La pluie cascadait sur elle depuis la cime du chêne, profitant des moindres interstices du feuillage. Tout autour d'elle, les pelouses n'arrivaient plus à absorber les trombes d'eau.

Les choses auraient pu être pires, pensa-t-elle d'un air morose : elle pourrait toujours travailler pour un journal local, à trimer pour la rubrique des chiens écrasés — mariages, accidents de la route, sermons à l'église — le dur apprentissage du journalisme, quoi. Ou bien elle pourrait encore écrire pour *Other News*, qui avait été une autre sorte d'impasse : même si l'article sur *les charlatans de Dieu* était excellent, les ventes du mois n'avaient guère été brillantes. Plus le journal était confidentiel, moins vous aviez de chance de vous faire un nom. Et aujourd'hui qu'elle était enfin reporter indépendante, cela semblait être le plus sale boulot de toute cette partie du pays, à part peut-être s'échiner sur les plates-formes pétrolières de la Mer du Nord. Mais elle devait tenir son rôle et elle espérait que cet intermède pluvieux ne la rendrait que plus convaincante.

La pluie finit par s'interrompre. Comme une scie circulaire, le soleil déchira les nuages. Gerry sortit de son sac sa seconde paire de chaussures, sautilla dans la boue et l'herbe rabattue par la pluie, quitta le parc et gagna Euston Road. Les immeubles semblaient avoir été lavés et mis dehors à sécher ; les toits des automobiles brillaient comme des plaques de glace. Elle gagna rapidement la gare d'Euston, comme si elle rentrait chez elle.

La grande salle anonyme des pas perdus grouillait de monde qui faisait la queue derrière les barrières d'accès aux quais. Là, une douzaine d'adolescents chargés de sacs à dos ; là, des Écossais aux genoux rutilants ; là, un aveugle qui suivait son chien à travers le labyrinthe des valises et des chariots. Des foules de gens surgissaient des escaliers mécaniques qui reliaient la gare au métro, au-delà d'une série d'affiches dominées par une carte de crédit, tel un raccord dans un film à truquages.

Gerry alla s'enfermer dans les toilettes pour dames. Elle se déshabilla et s'essuya avec une serviette qu'elle sortit de son sac. Elle avait pris des sous-vêtements de rechange, mais n'avait pas eu la place d'emmener autre chose. Pendant que son t-shirt et son jean s'égouttaient le long de la porte de la cabine, elle s'assit sur le couvercle du siège et ne tarda pas à piquer du nez, n'ayant pratiquement pas dormi depuis une semaine. Une semaine qu'elle jouait les vagabondes et que rien ne s'était passé. Était-elle sur une mauvaise piste ?

Toutes ses suppositions semblaient pourtant s'assembler correctement. Il y avait à Londres des rumeurs au sujet de gens qui n'avaient pas de nom qui recoupaient parfaitement ses propres renseignements: si Angela était sous la coupe de la secte, il était peu probable qu'elle ose s'éloigner beaucoup pour venir retrouver sa mère. Puisqu'elle avait promis de la rejoindre près de Portobello Road, cela voulait dire que la secte n'était pas établie très loin de là. La jeune Iris avait dit qu'elle avait dû aller réveiller un homme dans New Street, mais elle ne pouvait vouloir parler que de la gare de Birmingham, dernier endroit où la secte avait été repérée avant Sheffield. Des vagabonds avaient déclaré à l'Armée du Salut, à Manchester, qu'ils avaient été abordés par des gens qui refusaient de donner leur nom ou celui du groupe dont ils faisaient partie. Cela devait être ainsi qu'ils recrutaient des membres et Gerry était donc devenue une vagabonde, dans l'espoir d'être accostée par des membres de la secte et d'être acceptée dans leurs rangs.

Sa tête vint buter contre la conduite d'eau, sur le mur, et elle se redressa, frissonnante. C'était une chose que de regrouper des indices, c'en était une autre que de se mettre dans la peau d'un détective. La semaine écoulée lui avait paru interminable. Elle avait parfois dormi ou fait semblant à Euston, et dormait pendant la journée sur les bancs dans les parcs, mais pour quelle raison l'aurait-on contactée si vite? Elle n'avait aucune idée de l'importance de la secte et ne savait pas selon quelle fréquence on recrutait des adeptes. Si seulement elle avait pu interroger Iris, elle ne se serait pas posé toutes ces questions.

Elle ne devait pas échouer. Elle devait empêcher que la petite fille de Barbara devienne comme Iris, si c'était possible. En dépit du fait qu'elle avait parlé ainsi pour ne pas trop éveiller de faux espoirs en Barbara, elle croyait fermement qu'Angela était encore en vie. D'un autre côté, elle pouvait se faire un nom avec cette enquête. Inquiète, brusquement, elle sortit son carnet de son sac mais la doublure de plastique avait empêché la pluie de le mouiller ; elle était en train d'apprendre les mille petits trucs des gens sans domicile fixe. Ses notes étaient plutôt minces, au bout d'une semaine de travail, mais tout lui reviendrait à l'esprit quand elle commencerait à rédiger son reportage.

Elle heurta la conduite une seconde fois et se força à se rhabiller. Ses vêtements étaient encore humides, les genoux de son pantalon tout trempés, mais un peu de marche au soleil les sécherait. Elle traversa la salle des pas perdus, dépassa un jeune homme au teint livide qui ressemblait à un moine, le visage émacié et les cheveux tondus plus court d'un côté. Pendant un instant, elle crut qu'elle allait défaillir, saisie par la foule qui s'agitait en tous sens et le bruit qui régnait dans la gare, infernal et terrifiant. Si seulement elle avait pu rentrer discrètement chez elle et dormir tout son soûl pendant un jour ou deux. Mais ce pouvait être justement le jour où la secte avait décidé de recruter. Il fallait qu'elle soit là.

Même si c'était irrationnel, elle commençait à se sentir aussi abandonnée et solitaire qu'elle devait en avoir l'air. Elle fut tentée d'appeler Barbara Waugh mais elle n'avait rien de neuf à lui apprendre. Non, il y avait quelque chose de mieux à faire si elle voulait se sentir moins impuissante.

Elle sortit de la gare, glissa sa carte dans le distributeur de la Barclaybank et composa son code. Après avoir fourré vingt livres dans sa poche elle se sentit soudain beaucoup mieux. Puis elle réalisa brusquement que si un membre de la secte l'avait vue, son déguisement était éventé. Elle jeta un regard discret à la ronde mais les quelques personnes qui l'observaient devaient manifestement penser qu'elle avait volé une carte. C'était parfait.

Cinq minutes plus tard, elle était à Tottenham Court Road et lézardait au soleil. Elle voulut avaler un peu de nourriture mexicaine pour se réchauffer mais on ne voulut pas la laisser entrer chez Viva Tacos.

« Toutes les tables sont réservées », lui dit le garçon, le visage inexpressif.

Elle était vraiment dans la peau de son personnage.

Elle finit par trouver un snack-bar où l'on consentit à lui vendre des sandwiches à travers la fenêtre des cuisines. Elle s'assit sur un banc, en face d'un magasin de vente d'appareils électro-ménagers, et regarda un homme de taille et de couleur différentes parler sur plusieurs écrans de télévision. Elle ferma les yeux tout en mangeant. Un Scientologiste approcha d'elle pour lui offrir un profil de personnalité, mais elle l'éloigna d'un geste. Elle espérait que le groupe dont elle était sur les traces avait moins de pouvoir que les Scientologistes, qui avaient rayé de l'existence Olympia Press, coupable de les avoir critiqués.

Elle se força pour ne pas retourner tout de suite à Euston et traîna un moment le long d'Oxford Street, parmi les nuées de touristes. De temps en temps, elle trouvait refuge dans un magasin, mais les gardiens ne la lâchaient pas d'une semelle tant qu'elle n'avait pas quitté l'établissement. Bien qu'elle fût heureuse d'être aussi convaincante, elle ne voulait tout de même pas prendre le risque de se faire arrêter.

A Marble Arch, elle obliqua vers Park Lane. Des limousines argentées glissaient sans bruit ; les portiers en tenue la toisaient d'un regard hautain, au cas où elle aurait fait mine d'approcher. Elle réussit à dormir une heure à Hyde Park mais se réveilla en frissonnant malgré le soleil qui brillait. Elle acheta quelques sachets Fervex dans une pharmacie — elle aurait dû le faire plus tôt — et persuada la vendeuse de lui donner un verre d'eau chaude pour y dissoudre le médicament.

Elle traversa Piccadilly et se dirigea vers Leicester Square. Au-dessus des toits, des grues tâtonnaient contre le ciel. Elle eut l'impression que son esprit était aussi là-haut et cherchait vainement à saisir quelque chose, peut-être son propre corps. Après s'être assise un moment dans Leicester Square, elle alla voir un film :

Eraserhead. Au moins, la salle serait moins humide que la rue et le film pourrait peut-être la maintenir éveillée. Les passionnés du cinéma, à *Other News*, lui avaient dit que le film était hilarant.

Mais elle s'endormit avant le début et, quand un ronflement la réveilla en sursaut, elle vit sur l'écran un homme en train d'éviscérer un bébé difforme avec une paire de ciseaux. Elle se rendormit aussitôt, mais les cris du bébé la réveillèrent à nouveau au milieu d'une scène identique. Elle eut l'impression d'être observée dans le noir par des yeux luisants comme de la bave d'escargot. Elle quitta le cinéma en titubant avant qu'on lui demande de sortir et découvrit alors qu'il faisait presque noir. Elle était entrée en plein jour et il faisait maintenant nuit. Le ballet des feux des automobiles se reflétait sur la chaussée mouillée. Elle avait dormi pendant deux séances consécutives.

Elle remonta rapidement Charing Cross Road, aux trottoirs éclaboussés de néon. A Tottenham Court Road, elle eut l'impression d'être revenue au tout début de l'après-midi, comme un film qui défile à l'envers. Marcher lui fit du bien et elle sentit son corps se réchauffer. Avant d'atteindre Euston Road, elle dut s'appuyer à un lampadaire, victime d'un bref malaise.

Parvenue à la gare, elle s'accorda un peu de répit, haletante. Le bruit de sa respiration semblait ténu et irréel, trop faible pour provoquer le moindre écho. Une voix désincarnée éclatait par instants pour annoncer les départs et les arrivées. Il n'y avait plus que quelques rares personnes, écrasées par l'immensité et le vide de la salle des pas perdus. Les jambes tremblantes, elle se mit à la recherche d'un endroit où s'asseoir.

Les rares sièges — des bancs étroits manifestement destinés à décourager les dormeurs — étaient tous occupés. Y avait-il des bancs sur les quais ? Si elle achetait un ticket de quai, le contrôleur la laisserait peut-être passer. Mais dans ce cas, ceux qui accostaient les vagabonds ne la verraient pas. Elle hésitait sur la conduite à tenir devant les barrières d'accès aux quais quand elle aperçut un journaliste qu'elle connaissait venir droit sur elle, à la descente du train en provenance d'Edimbourg.

Elle faillit lui faire signe mais se rendit compte à temps de l'erreur qu'elle allait commettre. Elle jugea plus prudent de ne pas rester là et gagna les toilettes, en proie à une peur panique. Nul doute qu'avant la fin de sa quête elle n'allait pas manquer de connaître de tels moments d'angoisse irraisonnée.

La dame pipi lui donna un verre d'eau chaude pour prendre un autre sachet de Fervex.

« Tout va bien, mon p'tit ? » lui demanda-t-elle avec inquiétude.

Gerry lui dit qu'il ne s'agissait que d'un début de grippe. Dans la glace, elle vit que la femme l'observait. Ses boutons avaient empiré, accentués par sa pâleur maladive ; ses cheveux pendaient par grandes mèches sales et raides. Plus encore que de sommeil, ce dont elle avait envie, une fois tout terminé, c'était de mariner plusieurs heures dans un bain bien chaud.

Elle ne pouvait pas rester là. Elle était presque devenue capable de dormir debout — de cette façon, on risquait moins de se voir demander de déguerpir — mais ce soir, elle avait peur de ne pas en avoir la force. On était réveillé à chaque instant, que ce soit par les paquets de journaux, qui claquaient au sol avec un bruit sourd d'ivrogne qui s'abat, les voix amplifiées par les haut-parleurs qui convoquaient divers membres du personnel, les clochards qui venaient vous souffler au visage, les flics qui vous regardaient comme s'ils allaient vous arrêter. Les seules personnes par qui elle avait envie d'être réveillée étaient les membres de la secte.

Elle trouva finalement à s'appuyer contre un pilier, au milieu de la salle des pas perdus. Elle prit soin de s'assurer que le livre de von Daniken dépassait de son sac, entre ses pieds, précaution destinée à faire croire qu'elle était en quête d'une quelconque et vague mystique, puis ferma les yeux. Elle devait avoir la fièvre car il lui sembla aussitôt glisser dans un cocon, le pilier dans son dos devenu doux et horizontal. Elle baignait dans une chaude atmosphère lumineuse.

« Je disais, voulez-vous venir avec nous cette nuit ? »

C'était un officier de l'Armée du Salut. Il resta de marbre, tout le temps qu'elle le dévisagea d'un regard vague, même quand elle lui grogna une réponse désobligeante. Elle n'était pas tout à fait certaine de ne pas rêver, de ne pas mélanger le rêve et la réalité. Toute cette scène lui paraissait aussi peu crédible que les aiguilles de la pendule, qui prétendaient qu'elle avait dormi une heure.

Mais elle était bien réveillée et elle avait froid. Le pilier n'était pas droit ; le sol tanguait comme le pont d'un navire dans la tempête ; le capitaine était un géant, penché au-dessus d'elle, qui claironnait les horaires des trains d'une voix tonitruante. Bien sûr, elle était dans une gare, la gare d'Euston. Des gens déambulaient, le transistor sur l'épaule, ou bien étaient-ce leurs vraies voix ? Impossible de le dire, tellement ils semblaient petits et inconsistants. Une chose semblait claire : si l'occasion d'entrer en contact avec la secte se présentait maintenant, elle ne savait pas si elle aurait la force de continuer.

Elle n'avait pas le choix. Elle devait rentrer chez elle pour la nuit, essayer de dormir et de chasser le froid de son corps. Il fallait espérer qu'elle ne raterait pas sa chance. Mais manquer une seule nuit n'était certainement pas très grave. Lorsqu'elle reviendrait à Euston, elle ferait en sorte d'être mieux préparée aux rigueurs du climat.

Elle se glissa autour du pilier et cligna des yeux vers l'horloge, qui avait avancé d'à peu près une demi-heure. Comment allait-elle pouvoir rentrer alors qu'il n'y avait plus de trains pour la nuit ? Des taxis avaient plusieurs fois refusé de la prendre alors qu'elle était dans une tenue bien plus présentable qu'aujourd'hui. Si elle faisait la queue devant la gare, l'un d'eux accepterait peut-être de l'emmener, quand il verrait qu'elle avait de l'argent. Elle lutta pour garder les yeux ouverts et crut qu'elle avait mal lu l'heure : comment avait-il pu encore s'écouler dix minutes depuis sa dernière pensée ? C'était pourtant le cas. Une jeune femme aux vêtements râpés et aux cheveux d'un noir de goudron, la regardait fixement.

« Vous voulez dormir ? »

Gerry voulut d'abord refuser, puis songea à l'état de faiblesse où elle se trouvait : la jeune femme au long visage, la gare, son propre corps, tout lui semblait lointain et dégager une froideur de glace. Elle n'avait pas envie de parlementer avec un chauffeur de taxi.

« D'où êtes-vous ? demanda-t-elle.

— Du Refuge de Londres. Nous avons une camionnette dehors. Aucune importance si vous n'avez pas d'argent. »

Il était évident qu'elle ne devait pas s'attendre à un palace, mais l'offre était irrésistiblement tentante. Bien des gens devaient aller et venir dans ce Refuge ; quelqu'un pourrait peut-être lui dire quelque chose au sujet de la secte. Voilà un endroit qu'elle n'avait pas encore exploré, alors que c'était peut-être là qu'on pourrait la renseigner. Elle suivit la jeune femme sous le crachin nocturne.

Elles marchèrent jusqu'à une camionnette anonyme garée dans une rue latérale. Un jeune homme crasseux, tonsuré comme un moine, surgit derrière elle. Elle ne s'était pas rendu compte que quelqu'un les suivait.

« Faudra monter à l'arrière, » dit-il en ouvrant les portes.

Gerry pensait qu'il y avait de la place à l'avant pour trois, mais ne se sentait pas d'humeur à discuter, même lorsqu'elle vit le fouillis qu'il y avait à l'arrière : des caisses, des briques et des outils rouillés, sales et couverts de terre, qu'elle dut enjamber pour gagner l'espace disponible. Les portes se refermèrent brusquement.

Elle était à peine installée que la fourgonnette bondit en avant. La cloison, derrière le conducteur, n'avait pas de judas et elle ne pouvait pas voir grand-chose par les fenêtres arrière, hormis les lampadaires qui fuyaient dans la nuit. Elle réussit à se caler dans un coin. Elle se demandait si elle n'avait pas déjà vu le jeune homme et la jeune femme auparavant. Ne les avait-elle pas aperçus plusieurs fois à la gare ? En allant jusqu'à la camionnette, elle avait remarqué des cheveux blancs, sous la teinture de la femme.

Chaque fois que le véhicule ralentissait, Gerry glissait vers l'arrière. Quand il s'arrêta, elle vit qu'elle était à Earls Court, juste de l'autre côté de Cromwell Road. Elle aurait presque pu le deviner rien qu'au bruit.

Quand le jeune homme ouvrit les portes elle découvrit que la camionnette était immobilisée dans une allée sous un bouquet d'arbres, devant une maison de trois étages. Tout autour du porche, le sol était recouvert d'éclats de peinture. Les arbres devaient former une sorte de piège de résonance car le bruit semblait encore plus fort que dans la rue. Le vent agitait les branches et les buissons qui mugissaient comme les files de poids-lourds qui se dirigeaient vers l'autoroute. Elle avait l'impression d'être devenue sourde et aveugle.

Lorsqu'elle leva les yeux vers la maison, elle vit Barbara Waugh, qui la regardait depuis l'une des fenêtres du premier étage.

Un moment, elle crut qu'elle était encore en plein délire, puis elle comprit qu'il s'agissait d'une jeune fille mince qui ressemblait beaucoup à Barbara. Ce pouvait être Angela et elle eut un hoquet de surprise. Elle se cogna au coin du véhicule et son escorte dut penser que c'était la raison de son cri étouffé.

« Vous êtes fatiguée », commenta la jeune femme d'une voie monocorde en la conduisant vers la maison.

Gerry avança en gardant les yeux fixés sur la fenêtre jusque devant le porche. Angela se retira dans l'ombre de la pièce et plusieurs personnes semblèrent venir la rejoindre. Voulait-on l'éloigner de force de la fenêtre ? La femme qui l'avait abordée à la gare ouvrit la porte d'entrée à la peinture qui s'écaillait et Gerry monta les quelques marches branlantes. Au-delà de la porte et d'un couloir violemment éclairé, tout était plongé dans un noir profond. Rapidement, afin qu'on ne se demande pas pourquoi elle hésitait, elle se décida et entra.

CHAPITRE DIX-NEUF

QUAND la porte se referma derrière elle, elle eut peur de ne pas pouvoir se comporter normalement, trop malade ou trop épuisée pour continuer à jouer le jeu. Mais elle n'avait qu'à agir comme si elle était à bout de forces, ce qui ne nécessitait guère d'efforts pour donner le change. En fait, elle faillit même laisser tomber son sac, qu'elle tenait toujours à la main sans s'en rendre compte, quand la femme l'entraîna vers l'escalier.

Les bruits de la circulation lui parvenaient étouffés, bruit de fond constant, sourd et indéterminé. Le bruit, l'éclairage parcimonieux, tout se conjuguait pour la mettre mal à l'aise. Les murs semblaient couverts d'un papier brun ; elle distingua faiblement des motifs sur le tapis de l'escalier. Étaient-ce des voix qui murmuraient, derrière la porte de la pièce où elle avait vu Angela à la fenêtre ? Elle n'en était pas sûre.

Trois portes donnaient sur le palier du premier, et trois également sur celui du second, où la conduisit son mentor. A côté de l'ampoule qui dispensait une maigre lumière, une lucarne avait été condamnée. La femme ouvrit une porte et appuya sur un bouton. La pièce resta dans le noir.

« Ça ne marche pas, dit-elle d'un ton indifférent. Vous avez le lit le plus près de la porte. »

Gerry s'aventura dans la chambre et distingua deux rangées de matelas alignés contre les murs, à raison de trois par rangée. La lumière en provenance du couloir atteignait à peine celui qui lui avait été assigné ; des formes sombres étaient recroquevillées sur les autres. La femme attendit que Gerry se déshabille et se glisse sous l'unique couverture puis referma la porte.

Pendant un moment, Gerry eut peur qu'on l'enferme à clef, mais elle entendit les pas de la femme s'éloigner tout de suite vers l'escalier, le craquement des marches dominant juste le bruit de la circulation. Gerry resta étendue, cernée par les autres lits dans cette pièce obscure qui sentait le renfermé, à trembler de froid dans la nuit. Elle avait réussi à s'infiltrer dans la secte. C'était aussi simple que cela.

Elle était certaine qu'ils allaient chercher à l'attirer parmi eux, peut-être dès demain matin au réveil ; les religions marginales, comme toutes les autres religions, devaient s'emparer de vous au moment où vous étiez le plus vulnérable. Elle avait moins peur de l'avenir, maintenant, et se sentit tout à coup moins fébrile. Ils pouvaient faire ce qu'ils voulaient pour essayer de lui laver le cerveau, elle ne finirait pas comme Iris. De telles choses ne marchaient que sur des personnalités moins averties que la sienne.

Elle avait besoin de dormir afin d'être prête, mais allait-elle pouvoir y arriver ? Dormir avec des gens qu'elle n'avait jamais vus la rendait secrètement nerveuse ; d'autre part, le bruit ne cessait jamais. La secte devait sciemment choisir de vivre dans des endroits tels que celui-ci car cela devait contribuer à faire baisser le loyer, à supposer que ces gens ne se soient pas installés là dans la plus parfaite illégalité, ainsi que ce semblait être le cas près de Portobello Road. Elle se demandait encore si elle allait pouvoir s'assoupir quand elle s'endormit d'un coup.

Quand elle se réveilla, il faisait encore nuit, bien qu'elle se sentît calme et dispose. Seule sa gorge était douloureuse et elle préférait ne pas avoir à parler. Elle resta étendue et laissa ses yeux s'habituer à l'obscurité. La fenêtre n'avait pas de rideaux mais les arbres dans la rue faisaient parfaitement office de volets, les feuilles luisantes de pluie. Le bruit du trafic avait acquis une note plaintive. A part ce changement, le seul autre bruit était celui de sa respiration rauque. Pas le moindre bruit en provenance des lits voisins.

Le grondement de la rue pouvait naturellement couvrir les autres sons, mais elle se sentit brusquement inquiète. Elle se releva, s'assit sur sa couverture et se pencha vers le lit voisin. La forme pelotonnée dormait comme une pierre. Gerry agrippa le bord de son matelas et se pencha un peu plus. Mais elle avait présumé de ses forces et perdit l'équilibre. Sa main s'abattit et vint violemment frapper le corps allongé.

Elle réussit à ne pas crier en comprenant qu'il n'y avait jamais eu de corps mais seulement un oreiller, roulé sous la couverture. Le bruit qu'elle avait fait n'aurait-il pas dû également réveiller les autres dormeurs ? Elle se força à aller examiner rapidement chaque lit, bien qu'elle redoutât de voir quelqu'un se dresser soudain devant elle dans le noir. Ce qu'elle avait pris pour des corps n'étaient en fait que des lits défaits.

Elle alla jusqu'à la fenêtre, qui dispensait malgré tout un peu de lumière. Son lit avait à présent l'air d'être occupé par un autre dormeur. Tout cela était peut-être normal, au fond — les gens qui avaient dormi là étaient probablement déjà levés — mais elle n'en était pourtant pas totalement convaincue. Elle comprit soudain ce qui n'allait pas, en dépit du grondement de la rue, plus fort près de la fenêtre. Elle avait entendu un gémissement, faible et lointain. Cela n'avait rien à voir avec le bruit de la circulation. Il y avait un enfant qui pleurait quelque part dans la maison.

Elle savait maintenant qu'il y avait des enfants dans la secte. Ils devaient probablement pleurer de temps à autre. Au bout d'un moment, elle regagna son matelas mais, au lieu de s'allonger, resta accroupie, essayant de localiser la provenance des pleurs. Les branches agitées par le vent, derrière la fenêtre, jetaient des ombres folles sur les matelas vides. Qu'est-ce que ces sanglots avaient de bizarre? Pourquoi paraissaient-ils si lointains?

Finalement, avec hésitation, elle se releva et gagna la porte à pas de loup. Elle s'appliqua pour tourner la poignée le plus doucement possible mais elle grinça. Elle s'avança sur la pointe des pieds jusqu'au milieu du palier désert, entre deux portes fermées à l'aspect sinistre. Les pleurs venaient d'en bas et elle comprit alors ce qu'ils avaient de bizarre. Plutôt que des larmes qu'on aurait essayé de contenir, on aurait dit quelqu'un qui pleurait à travers un bâillon.

Elle ne devait pas se mêler de ça. Si elle se trahissait maintenant, la secte risquait de s'enfuir une nouvelle fois. Mais comment rester insensible à ces pleurs? Et si c'était la fille de Barbara qui gémissait ainsi? Peu importait qui c'était, Gerry devait savoir ce que l'on avait fait à cet enfant. Elle s'habilla rapidement, emporta son sac afin qu'on ne risque pas de mettre la main sur son carnet, et s'engagea silencieusement dans l'escalier.

Elle progressa en évitant le mur et réussit à ne pas faire craquer les marches, la main posée sur la rampe branlante. A mi-chemin, elle glissa et se raccrocha impulsivement à la rampe. La balustrade trembla avec un craquement aigu. Une seconde, elle crut que toute la rampe allait céder et qu'elle allait tomber dans la cage d'escalier. Elle resta cramponnée plusieurs minutes, le souffle court, redoutant d'avoir réveillé quelqu'un.

Elle parvint enfin sur le palier du premier. Dans la lumière grisâtre, les trois portes avaient l'air irréelles, peintes sur le mur aveugle. Face à celle du milieu, dans la pièce où elle avait vu Angela à la fenêtre, elle fut certaine d'entendre des voix murmurer. Le bruit du trafic devait avoir empêché ceux qui étaient là d'entendre le vacarme qu'elle avait fait dans l'escalier. Mais cela signifiait que quelqu'un pouvait surgir derrière elle sans qu'elle l'entende.

Les cris venaient d'encore plus bas et semblaient toujours aussi lointains. Elle passa silencieusement devant les portes closes et s'élança vers le rez-de-chaussée. Le couloir d'entrée baignait dans une lumière d'un gris brumeux qui semblait flotter dans l'atmosphère. Tout à coup les pleurs cessèrent et elle s'arrêta brusquement, au milieu des dernières marches. La porte d'entrée était fermée à clef. Si elle trouvait quelque chose, elle ne pourrait pas s'enfuir par là.

Mais pour l'instant, il lui fallait tenter d'en apprendre le plus possible sur la secte. Elle ne parvenait pas à croire qu'elle pouvait être en réel danger. N'importe qui, à sa place, serait descendu consoler l'enfant — n'importe qui, pas seulement une espionne. Peut-être l'enfant allait-il bien, à présent, mais il lui fallait s'en assurer.

Au bas des marches, elle jeta un regard inquiet vers l'escalier désert, derrière elle, puis tourna le dos à la porte d'entrée verrouillée. Quatre portes débouchaient sur le couloir, y compris une sous la cage d'escalier, qui devait probablement mener à la cave. Des ustensiles brillaient d'un éclat métallique dans la cuisine, à l'autre extrémité du couloir. Il restait donc deux pièces. Elle alla jusqu'à la première, entre l'escalier et la porte d'entrée.

Quand elle poussa la porte, un vêtement glissa de l'autre côté. Il y eut un léger bruit de chute et une infime obstruction. Elle eut peur de faire grincer les gonds et de trahir ainsi sa présence, mais la porte glissa sans bruit sur le tissu.

La pièce était moins sombre que la chambre du dernier étage car il passait plus de lumière entre les troncs des arbres qu'au second, à travers le feuillage. Elle dut attendre quelques instants pour distinguer vraiment quelque chose. Elle crut percevoir un mouvement furtif, à côté d'elle, mais elle l'ignora et dirigea son regard vers la fenêtre sans rideaux. Les yeux à présent habitués à l'obscurité, elle vit que la pièce était complètement vide. Il n'y avait absolument rien derrière la porte, pas même un crochet où l'on aurait pu pendre un vêtement.

Elle eut soudain si peur qu'elle crut qu'elle n'allait plus pouvoir bouger. Elle était là, à demi engagée dans la pièce, les mains agrippées au chambranle de la porte, incapable de les en détacher. Ce dont elle avait le plus peur était de lever les yeux. Mais il n'y avait nul besoin de le faire car on voyait immédiatement qu'il n'y avait personne, qu'elle pouvait s'en aller et s'éloigner de cette pièce. Elle fit à peine attention à ne pas faire claquer la porte en la refermant et recula à l'aveuglette jusqu'au milieu du couloir.

Il y avait encore une autre porte, vers la cave et la cuisine. Elle devait continuer ; de toute façon, elle ne pouvait pas sortir de la maison. Cependant, elle alla d'abord jusqu'à la cuisine, dont la porte ouverte semblait moins menaçante. Dans l'obscurité, elle distingua les contours d'un évier, d'une cuisinière, d'une table flanquée de quelques chaises. Rien d'autre.

Elle ne pouvait pas reculer plus longtemps. S'il y avait quelque chose à découvrir, c'était dans la dernière pièce. Elle se faufila jusque-là, la main frôlant le papier moisi du mur. La poignée était froide et visqueuse entre ses doigts. Son ombre était une silhouette informe, tapie dans son dos, qui paraissait n'avoir aucune ressemblance avec elle.

Elle entrouvrit la porte et ne vit qu'une pièce plongée dans le noir. Elle tendit la main vers le mur invisible, à la recherche d'un interrupteur. Ses doigts rencontrèrent quelque chose de rond, avec une petite cavité qu'elle explora à tâtons. C'était un bouton électrique, à demi cassé. Elle abaissa ce qu'il en restait.

L'enfant n'était pas dans cette pièce. Sous la lueur terne de l'ampoule, elle vit une chaise droite et un bureau bancal, une armoire à classeurs, des étagères bourrées de livres. Un rideau noir, épais comme une couverture, était cloué devant la fenêtre. Elle s'avança dans la pièce et referma silencieusement la porte. Peut-être allait-elle trouver là quelque indice sur les desseins de la secte.

Les livres étaient rangés dans le plus complet désordre mais traitaient manifestement tous des mêmes thèmes. *Encyclopédie du meurtre, Histoire de la torture, Cannibalisme et sacrifices humains, Mystique du svastika* — cette fascination omniprésente pour le sadisme prenait à la gorge. Il y avait là une édition illustrée du marquis de Sade, à côté d'un livre lithographié intitulé *Le mandala de Charles Manson.* Une étagère était pleine d'ouvrages à la couverture anonyme qu'elle préféra ne pas ouvrir pour l'instant, les motivations de la secte lui apparaissant suffisamment clairement.

Ce n'était plus le froid qui la faisait frissonner à présent. Elle se souvenait du ton de dégoût épouvanté avec lequel Iris avait dit : « Le mal nous faisait faire des choses. Des choses qu'on aimait bien faire. » Elle songea à Angela. Pourquoi les pleurs avaient-ils cessé ? Elle s'en préoccuperait plus tard mais, pour l'instant, il fallait qu'elle fouille l'armoire, même si elle était sûre que les tiroirs seraient fermés.

Quand elle tira le premier, il s'ouvrit tout de suite en crissant, si fort parmi le tonnerre assourdi de la circulation qu'elle retint son souffle, n'osant plus respirer. Il contenait des bandes magnétiques, des cassettes et des rouleaux de film dans des boîtes identifiées seulement par des numéros. Elle se sentit honteusement soulagée à l'idée de ne pas savoir ce qui y était enregistré. Le deuxième tiroir s'ouvrit lui aussi, plein à craquer de clichés photographiques.

Elle en prit une poignée et alla s'asseoir sous la lampe, au-dessus du bureau, pour les examiner. Elle leva une première épreuve vers la lumière pour chasser les reflets mais, dès qu'elle vit ce qu'il y avait dessus, elle la laissa presque tomber. Elle se força à l'observer attentivement, dans l'espoir insensé que quelque chose allait lui prouver que la photo était truquée.

La scène avait été prise dans une forêt. Elle reconnut immédiatement les arbres géants : des séquoias. La Californie donc. Un corps nu était cloué à un tronc. Bien que cela fût abominablement clair, elle n'aurait pu dire son âge ni son sexe, car il n'en restait plus grand-chose.

Elle passa successivement les clichés en revue, le corps révulsé et luttant pour ne pas s'enfuir. C'était une escalade dans l'atroce. Plusieurs avaient été pris en Californie. Elle se souvint des gens que cette femme du groupe de Manson avait décrits comme pires que la Famille: peut-être y avait-il un lien, après tout.

Mais la plupart des photos avaient été prises dans des maisons qui ressemblaient beaucoup à celle où elle était maintenant prisonnière. Le mobilier était manifestement de facture anglaise; certains des meubles pouvaient même se trouver ici. Ses mains n'obéissaient plus à sa volonté ; il fallait qu'elle examine les épreuves une à une. Elle savait maintenant qu'il ne s'agissait pas d'un montage ; c'étaient des clichés qui ne recherchaient nullement le sensationnel, neutres comme les photos d'un rapport de police, effrayants seulement par l'indifférence qu'ils révélaient. Peut-être avait-elle eu tort de croire que la secte choisissait d'habiter dans des quartiers défavorisés pour une banale question de loyer ; le bruit était en fait peut-être destiné à couvrir l'écho de hideux agissements.

Elle froissa distraitement les photos dans sa main et estima du regard le nombre de celles qu'il y avait encore dans le tiroir. Quelles autres horreurs y avait-il sur les bandes et les films? Les pleurs recommencèrent soudain. Elle n'avait pas encore été voir à la cave. La tête lui tourna quand elle voulut se lever de sa chaise et elle crut qu'elle allait s'évanouir. Elle se précipita ensuite vers la porte, oubliant Barbara Waugh, son déguisement et son enquête. Elle ne savait plus qu'une chose: elle devait sauver un enfant.

Elle gagna la cuisine sur la pointe des pieds et trouva un couteau à découper dans un tiroir sous l'évier. Elle se caressa le gras du pouce avec la lame et jugea qu'elle était suffisamment aiguisée. Puis elle alla jusqu'à la porte de la cave, les jambes molles, et la poussa résolument, le couteau bien en main.

Un couloir étroit descendait dans l'obscurité et donnait, après une série de marches, sur une seconde porte. La lumière stagnante en provenance du couloir ne parvenait que faiblement jusqu'ici. Elle aperçut un bouton électrique, qui brillait au bout du couloir. Les pleurs s'étaient interrompus pendant qu'elle était dans la cuisine, mais ils devaient provenir de là. Elle se mit à descendre comme si le plafond, lourd et voûté, la poussait vers le bas. Du pied, elle ouvrit la seconde porte, qui ne donnait que sur les ténèbres, et appuya convulsivement sur le bouton électrique.

La cave était vaste, avec des murs de briques nues, et avait l'air complètement vide. L'unique ampoule électrique laissait les recoins dans l'ombre, mais un enfant n'aurait certainement pas pu s'y cacher. Déconcertée, elle s'avança de quelques pas. Quelque chose s'enfuit en courant au-dessus de sa tête, en travers du plafond.

Elle reçut un tel choc qu'elle en laissa tomber son couteau, qui cliqueta sur le sol de béton. Il n'y avait rien au-dessus d'elle, rien d'autre que sa propre image. Le plafond était tapissé de miroirs. Elle leva nerveusement les yeux vers son reflet, pendu au plafond, nain et impuissant. Elle se demandait si les glaces étaient là pour que les victimes de la secte voient ce qui leur arrivait quand elle entendit des pas s'engouffrer dans l'escalier de la cave.

Elle ramassa son couteau et se plaqua contre le mur, dans l'espoir de demeurer cachée derrière la porte. Mais elle n'avait aucune chance : ils étaient quatre dans l'escalier. Ils entrèrent, la contemplèrent, le visage totalement dénué d'expression, et bloquèrent la sortie.

A cet instant, quelqu'un d'autre surgit de l'escalier en courant légèrement : une petite fille de six ans, en pyjama rose décoré de lapins bleus. Elle vint se placer au milieu des quatre hommes et sourit à Gerry. Puis elle mit deux doigts dans sa bouche et commença à geindre d'un ton monocorde. C'étaient là les pleurs étouffés que Gerry avait entendus.

On l'avait conduite jusqu'ici comme un animal à l'abattoir. Elle comprit, chose dont elle aurait dû se rendre compte plus tôt, que la secte ne cherchait absolument pas à recruter des adeptes parmi les vagabonds, mais plutôt des victimes. La petite fille pouffa sans raison, l'air innocent et contente d'elle. Gerry leva le couteau et resserra sa prise sur le manche, humide de sueur.

« Reculez », dit-elle aux quatre hommes.

Ils s'avancèrent, guettant sa réaction, et se déployèrent dans la cave. Jamais elle ne pourrait les affronter tous en même temps.

« N'essayez pas de me faire quoi que ce soit, dit-elle, la gorge nouée. Je suis journaliste. On m'a envoyée ici pour faire des recherches à votre sujet. »

L'homme sur sa gauche eut un sourire cruel qui découvrit ses dents noires et pourries, derrière ses grosses lèvres humides.

« Bien sûr que vous êtes journaliste, dit-il.

— C'est vrai. Regardez ça si vous ne me croyez pas, dit-elle en luttant pour sortir son carnet de son sac de toile, coincé sous son bras gauche. Mon journal sait que je suis ici », mentit-elle en lui lançant le carnet.

Il l'attrapa au vol et le déchira en deux sans même le regarder. La petite fille poussa un gloussement de plaisir. Ces hommes étaient aussi imperturbables que des robots et ils étaient maintenant tout près d'elle. Au plafond, elle avait l'air d'être pendue par les pieds au milieu d'un cercle de tortionnaires. Elle recula le long du mur.

« Barbara Waugh sait que je suis ici », s'écria-t-elle.

Elle comprit qu'ils savaient qu'elle mentait et ne sut plus quoi dire.

« Barbara Waugh, la mère d'Angela, ajouta-t-elle en désespoir de cause.

— Ici, les noms n'ont aucune importance », dit l'homme aux dents pourries.

Celui qui était sur sa droite se jeta en avant et lui tordit le poignet jusqu'à ce qu'elle lâche son arme, que l'homme aux grosses lèvres ramassa. Fascinée, la petite fille regarda les autres maîtriser Gerry pendant qu'il lui coupait les tendons des bras et des jambes.

CHAPITRE VINGT

L'EAST-ANGLIA était un plateau verdoyant qui se terminait abruptement sur des falaises. Les mouettes piquaient vers les criques, à la recherche de nourriture. La Mer du Nord gémissait comme une forêt gigantesque sous la bourrasque ; les vagues venaient se fracasser sur les rochers de la petite anse où se tenait Ted.

« Maman dit que ce serait bien si nous allions faire un tour, un de ces jours, nota Judy.

Le vent qui soufflait au sommet de la falaise lui piquait la barbe et rabattait sa voix derrière lui.

« Vraiment, elle a dit ça?

— Oui, parce que si nous pouvons nous offrir une nouvelle voiture, on pourrait changer d'endroit pour les vacances. »

Cela ressemblait tout à fait à Helen et il était clair qu'elle espérait que Judy lui en parlerait.

« Je lui en toucherai deux mots », dit-il.

Sur le chemin du retour, tout l'arrière-pays, plat à perte de vue, prit des allures affolantes de décor de théâtre; les nuages glissaient à l'horizon, architecture imaginaire. Ils étaient au milieu de nulle part quand Judy demanda innocemment :

« Est-ce que tu pars vraiment la semaine prochaine?

— Oui. Il le faut, ma chérie. »

Il avait une possibilité pour un séjour en Italie dont les dates coïncidaient plus ou moins avec celles de Barbara. Elle lui avait dit qu'elle n'était maintenant plus sûre d'y aller, mais Dieu savait pourtant qu'un tel voyage lui aurait fait du bien.

« Puisque tu es plongée en ce moment dans les romans de la Table Ronde, je t'emmenerai à Glastonbury dès que je serai de retour.

— On pensait que si tu ne partais pas, tu pourrais venir avec nous. »

Il était sûr qu'Helen n'avait jamais rien imaginé de la sorte, quoi qu'elle ait pu dire à Judy.

« J'ai bien peur d'avoir déjà réservé, dit-il.

— Tu y vas avec Barbara ?

— Quoi ? »

La note accusatrice qu'il avait perçu dans la voix de sa fille était pour lui un choc déplaisant, même s'il savait qui en était la responsable.

« Que sais-tu au sujet de Barbara ? »

Il croyait pourtant ne jamais avoir mentionné son nom devant elle.

« C'est la dame qui avait l'habitude de venir nous voir quand nous habitions l'ancien appartement. »

Elle ne pouvait pas se souvenir de choses pareilles, elle était beaucoup trop jeune à l'époque.

« Oui, Judy. Je pars en voyage avec elle. Tout comme tu es partie avec maman et oncle Steve. »

Cela ne lui plaisait guère d'aborder le sujet. Depuis le divorce, il s'était toujours efforcé d'épargner à Judy ce genre de questions malsaines. Il s'apprêtait à demander s'il y avait quelqu'un de nouveau — cela semblait vraiment ridicule de les qualifier d'*oncles*, mais comment les appeler autrement ? — quand Judy déclara :

« Maman dit que tu nous aimes moins que Barbara.

— Ce n'est pas vrai, Judy. Pas en ce qui te concerne. »

Il prit sur lui de ne rien ajouter d'autre, bien qu'avec le paysage monotone qui défilait derrière la vitre, il n'ait pas grand-chose à faire pour éviter de se ronger les sangs. Cependant, quand Judy fut de retour à la maison et occupée à se laver bruyamment dans la salle de bains, il était de nouveau tout à fait calme. Cela n'avancerait à rien s'il perdait son sang-froid.

« Helen, crois-tu vraiment bien utile de lui parler de Barbara?

— Pourquoi, ça t'ennuie? »

Helen était en train de couper une de ses vieilles robes pour en faire des chiffons, afin sans doute de lui montrer à quel point elle devait économiser.

« Ça te gêne? demanda-t-elle sans relever le nez.

« Bien sûr que ça m'ennuie. D'ailleurs, tout ce que tu dis à Judy à mon sujet n'a que ce seul et unique but. Je veux dire que lui faire croire qu'on pourrait aller en vacances quelque part ensemble... As-tu vraiment eu une idée pareille?

— Il est évident que ce n'est pas ton cas. Monsieur consent tout au plus à consacrer à sa fille une journée par semaine.

— Mais qu'est-ce que tu racontes, au nom du ciel? »

Elle le regarda fixement.

« Je ne plaisante pas. Tu n'as pas tellement changé, tu sais, ne prétends pas le contraire. Ta Barbara a-t-elle déjà eu le plaisir de connaître une de tes crises d'humeur noire? Évidemment, tu dois prendre des gants avec elle, elle ne dépend pas de toi comme c'était le cas pour moi. Elle pourra toujours te quitter lorsqu'elle en aura marre. »

Il savait ce qui allait suivre — insinuations, silences accusateurs, regards lourds d'éternelle incomprise — mais, malgré cela, il ne put s'empêcher de se lancer dans une argumentation perdue d'avance, ainsi qu'il avait toujours réagi.

« Mais de quelles humeurs veux-tu donc parler?

— Ne fais pas l'idiot, je te prie. Ne me dis pas que tu as oublié l'époque où tu te considérais comme le maître de la maison. Tout ce que je sais c'est que tu es le même homme quand tu emmènes Judy. Elle dit que tu as changé, j'espère seulement que c'est vrai. »

Elle lui jeta un regard foudroyant pendant qu'elle coupait le dernier morceau de tissu.

« Sais-tu que chaque fois que tu viens la chercher, elle fait des cauchemars ?

— Ça ne m'étonne pas.

— C'est censé vouloir dire quelque chose, sans doute ? »

De telles répliques avaient le don de le faire sortir de ses gonds.

« Tout simplement que tu la mets dans un tel état qu'elle ne sait même plus où elle en est. J'aimerais bien savoir qu'elle genre de saloperies tu peux bien lui raconter sur mon compte.

— Tu es aussi grossier que certains des ouvrages que tu publies. C'est encore quelque chose que tu voudrais bien lui apprendre, hein, mais sois tranquille, je ne t'en laisserai pas l'occasion. Rappelle-toi que c'est moi qui en ai la garde. Je peux très bien m'arranger pour que tu ne la voies plus si tu m'en fournis l'occasion.

— Les choses seraient peut-être différentes si le jugement avait lieu aujourd'hui. »

Il se sentait pris au piège d'une discussion dont il n'avait absolument pas envie de sortir vainqueur.

« Devant le tribunal, il faudra autre chose qu'une crise d'hystérie pour m'empêcher de voir Judy.

— Parce que tu penses que le tribunal te croira capable de t'en occuper ? Certainement, oui, quand on saura que tu consacres tout ton temps à une femme qui n'a même pas su veiller sur sa propre fille. Ce n'est pas la peine de chercher pourquoi tu as toujours eu l'habitude d'accuser Judith de tous les maux. C'est la seule qui arrive à te faire sentir coupable. »

Elle avait presque raison, même si son raisonnement était faussé : lorsqu'il était arrivé un soir, sortant du lit de Barbara, il s'était d'abord senti nerveux et avait craint d'afficher une mine trop réjouie, puis, par réaction, avait eu peur de montrer au contraire un visage trop renfrogné. Depuis des mois, Helen se doutait qu'il avait une liaison avec Barbara. Le fait que ses soupçons soient devenus réalité l'avait soulagé de son sentiment de culpabilité. Il s'était senti libéré comme jamais auparavant dans sa vie. Barbara avait peut-être contribué à hâter la fin de leur mariage, mais sûrement pas pour les raisons qu'imaginait Helen.

« Je suis désolé, Helen, mais je n'ai pas envie de discuter de Barbara. »

Il alla frapper à la porte de la salle de bains, suivi par le regard froid d'Helen.

« Je m'en vais, Judy. La prochaine fois, nous irons tous les deux à Glastonbury. »

En remontant Upper Street, un clochard en haillons surgit brusquement d'un monceau de guenilles entassées devant un magasin et traversa le trottoir en titubant. Heureusement, la bouteille vide n'atteignit pas la voiture. Il n'était guère étonnant qu'Helen soit déprimée dans un pareil environnement, pensa-t-il en dépassant des vitrines sombres. Leur dispute avait été semblable à bien des querelles précédentes et il était sûr qu'Helen n'avait jamais pensé à ne plus lui permettre de voir Judy. Pensait-elle vraiment aussi peu de bien des ouvrages qu'il publiait, elle qui devait se faire un plaisir de vendre *Signé Adolf Hitler* dans sa librairie ? Il avait refusé ce livre, neuf ans auparavant, mais le svastika doré sur fond de nuée solaire était maintenant en vente dans toutes les bonnes librairies. Il aurait dû lui demander de quels livres elle voulait parler, mais elle ne le lui aurait pas dit, trop retorse pour cela. Elle était aussi rusée que sa détective privée.

Bon Dieu, sûr qu'elle serait à la hauteur, cette détective, se dit-il en frappant le volant. Les pneus gémirent dans la rue déserte. Bien sûr, c'était ainsi que sa détective commencerait son enquête, sans rien d'un Philip Marlowe en jupons. Il rentra rapidement chez lui, imaginant les chapitres dans sa tête.

De retour à son appartement, il se mit au travail et supprima des passages entiers, écrivant entre les lignes. Tout ce qu'il n'avait pu créer dans les chapitres précédents semblait soudain clair et réalisable. Il retravailla trois chapitres en deux heures et, sur sa lancée, se sentit d'attaque pour en entamer un quatrième. A un moment donné, il s'arrêta au beau milieu d'une page. La détective était elle-même maintenant, elle n'avait plus rien de l'amertume juvénile de Philip Marlowe, pour qui le monde n'était pas aussi romantique et parfait qu'il aurait dû l'être, mais il fallait maintenant la confronter à une trahison, une épreuve difficile à surmonter. Voyons, qu'est-ce que cela pouvait être?

Barbara pouvait l'aider. Il regarda de l'autre côté du lac et vit que ses fenêtres étaient éclairées ; sur les toits, le crépuscule ensanglantait le ciel. Elle répondit avant même la première sonnerie.

« Oui, dit-elle d'un ton anxieux.

— Bonjour, Barbara, c'est Ted. »

Il aurait dû dire « C'est moi », tout simplement.

« Oh, bonjour, Ted, dit-elle en faisant de son mieux pour ne pas paraître trop désappointée. Que se passe-t-il ?

— J'ai un peu travaillé sur mon roman, mais je n'avance plus. Que diriez-vous d'un verre?

— Oui. Venez donc. Je vous offre ce que vous voudrez. Laissez-moi seulement cinq minutes. »

Il aurait préféré aller dans un pub. Là, il aurait pu lui parler, cela faisait des semaines qu'ils n'avaient pas eu une vraie discussion. Elle était visiblement fatiguée et sur les nerfs et il jugea préférable de ne pas l'ennuyer avec son roman. Il devait la persuader de partir en voyage quelque temps, avec ou sans lui. Elle avait incontestablement besoin de faire le point.

Il mit un disque de Charlie Parker pour lui laisser quelques minutes et se mit à la recherche d'un bout de fesse à insérer dans le puzzle Playboy. Puis il sortit et alla jusque chez Barbara, de l'autre côté du lac, rose sous les lueurs du couchant. Sous l'église St Giles, des traînées de lumière se tortillaient comme des vers. Un adolescent maigre aux cheveux décolorés, tonsuré comme un moine, se tenait près d'un saule, sur l'esplanade ensanglantée, et regarda Ted sonner à la porte.

Il réussit à garder les poings dans ses poches et à ne pas montrer son irritation le temps que Barbara vienne ouvrir. Même surchargée de travail, il ne s'attendait pas à la trouver ainsi : son visage était hagard, blanc sous le maquillage ; ses yeux paraissaient incapables de se poser sur quelque chose ou quelqu'un en particulier. Il était arrivé quelque chose depuis son appel tout à l'heure.

« Entrez, venez vous asseoir. »

Elle faisait de son mieux pour paraître calme mais il pouvait voir combien elle devait faire d'efforts.

« Il faut que je vous raconte quelque chose », dit-elle.

CHAPITRE VINGT ET UN

« LAISSEZ-MOI seulement cinq minutes », dit Barbara en s'asseyant et en se prenant le visage dans les mains. Elle se sentait l'esprit si confus qu'elle était sûre que si ses coudes glissaient, elle s'effondrerait en travers de son bureau. Que ce soit là ou à son agence, elle était à la merci du téléphone.

Espérait-elle un appel de Gerry ou bien aurait-elle mieux aimé ne jamais l'avoir envoyée à la recherche d'Angela ? Les deux, sans doute, de toute son âme, maintenant qu'elle avait entendu la voix cruelle et moqueuse d'un des ravisseurs. Elle espérait que personne ne s'était douté de l'appel d'Angela et que Gerry avait maintenant réussi à s'infiltrer dans la secte, mais c'était beaucoup demander. Même si elle osait encore briser sa promesse, elle ne pouvait pas faire appel à la police, car cela ne pouvait que pousser la secte à s'enfuir une nouvelle fois avant que Gerry ait pu mener ses recherches à bien. De toute façon, personne ne la croirait. Elle avait pour sa part mis tellement de temps à le croire.

Elle ramenait maintenant du travail à la maison, afin que son métier ne souffre pas de ce qui lui arrivait. Certains jours, elle soupçonnait qu'elle téléphonait aux quatre coins de la ville uniquement pour ne pas rester toute seule assise à broyer du noir. Elle se sentait souvent suivie, observée, en particulier dans les rames et les couloirs du Barbican Centre. Seule dans son lit, trop épuisée pour dormir, elle avait l'impression d'être un mannequin fait de fils de fer rouillés. Elle se sentait plus malade que lorsque la police était venue lui annoncer la mort d'Angela. Au moins, le temps ne s'écoulait plus, vide de sens et interminable.

Elle laissa finalement retomber le récepteur et alla jusqu'à la salle de bains, où elle se rafraîchit à grands jets d'eau froide. Elle s'attarda quelques instants pour se maquiller le visage, bien que cela ne fît pas grand-chose pour affermir son regard. Toute la nuit, elle avait couru dans un escalier roulant qui marchait traîtreusement à contresens. Parfois c'était Angela qui l'attendait en haut des marches, parfois Iris, vieille et le regard hanté. La nuit dernière, le visage d'Arthur s'était mis à briller, pas plus grand qu'une tête d'épingle. Plaquée contre des ténèbres insondables qui semblaient sur le point de prendre quelque forme épouvantable, Angela l'attendait mais quand elle avait regardé vers le sommet des marches, elle n'avait vu qu'un serpent à la tête triangulaire, la peau rose et humide comme celle d'un fœtus.

Elle sortit de la salle de bains. Face au miroir, elle n'avait lu que de la crainte et de l'appréhension dans ses yeux. Que faire en attendant Ted ? Elle avait ouvert un manuscrit sur son bureau mais n'avait pas le temps de commencer un nouveau chapitre. De tous côtés, elle était entourée par des livres, des histoires. Elle était prisonnière d'une bulle d'irréalité et n'avait rien pour se retenir.

Les fenêtres de Ted étaient encore éclairées. Elle se dirigeait de nouveau vers son bureau pour lui dire de venir dès qu'il le voudrait, quand le téléphone sonna. Pourvu qu'il n'appelle pas pour lui annoncer qu'il annulait sa visite.

« Oui ? demanda-t-elle, inquiète.

— C'est moi », dit Angela.

Barbara connut une seconde d'ivresse et de soulagement. Les ravisseurs ne savaient toujours pas qu'elle lui téléphonait.

« Tu vas bien? demanda-t-elle néanmoins.

— Bien sûr. »

Angela semblait contrariée, comme n'importe quel enfant qui estime sa mère trop mère poule. Barbara se sentit obscurément trahie: comment Angela pouvait-elle parler ainsi alors qu'elle était en danger?

« Pourquoi m'appelles-tu? demanda-t-elle plutôt que de laisser ses pensées dériver.

— Parce que j'ai besoin de toi. »

Barbara réussit à contenir ses larmes, de crainte de ne plus pouvoir rien entendre. Après quelques instants de réflexion, Angela ajouta:

« Parce que nous allons partir.

— Où ça? »

Les oreilles de Barbara lui faisaient mal, tant elle serrait le récepteur. Angela devait l'appeler depuis la maison même où elle était retenue prisonnière car elle parlait à voix basse.

« En Écosse, dit-elle. Je ne peux pas te dire où. »

Ses ravisseurs s'en allaient-ils parce qu'ils savaient que Gerry était à leurs trousses, ou bien avait-elle réussi à se glisser dans leurs rangs? Barbara n'avait aucun moyen de le savoir, même si Angela n'avait pas ajouté:

« Je ne peux pas te parler plus longtemps. Je dois partir. »

Pendant un moment, la communication coupée, Barbara se sentit presque le cœur léger. Angela était sauve. Elle avait paru impatiente quand Barbara lui avait demandé si elle allait bien, mais c'était probablement parce qu'elle n'avait pas encore réalisé dans quel danger elle se trouvait. Mais plus elle y pensait et plus Barbara trouvait cela déroutant. Qu'avait-on fait à Angela pour qu'elle ne puisse s'échapper du piège où elle était enfermée? Si Gerry n'avait pas encore réussi à s'introduire dans la secte, Barbara était la seule à avoir une idée de sa nouvelle destination. Comment pouvait-elle rester sans rien faire, sachant cela?

Elle arpenta son appartement comme un fauve en cage, guettant l'instant où les fenêtres de Ted allaient s'éteindre. Elle observait du coin de l'œil un jeune homme à l'allure de moine qui devait admirer l'église quand on sonna à la porte. Elle ne pouvait plus garder son fardeau pour elle seule.

« Entrez, venez vous asseoir, dit-elle. Il faut que je vous raconte quelque chose. »

Elle lui raconta tout, après leur avoir servi un verre qu'aucun d'eux ne toucha. Ted la regarda calmement tout le temps qu'elle parla, la main sous le menton pour ne pas montrer ses sentiments. Lorsqu'elle eut terminé, elle aurait bien aimé lui avoir parlé plus tôt ; bien qu'il ne fût pas aussi averti que Gerry en ce domaine, il pouvait être d'un plus grand secours. Quand il prit la parole, Barbara n'en fut toutefois plus tout à fait sûre.

« Je ne comprends pas pourquoi ces gens auraient maquillé la mort d'Angela.

— Gerry Martin pense qu'ils ont tué un de leurs propres enfants à la place.

— Gerry Martin m'a tout l'air de verser dans le reportage à sensation. Est-il vraisemblable que des parents acceptent qu'on tue leur enfant juste pour faire croire à la mort d'un autre ? »

Elle sentait l'étau de la migraine se refermer sur son front ; elle avait besoin de réconfort, pas d'un surcroît de confusion.

« Avez-vous une meilleure explication ?

— S'il n'était pas évident que cette secte, quelle qu'elle soit au juste, existe, je penserais que vous êtes victime d'une tentative de chantage.

— Je ne le crois absolument pas.

— Disons d'abord qu'il peut sembler pour le moins plutôt bizarre qu'Angela ait commencé à vous appeler juste après la publication de cet article dans le journal, vous ne croyez pas ? Il se pourrait que quelqu'un ait lu l'article et pensé qu'il y avait là une possibilité de se faire de l'argent. Tous ces appels téléphoniques sont peut-être destinés à préparer le terrain, de sorte que si quelqu'un se présente un beau matin et vous promet de retrouver Angela, vous accepterez tout ce qu'on vous demandera. Je ne dis pas que c'est ce que vous auriez fait, je dis seulement qu'on a pu avoir cette pensée. Après tout, le fait que cette secte existe ne prouve pas qu'Angela soit vivante, conclut-il en s'avançant dans son fauteuil et en lui prenant la main, geste que Barbara ne repoussa pas. Telles que les choses m'apparaissent, reprit-il, la seule raison de croire qu'elle est encore en vie est le fait que Margery Turner était absolument incapable de dessiner. Et si cela faisait partie d'un même plan ?

— Non, Ted. La raison pour laquelle je crois Angela vivante est qu'elle m'a appelée plusieurs fois — deux, depuis la mort de Margery.

— Si c'était Angela. C'était peut-être une complice de Margery qui a décidé de continuer, même après sa mort. »

Elle réussit à ne pas retirer sa main de la sienne. Arthur n'aurait jamais essayé de lui faire douter de la vérité, mais l'aurait soutenue jusqu'à ce qu'Angela soit retrouvée.

« Ted, je sais que vous voulez m'aider, mais vous ne m'aiderez pas en me disant que je me trompe. C'est Angela qui m'a appelée, je le sais.

— Vous en êtes sûre ? A-t-elle une fois dit quelque chose que vous auriez été seules à savoir toutes les deux ? L'avez-vous interrogée ? Barbara, vous n'osez pas envisager la possibilité d'avoir affaire à une simulatrice. Vous êtes en train de vous détruire, et peut-être pour rien. »

Elle était touchée par l'inquiétude qu'il éprouvait à son égard, mais en même temps irritée par la confusion qu'il semait involontairement dans son esprit. Il la dominait, de sa grande silhouette hirsute, et elle se sentait comme une enfant face à un adulte incompréhensif, alors qu'elle n'était plus une enfant.

« Je sais que dans une certaine mesure vous vous estimez responsable de ce qui est arrivé à Angela...

— Oh, pour l'amour du ciel, Ted, évitons les demi-mesures, les fausses excuses : je suis entièrement responsable de ce qui est arrivé. Je veux être sûre, cette fois, de faire tout ce qui est en mon pouvoir pour la sauver.

— Bon, comme vous voudrez. Vous importuner est bien la dernière chose que je souhaite. Mais comprenez qu'en regardant la situation objectivement, il est difficile de croire qu'une secte ait pu maquiller la mort d'Angela pour pouvoir la garder.

— C'est parce que vous n'avez jamais aimé votre propre enfant. Elle était un tel fardeau que vous n'avez pas pu supporter de vivre avec elle. Oui, je désirais Angela plus que toute autre chose au monde, et pourtant j'ai permis qu'elle me soit enlevée. Ce n'est pas digne d'une mère. »

Elle s'interrompit, épouvantée. Elle ne lui en aurait pas voulu s'il l'avait quittée sans ajouter un mot.

« Donc, vous allez partir pour l'Écosse la semaine prochaine ? demanda-t-il au lieu de cela.

— Oui, il faut que j'y aille. Je dois essayer de la retrouver.

— Vous ne pouvez pas y aller toute seule ; c'est finalement une bonne chose que vous n'ayez pas réussi à obtenir ces réservations pour l'Italie. »

Elle eut peur de ce qu'elle allait dire, prête à s'effondrer. Ted la serra contre lui un instant sans rien dire. Puis ils gagnèrent la chambre. Bien qu'elle eût envie de faire l'amour, elle s'endormit immédiatement dans ses bras. A part sa promesse de l'aider, elle avait déjà oublié tout ce qu'il avait dit d'autre.

CHAPITRE VINGT-DEUX

APRÈS Lancaster, les premiers rochers gris avaient commencé à affleurer hors du sol, trouant les champs et les bois. Plus loin, dans le district des Lacs, ils avaient roulé au milieu d'un paysage de sommets empanachés de brouillard. Parfois les montagnes surgissaient, toutes proches à travers une trouée de la nappe de brume, dominant l'autoroute de plusieurs centaines de mètres. Des lacs et des rivières brillaient doucement au bas des vallées encaissées ; des moutons, ou des rochers, parsemaient les pâturages sur les hauteurs.

Une fois passé Carlisle, ils avaient rencontré de nombreux cours d'eau, mais rien pour distinguer la frontière écossaise, sauf un simple panneau sur le bord de la route, et Barbara avait senti une boule d'angoisse s'installer au creux de son estomac. Bientôt, l'horizon s'était couvert de nuages, aux couches les plus basses de la même couleur verte que les prés et les bois. Au-dessus de la route, les crêtes défilaient, damier de parcelles cultivées ou hérissées de rangées de sapins. Quand la route était devenue moins sinueuse, elle avait accéléré l'allure, anxieuse de parvenir dans une ville, taches noires énigmatiques sur la carte.

Dumfries était presque déserte quand ils y étaient arrivés, cité fluviale où personne n'avait pu leur indiquer un endroit où manger. De Kilmarnock, elle ne conservait que le souvenir d'usines qui salissaient le ciel et de maisons sans âme, coincées entre une vallée et les souvenirs de Robert Burns*. Elle avait exploré les deux villes d'un œil indifférent, imaginant mal qu'on puisse s'y cacher.

Glasgow semblait plus prometteuse. C'était même plus grand que la tache sur la carte aurait pu le laisser croire et semblait s'étendre sans cesse. La ville lançait ses tentacules à des kilomètres à la ronde et repoussait les champs, jonchés de rochers et de dépôts d'ordures, fragments gris éparpillés sur la carte. L'impression de campagne cessait dès qu'on pénétrait dans la ville, remplacée par des pylônes, des tours d'habitation et des cheminées d'usine dressées vers le ciel. Cela faisait deux jours qu'elle était maintenant à Glasgow et elle avait à peine commencé à explorer le centre-ville. Elle commençait à se dire que sa quête était futile.

Débouchant de Sauchiehall Street, elle entra dans l'hôtel, au milieu du scintillement lumineux des portes tournantes. Le lustre, au milieu du hall, donnait des signes de faiblesse ; l'une des nymphes, sous le balcon, avait le nez cassé. Dans le salon, des pensionnaires regardaient Ronald Colman dans le *Prisonnier de Zenda*, groupés autour d'un vieux récepteur noir et blanc ; une vieille dame racla le plancher avec sa canne et cria « Donald » à l'adresse du portier ; une autre lisait une revue appelée *Destin*. Fallait-il y voir un signe ou une invitation à se résigner? Rien de tout cela ne pouvait l'aider. Elle se dirigea vers l'escalier.

Ted n'était pas dans sa chambre. Elle prit une douche dans la sienne et alla s'asseoir à la fenêtre. Des immeubles de bureaux, gothiques comme ceux de Chicago, s'étageaient sur les pentes qui dominaient la Clyde ; les voitures dévalaient les rues en cahotant ; de l'autre côté du fleuve, quelques flèches de grues se dressaient

* Célèbre poète écossais libertaire qui connut une véritable gloire en 1786 avec ses poèmes en dialecte écossais. (NdT.)

comme des totems sans visage parmi les immeubles et les tours. Un homme à la face rouge comme une pivoine vint s'asseoir sur le trottoir d'en face et entreprit d'enlever une de ses chaussures pour examiner, semblait-il, son pied nu. Un peu plus haut dans la rue, juste avant le pub Ocean's Eleven, dans un passage où une enseigne lumineuse discrète annonçait « Billards », elle entendit le tintement des boules à travers une accalmie du trafic. Elle ne pouvait s'empêcher de scruter les visages de tous ceux, Écossais ou touristes, qui passaient devant sa fenêtre, même ceux qui marchaient le nez levé vers le soleil et qui s'avéraient finalement toujours des étrangers. Un éditeur écossais lui avait dit un jour que, si l'on restait assez longtemps sur Sauchiehall Street, on pouvait voir toute l'humanité défiler. Elle ne désirait voir qu'un seul visage au monde et la tradition dont on gratifiait la rue lui semblait maintenant une plaisanterie cruelle.

Plus elle cherchait, plus elle rencontrait de difficultés. Les actes les plus simples devenaient tortueux. La police et l'Armée du Salut ne lui avaient été d'aucun secours mais elle n'aurait su dire si c'étaient eux qui avaient été avares de renseignements, ou bien elle qui s'était montrée trop évasive. Elle ne pouvait rien dire qui puisse déclencher des recherches ; d'autre part, elle se demandait si ce n'était pas Gerry Martin qui avait poussé la secte à quitter Londres. Elle espérait que Gerry avait maintenant réussi à s'y introduire et découvert quelque chose.

Pourquoi les ravisseurs devraient-ils être à Glasgow ? On était en Écosse et la plupart des noms cités par Gerry évoquaient des villes d'une certaine importance, villes dont l'Écosse comptait au moins une douzaine.

Elle ne pouvait rien faire, sinon s'obstiner dans ses recherches et espérer qu'elles se révèleraient finalement payantes. A la bibliothèque Mitchell, où des jeunes filles allaient vous chercher les ouvrages sur simple demande au comptoir, une bibliothécaire, qui l'avait regardée comme une excentrique importune, l'avait dirigée vers l'Université, au cas où un spécialiste en histoire locale aurait pu l'aider. Mais personne n'avait pu la renseigner et elle en avait été réduite à errer dans les rues, les yeux braqués vers les immeubles et les passants. La moitié du temps, elle avait l'impression d'être suivie. Ted avait peut-être raison de se faire du souci à son sujet.

De fait, c'était uniquement pour cette raison qu'il était venu avec elle, et non parce qu'il croyait ce qu'elle lui avait dit. Heureusement, elle l'avait persuadé de chercher de son côté pour la journée. Il avait repéré un bar, non loin de la rocade intérieure, et avait dû décider d'aller y passer quelques heures de liberté, alors qu'elle avait voulu le laisser seul pour qu'il ait l'occasion d'écrire à Judy. Après tout ce qu'elle lui avait dit à ce sujet, c'était le moins qu'elle pouvait faire. Pourquoi vouloir détruire ce qui lui restait de vie familiale ?

Mais maintenant qu'il l'avait laissée seule, elle n'avait rien d'autre à faire que de ruminer ses pensées. Elle avait apporté quelque chose à lire mais était tout simplement incapable de travailler pour le moment. Elle se lassa de l'interminable défilé de visages dans la rue ; la pomme de la douche brillait dans le miroir de la salle de bains. Quand elle se mit à lorgner vers le téléphone, elle se força à descendre dans le hall. Elle téléphonait souvent à Louise pour savoir s'il y avait eu des appels personnels et lui laisser le dernier numéro où la joindre, mais, si Angela ou Gerry avaient appelé, elles avaient dû raccrocher en constatant qu'elle n'était pas chez elle.

Elle s'attarda au seuil du salon afin de se débarrasser des pensées qui la torturaient. Elle s'imagina Angela qui l'appelait, en prenant Dieu seul savait quels risques, et qui n'obtenait aucune réponse. Les pensionnaires faisaient des mots croisés ou tricotaient. Ronald Colman ferraillait héroïquement ; la vieille dame, dans le coin le plus éloigné de la télévision, lisait à présent *Prédictions*. Ils avaient l'air aussi suranné que les fauteuils ; on sentait une faible odeur de renfermé et d'eau de lavande, un climat de vieillesse grandissante qu'on tentait de masquer. La rue était plus supportable, malgré la chaleur et la foule. Elle pourrait observer chaque visage en faisant semblant de chercher Ted.

Elle se détourna du salon mais, prise d'une idée subite, se ravisa. C'était un espoir bien mince, mais il fallait essayer. Elle alla jusqu'à la vieille dame qui lisait, les genoux éclairés par la lueur d'une veilleuse.

« Excusez-moi, dit Barbara. Est-ce votre magazine ?

— Non, il n'est pas à moi.

— Savez-vous à qui il appartient ?

— Je n'en sais strictement rien, dit la vieille dame en jetant la revue sur la table à côté d'elle comme si c'était une publication obscène qu'elle avait ouverte par erreur. Je présume qu'il appartient à l'hôtel. »

Au bar du hall, un homme d'affaires discutait chaque détail de sa note ; un homme ventru comme une poire, une chope de bière à la main, ne cessait de répéter patiemment que la clef qu'il venait de sortir de sa poche appartenait bien à cet hôtel. Le temps de pouvoir parler à l'une des serveuses, Barbara sentit que sa question ne valait pas la peine d'être posée. Elle s'efforça cependant de parler d'une voix assurée.

« Je voudrais vous demander quelque chose au sujet de ces magazines d'occultisme dans le salon. »

La serveuse se tourna rapidement vers le téléphone qui s'était mis à sonner fort à propos.

« Le directeur en touchera quelques mots à celui qui les a oubliés.

— Oh, mais je ne viens pas me plaindre, dit Barbara, sentant la jeune fille sur la défensive. Je voudrais seulement un renseignement.

— Ah, c'est ça ? Alors c'est à Fiona qu'il faut demander. Elle ne va pas tarder. »

Peut-être sentit-elle que son léger amusement pouvait offenser Barbara, car elle ajouta :

« Je pensais que vous étiez comme le pasteur qu'on a eu l'autre jour. Il a dit que c'était malsain de faire lire des choses pareilles aux gens. »

Barbara s'assit près du bar et attendit. Elle perdait un temps précieux mais il lui fallait suivre chaque indice : ses pensées ne cessaient d'aller et venir inutilement, monotones comme des portes battantes. Des vieillards passaient, fragiles somnambules ; finalement Ted arriva. Non, elle n'avait pas de réclamation à faire, elle attendait simplement de pouvoir parler à quelqu'un du personnel qui pouvait peut-être l'aider. Lorsqu'il fut remonté, elle espéra ne pas l'avoir traité avec un peu trop de désinvolture, même si tel était le cas. Il allait s'inquiéter encore plus à son sujet.

Absorbée à contempler la lumière virevolter comme un papillon captif dans le piège des portes battantes, derrière lesquelles défilait toute une humanité peu convaincante, réduite à une taille minuscule par un effet du verre, elle vit finalement arriver une jeune fille plutôt grasse, à la mine renfrognée et vêtue d'un uniforme noir taillé en conséquence, qui alla rejoindre ses collègues derrière le comptoir. Quand les autres lui désignèrent Barbara, elle tourna le dos à l'entrée et s'affaira auprès du tableau des clefs. Barbara dut attendre au comptoir et s'excuser deux fois avant que la jeune fille s'approche avec hésitation.

« J'ai cru comprendre que ces magazines dans le salon étaient les vôtres, dit Barbara.

— Et alors ?

— Eh bien, je me demandais simplement si vous ne connaîtriez pas certains... »

Barbara prit conscience que les autres serveuses les regardaient en murmurant et que Fiona l'avait aussi remarqué.

« Pourrait-on parler quelque part ailleurs ? suggéra Barbara.

— On est très bien là pour parler. »

Barbara baissa la voix.

« Je voulais seulement vous demander si vous connaissiez quelques-uns des groupes occultes de la ville.

— Pourquoi voulez-vous savoir ça ?

— Parce que je crois en ces choses, dit-elle en parlant encore plus bas, de peur que les collègues de Fiona n'entendent les folies qu'elle était obligée de dire. Je cherche la vérité.

— Je ne comprends pas ce que vous dites, répliqua Fiona en l'examinant avec suspicion. Je n'ai pas acheté ces revues. Elles appartenaient à ma mère, qui me les a données quand elle n'en a plus eu l'utilité. »

Barbara eut peur d'éclater soudain de rire à l'idée d'avoir gâché tout son après-midi. Elle entendit Angela déclarer « J'ai besoin de toi », et perdit aussitôt toute envie de rire.

« Je suis désolée de vous avoir ennuyée », dit-elle.

Sa déception devait se lire sur son visage car Fiona prit pitié d'elle.

« Eh bien, il se pourrait que j'en connaisse certains. Ma mère m'a parfois parlé de ces choses-là. Ils se retrouvent à Broomielaw, sous les ponts. Je crois qu'elle m'a dit que c'était les jeudis soirs. »

Ce soir, donc. La voix de Barbara s'éleva involontairement: c'était une piste, il y aurait peut-être là-bas des gens qui pourraient l'aider, qui connaissaient d'autres sectes, plus secrètes.

« Que savez-vous de ces groupes? Comment s'appellent-ils?

— Je n'en sais pas plus. Ma mère n'a jamais rien pu découvrir, dit-elle en se tournant vers le tableau des clefs. Je ne connais pas leurs noms. »

Cela n'avait pas d'importance, c'était déjà quelque chose. Barbara pensait à tout ce qui touchait à la mouvance occultiste: y avait-il un meilleur endroit pour chercher des informations? Puis comme elle s'en allait, Fiona ajouta quelque chose. Et Barbara se précipita aussitôt dans l'escalier pour dire à Ted qu'il fallait absolument aller à cette réunion.

« Certains n'ont même pas de noms », avait murmuré la jeune fille.

CHAPITRE VINGT-TROIS

BROOMIELAW était une deux fois deux voies qui courait le long de la Clyde. Quand ils y arrivèrent, le soir tombait déjà ; les dernières traces de lumière clignotaient comme des néons dans l'eau du fleuve. Il leur avait fallu vingt minutes de marche depuis l'hôtel pour venir jusqu'ici et Ted avait insisté pour qu'ils mangent d'abord.

« Bien sûr que nous devons y aller, avait-il déclaré, mais nous devons d'abord prendre des forces. »

Comme beaucoup de voies de zone portuaire la nuit, Broomielaw était presque déserte. Des enseignes lumineuses de marques de whiskies éclairaient les trottoirs ; probablement devait-il y avoir des buveurs dans les bars. Quelques hommes buvaient à même une bouteille, sur un banc près du fleuve, mais personne ne regardait dans sa direction. Même si elle avait la très forte impression d'être observée, pourquoi les aurait-on suivis depuis l'hôtel ?

Elle vit les ponts tout de suite, un pont de chemin de fer, flanqué de deux voies qui traversaient à la fois la Clyde et Broomielaw. Sous le pont le plus éloigné, deux feux orange brillaient, si aveuglants qu'ils en étaient presque blancs. Entre les feux, la chaussée était déserte, tout comme les trottoirs, hormis la bouche d'ombre des piliers. Il n'y avait absolument personne en vue.

Peut-être Fiona s'était-elle trompée de jour, ou alors était-il simplement trop tard. Comment savoir à quelle heure arriver? Les reflets des lampadaires jouaient sur l'eau du fleuve, saturée de pollution, qui bouillonnait en grondant contre les piles. Barbara contempla la forme allongée de son ombre, la tête noyée dans l'eau. Elle ne devait pas reprocher à Ted de l'avoir retardée, même si elle lui en voulait.

Mais c'est Ted qui aperçut la porte, entrouverte, sous le pont entre les projecteurs orange. Elle n'avait vu que les affiches à demi arrachées qui étaient collées dessus. Ils s'y dirigèrent rapidement, les yeux plissés sous la lumière aveuglante. Juste devant la porte, il y avait un panneau où était inscrit LUMIÈRE PERPÉTUELLE en grosses lettres. Il avait probablement été placé sur le trottoir à l'attention des initiés. Elle ne savait pas qui pouvait assister à cette réunion, mais il se trouverait certainement quelqu'un pour l'aider. Ted eut un peu de mal à pousser la porte, qui résista sur quelques centimètres avant de céder, et ils entrèrent.

Devant eux s'étendait un couloir obscur, aux murs recouverts d'une tapisserie en lambeaux, qui contrastait fortement avec la pièce éclairée qu'on devinait au-delà. Quelqu'un parlait aussi vite et de façon aussi imagée qu'un représentant. Quand Barbara atteignit l'extrémité du couloir, elle crut pendant une seconde, interloquée, se trouver par hasard à un concert pop: quatre silhouettes au crâne rasé, vêtues de toges blanches, psalmodiaient sur une estrade et se donnaient expertement la réplique devant une assistance assise sur des chaises pliantes en bois. Un petit homme âgé d'une soixantaine d'années et qui portait une toge trop grande pour lui s'avança immédiatement vers eux, leur fit éloquemment comprendre du regard qu'il s'agissait d'une cérémonie religieuse et leur dit à voix basse de bien vouloir s'asseoir sur les chaises libres les plus proches.

Barbara réfréna son impatience et choisit des sièges aussi près que possible du devant, de manière à pouvoir poser quelques questions aux orateurs quand ils en auraient fini. Le plâtre des murs était couvert de traînées blanchâtres ; derrière l'estrade, des dizaines de petits trous dans le mur marquaient l'emplacement d'une cible circulaire. Quand elle s'assit, sa chaise grinça horriblement. Le vieil homme lui jeta un regard courroucé et se précipita pour aller accueillir un nouvel arrivant.

Le quatuor sur l'estrade essayait de convaincre l'auditoire de la réalité de la réincarnation. Leurs accents allaient de l'Écosse aux Midlands et il était impossible de deviner leur région d'origine.

« Nous sommes tous destinés à connaître une vie meilleure que celle que nous menons », déclara la plus jeune des deux femmes.

Plus Barbara les regardait et moins ils paraissaient vivants : on aurait dit une quelconque famille dans une série télévisée, avec le jeune homme au visage frais et sa jeune femme, en compagnie d'un couple plus âgé, tous souriant du même sourire éclatant. Seule une tache que la femme la plus âgée avait au coude, qu'elle avait dû frotter contre le mur en montant jusqu'à l'estrade, jetait une note qui ne semblait pas calculée.

L'assistance était grisonnante. Partout où elle regardait, elle ne voyait que des vêtements de la même couleur de fumée terne que celle qui s'échappait des mégots mouillés sur lesquels tirait la moitié des auditeurs. C'étaient des gens qui devaient travailler dans des bureaux mal éclairés ou des magasins dans des rues à demi desheritées, si même ils avaient un emploi. Des gens qui grandissaient, continuaient à s'occuper de leurs parents et mouraient sans s'être mariés, seuls dans la vieille maison branlante laissée par l'héritage. Ils étaient là ce soir parce qu'ils avaient désespérément besoin de croire en quelque chose, n'importe quoi qui pouvait donner un sens à leur vie.

Le quatuor leur disait exactement ce qu'ils avaient envie d'entendre, de manière si habile que personne n'avait le temps de réfléchir entre les déclamations.

« Nous sommes tous bons, mais certains d'entre nous l'ont oublié, déclara le jeune homme.

— Il est facile d'oublier, répondit immédiatement sa jeune femme, ou sa sœur. L'oubli est l'obstacle que Dieu dresse sur notre route afin de nous forcer à garder la foi. Mais avec la foi, chacun peut se rappeler. Se rappeler de tout le bien qu'il a fait au cours de ses vies antérieures. »

Ted s'agita, à ses côtés, et elle sentit aussi l'impatience la gagner: qu'était censé signifier tout ce verbiage occultiste, sinon de vagues principes ? Mais elle ne pouvait pas partir sans une certitude. Plus que jamais, elle avait l'impression d'être observée. Mais ce devait être à cause de son énervement.

L'autre femme prit la parole à son tour.

« Quelles que soient nos vies actuelles, nous en avons eues de meilleures et en connaîtront bien d'autres. Une fois la connaissance éveillée, nos souffrances présentes nous apparaîtront encore moins consistantes qu'un rêve. »

Elle chancela sur une marche et Barbara se rendit compte qu'elle boîtait, ce qui pouvait expliquer qu'elle avait sali sa manche.

« Nous pouvons vous donner la clef de ces autres vies », reprit-elle.

Barbara pensait qu'on allait maintenant avoir droit à la quête traditionnelle mais le vieil homme prit la parole à son tour.

« Il y a cependant une chose dont vous devez vous rappeler. Vous avez fait le mal comme le bien au cours de ces vies antérieures. Chacune de vos plus mauvaises pensées correspond à quelque chose de mal que vous avez déjà fait dans une autre vie. Ce n'est pas faire le mal que d'avoir de telles pensées, car les fautes ont déjà été commises et pardonnées. Si vous comprenez cela, vous pourrez vous élever au-dessus d'elles. »

Un train passa rapidement au-dessus de leurs têtes, quittant ou entrant lentement dans Central Station. Barbara en profita pour jeter discrètement un regard

Un train gronda au-dessus d'eux, comme dans une réplique de théâtre, mais Barbara pensa à celui où cette femme s'était assise à côté d'Angela. Ce ne pouvait pourtant pas être la même, elle avait l'air d'avoir vieilli de bien plus de neuf ans. Barbara agrippa le bras de Ted et le força à se lever. La femme avait peur. Barbara se rappela la peur et la haine qu'il y avait dans ses yeux quand elle avait dévisagé Angela, comment Angela s'était recroquevillée sur elle-même, comme si elle avait eu une prémonition, et le cauchemar sembla enfin se mettre en place. Parvenue au bout de la rangée de chaises, elle vit la femme au bec-de-livère s'enfuir précipitamment dans le couloir.

« Cette femme, dit-elle à Ted en haletant. C'est l'une d'entre eux. »

S'il se demanda comment elle le savait, il la suivit sans dire un mot. Des chaises se refermèrent en claquant derrière eux, l'homme qui faisait l'office de chaisier voulut les arrêter mais il se prit les pieds dans sa toge et retomba sur son siège. Dans le couloir, Barbara entendit le panneau tomber sur le trottoir. Elle le rejeta de côté pour sortir.

La rue déserte baignait dans une sourde lueur orange. Au-delà, le fleuve et le ciel étaient également noirs ; la nuit semblait littéralement sourdre de sous les ponts. Barbara eut juste le temps d'apercevoir un mouvement furtif derrière l'un des piliers sur sa gauche.

« Il faut l'arrêter », s'écria-t-elle en s'élançant dans la rue.

Derrière le pilier, elle ne trouva qu'un oiseau gris qui s'enfuit en voletant au milieu d'un concert d'échos. Elle explora méthodiquement le moindre renfoncement des piliers, puis revint en courant sur Broomielaw, où Ted s'était arrêté près d'une bouche d'égoût. Son ombre — une main stylisée au bout d'un bras élastique — lui faisait signe dans l'obscurité.

Elle s'en détourna et descendit jusqu'au fleuve. Le courant bouillonnait à grand fracas au pied des arches.

Des mouches s'envolèrent d'un objet à la dérive et vinrent lui chatouiller le visage, mais elle était trop absorbée pour les chasser. Sur sa droite, sous le tablier bas du pont routier, cette tache de forme irrégulière qui tirait sur le bleu était peut-être un morceau de la robe de la femme.

Barbara se lança en avant. Un train traversa le pont voisin en ferraillant, dont elle ne vit que le double lumineux danser à la surface de l'eau. Elle pourrait maîtriser la femme jusqu'à ce que Ted vienne l'aider, même si elle cherchait à se défendre — mais peut-être que ce morceau de tissu ne lui appartenait pas du tout, peut-être n'était-ce même qu'une tache ou une touffe d'herbe. Elle en était tout près quand la chose disparut sous l'arche.

« Par ici, Ted! »

Si Barbara n'avait pas baissé la tête en courant, le rebord du tablier, extrêmement bas, lui aurait arraché le cuir chevelu. Le chemin qui longeait la rive était plus sombre que la rue, mais elle pouvait distinguer l'ombre de la femme, découpée contre les lumières de l'autre rive et les reflets qui dansaient dans l'eau. La terre était molle sous ses pieds et elle trébucha plusieurs fois. Des arbres nains se dressaient devant elle, obstacles qu'elle essayait à peine d'éviter. Elle gagnait du terrain, même si sa respiration devenait sifflante.

La femme obliqua brusquement vers Broomielaw, Barbara se lança en haletant à sa poursuite et dérapa sur une bande d'herbe fraîchement tondue. La femme détala dans une rue transversale déserte, baignée elle aussi de lumière orange. Ted arriva en courant lourdement et atteignit le coin de la rue en même temps que Barbara.

Elle n'eut pas le temps de reprendre sa respiration. Sans un mot, ils s'élancèrent le long de la rue déserte sous les fenêtres aveugles. Ted soufflait à ses côtés, aussi épuisé qu'elle. Mais celle qu'ils pourchassaient ne devait guère avoir plus de forces qu'eux et ils en étaient tout près quand elle traversa et tourna dans une rue à gauche.

Quand Barbara atteignit le coin de la rue, elle aperçut la gare, au bout de l'artère, avec ses grandes fenêtres ogivales qui brillaient comme les vitraux d'une cathédrale. La femme courait sous le large pont qui menait aux voies, silhouette fugitive éclairée par les lumières des magasins. Barbara passa devant une file de gens qui attendaient un bus ; un à un, chacun l'épia au passage, comme des joueurs de poker qui s'observent par-dessus leurs cartes. Elle voulut crier, appeler à l'aide, mais elle n'avait plus de souffle pour parler, même en supposant qu'elle aurait été capable de les convaincre.

La femme tourna à droite dans Union Street. Elle jeta un bref regard en arrière et se lança dans un dernier effort. Quand Barbara déboucha à son tour dans Union Street, soufflant comme une forge, elle crut que la femme avait réussi à leur échapper. Puis, au-delà de quelques vitrines brisées, elle l'aperçut qui se glissait dans une entrée de magasin.

Ted l'avait vue également, sur le trottoir opposé, et s'élança, à une vitesse étonnante compte tenu de sa corpulence, dans le but de lui couper la route. Il traversa la rue à l'instant où Barbara arrivait devant le magasin où la femme avait disparu. Il arborait un air défait et Barbara mit quelques instants avant de comprendre pourquoi. Ce qu'elle avait pris pour une entrée était en fait une ruelle qui menait à la gare.

Barbara surgit en haut des marches de la gare, à bout de souffle, et entendit un train s'en aller. Un ivrogne essaya de la retenir mais elle le repoussa de côté. Le hall était noir de monde, les yeux levés vers les tableaux des départs et des arrivées que des mains enlevaient ou plaçaient dans des vitrines ; on se serait cru dans un théâtre à l'entracte. Le panneau annonçant le départ du train d'Édimbourg fut retiré et elle courut jusqu'au quai.

« Avez-vous vu une femme qui vient juste de monter ? haleta-t-elle à l'adresse du contrôleur.

— Une femme ? J'en ai vu des tas, de femmes.

— Oui, mais juste à l'instant. »

Il se détourna et elle dut se retenir pour ne pas l'agripper par le col de sa veste.

« Une femme avec une robe bleue.

— Ouais, des bleues, des jaunes, des vertes, des multicolores avec des pois roses. En tout cas, tout le monde a intérêt à avoir son billet, c'est moi qui vous le dis. »

C'était sans espoir. Elle pouvait entendre des trains se mettre en branle vers d'autres villes. Jamais elle ne pourrait tous les fouiller. Elle courba l'échine et serait tombée si Ted ne l'avait pas retenue. Il restait une dernière et faible lueur d'espoir.

« Nous devons retourner là-bas », dit-elle.

Mais la porte sous les ponts de Broomielaw était fermée et cadenassée ; la Lumière Perpétuelle s'était éteinte. Elle regagna tristement l'hôtel sans dire un mot. Chaque rue en pente était une marche de géant. Une pluie légère lui caressait le visage et les bras mais elle n'avait nul besoin de se rafraîchir. Elle n'osait pas appeler la police. Elle pouvait seulement espérer que Gerry avait réussi à localiser la secte et n'allait plus tarder à donner de ses nouvelles. Il fallait s'attendre à un prochain déménagement dès que la femme au bec-de-lièvre aurait informé la secte que Barbara l'avait reconnue.

Le cauchemar était maintenant plus clair dans son esprit et elle était heureuse que Fiona soit derrière le comptoir pour l'interroger, même si cela s'avérait inutile. Au moins, cela l'aiderait à ne pas penser.

« Fiona, dit-elle quand la serveuse ne put feindre plus longtemps de ne pas l'avoir vue, pouvez-vous en savoir plus sur la Lumière Perpétuelle en demandant à votre mère ?

— Je ne vois pas ce que vous voulez dire.

— La Lumière Perpétuelle. Les gens qui se réunissent sous les ponts. Il faut que je les retrouve car j'ai quelque chose à leur demander, » dit-elle.

Elle se demandait bien quoi : le jeune homme en

longue toge n'avait manifestement aucune idée précise de ce dont elle avait parlé.

« Je vous ai dit tout ce qu'elle savait là-dessus. Elle n'en sait pas plus.

— Peut-être que si je pouvais lui parler...

— Non, c'est impossible. Elle est à l'hôpital, très malade.

— Ça n'a pas d'importance, murmura Ted en prenant le bras de Barbara. Nous essayerons de les retrouver demain matin. »

Il l'emmena vers l'escalier. Elle savait qu'il voulait l'aider mais il allait maintenant falloir lui expliquer pourquoi elle s'était lancée aux trousses de cette femme. Elle allait devoir enfin regarder en face tout ce qui lui faisait peur.

CHAPITRE VINGT-QUATRE

LORSQU'IL fut certain que Barbara s'était endormie, Ted gagna sa propre chambre et appela la réception pour demander qu'on ne la dérange pas. Puis il alla à la fenêtre et essaya de réfléchir. La pluie jouait des claquettes dans la rue ; avec leurs fenêtres illuminées, les immeubles qui bordaient les rives de la Clyde avaient l'air de grands navires alignés le long du fleuve, en partance pour la mer. Le pimpant anonyme de sa chambre entravait ses réflexions et il décida d'aller faire un tour dans le hall.

C'est une Fiona au visage fermé qui officiait à la réception. Elle ne parut guère enchantée de le voir mais il voulait seulement qu'elle lui passe la communication si Barbara l'appelait dans sa chambre. Il commanda un peu de café à un garçon. Dans le salon, la télévision éteinte ne montrait plus que le reflet ventru d'une rangée de fauteuils vides ; une faible odeur de tabac à pipe et de poudre de talc planait parmi les rayons de la bibliothèque ; les tables étaient jonchées de magazines froissés. Il s'assit dans un fauteuil qui fleurait le tabac et songea à Barbara.

L'affaire se présentait mal. Il savait qu'elle en était consciente. Apparemment, elle avait l'impression qu'on la suivait depuis des semaines et sa rencontre de ce soir sous les ponts l'avait convaincue qu'elle avait raison. Ce pouvait être un simple accès de paranoïa sans conséquence — la femme au bec-de-lièvre avait peut-être de bonnes raisons pour s'enfuir — mais c'était encore une explication acceptable, comparée au discours insensé qu'elle tenait à propos d'Angela.

Discours qui revenait sans cesse à l'enlèvement, essentiellement fondé sur les déclarations d'une soi-disant médium, et qui prouvait à l'envi dans quel triste état elle était : était-ce la même Barbara Waugh qui, naguère encore, parlait de l'occultisme comme d'un piège à gogos ? Cette Barbara-là ne serait jamais allée à une réunion de la Lumière Perpétuelle, et ne voilà-t-il pas qu'elle croyait à présent qu'Angela avait des pouvoirs psychiques que ses ravisseurs rêvaient d'utiliser à leurs fins. Angela avait vu son père et lui avait parlé après sa mort ; il se dégageait d'elle une aura de paix qui influait sur tous ceux qu'elle approchait. Tout le monde sauf les ravisseurs, apparemment. Des gens qui n'avaient pas de noms et qui croyaient qu'elle représentait une menace pour eux ; la femme au bec-de-lièvre était l'une d'entre eux et c'était elle qui avait décelé les pouvoirs d'Angela, quand elle s'était assise à côté d'elle dans le train à la gare Victoria. C'est pourquoi ils avaient décidé d'enlever Angela. S'il fallait en croire ce que professaient les membres de la Lumière Perpétuelle, il était clair qu'ils ne pouvaient pas se contenter de la tuer : la menace qu'elle constituait renaîtrait lors d'une de ses prochaines réincarnations.

Il ne savait pas jusqu'où Barbara accordait crédit à tout ceci et peut-être ne le savait-elle pas elle-même. Elle voulait sans doute seulement dire que la secte ne croyait pas qu'il fût possible de tuer Angela, pas que c'était effectivement le cas. Il aurait voulu desserrer l'étau des pensées qui assaillaient Barbara — entendre son mari aussitôt après sa mort et croire qu'Angela l'avait vu pouvait être une pensée rassurante, d'autre part Angela avait certainement rendu la paix à des gens tout en restant une enfant entièrement normale — mais il se rendit compte que cela ne ferait que la braquer davantage. Il devait d'abord la persuader de prendre un ou deux cachets dont il usait lui-même parfois pour dormir, puis la convaincre qu'il ne désirait que l'aider. Il voulait l'aider, oui, mais comment?

Le garçon parti, il but son café bouillant à petites gorgées, espérant que cela lui éclaircirait l'esprit. Il sentait que leurs recherches ne mèneraient nulle part — l'une des raisons pour lesquelles il était venu avec elle était de se trouver à ses côtés si elle se laissait aller au désespoir — mais il n'était peut-être pas aussi objectif qu'il aurait voulu le croire. Espérait-il vraiment secrètement que Barbara ne retrouve pas sa fille, qu'elle soit vraiment morte il y a neuf ans? N'était-il pas attiré vers elle parce qu'elle n'avait pas d'enfant, justement? Peut-être, mais tout au fond de lui-même, il savait qu'il tenait à elle beaucoup plus profondément que cela. Si ceux qui n'avaient pas de nom détenaient vraiment Angela et si Barbara réussissait à la retrouver, à quoi ressemblerait-elle, au bout de neuf ans? Barbara n'avait même pas dû oser se poser la question.

Sa logique devenait de plus en plus boiteuse. Il valait mieux ne pas se complaire dans cette veine d'idées. Il était convenu qu'Angela était morte et que Barbara était la victime d'une tentative de chantage. C'était certainement l'explication la plus simple. La femme au bec-de-lièvre devait les avoir suivis pour voir si tous les aléas des derniers jours avaient mis Barbara en condition. Si seulement il avait pu mettre la main sur elle, ou sur un de ces salauds qui lui faisaient tant de mal.

Il y avait peut-être une possibilité, un moyen de l'aider, finalement. Il reposa bruyamment sa tasse sur la table basse. Ils connaissaient à présent l'un des ravisseurs; il fallait en informer la police. Il lui faudrait persuader Barbara que cela ne pouvait causer aucun tort à Angela: ou bien elle était morte ou bien, si on l'avait vraiment enlevée pour les raisons avancées par Barbara, on n'avait pas osé la tuer. Naturellement, il lui expliquerait tout cela en y mettant les formes, mais elle devrait se ranger à son avis parce que c'était la seule chose raisonnable.

Il se sentit d'emblée beaucoup mieux, revigoré. Il termina rapidement son café, puis sortit quelques instants sous la marquise de l'hôtel. Des odeurs de nourriture grecque et indienne lui parvenaient à travers la pluie; dans les vitrines des magasins, les mannequins semblaient bouger derrière les glaces lavées par l'averse, leurs reflets dispersés par les voitures qui passaient. Il se tenait là quand un chasseur vint le trouver.

« Mme Waugh, lui dit-il.

— Elle est réveillée? »

Il avait espéré qu'elle dormirait jusqu'au matin.

« Très bien, dit-il. Je monte.

— Non, c'est quelqu'un qui désire lui parler. Vous avez demandé à ce qu'elle ne soit pas dérangée. »

Il était minuit passé. Était-ce celle qui se faisait passer pour Angela? S'il pouvait la rencontrer quelque part... Mais quand il prit la communication dans la cabine du hall, c'est une voix beaucoup plus âgée qui lui répondit.

« Je veux parler à Mme Waugh, dit la voix.

— Elle dort. Elle a eu une journée très fatigante. Puis-je vous aider? Nous voyageons ensemble.

— Je veux parler à Mme Waugh et à personne d'autre. »

Qui pouvait bien appeler aussi tard et se montrer aussi réservé?

« Je m'appelle Ted Crichton, dit-il. Barbara m'a demandé de répondre à tous ceux qui l'appelleraient. »

Avant de savoir s'il ne commettait pas une erreur, il ajouta:

« Y compris sa fille. »

Il y eut un long silence. Il avait dévoilé le secret de Barbara et ne savait même pas à qui. La voix reprit:

« Savez-vous qui je suis?

— Je crois que oui, répondit-il alors qu'il n'en avait pas la moindre idée. Que voulez-vous?

— Je veux voir ma maman. »

Si c'était destiné à le convaincre, ce fut tout le contraire qui se produisit : la voix était grotesque, étudiée comme celle d'une actrice. Un tel artifice pouvait peut-être tromper une mère angoissée mais ne l'impressionnait pas du tout. Il sentit monter en lui une rage froide.

« Venez ici. Je vous conduirai jusqu'à elle.

— Je ne peux pas. Il vaudrait mieux que je la rencontre quelque part.

— Alors pourquoi ne pas me rencontrer, moi ? »

Cette fois, il y eut un silence beaucoup plus long. Il n'avait pas dû être suffisamment convaincant, face à cette voix qui essayait de se faire passer pour celle d'une gamine de treize ans. La femme au bec-de-lièvre n'avait pas pris le train, elle leur avait faussé compagnie par une sortie quelconque. C'était sa faute : la voix avait failli dire oui, il l'avait senti, mais il s'était montré trop pressé.

« Très bien, finit-elle pourtant par répondre.

— Vous voulez vraiment me rencontrer ? Quand ? »

Il était si heureux qu'il avait du mal à cacher son contentement.

« Dès que vous le pourrez. Venez aussi vite que possible, dit-elle en lui donnant rendez-vous dans un endroit de la ville qui ne semblait pas très éloigné de l'hôtel. Vous devez venir seul, ajouta la voix, et ne dire à personne où vous allez.

— Comptez sur moi. »

La communication fut alors brusquement coupée. Un large sourire aux lèvres, il monta jusqu'à sa chambre pour prendre son manteau. Il hésita une seconde devant la chambre de Barbara et se lança dans l'escalier. Même si elle ne dormait pas, c'était bien la dernière personne à qui il aurait dit où il allait. Il allait enfin savoir à quelles manigances se livraient ceux qui la persécutaient.

CHAPITRE VINGT-CINQ

POURSUIVRE la femme au bec-de-lièvre sur Broomielaw lui avait coûté plus d'efforts qu'il ne le croyait. Il fit halte au milieu d'une rue escarpée, la peau transpercée par la pluie acide. Le ciel noir pesait sur les toits dégoulinants ; un avion ou une rafale de vent gronda au loin. Quelque part, une corde tapotait impatiemment contre le mât d'un drapeau. Il attendit d'avoir retrouvé une partie de son souffle et reprit son ascension.

Depuis Sauchiehall Street, il n'avait pas rencontré âme qui vive. Le goudron luisait et les trottoirs, sous les rares lampadaires, brillaient comme des flaques d'huile. L'arrière tourné vers le haut de la rue, les automobiles reposaient sur leurs doubles inversés qui se diluaient sur la chaussée. Il passa devant un lycée fermé, protégé par des murs hérissés de piques de fer recourbées, et déboucha dans Hill Street, où on lui avait dit de tourner.

Hill Street était bordée d'une succession de résidences identiques aux immenses baies panoramiques. Plusieurs rues plongeaient vers la rocade intérieure ; des graffiti brillaient parfois sur les murs, cinglés par la pluie ; une inscription gigantesque courait comme une araignée sur tout un côté d'immeuble. Ted ouvrit son manteau — la pluie diminuait et il commençait à avoir chaud — et s'engagea dans la rue. Derrière les fenêtres de certains appartements, on pouvait apercevoir des gens, debout en train de discuter dans des couloirs allumés ou groupés autour d'une table ; certains étaient même assis dehors, sur les marches des porches, entre des colonnes à la peinture ridée. Si l'appel téléphonique était une mauvaise plaisanterie, comme il commençait à le croire, alors, quel qu'en soit l'auteur, il le trouverait et lui ferait passer un sale quart d'heure.

Les maisons prirent bientôt un air moins accueillant. Leurs balcons de pierre ployaient le plus souvent, rongés par les ans et les intempéries. Sous les porches, des taches pâles comme de l'herbe sous une pierre brillaient faiblement, traces d'anciennes plaques qu'on avait enlevées. Les jardins n'étaient qu'une étendue d'herbes tourmentée. Les orbites creuses des réverbères pleuraient sous la pluie.

Il n'y avait pas lieu de s'inquiéter, se dit-il. Il en imposait physiquement assez pour décourager la plupart des attaquants et il était certain de pouvoir en venir à bout s'il fallait en arriver là. Malgré tout, il était nerveux à l'idée qu'on le guettait, même si une touche de paranoïa n'était pas surprenante, compte tenu des circonstances. Les bruits de course précipitée dans les jardins, derrière son dos, n'étaient que le martèlement de la pluie. Mieux valait ne pas se retourner car cela aurait été absurde. De toute façon, les bruits de pas furtifs retentissaient maintenant devant lui.

La lumière des phares d'une voiture isolée qui venait du haut de la rue lui apprit qu'il devait tourner à la prochaine, une artère qui descendait vers la rocade. Une caricature d'aspect filiforme avait été tracée sur le mur, au coin de l'intersection, parmi une profusion de graffiti. La voiture parvint en même temps que lui au carrefour et la lueur de ses phares balaya un instant le mur et l'enfilade de la rue. Il était effectivement couvert de graffiti mais il n'aperçut nulle part la silhouette à longues pattes qu'il avait cru voir un instant plus tôt. Ce n'était qu'une illusion engendrée par la nuit et la pluie.

La rue était encore plus raide que celle qu'il venait de quitter, mais cette fois elle descendait et, entre un haut mur et un immeuble qui brillait comme du goudron, il dut ralentir et freiner des quatre fers, de peur d'être entraîné trop vite. Il était ébloui par les projecteurs, perchés sur d'immenses pylônes, qui éclairaient au loin la rocade, auprès desquels les fenêtres des immeubles n'étaient que de faibles bougies, mais il put voir que toute la longueur de la rue était couverte de graffiti. Il crut apercevoir, plus bas dans la rue, une figure aux membres arachnéens et à la tête allongée, mais ce devait être une image créée par la distance car, lorsqu'il arriva devant, il ne vit rien qui y ressemblait.

Il avait les genoux douloureux, ankylosés par la raideur de la descente. Il s'arrêta un instant et examina la rue devant lui, qui franchissait la rocade et deux autres voies à grande circulation. Il y faisait aussi clair que sous un orage et tant pis s'il n'y avait personne en vue alentour. Seul un ivrogne se frayait un chemin sur l'étroite bande de béton qui courait au milieu de la chaussée.

Ted alla rapidement jusqu'à l'allée pour piétons, à côté de laquelle il était censé attendre. L'ivrogne disparut bientôt parmi les maisons grises qui montaient à l'assaut des collines qui dominaient la rue et la désolation fut bientôt totale, seulement troublée par le chuintement des pneus des voitures. Il crut apercevoir un mouvement furtif, à côté de l'allée, mais ce ne devait être que la pluie dans la lueur des phares.

Les deux voies de la rue se séparaient et se divisaient chacune en deux bretelles qui reliaient les berges de la rocade intérieure, en fait une autoroute à quatre voies coincée entre deux autres voies de dégagement. La circulation ne ralentissait jamais et le bruit était effroyable. Des herbes folles, des arbustes et des buissons, blancs comme de la farine sous la lueur des phares, cernaient de tous côtés le garde-fou de béton de l'allée. Celle qu'il devait rencontrer pouvait-elle arriver par le bas ?

Il regarda un instant dans cette direction. Pas un mouvement, à part celui des feuilles recroquevillées sous la pluie. Il observa aussi chaque voiture qui passait en soulevant des trombes d'eau, bien qu'il fût improbable que la jeune fille arrivât en voiture ; cela n'aurait pas paru convaincant. Il n'y avait rien d'autre à voir. Il se sentait dans la peau de Cary Grant au milieu du désert dans le film d'Hitchcock. La rocade avait ce même aspect désolé.

Il se mit à marcher de long en large, faute de pouvoir faire autre chose, et passa un à un ses soupçons en revue. Était-ce vraiment Angela qui l'avait appelé et l'avait-on empêchée de venir ? Il ne voulait pas croire une telle chose — il croyait toujours qu'Angela était morte — mais ce qui apparaissait comme l'alternative raisonnable était encore plus effrayant. L'avait-on attiré ici afin de laisser Barbara sans défense ?

Ils ne pouvaient pas lui faire de mal. S'ils appelaient, on ne leur passerait pas Barbara, et s'ils osaient se présenter à l'hôtel, on ne leur donnerait pas non plus le numéro de sa chambre. Combien de temps lui faudrait-il pour retourner à l'hôtel ? Un quart d'heure — et il était une heure du matin à présent. Il faisait toujours les cent pas et marmonnait intérieurement quand il vit un visage lever les yeux vers lui, en bas parmi les buissons qui recouvraient le terre-plein descendant jusqu'à la rocade.

Non, ce n'était pas possible. Ce ne pouvait être qu'un papier sale emporté par le vent qui s'était pris dans les branches. Il avait beau se dire qu'il était stupide de se sentir observé, il décida néanmoins d'aller voir ce qu'était exactement cette tache pâle qui brillait faiblement au sein des branchages livides, blanchis par les lumières des pylônes de la rocade, ne serait-ce que pour se prouver qu'il n'y avait rien.

L'allée n'était pas éclairée. Les branches des arbres et les buissons poussaient jusque par-dessus la rampe et rendaient le chemin très étroit. La lueur des pylônes ne lui parvenait que par intermittence à travers le feuillage.

Le dessous du tablier des deux bretelles qui desservaient la rocade était également couvert de graffiti. Il se pencha par dessus la rampe et jeta un regard inquisiteur vers les buissons. Il eut beau scruter l'obscurité, il ne vit rien. Il continua à descendre pour voir où l'allée aboutissait et s'il n'y avait pas là quelqu'un de caché, en train de l'observer.

A mi-chemin, l'allée faisait un coude et se divisait en deux ; il y avait bien des panneaux indicateurs mais ils disparaissaient sous les graffiti. Une branche menait au-delà de la rocade, courant parallèlement aux bretelles, l'autre demeurait en deçà, débouchant sur l'accotement, absolument déserte. Il s'enfonça parmi les buissons frissonnants sur la branche qui franchissait les voies.

Une fois le tournant pris, il fut entouré par le béton, écrasé entre les deux bretelles qu'était devenue la rue où il avait attendu, juste au-dessus de sa tête, et la rocade qui brillait sous ses pieds. Le bruit le cernait de toutes parts ; il n'entendait même pas celui de ses propres pas. Il n'y avait rien à voir, uniquement des routes séparées par des bandes de terrain nu.

Après une section pavée qui menait plus bas, entre les deux bretelles, l'allée faisait un nouveau coude entre les buissons. Il s'avança, bien qu'il fût sûr qu'il n'y avait rien à voir. De fait, il n'aperçut que les maigres silhouettes filiformes de quelques lampadaires, agités par la brise humide. Il se dirigea dans cette direction, mais fut incapable de les retrouver. Une autre branche, déserte, remontait vers la rue, en face du trottoir où il avait fait le pied de grue.

Il en avait assez. Tout cela était grotesque et il commençait à se lasser du bon tour qu'on était en train de lui jouer. Peut-être était-ce voulu et l'avait-on amené ici pour lui apprendre à ne pas essayer de faire le malin. Quoi qu'il en soit, cela faisait trop longtemps que Barbara était toute seule : si elle ne le trouvait pas, au réveil ? Il rebroussa rapidement chemin parmi la forêt de piliers de béton qui poussaient au-dessus de la rocade. Parvenu au tournant, là où l'allée se réunifiait, il fit halte. Près des panneaux métalliques illisibles, deux hommes au visage spectral l'attendaient.

Dès qu'ils le virent, leur visage devint encore plus blanc et ils s'avancèrent vers lui. Il tourna brusquement les talons et s'enfuit à toutes jambes. Il ne savait pas si c'était un piège disposé à son intention mais ne tenait pas à s'attarder pour le vérifier, pas s'il y avait un moyen de s'échapper. Il courut — si on l'attrapait là, personne ne l'entendrait — et parvint au coude qui s'enfonçait dans les buissons agités par le vent. Une fois qu'il aurait quitté l'allée, il pourrait plus facilement affronter les deux hommes. Mais il en aperçut tout à coup deux autres, le visage tout aussi vide d'expression, qui arrivaient du côté opposé.

Lorsqu'il se retourna, les deux premiers étaient déjà presque sur lui. Il crut avoir déjà vu l'un deux, un jeune homme efflanqué à la tignasse tonsurée. Il courut jusqu'à ses agresseurs, arborant une expression aussi résolue que possible, mais ils lui barrèrent la route. Les éclairs lumineux qui perçaient par instants le feuillage en perpétuel mouvement leur donnaient des visages à l'allure de masques.

Dès que l'adolescent au crâne rasé fut assez près, Ted le frappa. Sous la fine enveloppe crissante de barbe, il sentit parfaitement le menton du jeune homme, dur comme un roc. L'adolescent fut projeté contre la rambarde qui dominait la rocade. Il se frotta le visage et se releva immédiatement. Ted croyait l'avoir frappé avec la force d'un marteau mais il n'avait apparemment rien senti.

Il profita de l'incident pour s'enfuir en courant. Il ne put aller très loin. Les deux autres le rattrapèrent sur la partie pavée, entre les deux bretelles. Ils lui maîtrisèrent les bras ; il voulut en frapper un à l'aine mais glissa sur le béton mouillé. Ils le projetèrent violemment à terre. Des graviers et des éclats de verre lui entaillèrent les mains.

Il se débattit, les insulta, sans même entendre le son de sa propre voix. Cela prit un certain temps mais trois d'entre eux finirent par l'immobiliser. Le plus grand lui assena vicieusement une manchette à la nuque. Immédiatement, il eut l'impression que sa tête se dégonflait comme un ballon et, saisi de vertige, sentit une formidable envie de vomir le gagner. Les phares d'un poids lourd, au-dessus de lui, lui jaillirent directement dans les yeux. Hagard et sans réaction, quand la vieille femme apparut au détour du chemin, il ne fit tout d'abord qu'enregistrer sa présence.

C'était une passante, une vieille femme aux cheveux blancs, hormis une grande mèche grise. Elle avait vu ce qu'on était en train de lui faire. Ses agresseurs ne l'avaient pas remarquée et elle s'éloigna en claudiquant aussi vite qu'elle le put. Il tenta de se débattre pour les distraire un moment, bien que cela ne fît qu'empirer le vertige qui le soulevait. Pourvu qu'elle soit assez rapide et puisse s'échapper sans être vue afin d'aller chercher de l'aide ou prévenir la police.

Presque parvenue au tournant, elle tomba. Ce fut tout — elle trébucha contre la rambarde et disparut. Les lumières des phares clignotaient à travers les buissons. Ses pensées traversaient son cerveau avant qu'il puisse les saisir et il ne fut pas sûr de voir un corps, écartelé au milieu des graffiti sous les piliers de la bretelle. Non, ce n'était que les mouvements des buissons agités par le vent. De même que n'existait pas cette chose au long visage livide qu'il avait vue sautiller jusqu'en bas pour tirer le cadavre de la vieille femme sous le couvert des buissons.

Ses assaillants le remirent debout et le poussèrent en avant, bien qu'il ne sentît plus ses jambes. Il avait retrouvé son contrôle sur ses pensées et il lui vint à l'idée que si un automobiliste l'apercevait, il croirait voir un ivrogne qu'on raccompagnait chez lui. Pendant un moment, il eut peur que ses agresseurs le jettent par-dessus bord sur la rocade. Au lieu de cela, ils l'entraînèrent dans les buissons et il eut bientôt des brindilles plein les mains. Le sol glissant était jonché d'ordures. Finalement, ils atteignirent une allée de gravats qui menait à une maison.

Il semblait impossible qu'il y ait là une maison, sur cet îlot de terrain abandonné sous les bretelles d'accès à la rocade. On avait dû juger qu'elle ne valait même pas la peine d'être démolie. Il émettait de telles suppositions uniquement dans le but de se convaincre qu'il pouvait encore penser clairement, car il ne pouvait rien faire pour empêcher les quatre hommes de le traîner vers la maison. Des rideaux crasseux s'écartèrent, tel un œil de reptile : on l'attendait. La porte d'entrée s'ouvrit et ils le poussèrent à l'intérieur. Il fut abandonné dans le couloir ténébreux et la porte se referma sur le bruit du dehors.

CHAPITRE VINGT-SIX

BARBARA n'aurait su dire si elle rêvait. Le soleil entrait à travers les rideaux et tombait sur son lit, vide et froissé, ou bien elle était étendue, invisible à ses propres yeux, et rêvait qu'elle se regardait d'en haut. Si tel n'était pas le cas, Arthur était-il auprès d'elle?

Il était là, mais de plus en plus petit. Si elle ne le trouvait pas bientôt, il allait disparaître, et elle sentait combien il était inquiet. Elle se précipita à la fenêtre, mais aucun des visages qui passaient dans la rue n'était le sien. Elle s'apprêtait à aller regarder dans la salle de bains quand elle se rendit compte qu'elle se comportait de façon absurde. La certitude qu'Arthur était présent s'estompa brutalement ; son visage recula dans les ténèbres de son esprit, plus petit qu'un atome, et elle se réveilla complètement.

Elle se retrouva seule avec ses peurs, dont une, surtout, dont elle n'avait pas parlé à Ted parce qu'elle n'osait pas se l'avouer à elle-même. Si les membres de la secte avaient enlevé Angela parce qu'ils craignaient ses pouvoirs bénéfiques, cela signifiait qu'elle était plus forte qu'eux : ses appels prouvaient qu'elle avait su préserver son individualité. Mais que lui avait-on fait, ou que projetait-on de lui faire, pour la briser tout à fait?

Rien de très conséquent, à en juger par le ton de ses

appels — ou bien avait-elle trop confiance en elle pour comprendre où résidait le danger? Barbara n'eut soudain plus envie d'être seule. Elle s'habilla rapidement et alla frapper à la porte de Ted. Elle n'obtint pas de réponse.

Elle frappa plus fort et examina le couloir. Un plateau devant une porte, avec deux tasses posées de guingois. Des airs joyeux s'échappaient des radios dans les chambres. Les portes de service s'ouvrirent à la volée sous la poussée d'un chariot de linge.

« Quelle heure est-il? demanda-t-elle à la femme de chambre.

— Presque dix heures. »

Sa montre n'était pas détraquée, non. Ted avait dit qu'il viendrait la rejoindre au petit déjeuner, mais il avait sans doute décidé de la laisser dormir. Elle fit un brin de toilette et gagna le hall. Quelques personnes étaient dispersées sous les chandeliers ternis de la vaste salle du restaurant ; une vieille dame attendait qu'on l'emmène dans son fauteuil roulant ; un homme à la moustache argentée abaissa son journal au passage de Barbara et lui souhaita une bonne journée. Les seuls bruits étaient le tintement des cuillères dans les tasses ou le raclement d'un couteau sur un toast. Ted n'était nulle part en vue.

L'un des garçons croyait que M. Crichton avait déjà pris son petit déjeuner mais n'en était pas sûr. Elle décida de l'imiter, devant se montrer patiente. Il était certainement sorti faire un tour. Ou bien était-il sur une piste? Les derniers clients quittaient nonchalamment la salle ; les garçons commençaient à dresser les tables pour le service de midi. Tout à coup, elle fut incapable de supporter plus longtemps cet univers aux bruits feutrés. Elle gagna rapidement la réception pour voir si Ted ne lui avait pas laissé un message.

Aucun message, lui dit la réceptionniste. Mais sa clef était encore au tableau. Elle s'apprêtait à s'en aller — une femme en costume de tweed martelait impatiemment la sonnette du comptoir — et faillit oublier de demander à quelle heure il avait rendu sa clef.

« Je n'en sais malheureusement rien, répondit la jeune fille par-dessus son épaule. M. Crichton a dû sortir avant mon arrivée.

— A quelle heure prenez-vous votre service ?

— A six heures et demie. »

Elle voulait sans doute parler à la femme en tweed mais, en y réfléchissant, Barbara trouva que cela ne semblait pas être une heure déraisonnable pour commencer sa journée de travail dans un hôtel. Où avait-il pu aller de si bon matin ? Même s'il n'avait pas réussi à dormir — cela lui arrivait parfois — il lui aurait laissé un mot, à moins qu'il n'ait cru être de retour plus tôt.

La jeune fille en termina enfin avec sa cliente pressée et parut légèrement ennuyée de constater que Barbara était encore là.

« Vous êtes absolument sûre que M. Crichton n'a rien laissé pour moi ?

— Eh bien, s'il l'a fait, en tout cas le message n'est pas là. »

Fiona lui en voulait-elle de l'avoir forcée à se donner en spectacle et avait-elle fait délibérément disparaître le message ? C'était une possibilité, mais tellement peu rassurante que Barbara se sentit incapable de pouvoir avaler quoi que ce soit.

« Je suis désolée, dit-elle au garçon qui s'était précipité vers la cuisine dès qu'il l'avait vue réapparaître. Je viens d'apprendre de mauvaises nouvelles », ajouta-t-elle en regrettant aussitôt ses paroles, furieuse de se sentir coupable.

Elle attendit un instant au salon. Des pensionnaires déambulaient, frappant le sol du bout de leur canne, ou la regardaient, assis dans leurs fauteuils roulants. Le scintillement des portes qui ne cessaient de tourner l'obligeait sans arrêt à relever la tête pour s'assurer que ce n'était pas Ted qui arrivait. Elle aurait pourtant dû être heureuse qu'il ne se sente pas lié à elle et qu'il éprouve le besoin de sortir seul faire un tour. Son message avait dû s'égarer.

Elle se lança finalement à travers les portes tournantes, resta un instant prisonnière du tambour virevoltant où flottait une odeur de tabac, et attendit dehors devant l'hôtel. Une tête se détachait parfois de la foule mais ce n'était jamais Ted. N'était-ce pas déjà suffisant d'avoir perdu Angela ? Elle aurait voulu se mettre à sa recherche mais n'avait pas la moindre idée de l'endroit où il pouvait se trouver. S'il regagnait l'hôtel pendant qu'elle était sortie, ils tourneraient sans cesse en rond.

Elle s'aventura jusqu'au trottoir d'en face et balaya du regard la longue perspective de Sauchiehall Street. D'un côté, la rue menait vers la rocade intérieure, bordée d'immeubles gris comme de la fumée. A l'extrémité opposée, on avait repavé la rue pour l'aménager en zone piétonne. Il y avait foule dans les magasins ; devant le salon de thé Charles Rennie Mackintosh, des ouvriers s'affairaient sur des échafaudages, telles des araignées occupées à reconstruire une toile ; un panneau annonçait une vente de livres. Ted s'était demandé ce qu'on pouvait y trouver.

Sans même en avoir conscience, elle se dirigea vers la salle de vente. Elle pouvait aller y faire un petit tour et être de retour en moins de dix minutes. Peu importait où il était allé, seul comptait pour elle l'endroit où il était en ce moment et le fait qu'il soit sauf. Bien sûr qu'il allait bien, pourquoi lui serait-il arrivé quelque chose ? Elle savait combien les livres l'intéressaient. Elle n'aurait pas été surprise si elle l'avait trouvé en train de fouiller depuis une heure dans de vieilles caisses sans s'être rendu compte du temps qui passait.

Elle pénétra rapidement dans un centre commercial et entendit une fanfare éclater. C'était le carillon d'une horloge branlante constituée d'un château miniature en bois doré. Les portes s'ouvrirent et laissèrent sortir six valets qui frappèrent six coups. Elle regarda l'horloge plusieurs secondes, au-delà d'un gardien en uniforme avec une chemise à manches courtes et des tatouages sur ses avant-bras velus, mais les aiguilles indiquaient onze heures. Elle lutta pour remonter la foule et escalada en courant les marches de chez Straub, Tessier & King.

Au second étage, elle trouva une longue pièce nue de vastes proportions. Des rangées de chaises étaient disposées devant un podium et attendaient que la vente commence. Sur des rayonnages ou des tables montées sur tréteaux, partout des livres étaient entassés, perdus dans l'immensité de la salle. Des exposants, carnet de notes en main, examinaient les reliures des ouvrages, un couple d'âge moyen au bronzage entretenu flânait, faisant la moue sur les illustrations. Elle vit immédiatement que Ted n'était pas là.

Elle s'écarta devant deux hommes qui transportaient une caisse pleine de livres. Elle ne reconnut aucun nom parmi les auteurs. Un dos proclamait *Le courant psychique*, mais elle n'avait aucune envie de se laisser entraîner à des divagations fumeuses. Elle décida de regagner l'hôtel, découragée.

Une odeur de pain chaud lui fit jeter un œil au centre commercial en passant. Les personnages qui avaient jailli du château pour sonner six heures avaient regagné leur antre. Des vigiles déambulaient çà et là, reliés par radio. A l'extrémité de la galerie marchande, au-delà d'une charrette rouge et jaune pleine d'un jardin de rocaille aux plantes trop grandes, elle aperçut Ted.

Ou quelqu'un qui lui ressemblait. Il se tenait devant le comptoir de la boulangerie et elle ne le voyait que de dos. Elle s'élança dans la galerie, poursuivie par l'arc-en-ciel des néons qui clignotaient au plafond, vert, puis mauve, puis rose, puis jaune, puis bleu. Le sol brillant semblait carrelé de plaques de résine. Des airs pop s'échappaient de certaines boutiques, si faiblement, parfois, que ce devait seulement être son imagination. Rien n'était réel, sauf l'odeur du pain. Quand elle parvint à la hauteur de Ted, elle vit qu'il était bien réel.

Elle était si soulagée de le voir qu'elle dut s'asseoir sur une chaise sale en plastique chocolat. Après s'être remise quelques secondes, elle se sentit capable de le regarder.

« Vous vous êtes fait mal », dit-elle.

Il regarda ses poignets écorchés comme s'ils n'étaient pas les siens.

« Ce n'est rien. Juste un chat pas très amical », dit-il en prenant place à côté d'elle.

Elle ne lui avait jamais connu une tenue aussi débraillée mais cela devait sans doute être mis sur le compte de son lever matinal.

« Où êtes-vous allé ?

— A la recherche de la Lumière Perpétuelle. Ce n'est qu'un obscur groupe religieux parmi des centaines d'autres. Ils n'ont aucune idée des problèmes que vous avez à affronter. Ils auraient trop peur s'ils savaient. »

Son comportement était étrange, presque exalté : l'insomnie peut-être ? Malgré son soulagement, elle ne partageait guère son humeur, même s'il semblait maintenant la prendre plus au sérieux que la nuit dernière. Ses bras glissèrent le long de sa chaise, sans doute du plastique creux.

« Qu'est-ce qu'on va faire, maintenant ?

— Hum, je crois que ce n'est pas la peine de parler à la police de la femme que nous avons vue. Maintenant qu'elle vous a reconnue, ils vont être encore plus sur leurs gardes. »

Elle y avait déjà pensé et cette confirmation de ses craintes ne fit qu'augmenter son inquiétude.

« Croyez-vous qu'ils vont tenter quelque chose contre Angela ?

— Non, je ne crois pas. Pourquoi maintenant ?

— Alors, tout ce que nous pouvons faire, dit-elle d'un ton angoissé, c'est espérer que Gerry soit enfin parvenue à s'infiltrer parmi eux.

— Je ne serais pas surpris si vous entendiez bientôt parler d'elle. Écoutez, il y a mieux à faire que de se contenter d'espérer. La nuit dernière, j'ai cru que cette femme s'était réfugiée à la gare pour essayer de nous semer, mais en y repensant un peu plus tard, je me suis souvenu qu'elle avait un billet à la main.

— Un billet ? Vous en êtes sûr ?

— Je l'ai vu aussi clairement que je vous vois en ce moment.

— Alors on en revient au point de départ. Ils peuvent être n'importe où.

— Peut-être pas. Je me suis renseigné au sujet des trains qui sont partis au moment de sa disparition. J'ai la liste de leurs destinations. C'est là que nous devons chercher. »

Cela semblait une piste bien vague mais son enthousiasme était contagieux.

« Nous devrions commencer par la plus grande ville, dit-il. Ce doit être Édimbourg. Nous devons partir immédiatement. »

Il se releva vivement, impatient qu'elle le suive. Pour une fois, c'était un réel soulagement que de se laisser conduire ; elle se sentait trop épuisée pour continuer à lutter. L'odeur de pain s'estompa et il l'entraîna vers la sortie, au milieu d'une foule de visages qu'elle vit à peine.

« Je suis sûr d'une chose, dit-il. Vous ne trouverez rien à Glasgow. »

CHAPITRE VINGT-SEPT

QUAND Barbara découvrit qu'elle roulait vers la sortie de la ville, elle continua jusqu'au carrefour et revint à son point de départ, le long du canal. Sous le ciel en fusion, Hemel Hempstead était une véritable fournaise, vibrant sous le soleil. L'eau du canal brillait, agitée de minuscules vaguelettes paresseuses ; sur les berges, les cygnes étaient d'une blancheur presque aveuglante. Les fenêtres aux stores baissés ne facilitaient pas ses recherches.

Elle tourna à gauche près de chez Sarah-Boo, la boutique de modiste. Au-dessus des maisons crépies perchées à flanc de coteau derrière leurs jardins de rocaille, le labyrinthe des petits pavillons serrés les uns contre les autres se referma sur elle. Comme lors de sa première visite, les rues étaient pour elle toutes semblables. Elle ne connaissait pas le nom de famille d'Iris, car elle n'avait pas pu se le faire communiquer par *Other News*, et ne se rappelait plus du nom de la rue, ni du numéro de la maison. Elle savait seulement que la demeure était située en haut d'une côte, mais c'était vrai de la plupart d'entre elles.

Les portes défilaient comme des échantillons de couleur dans un catalogue de papier peint. La porte était-elle verte quand la mère d'Iris avait ouvert, ou bien était-elle peinte en rouge, ou n'était-elle pas plutôt bleue? Barbara fut épouvantée de ne pas se souvenir d'un détail aussi simple, mais elle ne soupçonnait pas à l'époque que cela pourrait s'avérer utile.

Une tondeuse ronronnait quelque part, des enfants couraient après un ballon rayé qu'ils se lançaient à travers les allées et les maigres pelouses qui donnaient de plain-pied sur la rue, mais ces détails semblaient à peine faire partie du paysage, alignement de maisons sans plus de profondeur qu'un décor de théâtre. C'était peut-être ce qui la rendait nerveuse. Elle se retrouva en vue du carrefour avant de comprendre qu'elle avait une nouvelle fois manqué la maison. Elle n'eut d'autre ressource que de recommencer la même manœuvre que précédemment. Seuls les parents d'Iris pouvaient l'aider.

Elle n'avait rien trouvé en Écosse. Que ce soit Stirling, Dunfermline, Kirkcaldy, Perth, Dundee, Montrose, Aberdeen où les venelles étroites qui s'ouvraient derrière les larges avenues d'Édimbourg, nulle part elle n'avait rien trouvé. Elle supposait que sa rencontre avec la femme au bec-de-lièvre avait fait fuir la secte à l'autre bout du pays. Quand elle avait repris son travail, elle n'avait trouvé aucun message à son bureau, seulement des piles de lettres intéressées par le roman de Cherry Newton-Brown.

Paradoxalement, cela n'avait rien fait pour lui remonter le moral, au contraire. L'intérêt pour la dernière œuvre de Newton-Brown était considérablement plus important qu'elle ne s'y était attendu, ce qui prouvait suffisamment que son jugement partait à vau-l'eau. Il ne fallait pas s'en étonner, compte tenu des circonstances, mais il n'était pas question de se trouver des excuses. Elle avait espéré pouvoir mener les tractations pour les droits du roman de Paul Gregory depuis Londres — bien qu'il eût été moins compliqué de s'en occuper à New York même, elle ne se sentait pas capable de quitter l'Angleterre en l'état actuel des choses — mais elle n'allait pas pouvoir éviter d'aller à New York pour la promotion du Newton-Brown, car rater la vente de ce roman aurait été trop important. Elle avait décidé de partir dans moins d'une semaine, mais il lui fallait auparavant interroger la seule personne à avoir vu Angela après son enlèvement.

Les maisons défilaient, anonymes, éblouissantes de blancheur et sans la moindre ombre portée. Les antennes de télévision zébraient le bleu du ciel d'éclats argentés. Des portes, jaunes, oranges, pourpres, indéfiniment. Les mêmes enfants qui couraient toujours après leur ballon, à demi dégonflé et qui rebondissait tant bien que mal. Elle pensa s'arrêter leur demander l'adresse des parents d'Iris, mais ils n'en savaient sans doute rien. Leurs parents le savaient peut-être, mais pourquoi l'aurait-on renseignée? Instinctivement les gens se méfieraient d'elle et rentreraient dans leurs coquilles, portes closes et rideaux maniaquement tirés. Des poupées étaient alignées comme à la parade, derrière certaines fenêtres réglementairement tendues de rideaux symétriques. Tout à coup, quelque chose lui revint en mémoire et elle se remit à chercher avec une ardeur renouvelée.

Elle dut accomplir un quatrième circuit avant d'apercevoir enfin la lumière pourpre. Elle ralentit en parvenant devant la pelouse, encore hésitante — la lumière brillait avec l'éclat d'une lame de couteau — et aperçut la ballerine chamarrée. Elle coupa le moteur et resta assise quelques minutes. Voulait-elle réellement savoir ce que la secte pouvait faire à Angela? Pourrait-elle supporter de ne pas le savoir?

Elle s'aventura dans l'allée et vacilla, le pas mal assuré. Ted lui offrit son bras. Elle crut voir quelqu'un l'épier à une fenêtre de l'étage, mais ne vit personne quand elle leva les yeux dans cette direction. C'était peut-être Maisie, la mère d'Iris, venue voir qui étaient ces visiteurs indésirables. Ils durent sonner trois fois avant qu'elle vienne ouvrir. Elle fronça les sourcils à la vue de Ted pour montrer qu'il ne l'impressionnait pas.

« Que voulez-vous? demanda-t-elle à Barbara.

— J'espérais pouvoir vous dire quelques mots.

— J'ai bien peur que ce ne soit pas le moment. Je suis très occupée. Je dois m'occuper de ma fille », précisa-t-elle sur un ton lourd de sous-entendus.

Elle dut penser qu'elle se montrait inutilement cruelle car elle ajouta, d'un ton moins coupant :

« C'est à moi, uniquement, que vous désirez parler? »

Cela n'aurait servi à rien de mentir.

« En réalité, c'est plutôt à Iris.

— Hum, croyez bien que je compatis à votre malheur, mais je crains que cela ne soit pas possible. D'abord, mon mari ne le permettrait pas.

— Il ne travaille pas très loin d'ici, n'est-ce pas? demanda Ted. Je pourrais aller le voir à son travail et le ramener? Il changerait peut-être d'avis. »

Barbara aurait préféré qu'il se tienne tranquille, même s'il ne cherchait qu'à l'aider; après ce qu'elle lui avait dit en chemin sur George, le mari de Maisie, il aurait dû comprendre qu'il ne faisait que compliquer les choses. Distraite, Maisie demanda :

« Vous êtes journaliste, vous aussi?

— Non, c'est un ami, c'est tout. La journaliste qui est venue la dernière fois tente en ce moment de s'infiltrer parmi les gens qui ont enlevé Iris et nous cherchons également de notre côté. Nous avons failli retrouver leurs traces, nous avons été jusqu'en Écosse, mais je dois maintenant partir pour les États-Unis et je n'ai même pas la preuve certaine qu'ils détiennent effectivement ma fille.

— Si cela vous tracasse tellement, vous ne devriez pas partir.

— Ce n'est pas tout à fait aussi simple, intervint Ted. Des gens dépendent d'elle pour leur travail. Si elle ne va pas à New York, autant dire qu'elle peut abandonner son métier.

— Je crois qu'elle va bien. Elle m'a téléphoné encore une fois. Je désire seulement savoir ce qu'ils peuvent lui faire », dit Barbara, sur le point de fondre en larmes.

Maisie eut peut-être peur que Barbara n'ait un malaise ou ne s'effondre juste devant chez elle. Plusieurs enfants observaient la scène depuis le trottoir d'en face.

« Entrez et asseyez-vous quelques instants, dit-elle. Je peux tout de même vous offrir une tasse de thé avant de repartir. »

Rien n'avait changé dans la pièce à la tapisserie rayée. La présence de Ted la faisait paraître seulement plus petite. Barbara crut entendre Maisie, qui était montée à l'étage, murmurer, « Ne descends pas ». Elle était sans doute en train de préparer du thé lorsqu'ils étaient arrivés, car elle réapparut presque aussitôt en poussant un chariot avec des tasses et une théière. Elle semblait réservée à l'égard de Ted et Barbara croyait savoir pourquoi : elle était beaucoup plus petite qu'elle et Ted aurait pu la soulever d'une seule main, même si l'idée qu'on puisse avoir peur de Ted était risible.

« Comment va Iris ? demanda-t-elle.

— Son état s'améliore un peu. Certains jours, il lui arrive même de parler. Je voudrais qu'elle continue comme ça.

— Nous avons découvert quelques indices sur les gens qui l'ont enlevée. »

Ted avalait son thé comme s'il n'arrivait pas à lui trouver de goût. La tasse n'était qu'une frêle petite coquille entre ses mains.

« Nous savons à quoi ressemble l'une d'entre eux. Si nous la décrivons à Iris, le choc pourrait réveiller quelques souvenirs en elle, dit-il.

— Mais il n'est pas question de lui infliger un choc ! »

Maisie n'était pas plus courroucée que Barbara ; qu'était-il donc en train de faire ? Avant qu'elle puisse le faire taire, Maisie enchaîna :

« Comment savez-vous qu'elle fait partie de la secte ?

— Parce qu'elle nous a suivis à Glasgow, répondit Ted.

— Elle vous a suivis ? »

La tasse trembla dans ses mains et Maisie renversa un peu de son thé.

« Mais alors, ils ont très bien pu vous suivre jusqu'ici !
— Eh bien... » commença Ted, qui ne semblait décidément pas se rendre compte de ce qu'il disait.

Barbara crut qu'il allait même dire à Maisie que c'était fort possible si elle n'intervenait pas à temps.

« La femme sait que nous l'avons reconnue, dit-elle. En fait, nous avons failli l'attraper. Je suis sûre qu'ils n'oseront pas nous suivre une nouvelle fois.

— Comment pouvez-vous le savoir? Ils pourraient vous faire suivre par quelqu'un que vous n'avez jamais vu.

— Je suis sûre du contraire, dit Barbara, espérant qu'elle avait raison. Écoutez, nous partirons si notre présence vous rend nerveuse. Mais vous pouvez certainement me laisser parler cinq minutes à Iris. Je ne cherche absolument pas à lui faire peur, je veux seulement lui parler. Ted restera en bas, n'est-ce pas Ted?

Maisie ne le regardait pas, ce qui était tout aussi bien car il semblait peu désireux de répondre.

« Vous lui avez déjà parlé une fois, dit Maisie.

— Mais j'ai oublié de lui demander quelque chose. »

Tout à coup, Barbara souhaita pouvoir continuer à discuter, et même faire durer la conversation car, plus près du couloir d'entrée, elle venait d'entendre de légers bruits, trop menus pour parvenir jusqu'aux oreilles de Maisie: quelqu'un descendait l'escalier.

« J'aurais dû lui demander s'il y avait une petite fille qui ne cessait de réclamer sa mère. Je ne sais pas si Gerry Martin vous l'a dit — c'est la journaliste qui m'accompagnait la première fois — mais Angela continue à me téléphoner. Elle faisait peut-être plus confiance à Iris qu'aux autres et elle a pu lui parler de moi. »

Il fallait continuer à parler, même si elle n'était pas sûre de ce qu'elle allait dire la seconde d'après. Il y avait quelqu'un dans l'escalier ; on entendait un léger claquement de mules sur le tapis. Maisie ne s'était toujours rendu compte de rien.

« Je lui ai montré la photo que vous m'avez laissée, dit

Maisie. Elle me l'aurait dit si votre fille lui avait parlé de vous.

— Non, pas si elle n'a pas reconnu le portrait sur la photo. Elle ne connaissait probablement pas Angela par son prénom ; pour Iris, elle n'en avait probablement même pas. Si je pouvais lui parler directement, elle se souviendrait peut-être de quelque chose », dit Barbara en voulant retenir Ted par le bras.

Elle ne fut pas assez rapide ; il se leva rapidement et ouvrit la porte au moment où les pas atteignaient le bas des marches.

« Bonjour, Iris », dit-il.

Barbara l'aurait frappé. Il était clair qu'il voulait capter l'attention d'Iris avant que sa mère ne la fasse remonter dans sa chambre, mais Iris avait été profondément marquée par les épreuves qu'elle avait traversées. Une porte qui s'ouvre brusquement et révèle un étranger à la carrure imposante : comment s'étonner de son mouvement de recul, effrayée, le regard fixe.

Maisie traversa la pièce et s'interposa entre sa fille et Ted.

« Tu connais cette dame. C'est elle qui m'a donné la photo de la petite fille pour te la montrer. Ce monsieur est un de ses amis », dit-elle en regardant Ted d'un air sourcilleux.

Iris entra dans la pièce et s'assit comme si elle était faite de porcelaine, fragile comme du verre. Barbara entreprit de l'interroger avec ménagement, malgré le regard ouvertement désapprobateur de sa mère. Mais Iris semblait incapable de pouvoir détacher les yeux de Ted et, plus elle le regardait, plus elle devenait agitée et nerveuse. Barbara aurait voulu qu'on lui dise qu'Angela n'avait rien, qu'on s'était contenté de l'enlever mais comment formuler ses questions de manière à ne pas rappeler à Iris l'horreur des moments qu'elle avait vécus ? Ted se sentit soudain mal à l'aise, sous le regard d'Iris, car il se leva et alla s'appuyer à la fenêtre. Cela acheva de désorienter complètement Iris qui s'enferma dans son mutisme.

« Ted, dit Barbara aussi calmement qu'elle le put, veux-tu aller m'attendre dehors ?

— Nul besoin d'attendre. Allez vous-en tous les deux, dit Maisie en regardant sa fille qui se tordait les mains, sans savoir qu'elle contenance adopter. Je suis désolée, mais je ne veux plus vous entendre. Je lui poserai vos questions dès qu'il sera possible de le faire. J'ai toujours votre adresse. »

A mi-chemin du carrefour, Barbara sentit sa tête se mettre à tourner. Ted arrêta la voiture et elle se précipita dans l'herbe du bas-côté pour vomir le thé qu'elle avait avalé. Ted sortit et vint la rejoindre, le regard tellement calme qu'il estimait sans doute que c'était la meilleure façon de l'aider. Au bout d'un moment, elle se sentit capable de regagner la voiture. Ted conduisit plus lentement sous la chaleur moite et ils regagnèrent l'autoroute.

« Je sais que j'ai tout gâché, dit-il, souriant au paysage qui tremblait sous la chaleur. Mais j'ai pensé à une autre possibilité. »

CHAPITRE VINGT-HUIT

DANS le miroir de la coiffeuse, Iris surprit un mouvement dans le lit éclairé par le soleil, une sorte de tortillement reptilien sous la couverture. Cela s'apprêtait à sortir des draps et, dans un instant, elle verrait ce que c'était. Un moment, elle ressentait la même impression que la veille — les membres tellement raides qu'elle croyait ne plus pouvoir bouger — puis comprit que ce qu'elle avait pris pour un mouvement n'était en fait que l'ombre du rideau qui tombait sur le lit. Elle était à la maison, à présent. Rien ne pouvait plus lui faire du mal. Le mal n'était pas ici, même s'il était venu lui rendre visite.

Sa main se tendit vers le tiroir du haut, hésitante. Dans la rue, un petit garçon chantonnait une comptine, mangeant les mots comme un transistor aux piles faiblissantes ; plus bas, quelqu'un taillait une haie et, à cette distance, cela ne faisait pas plus de bruit que de minuscules ciseaux ; tout était tranquille dans la chambre baignée de soleil, mais elle avait peur que cela ne dure pas, maintenant que le mal savait où elle habitait.

Mais c'était pour cette raison qu'elle devait chercher. Cette pensée la décida et elle ouvrit le tiroir. Il ne contenait que les sous-vêtements de son père, parmi lesquels elle eut beau fouiller, elle ne trouva rien. Bien sûr l'adresse ne pouvait pas se trouver là, c'est à sa mère que la femme l'avait laissée. Elle se baissa et tira sur le tiroir suivant. Il lui fallait faire vite et agir avant que sa mère ne se doute de quelque chose, car elle ne lui permettrait pas de garder l'adresse si elle la surprenait.

Sa mère avait parfois raison. Hier, par exemple, elle lui avait dit de rester dans sa chambre jusqu'à ce que les visiteurs soient partis. Iris s'était faufilée jusqu'en bas — elle n'était plus une enfant à qui l'on disait de rester dans sa chambre. Elle avait l'impression de ne jamais en avoir été une ; elle devait lutter pour rassembler les morceaux épars du présent, ayant oublié presque tout son passé. Puis la porte s'était ouverte brusquement et elle avait vu le grand homme barbu.

Elle avait su qui il était dès le premier regard. Tous ceux qui n'avaient plus de nom avaient ce même regard, ce regard hanté sous lequel on devinait qu'ils étaient rongés de l'intérieur et qu'il ne subsistait plus d'eux qu'une fine enveloppe extérieure. Elle avait immédiatement senti chacun de ses nerfs se hérisser. Le pire avait été quand il l'avait appelée par son prénom, qu'elle commençait tout juste à reconnaître comme le sien. Ceux qui n'en avaient plus ne lui avaient même pas laissé cela à quoi se raccrocher, en guise d'ultime signe d'individualité.

Elle devait dire à la femme qui était cet homme, la femme qui recherchait sa petite fille. Elle ne voyait personne d'autre à prévenir ; sa mère ne voudrait certainement pas entendre parler de choses pareilles. « Tu es de retour à la maison, maintenant, Iris. Ne pense plus à tout ça. » Elle s'efforçait de se persuader qu'Iris avait oublié et peut-être celle-ci y arriverait-elle un jour.

N'avait-elle pas conservé l'adresse? Elle n'avait pas pris la peine de la noter dans son carnet mais avait déclaré la veille qu'elle l'avait encore, ce qui était sûrement vrai. Elle devait être quelque part par là.

Peut-être dans les poches d'une de ses robes, dans l'armoire? Elle traversa rapidement la chambre et contournait le coin du lit — la bosse aplatie n'était qu'un oreiller sur lequel jouaient les ombres — quand elle entendit sa mère dans l'escalier.

« Où es-tu, Iris ?

— Ici. »

Elle était capable de parler presque normalement, à présent, c'était seulement quand le sujet abordait des choses qu'elle préférait oublier que ses lèvres commençaient à se tordre comme des vers. Il fallait qu'elle trouve une raison pour expliquer sa présence dans la chambre de ses parents. Elle s'empara de l'album de famille et s'assit sur le lit.

« Oh, très bien Iris. Tu peux venir t'asseoir là chaque fois que tu en auras envie. »

Après s'être assurée qu'elle allait bien, sa mère regagna le rez-de-chaussée. Iris avait le sentiment que sa mère avait toujours été ainsi, désireuse d'éviter le moindre tracas à sa fille, la surveillant constamment, l'air de rien. Elle se plongea un instant dans l'examen d'une photo où on la voyait avec ses parents sous les dômes pointus du Brighton Pavillon, et sentit quelque chose remonter presque à la surface de ses souvenirs. Mais elle devait retrouver cette adresse. Elle se releva en faisant attention à ne pas déranger la bosse sous les draps et alla jusqu'à l'armoire.

La carte était dans la troisième robe. *Barbara Waugh : Agence littéraire*, disait-elle. Elle avait dû rester dans la robe et par conséquent subir le même nettoyage à sec car l'écriture était devenue presque illisible ; elle finit par deviner une adresse dans le Barbican Centre. Elle referma l'armoire d'un mouvement brusque, assaillie par le souvenir d'une pièce sombre avec quelque chose qui pendait dans une armoire et qui n'avait rien à voir avec un vêtement, quelque chose qui s'était mis à se tortiller comme un ver au bout d'un hameçon. Peut-être était-ce un cauchemar qu'elle avait ainsi transformé en souvenir, elle qui n'en avait plus. Elle regagna rapidement sa chambre.

Elle devait maintenant faire vite. Elle ouvrit son bloc de papier à lettres, qui dégageait une odeur de moisi, n'ayant pas été ouvert depuis des années. Elle n'avait pas de timbre mais croyait savoir où s'en procurer un. Par-dessus le grondement de la ville, une horloge sonna dix-sept heures. Son père arriverait à la gare dans un peu moins d'une heure. Si elle n'avait pas réussi d'ici là, son plan échouerait.

Elle prit son stylo mais il lui échappa des mains. Elle avait aussi peur de parler de ceux qui n'avaient plus de nom que d'écrire quoi que ce soit à leur sujet. Cette peur était tout ce qui lui restait de son séjour au sein de la secte. Parfois, elle se souvenait presque de certaines choses auxquelles elle avait participé, comme la fois où on l'avait enfermée dans le noir, dans l'une des pièces condamnées, et qu'elle avait essayé de se persuader que ce qu'elle avait senti sous ses doigts n'était qu'un nœud de corde humide. La menace implicite contenue dans le rappel de ce souvenir vida son esprit de toute autre préoccupation. D'ailleurs, peut-être était-il préférable de n'avoir plus de souvenirs.

Mais il fallait qu'elle dénonce l'homme barbu. Il était arrivé depuis et ceux qui n'avaient plus de nom ne pourraient pas empêcher Iris de parler de lui. Il fallait qu'elle en parle à quelqu'un, afin qu'on arrête les membres de la secte avant qu'ils ne l'enlèvent à nouveau. Sa main tremblait mais elle ne se découragea pas. Le clocher sonna dix-sept heures quinze alors qu'elle n'avait encore rien écrit.

Soudain, elle sut ce qu'il fallait faire. Elle prit l'enveloppe et y recopia l'adresse. Elle dut écrire en larges lettres capitales car elle tremblait trop et avait peur que son écriture ne soit pas lisible. Ceci fait, il restait à peine assez de place pour le timbre. Puis, mue par son idée fixe, elle écrivit L'HOMME QUI EST VENU ME VOIR AVEC VOUS EST UN DE CEUX QUI N'ONT PLUS DE NOM. CE N'EST QU'UN JOUET ENTRE LEURS MAINS. IRIS et glissa la feuille dans l'enveloppe. Elle lécha le rabat avec tant de hâte qu'elle se coupa la langue, puis descendit aussi vite qu'elle le put, la lettre dissimulée dans l'une des poches de sa robe. Elle avait peur de la sortir sans pouvoir s'en empêcher et de la déchirer en morceaux.

« Si on allait chercher papa? demanda-t-elle.

— Ma foi, si tu veux. »

Au moins, cette partie du plan était simple ; sa mère semblait surprise et heureuse. Parfois, ses parents l'emmenaient faire une promenade le soir, lorsqu'il n'y avait pas beaucoup de circulation. Elle devait croire qu'il s'agissait d'une envie de cette sorte.

Sa mère prit tout son temps pour se préparer car, en ce qui la concernait, elle n'avait aucune raison de se presser. Elle aurait bien aimé flâner jusqu'en bas de la colline, mais Iris accéléra l'allure. Sa mère devait être contente qu'elle n'ait plus peur des voitures.

Devant chez Whip & Collar, sur la route parallèle au canal, elles se heurtèrent au mur invisible du grondement de la circulation. Iris rassembla son courage et rentra les épaules mais le bruit ne cessait d'augmenter de seconde en seconde, lui crispant les nerfs. Maisie profita d'une accalmie dans le flot des véhicules pour l'entraîner dans le sentier qui menait au bord du canal.

C'était effectivement plus calme. Les arbres se miraient dans l'eau, le feuillage changé en longues herbes aquatiques. Dans le terrain de football, sur la rive opposée, des vaches et des chevaux broutaient entre les poteaux des buts. Une vedette attendait que l'écluse se remplisse ; plusieurs jeunes gens aux torses nus et brillants la regardèrent passer. Ils faisaient sans doute une croisière et n'avaient rien à voir avec ceux qui n'avaient pas de nom.

Le clocher sonna la demie et elle se mit à marcher plus vite, bien qu'elle fût déjà en vue du pont. De chaque côté du canal, le grondement des voitures venait mourir sur de grands champs qui bordaient les rives, sauf à l'emplacement du pont, où l'eau était plus sombre et jetait des éclats métalliques. Le pont formait une sorte de tunnel où l'on avait l'impression d'être prisonnier d'un cube de béton. Elle sortit de l'ombre du pont et poussa la barrière grinçante qui donnait sur l'avenue.

Plus rien ne pouvait l'arrêter, maintenant. Les marronniers faisaient voûte au-dessus d'elle. Elle venait là ramasser des marrons quand elle était petite. Des mâchoires métalliques encerclaient chaque tronc, dans le but de décourager toute tentative d'escalade. Au loin, la flèche du clocher près de l'usine à gaz lui rappelait habituellement Laurel et Hardy. Dans l'herbe qui poussait sur les rives, des juments contemplaient leurs poulains couchés entre leurs pattes. Il n'était pas encore dix-sept heures quarante-cinq quand elles passèrent devant le pub situé juste avant la gare.

« Il faut que j'aille aux toilettes, dit Iris. Pas la peine de m'accompagner. Je ne serai pas longue.

— Bien, ma chérie. »

Sa mère, bien qu'un peu anxieuse, sembla ravie qu'elle soit capable de s'aventurer seule dans le pub.

Quelques buveurs en avance se tenaient près du comptoir en fer à cheval. Au-dessus de la porte des toilettes, une plaque minéralogique disait 4U2P*, mais ce n'était pas réellement ce qu'elle voulait. Elle alla droit à la femme qui se tenait derrière le comptoir.

« Je dois faire partir cette lettre en urgence, dit-elle, ayant longuement silencieusement répété la scène. Pourriez-vous me vendre un timbre ?

— Une petite minute, je vais voir. »

Elle fouilla dans son sac pendant plus d'une minute ; les trois quarts d'heure sonnèrent dans la rue. Sa mère devait se demander ce qui se passait : d'ici qu'elle entre pour voir si elle n'était pas en train de boire quelque chose.

« Non, désolée, dit la femme en relevant le nez de son sac. Je croyais pourtant bien en avoir un. »

* Littéralement « for you to pee », ce qui est une manière plaisante, à la fois claire et détournée, d'indiquer les toilettes. (NdT).

Iris se détourna du comptoir d'un air abattu — elle n'avait pas envisagé une seule seconde que son plan puisse échouer — et aperçut, à hauteur de son épaule, un visage aux traits bouffis et aux veines éclatées qui l'observait. Elle se fit toute petite mais ce n'était qu'un invalide.

« C'est vraiment urgent? lui demanda-t-il.

— Oui, répondit-elle incapable d'ajouter autre chose, les lèvres tremblantes.

— J'en ai un que je gardais parce que j'aime bien le dessin, dit-il en lui donnant un timbre sur lequel Jeannot Lapin voisinait avec la tête d'Elizabeth II. Je crois que je pourrais en avoir un autre », dit-il d'un air songeur.

Elle colla le timbre sur l'enveloppe avant que l'homme ait changé d'avis, lui donna son dû et s'enfuit en courant après avoir pris soin de glisser la lettre sous ses vêtements. En la voyant sortir, sa mère se mit en marche vers la gare.

Il y avait une boîte aux lettres juste devant la gare. Il ne fallait pas hésiter, sinon sa mère risquait de se retourner pour voir pourquoi elle traînassait. Elle sortit la lettre et la glissa dans la fente pratiquée dans le mur. Elle eut un bref accès de panique — mais le moyen de se protéger, autrement? — et courut pour rejoindre sa mère.

Un train entra en gare en grondant et en sifflant. Un visage brouillé la regarda passer, derrière le judas de l'unique guichet. Tout semblait inconsistant autour d'elle: les deux quais de la petite gare, le soleil irréel à force d'être aveuglant. La lettre était partie. Rien ne pourrait maintenant l'empêcher d'arriver.

Son père arriva bientôt. Il n'eut pas tellement l'air satisfait de la voir et regarda sévèrement sa mère, à qui il n'avait toujours pas pardonné d'avoir laissé entrer Barbara Waugh la veille.

« Tu te sens mieux aujourd'hui? demanda-t-il à sa fille.

— Oui. »

Maintenant qu'elle avait ses parents pour la protéger, rien ne pouvait plus lui faire de mal. Elle vit la fourgonnette des postes quitter la boîte aux lettres, se lancer dans la grand-rue et disparaître au loin. Glacée d'épouvante, elle se sentit blêmir de la tête aux pieds. Trop occupée à tromper sa mère, elle ne s'était pas rendu compte de ce qu'elle faisait. Elle n'aurait jamais dû écrire cette lettre — le barbu avait bien vu qu'elle ne constituait pas une menace. Maintenant, elle les avait trahis et ceux qui n'avaient pas de nom le savaient.

Elle se rappela le jour où elle s'était enfuie, le jour où, si choquée par ce qu'on l'avait forcée à faire, elle avait quitté la maison qui leur servait de repaire sans même en avoir conscience. Elle avait agi dans une sorte d'état second, comme une somnambule, et personne n'avait remarqué sa fuite. Elle avait pris un train elle ne se rappelait plus où ni comment et, à mi-chemin de la maison, quelque chose l'avait rattrapée. Sans aucun avertissement, elle n'avait plus été seule dans le compartiment. Après cela, elle ne se souvenait plus de rien. Elle était restée prostrée pendant des semaines puis, un jour, elle s'était rendu compte qu'elle était dans sa chambre, apparemment saine et sauve. Elle avait cru que tout était terminé mais elle savait aujourd'hui qu'elle avait tort.

Elle suivit ses parents hors de la gare, éblouie par le soleil, puis sur l'avenue. Ne voyaient-ils donc pas comme il faisait sombre sous les arbres, sanglés de crocs de métal à l'éclat menaçant ? Ne comprenaient-ils donc pas que n'importe quoi pouvait surgir des hautes herbes ou tomber des branches basses ? Ceux qui n'avaient pas de nom lui avaient dit une fois qu'elle ne pourrait jamais les trahir, qu'ils le sauraient toujours si elle essayait. Oui, elle s'en rappelait, maintenant, mais c'était trop tard. Tout le long de la route, un cheval la suivit, ne cessant de l'observer. Ses parents virent que cela la troublait et chassèrent l'animal.

La barrière grinça et ils l'attendirent pour s'engager sous le pont. Sa mère marchait devant elle, son père derrière, mais ils ne pouvaient rien faire pour empêcher le bruit de la cerner de toutes parts, ce bruit qui l'effrayait car, elle s'en souvenait à présent, il ressemblait beaucoup à celui qui régnait en permanence dans les maisons délabrées où on l'avait forcée à vivre. La secte devait être aujourd'hui encore plus puissante. Ceux qui n'avaient pas de nom étaient proches du but, quel que soit celui qu'ils recherchaient ; les choses qu'ils faisaient — et auxquelles elle avait participé — œuvraient toutes en ce sens.

« Avance, Iris », dit son père avec impatience.

Elle eut peur qu'il la pousse en avant et hâta le pas. Dès qu'elle fut sous le pont, le bruit fut repoussé aux deux extrémités du passage. L'eau grise du canal coulait avec lenteur, figée comme une plaque de tôle ondulée. Le bruit se coagulait autour d'elle, élément noir et épais, impalpable mais d'une dureté de diamant. Elle sentit ses mouvements se ralentir.

Ses parents n'avaient rien remarqué. Ils continuaient à marcher, l'entraînant à leur suite. Sans transition, elle fut libérée du piège du pont. L'éclat du soleil l'éblouit, mais c'était quelque chose de naturel. Les arbres avaient la tête noyée sous l'eau. De l'autre côté du canal, une batte vint frapper une balle de cricket. Un train siffla au loin sur la ligne, comme une craie qui crisse sur un tableau. Au moins, elle était à l'air libre maintenant, tout près de la maison. Y était-elle vraiment à l'abri ? Tout autour d'elle, rien ne pouvait lui faire de mal ; rien ne bougeait, à part quelque chose de menu au-dessus de sa tête. Elle leva les yeux.

C'était un oiseau, qui piquait droit vers la terre. Elle recula mais l'oiseau aurait été bien en peine de l'attaquer. Il tomba comme une pierre à ses pieds. Bien qu'il fût encore vivant, il était couvert de sang.

« Dieu tout puissant ! » s'exclama son père.

Il s'interposa devant l'oiseau pour lui en cacher la vue et lui fit signe de continuer à marcher. Croyait-il que l'oiseau avait été tué par un chasseur, ou qu'il était tombé des serres d'un prédateur? Ce genre de questions ne devaient sans doute pas lui effleurer l'esprit, car il n'en aurait certainement pas cru ses yeux. Elle ne put s'empêcher de jeter un regard en arrière et vit ce qui n'était que trop évident: le petit oiseau palpitant avait été retourné de l'intérieur, comme un gant.

La secte voulait ainsi lui signifier qu'on savait ce qu'elle avait fait et qu'il allait lui arriver quelque chose de terrible. Elle n'était nullement en sécurité à la maison. Elle se rappela les tortillements sous les draps; quelles horreurs l'attendaient encore? Elle alla jusqu'au bord du canal et s'assit. Les herbes sèches lui piquaient les jambes et les bras. Elle entendit ses parents l'appeler, plusieurs fois, puis cessa d'y prêter attention. Les membres pelotonnés autour du corps, elle se replia au plus profond d'elle-même, dans les ténèbres où rien ne pouvait plus l'atteindre.

CHAPITRE VINGT-NEUF

En voyant les petites filles sortir de l'école près du lac et jacasser à tue-tête, avec leurs uniformes bordeaux et leurs cheveux flottant au vent, Barbara comprit qu'il était midi. Ted aurait déjà dû être là. Elle se pencha à la fenêtre, les cheveux dans les yeux, regarda au-dehors mais n'aperçut personne, excepté un facteur dans les allées. Pourvu que Ted se presse, car toute seule, elle sentait ses doutes renaître.

Lorsqu'elle appela chez lui elle n'obtint pas de réponse, alors qu'il était manifestement là puisque des ombres allaient et venaient derrière ses fenêtres. S'était-il passé quelque chose qui l'empêchait désormais de continuer à l'aider ? Mais elle ne pouvait pas abandonner, elle était à présent trop impliquée dans sa quête.

Le vent de septembre était étonnamment froid. Les saules agitaient leurs branches sur l'esplanade de briques, le reflet de l'église tremblait dans l'eau. Le facteur se dirigeait vers chez elle mais elle ne prit pas le temps de s'arrêter pour l'accoster, trop occupée à lutter contre les rafales qui soufflaient dans les allées, s'engouffraient sous ses vêtements et lui plaquaient les cheveux en travers des yeux. Le babil des écolières lui parvenait par vagues, de l'autre côté du lac.

Elle se lança dans les marches qui menaient à la

coursive où habitait Ted. Une main se posa sur son épaule. Elle sursauta violemment et dut agripper la rampe pour ne pas tomber. Ce ne pouvait être que le vent mais, pendant un instant, elle avait vraiment cru que quelqu'un l'avait empoignée par l'épaule pour l'empêcher de continuer plus avant. Elle avait même cru que c'était Arthur.

Elle appuya sur la sonnette, deux fois de suite. Le vent balayait la coursive par rafales. Elle allait frapper avec son poing quand la porte s'ouvrit, non sur Ted mais sur une femme qui paraissait plus vieille que son âge, un foulard étroitement noué autour de son visage aux traits tirés.

« Vous êtes Barbara Waugh », déclara-t-elle, les yeux pincés.

Une seule femme pouvait l'accueillir de manière aussi glaciale.

« Vous êtes...

— Oui, son ex-femme. Vous savez, j'ai souvent voulu vous rencontrer. Je suis heureuse de ne pas m'être donné cette peine, tant vous correspondez à l'idée que je me faisais de vous. »

Ted apparut derrière elle.

« Je me demande si vous savez à quel point vous l'avez changé, dit-elle d'une voix amère. Même sa propre fille ne le reconnaît plus. J'espère que vous êtes contente, maintenant que vous l'avez pour vous toute seule. »

Elle s'éloigna le long de la coursive, son foulard s'agitant au vent. Barbara suivit Ted dans l'appartement pendant qu'il cherchait ses clefs. Sa rencontre avec Helen avait été trop rapide et inattendue pour la troubler particulièrement, mais l'événement soulevait des questions qu'elle n'avait pas vraiment envie de poser. Elle voulut dire quelque chose et aperçut le manuscrit, dans une chemise posée sur le canapé.

« Vous avez terminé votre roman ? demanda-t-elle.

— Gagné. Emportez-le avec vous si vous voulez.

— Oui, je vais le prendre et le lirai dans l'avion. »

Elle sentit qu'il avait besoin d'encouragement ; il parlait de son roman sur un ton absolument indifférent, comme si c'était l'œuvre de quelqu'un d'autre. Peut-être était-ce la faute d'Helen.

« Elle est venue faire une scène? dut-elle lui demander.

— Oh, c'est simplement à propos de Judy, dit-il en l'entraînant hors de l'appartement. Elle n'est plus la même à mon égard, depuis mon retour d'Écosse.

— Vous voulez dire qu'elle est jalouse parce que vous êtes venu avec moi? Dites-moi la vérité. »

Le vent devait déformer sa voix ; il était impossible qu'il ait pu rire à sa question.

« Vous avez peut-être raison », dit-il.

Il marchait si vite qu'elle avait à peine le temps de réfléchir.

« Mais est-ce vraiment tout? Que votre femme soit venue vous voir est tout à fait étonnant, non?

— Helen exagère toujours, je vous l'ai déjà dit. C'était un simple prétexte.

— Un prétexte ? Pour quoi faire ? Elle ne s'est tout de même pas mis en tête de vous empêcher de voir Judy, n'est-ce pas?

— Je ne sais pas. En tout cas, ça n'a plus d'importance, désormais. Dépêchons-nous, sinon vous allez louper votre avion. »

Il devait être encore sous le contrecoup de la visite d'Helen, ou bien feignait de croire que cela ne l'avait pas touché. Dès qu'elle ouvrit la porte de chez elle, il la bouscula presque pour entrer.

« Je vais prendre vos bagages, dites-moi où ils sont. »

Il s'arrêta pile, ayant marché sur plusieurs lettres qui allèrent s'éparpiller au bout du couloir. Il se baissa rapidement et les ramassa. Il en examina une attentivement et la glissa dans sa poche.

« Celle-ci n'est pas pour vous. Je la redonnerai au facteur. Il est déjà tard. »

Barbara ne put s'empêcher de trouver son attitude

bizarre ; la lettre était écrite en larges capitales espacées qui laissaient à peine assez de place pour le timbre. Les autres lettres pouvaient attendre. Ted se dirigeait déjà vers la porte avec ses bagages sous les bras. Il avait l'air si pressé de la voir partir qu'elle en oublia presque de lui donner le double de ses clefs.

Sur le chemin de l'aéroport d'Heathrow, l'un comme l'autre ils parlèrent à peine. A la sortie d'Hounslow, ils trouvèrent les premiers champs, givrés, qui semblaient refléter le bleu glacé du ciel. Par moments, Ted semblait à peine conscient de tenir un volant. Il devait s'inquiéter pour Judy et c'était sa faute.

Il remarqua l'air soucieux dont elle le regardait, mais se méprit sur ses intentions.

« Tout ira bien, dit-il. Nous avons fait pour le mieux. Je serai chez vous aux heures où vous y êtes habituellement. S'il y avait le moindre appel, je serais là. »

Elle savait tout cela — il avait passé tout le temps du trajet, au retour d'Hemel Hempstead, à essayer de l'en persuader — mais cependant, quand il fut l'heure de monter dans l'avion, elle ressentit un moment d'angoisse et d'incertitude. Il dormirait tous les soirs chez elle pendant la durée de son séjour à New York. Elle lui avait confié des choses que seule Angela pouvait connaître, car elle avait plus confiance en lui qu'en Gerry Martin, mais cela serait-il suffisant ? Il était trop tard pour avoir des regrets ; Ted avait déposé ses bagages sur le tapis roulant et ils s'éloignaient déjà, comme des cercueils avalés par le four d'un crématorium.

« Ne vous tracassez pas, dit-il en lui serrant le bras si fort qu'il lui fit mal. Si Angela appelle, je sais exactement ce qu'il convient de faire. »

CHAPITRE TRENTE

LES négociations pour la vente du livre de Paul Gregory durèrent deux jours et, quand ce fut terminé, Barbara eut l'impression que plus rien n'existait en dehors de sa suite à l'hôtel Algonquin : le dessin de Thurber — une femme énorme penchée au-dessus d'une minuscule victime — la vue monochrome de la 44e Rue Ouest à travers la haute baie victorienne, un placard où auraient pu se cacher Hercule Poirot, Arsène Lupin, Sherlock Holmes et consorts. Elle avait appelé Paul pour lui dire que les enchères avaient atteint des sommets, mais avait eu Sybil à la place, qui avait fait montre d'un enthousiasme plutôt tiède.

Après la vente, Barbara n'avait pas pu se reposer. Elle aurait dû donner une soirée dans sa suite — c'est ce qu'elle avait fait la dernière fois, et elle n'avait pas pu atteindre son lit de la nuit — mais elle avait été trop prise par les entrevues avec les éditeurs pour la promotion du Newton-Brown et, entre deux rencontres, n'avait eu le temps de s'accorder que de courtes promenades. Chœurs invisibles qui chantaient du Schönberg dans Bryant Park ; vitrines des bijouteries, dans la 47e Rue Est, qui scintillaient comme si elles étaient encore couvertes de givre ; reflets de gratte-ciels qui se mélangeaient sur l'immense façade bombée du Monsanto

Building. Elle hésitait à s'éloigner de l'hôtel car elle guettait un appel de Ted.

Finalement, malgré la fatigue et l'état de ses nerfs, ses efforts s'étaient avérés payants. On s'intéressait énormément au livre de Newton-Brown et elle pourrait mener le reste des opérations depuis Londres. Il lui fallait encore rencontrer quelqu'un pour discuter du roman de Ted, puis elle ferait modifier sa réservation et prendrait le prochain vol pour Londres.

Elle se dirigeait vers la salle de bains quand le téléphone sonna. C'était Cathy Darnell, une amie à qui elle avait montré le roman de Ted.

« Montez », lui dit Barbara.

Elle était bien matinale ; voulait-elle acheter les droits du roman de Ted? Barbara l'avait parcouru dans l'avion, mais elle était trop anxieuse pour pouvoir le juger objectivement ; elle se demandait comment avait réagi Angela si elle avait appelé à l'appartement et obtenu une voix d'homme en réponse. Elle avait dû croire que quelqu'un de la secte avait mis le téléphone sur table d'écoute. Barbara espérait que Ted avait pu la convaincre du contraire.

Cathy apparut bientôt, vêtue d'une longue robe ample et coiffée d'une queue de cheval. L'humidité de septembre semblait s'être condensée sur sa lèvre supérieure. Elles s'embrassèrent puis Barbara se précipita vers la salle de bains.

Elle n'avait qu'à moitié terminé de se laver et avait encore les yeux pleins de savon quand le téléphone sonna une nouvelle fois.

« Je m'en occupe », cria Cathy.

Barbara se rinça rapidement le visage et ferma le robinet à temps pour entendre Cathy dire :

« Je suis désolée, mais la communication n'est pas très bonne. Pouvez-vous répéter votre nom ? »

Tout à coup, Barbara fut inquiète. Elle se précipita hors de la salle de bains, achevant de se frotter le visage avec une serviette. Avant qu'elle ait pu atteindre le téléphone, Cathy déclara :

« Oui, je vous entends mieux maintenant. Voulez-vous patienter une minute, je vous prie ? »

Elle se tourna vers Barbara, les yeux ronds d'excitation, la main plaquée sur l'écouteur.

« C'est Laurence Dean, dit-elle. Il désire vous parler. »

Barbara savait naturellement qu'il avait produit plusieurs films qui avaient connu un succès prodigieux, mais elle était ennuyée ; elle avait presque terminé ce qu'elle avait à faire à New York et désirait rentrer chez elle.

« Qu'est-ce qu'il veut ? Il vous l'a dit ?

— Vous feriez mieux de lui demander vous-même. Il aime que les choses soient menées rondement. »

Son doux accent californien lui donnait un air d'homme du monde, mais il parlait très bas. Barbara dut tendre l'oreille.

« Je projette de venir à New York en début de semaine prochaine, madame Waugh, dit-il. Et je crois savoir que vous y serez. J'aimerais vous rencontrer, si vous avez un moment de libre.

— C'est-à-dire que j'avais plutôt l'intention de rentrer demain à Londres. »

Cathy ouvrit une bouche affolée et lui fit signe de se taire.

« A quel sujet vouliez-vous me parler ? Excusez-moi, un instant, dit-elle en voyant Cathy qui s'agitait devant elle et lui faisait de grands signes.

— Il ne s'engagera pas tant que vous ne serez pas face à face, dit-elle quand elle fut sûre qu'il ne pouvait pas entendre. Si vous essayez de le faire parler, il laissera tomber, mais croyez-moi, s'il appelle un agent, c'est qu'il est très intéressé par un livre précis. Vous devez le rencontrer, Barbara. Vous êtes peut-être devant une très grosse affaire.

— Formidable, Cathy. Je suis désolée, continuez, s'il vous plaît, ajouta-t-elle à l'adresse de son interlocuteur.

— J'ai lu récemment quelques ouvrages dont vous possédez les droits, répondit patiemment la frêle voix à l'autre bout de la ligne. Une rencontre me semble indispensable.

— Par quels titres êtes-vous intéressé ? »

Cathy se frappa le front en signe de désespoir et leva les yeux au ciel.

« Je crois que vous êtes l'agent d'un certain Paul Gregory, déclara Dean d'une voix faible.

— Oui, absolument. »

Elle se sentait impuissante, piégée par les devoirs de son métier. Il suggéra un rendez-vous pour le mardi suivant et elle accepta. Juste avant de raccrocher, elle faillit ouvrir la bouche pour revenir sur son accord. Sa contrariété devait se lire sur son visage car Cathy demanda :

« A-t-il raccroché ? Oh, Barbara, je vous avais bien dit qu'il réagirait comme ça ! »

Dans les marches de l'escalier, Barbara l'informa de ce qui avait été convenu, la main sur la rampe de fer forgé qui serpentait jusque dans le hall, meublé de cuir chaud et accueillant, où discutaient divers membres du monde de l'édition.

« Barbara, c'est fantastique ! Je suis certaine que c'est la première fois qu'il s'engage aussi loin. Ça m'a tout l'air d'être une affaire sensationnelle. »

Barbara s'efforça de se montrer ravie. Par chance, les plantes et les lambris qui décoraient les lieux assombrissaient l'atmosphère. Sur le kiosque à journaux, la manchette d'un quotidien proclamait : LA SECTE CALIFORNIENNE CONDAMNÉE. Il y avait toujours quelque chose, semblait-il, pour lui rappeler les sectes et l'occultisme.

« Allons faire un tour et prendre un verre, dit Cathy d'un ton décidé. Vous êtes restée trop longtemps enfermée dans cet hôtel. »

Elle l'emmena dans un bar de la Sixième Avenue. Des airs de Bartok perçaient la rumeur de la circulation, depuis Bryant Park. Une équipe de tournage avait bloqué plusieurs pâtés d'immeubles, plus haut sur l'avenue et, tant que la prise ne fut pas bonne, Ricky Schroeder sortit le nombre de fois requis de Radio City Music Hall. Barbara trouva le professionnalisme du petit garçon de huit ans plutôt glaçant.

Le bar était petit et sombre. Quelques hommes buvaient, assis devant un comptoir de bois verni, les yeux braqués vers un appareil de télévision que tout le monde semblait fixer d'un air stupide. Entre les coudes des buveurs, brillaient des taches indistinctes, où se reflétaient leurs visages. Les deux femmes choisirent une alcôve à l'écart et commandèrent deux Black Russians. Après avoir siroté une ou deux gorgées, Cathy demanda :

« Est-ce que je peux vous aider?

— Je ne crois pas, Cathy. Merci, en tout cas. Ce sont des problèmes personnels qui n'ont rien à voir avec le travail.

— Alors, parlons travail. J'aime beaucoup le roman de Ted Crichton. Il devra être un peu retravaillé, mais je peux d'ores et déjà vous faire une offre. »

Un président des États-Unis au teint rose et brouillé vociférait sur l'écran. La voix forte du présentateur du journal ne cessait d'interférer avec celle de Cathy.

« Voilà une bonne nouvelle, répondit Barbara, essayant d'oublier ses soucis. Quelles parties faudrait-il reprendre, selon vous?

— Il faut remanier les premiers chapitres. C'est la fin du roman qui m'a littéralement décidé à l'acheter — vous savez, quand la détective découvre que sa meilleure amie a partie liée avec l'organisation. Mais c'est exposé un peu trop sèchement. Il faudrait glisser quelques indices plus tôt dans l'intrigue. C'est drôle, on dirait que l'auteur n'a pensé à exploiter son idée que très tard dans le roman.

— Je lui dirai tout ça. »

Sur l'écran, plusieurs personnes, roses à cause de la mauvaise définition des couleurs, étaient conduites devant un tribunal, le visage caché des caméras.

« Mais vous pouvez tout aussi bien lui écrire par mon intermédiaire, bien qu'officiellement, je ne sois pas son agent.

— Mais vous allez le devenir, à présent, non?

— J'ai toujours pensé qu'on ne devait surtout jamais devenir l'agent d'un de ses amis. Cela complique les relations pour toutes sortes de raisons. »

Elle essayait d'entendre ce que disait le commentateur. Cathy voulut prendre la parole, mais Barbara lui fit signe de se taire, étonnée par la violence inhabituelle de ses réactions. Le tribunal et les accusés masqués avaient disparu de l'écran ; le présentateur parlait à présent de pollution.

« Qu'a-t-il voulu dire, exactement, quand il a affirmé qu'on n'avait pas pu découvrir leurs noms? demanda-t-elle.

— Je ne sais pas, répondit Cathy. Je n'écoutais pas.

— Il a dit quelque chose au sujet de gens qu'un tribunal a dû juger sans connaître leurs noms.

— Oh, ce doit être cette bande de malades, en Californie. Vous n'en avez pas entendu parler? Non, je présume que vous aviez trop à faire. Eh bien, c'est, disons, une sorte de première judiciaire : la police n'a pas pu découvrir les noms de tous les accusés et il a fallu leur attribuer des pseudonymes pour que la cour puisse les juger. »

Les bras de Barbara se raidirent ; elle reposa son verre.

« Que savez-vous d'autre à ce sujet, Cathy ? Dites-moi tout ce que vous savez?

— Je n'ai pas vraiment suivi l'affaire. C'est un endroit bizarre, la Californie, vous savez. Bref, c'est une communauté de détraqués, je crois, qui est impliquée dans de très sales affaires, magie noire, torture, enfin des choses comme ça. Il y avait déjà eu quelques rumeurs à leur sujet, mais personne n'avait jusqu'à présent réussi à retrouver leurs traces. Je m'en souviens fort bien, maintenant. La police croit que certains d'entre eux se sont volontairement laissés prendre parce qu'ils avaient peur de ce qu'on voulait les obliger à faire. »

Barbara prit conscience qu'elle tremblait, avant même que Cathy ne précise :

« Le problème qui me préoccupe est que certains avaient des enfants. Je veux dire qu'il est difficile d'imaginer l'exemple qu'ils ont pu avoir. »

Barbara voulut reprendre son verre mais préféra y renoncer, de crainte de le renverser.

« Y a-t-il quelqu'un qui pourrait m'en apprendre plus à leur sujet ? » finit-elle par dire.

Cathy la regarda attentivement.

« C'est important pour vous, n'est-ce pas ? Très bien, attendez-moi là le temps que je passe un coup de fil. J'ai quelques relations parmi les gens de la radio. »

Barbara était heureuse que Cathy n'ait pas cherché à lui poser des questions. La tête des buveurs accoudés au comptoir oscillait d'avant en arrière, à mesure qu'ils levaient la main droite pour boire une gorgée ; le reste de leur corps semblait totalement paralysé. Ils regardaient maintenant la retransmission d'un combat de catch ; pour sa part, Barbara n'aurait su dire si les taches rouges qui marbraient la chair nue étaient du sang ou les couleurs de l'écran qui coulaient. Finalement, Cathy lui fit signe de venir la rejoindre à l'autre extrémité du bar.

« Vous tenez réellement à savoir ? demanda-t-elle.

— Oui, vraiment », répondit Barbara en se raccrochant au comptoir.

Ses ongles griffèrent le bois verni.

« S'il vous plaît, passez-moi la communication, demanda-t-elle d'un ton pressant.

— Ce n'est pas la personne qui pourra vous renseigner. Très bien, ajouta-t-elle à l'adresse de son correspondant. Qu'elle demande Barbara Waugh, à l'hôtel Algonquin. »

Elle reposa le récepteur et sourit, heureuse d'avoir pu satisfaire les désirs de Barbara.

« Une femme vous appellera dans une heure ou deux. »

Autant dire une éternité.

« Je ne pourrais pas l'appeler tout de suite ?

— Hum, je ne pense pas. C'est l'amie d'un ami, vous comprenez. Je veux dire qu'il est trois heures plus tôt en Californie. Elle est probablement en train de se préparer pour aller travailler, dit Cathy en lui prenant le bras, comme pour l'empêcher de trembler. Essayez de vous détendre. Racontez-moi tout si cela peut vous aider.

— Non, je ne peux pas. »

Elle imaginait les pires choses si elle parlait maintenant.

« Je ne peux pas, répéta-t-elle.

— Ça ne fait rien. Allons finir notre verre. »

Mais si quelqu'un devait l'appeler à l'hôtel, il lui fallait rentrer immédiatement, Cathy renonça à finir son verre et la suivit dehors.

« Je vous accompagne jusqu'à votre hôtel. Nous pourrons discuter du roman de Ted Crichton la semaine prochaine, si vous préférez, quand vous aurez fait affaire avec Laurence Dean. Ne laissez pas cette histoire vous monter à la tête, d'accord ? Ma mère avait l'habitude de dire quelque chose dont on devrait toujours se souvenir : rien n'est aussi terrible qu'on le croit. »

CHAPITRE TRENTE ET UN

BARBARA entra en trombe dans l'hôtel Algonquin. Un voile noir passa devant ses yeux. Dans les ténèbres du hall, bourdonnantes du brouhaha général, des visages blêmes flottaient devant ses yeux, telles des grappes de ballons. Sa main effleura les feuilles froides et poisseuses d'une plante grasse ; un visage lui heurta la hanche, un visage de terre glaise. Un enfant, sans doute.

Barbara traversa la foule et gagna le kiosque à journaux. Elle eut beau chercher, elle ne put retrouver la manchette qu'elle avait vue il y avait pourtant peu de temps. Était-ce une page intérieure, qu'on avait exposée par erreur ? Elle acheta un exemplaire de tous les journaux exposés et se dirigea vers les escaliers, ce qui était souvent plus rapide que d'utiliser l'ascenseur. Elle ne se sentait pas en sécurité dans ce hall sombre, entourée par une foule de gens qui pouvaient la voir mais qu'elle n'arrivait pas à distinguer.

Elle avait presque dépassé le bureau de la réception lorsque le préposé de service l'aperçut.

« Madame Waugh ! Il y a eu un appel pour vous. »

Cathy avait dû se tromper : la femme avait appelé pendant qu'elle était sortie. Elle était maintenant partie travailler et Barbara n'avait aucun moyen de savoir qui elle était ; Cathy ne serait pas chez elle avant des heures. Le réceptionniste consulta une note et dit :

« Un M. Crichton vous a appelé de Londres, il y a une demi-heure. »

Pourquoi n'avait-il pas laissé un message? Barbara s'enfuit en courant vers sa suite. Elle franchit des portes noires laquées, négatifs géants rabattus sur les murs blancs, où elle se vit un bref instant en passant, épreuve à demi développée aux contours encore imprécis, avec des taches grises à la place des membres et du visage. Dans une chambre, un téléphone sonnait, lointain. Elle batailla quelques instants pour glisser sa clef dans la serrure, sous le regard globuleux de l'œilleton. Le téléphone sonnait toujours, mais pas chez elle.

Elle jeta les journaux sur la moquette du salon et se précipita vers le téléphone. Elle hésita, au milieu de la combinaison, maugréant contre ce qui prenait des allures de cauchemar, car elle avait oublié son propre numéro. Six-trois-huit, murmura-t-elle, six-trois-huit. Elle commençait à se demander comment faire pour obtenir les Renseignements en Angleterre lorsque son numéro lui revint en mémoire. Elle le composa immédiatement mais n'obtint qu'un crachotement inaudible. La seconde fois, elle laissa sonner longtemps mais il n'y eut pas de réponse.

Elle se souvint du numéro de l'appartement de Ted sans aucune difficulté, mais ce fut tout aussi inutile. A des milliers de kilomètres de distance, mais en même temps tout contre son oreille, son téléphone sonna, sonna, mais personne ne répondit. Sa montre indiquait presque treize heures, ce qui voulait dire qu'il n'était pas loin de dix-huit heures à Londres. Elle aurait bien appelé Melwood-Nuttall, même si cela devait demander des heures, mais elle se rappela qu'on était samedi : il n'y aurait personne.

Elle reposa doucement le récepteur, le temps de retrouver un peu de son calme, puis regarda l'appareil comme si c'était une bombe. Il lui renvoya un éclat brillant, bloc noir de silence. Il devait être à présent dix heures en Californie et le contact de Cathy Darnell devait avoir transmis le message. Que voulait donc lui dire Ted?

Elle parcourut les journaux pour s'empêcher de broyer inutilement du noir. Le sol, tout autour d'elle, fut bientôt jonché d'assassinats, d'attentats à la bombe et d'enlèvements. Elle finit par trouver sa manchette en dernière page, mais l'article en disait beaucoup moins sur la secte proprement dite que sur son chef, un homme connu sous le nom de Jasper Gance.

Ou peut-être était-ce Kaspar Ganz. C'était le nom sous lequel il s'était présenté comme psychiatre dans le but de visiter le Quartier de la mort, sous le prétexte d'effectuer des recherches. Plus le crime était atroce, plus il avait envie d'interroger le criminel. Il avait lui-même été accusé de meurtre et avait été examiné à son tour par un psychiatre, qui avait diagnostiqué une fascination morbide pour le sadisme et les mutilations. Ganz, ou Gance, avait été emprisonné peu avant le début de la Seconde Guerre mondiale, mais on l'avait libéré après l'attaque de Pearl Harbor. Depuis, plus personne n'en avait jamais plus entendu parler.

L'article donnait ensuite une version du rapport du psychiatre plus complète que celle qui avait été publiée à l'époque, et Barbara fut épouvantée qu'on ait pu relâcher un tel homme. Il croyait que les plus grands crimes ne pouvaient s'expliquer par la seule personnalité des criminels. L'un des assassins qu'il avait interrogé lui avait dit qu'il avait la sensation d'être proche de quelque chose, ou de faire partie de quelque chose, que l'acte de torturer ne lui avait toujours laissé qu'entrevoir, phénomène qu'il essayait de décrire comme la poursuite de l'assouvissement d'une faim plus grande que lui. Ganz faisait valoir que ces criminels, tous les criminels — Gilles de Rais, Jack l'éventreur, Peter Kürten, le vampire de Düsseldorf — avaient été poussés à accomplir les pires atrocités pour le compte d'une force qui les dépassait. Ces crimes formaient peut-être une sorte de trame à travers les siècles, ou bien ils étaient une étape dans la recherche de l'atrocité ultime. Le psychiatre qui avait examiné Ganz avait assuré que toutes ces théories n'étaient qu'un écran de fumée destiné à justifier sa propre fascination, une fiction élaborée aussi difficile à accepter que les idées de Sade à son époque. Mais aujourd'hui, continuait l'article du journal, il était clair que Ganz avait décidé de faire partager ses idées à d'autres personnes.

Cela n'avait sûrement rien à voir avec Angela, qui ne pouvait certainement pas être impliquée dans cette histoire, mais Barbara avait de plus en plus hâte d'entendre à nouveau sa voix. L'article ne disait rien au sujet d'enfants mais mentionnait que Ganz avait sans doute envoyé des disciples en Europe pour répandre sa parole et ses pratiques, dans le but de rendre plus difficile la neutralisation du groupe en cas de problème. Qu'avait donc Ted de si pressé à lui dire ? Pourquoi ne rappelait-il pas ?

La télévision ! Les nouvelles télévisées seraient sans doute plus récentes que celles des journaux — elle aurait dû y penser plus tôt. Elle se releva précipitamment, faisant tomber quelques journaux au passage et passa les différentes chaînes en revue. Les victimes d'un jeu télévisé, un couple d'âge moyen, tout ému et nerveux, pleurant d'émotion ; Godzilla, qui attaquait une usine ; de la publicité en espagnol. Elle abandonna le téléviseur et se rua de nouveau vers le téléphone, à travers un grand froissement de papier, car elle croyait savoir où trouver Ted.

Elle faillit perdre espoir avant même d'avoir fini de composer le numéro. Ted pouvait être là, mais ce n'était qu'une éventualité. Il y avait en effet la clef de son bureau dans le trousseau qu'elle lui avait donné. Il avait peut-être retrouvé Angela et pensé que son bureau était l'endroit le plus sûr pour la cacher pendant le week-end ?

La sonnerie retentit, tour à tour proche et distante. Elle crut qu'elle n'allait pas obtenir de réponse mais on décrocha presque aussitôt.

« Agence littéraire Barbara Waugh », dit une voix faible.

C'était une voix féminine, jeune, une voix de jeune fille. Barbara s'assit et ferma les yeux, transportée d'espoir.

« Qui est à l'appareil ? » demanda-t-elle d'une voix qui se voulait ferme.

La réponse fut aussi faible qu'un murmure dans le vent. Il y eut un grésillement d'électricité statique et Barbara eut tout juste le temps d'entendre « Angela ». Assise sur le bord de sa chaise, elle plaqua l'appareil tout contre son oreille.

« Angela ? s'écria-t-elle. C'est toi ? »

Mais la jeune fille n'était plus à l'écoute. Quelque part sur la ligne, derrière le murmure de l'électricité statique, des voix conversaient ou se querellaient. Barbara mit sa main libre contre son autre oreille et entendit comme des rouages se mettre en branle à l'intérieur de son crâne. Une voix brouillée traversa tout à coup la friture.

« Qui est à l'appareil, s'il vous plaît ?

— Je suis Barbara Waugh et vous êtes dans mon bureau, répondit-elle, heureuse de pouvoir traduire son énervement en rage froide. Vous feriez mieux de me dire tout de suite qui vous êtes.

— Je suis désolée, Barbara. C'est moi, Louise. Je mettais un peu d'ordre dans le courrier. Hannah a été malade la semaine derrière. »

Sa voix se fit momentanément plus distincte. La jeune femme avait bien sûr parlé d'Hannah, pas d'Angela. Louise n'avait pas dû se fouler pendant son absence, mais cela n'avait pas d'importance. Barbara se souvint qu'elle avait une question à lui poser.

« Avez-vous eu des nouvelles de Ted Crichton, récemment ?

— Oui, il a appelé hier. Il voulait savoir si vous n'aviez pas décidé de rentrer plus tôt que prévu. Je crois qu'il aurait aussi voulu avoir des nouvelles de son livre. »

C'était d'ailleurs sans doute pourquoi il avait téléphoné à l'hôtel Algonquin. Elle prit congé de Louise et s'assit, se demandant quoi faire. Le soir descendait sur les immeubles, au-delà de la baie vitrée ; le visage d'un présentateur portoricain tressautait sur l'écran ; où qu'elle aille, elle marchait sur les journaux. Elle pouvait appeler l'un de ces journaux, pour essayer d'en apprendre un peu plus sur la secte. Elle n'avait qu'à passer pour consigne au standard de l'interrompre si quelqu'un l'appelait de l'extérieur. Fatiguée, elle tendit la main vers le téléphone.

Sur l'écran, elle revit tout à coup défiler les mêmes scènes de tribunal et les mêmes gens masqués que dans l'après-midi. Même si le journaliste avait eu des informations plus récentes à commenter, cela n'aurait servi à rien car elle ne comprenait pas l'espagnol. Elle scruta l'écran dans l'espoir d'apercevoir le visage d'un des membres de la secte. Celui de Kaspar Ganz explosa sur l'écran.

Cela ne dura que le temps d'un éclair. Le cameraman avait-il été chassé par la police, ou bien avait-il reculé, dompté par ces yeux fous ? Sous le feu brûlant de ce regard, au milieu du long visage émacié, sec et dur comme celui d'un insecte, Barbara se surprit à espérer que ces yeux avides ne s'étaient jamais posés sur ceux d'Angela.

Le visage de Ganz quitta brusquement l'écran, remplacé par celui du présentateur. Si « magia negra » était suffisamment clair, elle ne comprit pas un traître mot de la suite du commentaire. Elle changea de chaîne pour ne pas être tentée de continuer à écouter inutilement. Aperçus d'un public qui grondait, vues sur des visages qui criaient des slogans de protestation. Les scènes habituelles, quoi. Le téléphone sonna.

Elle s'empêtra les pieds dans les journaux. La pièce tout entière semblait pleine de ce bruit de froissement. Elle écarta les journaux de la pointe du pied et s'empara du récepteur.

« C'est un appel en PCV. Janet Lieberman, de San

Francisco. Vous acceptez la communication ? demanda la standardiste de l'hôtel.

— Oui, passez-la moi. »

Sa voix était ferme, même si ses genoux tremblaient. Janet Lieberman était directe, presque au point de paraître brusque.

« Madame Waugh, j'ai cru comprendre que vous désiriez des informations sur Kaspar Ganz. Pourquoi ?

— Parce que... »

Cela n'avait certainement pas d'importance si elle dévoilait son secret à quelqu'un qui vivait si loin.

— « ... j'ai peur que ma fille n'ait rencontré ces gens en Grande-Bretagne.

— J'espère que vous vous trompez, répondit Janet Lieberman d'une voix plus sympathique. Que voulez-vous savoir ?

— Tout. Tout ce que vous pourrez me dire.

— Dans ce cas, il vaudrait peut-être mieux que je vous écrive.

— Non, je vous en prie. J'ai besoin de savoir certaines choses sans attendre. »

Barbara avait peur que la femme ne raccroche, maintenant qu'elle avait proposé d'écrire.

« J'ai lu certaines choses sur Kaspar Ganz. Je voudrais savoir ce qu'il pousse les gens à faire.

— Oh... il leur fait d'abord gober ses théories — vous savez, ces meurtres apparemment sans motifs, eh bien ils sont commis certes par des meurtriers, mais à la place de quelqu'un d'autre. La raison de ces assassinats ne devient apparente que lorsqu'on peut disposer de toutes les pièces du dossier. Bien sûr, d'une certaine manière, c'est une théorie parfaite, car elle écarte à l'avance toutes les objections qui pourraient se présenter, et je présume que les gens qui y croient trouvent cela rassurant. Certaines personnes ont besoin de se raccrocher à ce genre de certitudes. »

Barbara sentit qu'elle hésitait à continuer.

« Vous me parlez de leurs théories, se força-t-elle à dire, mais quelles sont-elles, exactement ?

— Je suppose que vous savez qu'ils abandonnent leurs noms. C'est pour soi-disant montrer qu'ils ne sont que les instruments de leurs actes. Ce qu'ils font? Eh bien, dit-elle sans plus d'hésitation, ils enlèvent des gens et les torturent jusqu'à la mort. Ils croient en la réincarnation, de sorte qu'ils considèrent les souffrances de leurs victimes comme sans aucune importance, car ils professent par ailleurs qu'on ne se souvient jamais des souffrances qu'on a subies au cours d'une vie précédente. On est en Californie, ici, et ce genre de croyance est monnaie courante. Ganz avait l'habitude de faire prendre de la drogue à ses disciples, ce qui ne pouvait que leur égarer l'esprit un peu plus. Cela ne veut pas dire que ses adeptes anglais usent des mêmes procédés. »

Barbara aurait aimé se sentir rassurée, mais il y avait une question qu'elle ne pouvait plus longtemps éviter de poser.

« Je n'arrive pas à comprendre pourquoi il a fallu si longtemps pour les appréhender, demanda-t-elle.

— Tout compte fait, le nombre d'enlèvement reste relativement minime. Ils font durer leurs victimes. »

Elle dut regretter d'avoir ajouté cette précision, car elle enchaîna rapidement.

« Tout tendrait à faire croire que certains des membres de la secte sont littéralement tombés dans les bras de la police, ayant enfin compris toute l'ignominie de ce qu'on voulait les forcer à faire. Ganz avait déjà dû assurer ses arrières, car les arrestations pratiquées n'ont pas semblé le préoccuper le moins du monde. D'après ce que j'ai entendu dire, les chefs du mouvement californien ont en fait téléguidé l'arrestation de lampistes pour offrir quelque chose en pâture au public, ce qui est tout bénéfice parce que, de toute façon, ceux qu'on a arrêtés ne peuvent absolument rien dire de compromettant. »

Après une pause symbolique, elle demanda:

« Est-ce que cela répond à vos questions?

— Non, pas entièrement, dit Barbara qui aurait bien aimé que ce fût le cas. J'ai entendu dire que certains de

ces gens avaient des enfants. Que leur faisaient-ils ? »
Il y eut un silence assez long.
« Quel âge a votre fille ? demanda Janet Lieberman.
— Ce n'était qu'une enfant lorsqu'ils l'ont enlevée.
— Oui, elle a grandi depuis. »
Janet Lieberman semblait hésiter sur la manière de lui exposer les faits, ne voulant pas lui faire miroiter de faux espoirs.
« Les enfants sont initiés au cours de leur treizième année », dit-elle.
La chambre d'hôtel sembla se fondre dans le décor de l'écran. Les couleurs tremblaient et coulaient l'une sur l'autre, le sol n'était qu'une masse d'électricité statique.
« Désirez-vous savoir autre chose ?
— Non. »
C'était plus une prière qu'une réponse.
« Merci de m'avoir appelée », ajouta Barbara mécaniquement en reposant le récepteur.
Elle n'aurait jamais dû quitter l'Angleterre. Tout devenait clair, à présent, bien qu'elle ait toujours su qu'Angela serait initiée, si elle avait seulement voulu ouvrir les yeux. Elle l'avait presque deviné, le soir du dîner chez les Gregory, quand Sybil lui avait demandé si Angela avait été scout. C'est parce qu'elle devait avoir peur de cette cérémonie qu'Angela avait commencé à l'appeler. Aujourd'hui, si elle appelait sa maman, elle n'entendrait que la voix d'un inconnu. Pourvu qu'elle n'ait pas trop peur et rappelle.
Barbara avait toujours la main posée sur le téléphone quand il sonna à nouveau. Traversée comme par une décharge électrique, elle réussit néanmoins à ne pas le faire tomber.
« Un appel de M. Ted Crichton, en provenance de Londres », dit la standardiste.
Il ne pouvait donc pas attendre pour avoir des nouvelles de son roman ?
« Qu'est-ce que vous voulez ? demanda-t-elle dès qu'il

fut en ligne. Qu'est-ce qui se passe ? Pourquoi m'appelez-vous encore ?

— Parce que je sais où est Angela », dit-il.

CHAPITRE TRENTE-DEUX

QUAND Glasgow apparut pour la troisième fois, elle eut l'impression d'être prisonnière d'un manège tournant. La voix du commandant annonça que la piste n'était toujours pas disponible. Personne ne parut s'en soucier sauf elle : l'hôtesse patrouillait imperturbablement, les passagers souriaient ou faisaient grise mine. Suspendue à des centaines de mètres en l'air, elle priait intérieurement pour que l'avion se pose le plus vite possible mais personne ne semblait comprendre combien c'était important pour elle. Elle refoula un gémissement d'impatience car cela n'aurait avancé à rien. Au moins, elle était au-dessus de Glasgow et elle savait où aller.

La ville apparut une nouvelle fois quand l'appareil se laissa tomber de côté, comme si le manège glissait sur son erre. Elle ferma les yeux car, bien que l'horizon ne fût plus qu'une paroi verticale, elle n'avait pas senti l'appareil s'incliner. Elle avait l'impression de flotter, irréelle, perdue dans un rêve provoqué par le décalage horaire, même si, au bout du compte, c'était vrai. Grâce à Ted, elle allait enfin savoir où la secte se cachait.

Au début, elle n'avait pas osé le croire. La secte n'avait-elle pas pu le mystifier ? Était-il sûr d'avoir parlé à Angela ? Il avait fini par la persuader que oui. Angela avait également dû le trouver convaincant, car elle lui avait donné l'adresse de la secte.

Barbara ne pouvait s'empêcher d'en concevoir une certaine rancœur, tout en se sentant légèrement coupable. Il n'était pas surprenant qu'Angela ressente le besoin d'un père et Ted lui avait sans doute paru être un substitut acceptable. Pourrait-il le devenir, avec le temps? Ce n'était pas le moment de rêver. D'un autre côté, Angela ne lui avait tout de même pas entièrement fait confiance, car elle n'avait pas voulu qu'il vienne seul à Glasgow. D'après ce que Ted lui avait dit au téléphone, Barbara devait l'accompagner jusqu'à la maison.

L'aéroport se présenta soudain dans le hublot, plus proche de seconde en seconde. Des notes de musique saluèrent l'atterrissage. Tout autour d'elle, des gens se levèrent, lui bloquant le passage, pour récupérer leurs bagages à main. L'avion n'avait pas encore atteint le bout de la piste. Elle aurait de la chance si elle pouvait quitter l'aéroport en moins d'une heure.

Ted avait insisté pour qu'elle lui fasse savoir le plus tôt possible quel vol elle prendrait, de manière à pouvoir venir la chercher. Elle avait finalement réussi à réserver une place sur un vol qui ralliait Glasgow le dimanche matin, après une escale à Londres. Quand elle l'avait rappelé chez elle, il avait mis un petit moment avant de répondre, de sorte qu'elle avait cru qu'il y avait quelque chose qui n'allait pas. Non, lui avait-il répondu, tout allait bien. Il l'attendait.

La récupération de ses bagages sembla demander une éternité. Ils furent presque les derniers à se présenter sur le tapis roulant. Pour tromper son attente, elle pensa à Laurence Dean, à qui elle avait dû envoyer un télégramme pour annuler leur rendez-vous. Cela avait peut-être tué toute la carrière future du *Torrent de la vie*, et il n'était pas impossible que le film projeté ne se fasse jamais. Sybil avait eu raison de se montrer réservée.

Elle croyait n'avoir rien à déclarer mais tel n'était pas l'avis du douanier. Il était encore jeune et visiblement résolu à se montrer efficace. Elle ouvrit ses valises et l'observa fouiller dans ses sous-vêtements. Le rouge de l'embarras ou de la frustration ne tarda pas à lui monter aux joues. Il la dévisagea furtivement, referma les valises et la laissa partir.

Dans le hall principal, ponctuée par le carillon du même indicatif préenregistré, une voix claire annonçait les départs et les arrivées des vols. Des gens venaient chercher des amis à leur descente d'avion, mais elle n'aperçut Ted nulle part. Ce qui était normal car il l'attendait sur le prochain vol, à Glasgow, et non ici à Prestwick. Elle aurait aimé le prévenir de son changement de programme mais n'avait pas pu le joindre.

Elle avait commencé à faire ses paquets dès ses premières paroles ; avant même qu'il ait terminé, elle avait su qu'elle devait partir. Puis elle avait pensé que pendant qu'elle perdrait du temps à faire escale à Londres, il risquait d'arriver quelque chose à Angela. En désespoir de cause, elle avait rappelé la compagnie aérienne et avait réussi à réserver une place sur un vol pour Prestwick.

Elle était toute seule. Le temps qu'elle songe à envoyer un télégramme à Ted, elle était déjà en route pour l'aéroport Kennedy, ne voulant à aucun prix manquer son avion. Enfin, elle savait maintenant où aller. Pour lui prouver ses dires, Ted lui avait indiqué l'adresse de la maison de Glasgow où se terrait la secte. Elle sauverait Angela elle-même ; elle ne pouvait pas se permettre d'attendre l'arrivée de Ted, au cas où il aurait eu du retard.

A l'extérieur du hall, l'autocar pour Glasgow était prêt à partir. Des portes coulissantes s'ouvrirent devant elle. Elle entassa ses bagages à côté du véhicule et fouilla dans son sac pendant que le conducteur attendait patiemment. Elle n'arrivait pas à mettre la main sur son porte-monnaie. La panique lui noua soudain les entrailles. Elle était tellement obnubilée par l'idée qu'elle allait peut-être retrouver sa fille qu'elle avait complètement oublié de penser à l'argent. Elle avait à peine quelques livres sur elle.

Elle rassembla toute la menue monnaie qu'elle put trouver et pensait déjà devoir être obligée de s'en remettre au bon vouloir du chauffeur, quand elle découvrit une autre pièce dans la doublure de son porte-monnaie. Elle acheta son billet et monta ses bagages à bord. Les banques étaient fermées le dimanche mais elle pourrait retirer quelques billets au distributeur de la Barclaybank de Sauchiehall Street si elle en avait le temps.

L'autocar se mit en marche et fila à vive allure vers Glasgow. Les champs brillaient sous la lumière du matin, des nuages en forme de longues baguettes de pain non cuites étaient amoncelés au-dessus des collines, sous le ciel froid de septembre. Devant elle, un homme dont le cou avait l'air d'un morceau de viande crue lisait son journal du dimanche. OÙ EST PASSÉE LA GRAND-MÈRE QUE TOUS LES ENFANTS ADORAIENT? Sous le gros titre, on pouvait voir la photo d'une vieille dame aux cheveux blancs, à part un toupet argenté. Les enfants de son quartier l'avaient adoptée. Cela faisait des semaines qu'on ne la voyait plus. La police concentrait ses recherches sur Glasgow. Barbara avait ses propres problèmes. Elle ferma les yeux et essaya de s'assoupir car elle n'avait pratiquement pas dormi dans l'avion.

Elle se réveilla à la gare routière. Quelques personnes attendaient parmi les bus silencieux, sous le plafond de béton. Le voyage avait duré plus longtemps qu'elle ne l'aurait cru et il était presque huit heures. Elle ne savait pas si elle devait prendre le temps de faire tout ce qu'elle avait à faire, ou bien si elle devait aller retrouver Ted à l'aéroport. Elle fut tentée par la seconde solution mais elle était trop énervée et ne put supporter l'idée d'attendre sans rien faire. Si elle allait à la maison à une heure aussi matinale, elle devait pouvoir bénéficier de l'avantage de la surprise.

Elle laissa ses bagages à la consigne, puis se lança à

l'assaut des hauteurs de Glasgow, après avoir laissé derrière elle un parking aux allures de toboggan d'un gris ténébreux. Elle était seule dans une ville morte, entourée d'une multitude d'immeubles aux fenêtres à l'éclat froid comme de la glace, tombes pour hommes d'affaires multimilliardaires. Un néon clignotait à une fenêtre du quatrième étage, dans un bureau vide qui refusait de mourir. Tout lui paraissait trop proche et oppressant : le claquement de ses talons sur l'enclume des trottoirs, les lignes fraîchement repeintes entre les briques des murs et les dalles des allées. Des oiseaux plus gros que des pigeons voletaient sous les avant-toits.

Au sommet de la rue, elle crut que l'un d'eux s'était pris dans les fils électriques. Il tomba à terre lorsqu'elle arriva au carrefour et elle vit que ce n'était qu'un morceau de papier ou de tissu, emporté par le vent. De manière bizarre, elle se sentit mal à l'aise en passant devant le château sombre de l'immeuble de la YMCA, dont les tourelles semblaient s'avancer dangereusement au-dessus du toit. C'était la faute de l'architecte, pas la sienne. Elle prit à gauche en direction de la rocade intérieure.

Elle en perçut la proximité dès qu'elle eut dépassé l'Albany, un hôtel aux fenêtres qui ressemblaient à des carrés de papier crépon étalés sur des murs de chocolat. Elle parcourut encore quelques dizaines de mètres, passa devant des magasins abandonnés à la façade placardée d'avis, puis découvrit au loin l'étendue de la rocade à ses pieds.

Une rangée de maisons décrépites se dressaient au bord des voies. Certains des rez-de-chaussée étaient occupés par des magasins et des bars mais la plupart des étages étaient plongés dans le noir. Au-delà, le grondement des poids lourds montait continuellement du gouffre de la rocade. Elle s'engagea sur le pont qui menait à la rangée de maisons, le crâne traversé d'élancements douloureux à cause du bruit.

Elle dépassa rapidement la bibliothèque Mitchell,

avec sa calotte de pierre verte. Une femme était pétrifiée devant l'entrée, attendant l'heure de l'ouverture. Plus loin, des piliers supportaient encore un tronçon d'autoroute abandonnée qui béait sur le vide, paysage de béton transformé en champ de ruines. Des voitures attendaient aux feux, le moteur rugissant comme dans une usine. Là au moins, on lui aurait donné un casque protecteur.

Elle devait être tout près du but. La chaussée, bordée de trottoirs défoncés, était jonchée de papiers gras qui se collaient à ses semelles. Il était presque neuf heures et il faisait de plus en plus chaud. Les voitures qui passaient soulevaient des nuages de poussière qui lui desséchaient la gorge.

Les portes du cinéma Dreamland étaient barricadées par des planches surchargées de graffiti ; les lettres de plastique de l'enseigne se décoloraient au-dessus de la marquise. Le trottoir étroit menait à une station-service, passé quelques échoppes miteuses. Une boule d'angoisse naquit au creux de son estomac. Ce devait être la station de West Graham Street, proche de l'endroit où, lui avait dit Ted, on commençait à apercevoir la maison.

Elle passa devant la station-service, longea lentement des carcasses scintillantes de voitures à vendre, et examina l'autre côté de la rue. Au-dessus du désert des voies, ce n'était à perte de vue qu'un cauchemar de béton, une forêt de piliers pétrifiés. Nulle part, dans le dédale des voies d'accès à la rocade, il ne pouvait y avoir de place pour une maison. Ted avait été berné. Elle avait fait tout ce chemin pour rien.

Les piliers défilaient un à un, sentinelles silencieuses qui la poussaient en avant. Elle en remarqua un, plus sombre que les autres et de forme moins régulière. Elle fit encore un pas et aperçut le reflet du soleil jouer sur une fenêtre, note de gaieté incongrue au sein de la grisaille générale. Elle s'arrêta, seulement séparée de la maison par quelques piliers. Elle avait eu tort de douter de Ted. Il l'avait conduite là où elle devait aller.

CHAPITRE TRENTE-TROIS

DÈS qu'elle traversa la rue, la maison lui apparut pleinement, au-delà d'une bande de terrain nu d'environ une trentaine de mètres de large. Afin d'avoir une meilleure vue, elle s'avança parmi les piliers, qui la cachaient de la maison mais ne la protégeaient pas du grondement de la rocade.

C'était une maison des plus banales, avec une grande baie vitrée à chaque étage, le genre de maison que rien ne distinguait de milliers d'autres. Peut-être avait-elle été autrefois la dernière d'un lotissement ; elle se dressait maintenant, solitaire, à l'extrême bord de la rocade. Quelle qu'ait pu être sa couleur d'origine, elle était à présent d'un gris de cendre. Plusieurs cheminées de hauteur inégale étaient plantées comme des échardes sur les ardoises ternies du toit.

Les deux fenêtres étaient masquées d'épais rideaux. S'il y avait des fenêtres à l'arrière, elles l'étaient probablement aussi. Que cherchait-on à cacher? Elle se retourna, incertaine: à cause du bruit qui montait de la rocade, elle ne pourrait pas entendre si quelqu'un la suivait furtivement, caché derrière les piliers. Plus elle resterait là et plus elle serait exposée, pensée qui la rendait nerveuse. Il n'y avait aucun moyen de s'approcher de la maison ou de la contourner sans être vue.

Sans se donner l'occasion de réfléchir, elle se mit en marche vers la porte.

Une poupée chauve, la tête et les membres tordus sens devant-derrière, la regarda s'avancer de son seul œil valide. Barbara leva les yeux vers les rideaux pour voir s'ils bougeaient puis avisa les monceaux d'ordures entassés un peu partout. Un rétroviseur à demi enfoui dans des détritus, une mosaïque de verre brisé, une veste pourrie ou un morceau de tapis, une chrysalide géante bleue et blanche qui n'était autre qu'une chaussure, un morceau de tuyau de cuivre rongé de vert-de-gris. Elle s'empara du morceau de tuyau qui lui parut raisonnablement lourd. Elle ne savait pas si elle pourrait s'en servir comme arme, elle qui n'avait jamais affronté la violence au cours de sa vie, mais quelque chose en elle lui disait qu'elle y arriverait s'il le fallait.

Les rideaux étaient absolument immobiles. Trop absorbée à guetter un mouvement possible, il fallut qu'elle parvienne pratiquement sur le seuil de la porte pour se rendre compte qu'elle était entrouverte. Était-ce un piège ? Des voitures passaient en grondant au-dessus et en dessous d'elle, isolée sur cette île étroite de béton. Aucun conducteur ne pourrait l'aider, à supposer même qu'on la remarque. Si un danger survenait, personne ne s'arrêterait. Elle poussa la porte du bout de son tuyau de cuivre et l'ouvrit en grand.

L'intérieur avait aussi peu d'originalité que la façade et était seulement plus sombre. Un couloir étroit menait, au-delà de deux portes ouvertes, à une cuisine crasseuse, pleine de taches de graisse et de rouille. Un peu de lumière grise planait entre les murs jaunis, au-dessus du tapis lustré et moisi, où des semelles boueuses avaient laissé des empreintes maintenant sèches. Une canalisation avait dû se rompre quelque part car de l'humidité brillait sur le mur de gauche, telles des traces d'escargots, au-dessus des marches de l'escalier. Il était évident que plus personne ne vivait là depuis des mois.

Ted s'était trompé, finalement. Angela n'avait pas fait

confiance à cette voix inconnue qui lui avait répondu chez sa mère. Elle lui avait confié une ancienne adresse, peut-être pour lui donner une leçon. Angela lui échappait une nouvelle fois et la seule raison qui l'empêcha de pleurer fut la crainte de ne pas pouvoir s'arrêter.

Elle décida d'examiner tout de même les lieux. Sa main se raffermit sur le tuyau, même s'il ne semblait y avoir rien à craindre. Elle voulait voir le genre d'endroit dans lequel Angela avait dû vivre. Elle s'avança dans le couloir d'entrée, saisie par une peur subite.

Ce n'était pas seulement l'obscurité, ni la différence brutale de température. L'air était froid, presque tangible ; elle avait l'impression de marcher dans de la gélatine. Ou bien était-ce son esprit, et non son corps, qui avait la sensation d'étouffer, de suffoquer ? Elle réussit à se convaincre qu'elle refusait seulement d'affronter ses propres peurs ; c'était cela, ajouté à l'appréhension et au décalage horaire, qui lui procurait cette sensation d'étouffement. Il ne pouvait rien lui arriver dans une maison vide. A travers la cage d'escalier, elle vit les portes du premier, ouvertes.

Elle progressa d'abord en rasant le mur du couloir, puis se rendit compte qu'à cause de bruit il était impossible de l'entendre. Elle avança alors à une allure plus décidée, résolue à visiter la maison et à s'en aller aussi vite que possible. Les murs du couloir semblaient s'être rapprochés, depuis tout à l'heure. Mais non, c'était la peur, le décalage horaire et l'obscurité. Elle devait rester maîtresse de ses nerfs.

La première pièce était vide et ne contenait que plusieurs matelas étalés à même le sol, éventrés et le rembourrage répandu au sol comme de la charpie. Elle ne s'attarda pas. Curieusement, elle se retrouva juste à l'entrée de la cuisine alors qu'elle ne se souvenait pas être venue jusque-là. Elle comprit qu'elle venait d'avoir une absence, un trou de mémoire, une brève perte de conscience. Fouiller la cuisine était inutile : le poêle et les placards étaient ouverts — tout ce qu'ils contenaient était d'énigmatiques toiles d'araignée. Elle se dirigea vers la seconde pièce.

Il n'y avait là qu'une demi-douzaine de fauteuils, rassemblés face à une cheminée noire de suie. De façon grotesque, Barbara imagina que les membres de la secte venaient là le soir s'asseoir devant la cheminée pour discuter ou lire les journaux — il y en avait un qui dépassait sous l'un des bras du fauteuil le plus éloigné. Les murs étaient à peine visibles dans l'obscurité mais elle entra tout de même dans la pièce.

Elle regarda le journal et ne put en croire la date. Elle devait mal lire dans le noir. Elle voulut tirer les rideaux mais, dès qu'elle les toucha, elle retira vivement sa main : on aurait vraiment cru toucher une toile d'araignée, poussiéreuse et collante. Elle n'avait fait qu'effleurer les rideaux, pourquoi bougeaient-ils autant ? Si jamais quelqu'un était caché derrière, ou dedans ? Furieuse contre elle-même — elle devenait aussi peureuse qu'Iris — elle écarta les tentures du bout de son tuyau, puis se tourna vers le journal.

Elle ne s'était pas trompée. C'était le journal d'hier. LA POLICE FOUILLE TOUTE LA VILLE DE GLASGOW POUR RETROUVER L'INVALIDE DISPARU, disait une manchette. Elle aurait bien voulu lire l'article mais ne put se résoudre à s'emparer du journal, ne voulant pas toucher le cuir du fauteuil, qui s'était changé en une sorte de duvet blanchâtre. Elle n'avait jamais vu de cuir dégager un tel air de vie et d'animalité. En fait, rien qu'à la façon dont le fauteuil déjeté se dressait devant elle, on aurait dit qu'il allait lui sauter à la gorge.

Ainsi, la secte habitait encore ici la veille. C'était là qu'on avait forcé Angela à vivre. Elle se précipita hors de la pièce — en proie à une rage aussi froide qu'inutile — et fut de retour à la cuisine avant de reprendre totalement ses esprits. Ce nouvel épisode d'absence n'était peut-être dû qu'à la tension et au décalage horaire, mais de tels moments d'inconscience étaient profondément angoissants. On ne s'était déjà que trop joué d'elle ; on avait trop joué avec ses sentiments.

Elle monta lentement à l'étage. Le vieux tapis aux franges élimées chuintait sous les pieds ; ses chaussures s'enfonçaient dans une couche épaisse de moisissure et de saleté. En haut des marches, elle aperçut un grenier, hors d'atteinte. Le linoléum qui recouvrait le palier était trempé, souillé par un filet d'eau croupie qui coulait de la cuvette bouchée des toilettes, dans la salle de bains.

Elle faillit glisser. Sa main frappa le mur, moisi et duveteux. Elle s'essuya la main sur sa manche d'un mouvement convulsif et alla jeta un œil dans chaque pièce.

L'une devait constituer le dortoir principal car elle était pleine de matelas. Si ceux-ci, ainsi que ceux du bas, étaient tous occupés, la maison pouvait abriter au moins deux douzaines de personnes. Elle examina tous les matelas afin d'être sûre qu'ils étaient bien inoccupés et que rien ne bougeait sous les couvertures sales. Le mal de crâne lui martelait les tempes ; les murs dégoulinaient de traînées grisâtres. Elle se précipita dans l'autre pièce.

Excepté un classeur noirci, elle était presque vide. Barbara s'avança vers la cheminée, où l'on avait brûlé des livres. Elle enfonça son tuyau dans les cendres. Les pages calcinées s'éparpillèrent dans l'âtre en lourds flocons noirs qui la firent tousser. La pièce devint encore plus sombre, si noire qu'elle courut jusqu'au classeur en espérant qu'il ne contiendrait rien qui l'obligerait à s'attarder. C'était d'ailleurs le cas et, quand elle ouvrit les tiroirs, elle vit qu'ils avaient été vidés. Tout ce qu'ils contenaient avait été brûlé.

Voir son souhait exaucé ne lui apporta guère de réconfort. Au contraire, cet autodafé semblait constituer un terrible point final. Elle essaya de réfléchir à tout ce qu'un tel acte pouvait signifier, mais l'air semblait résonner du battement de grandes ailes dans le noir et elle avait l'impression d'avoir la tête vide, incapable de réagir. Elle courut, dérapa sur le lino humide et s'élança dans l'escalier. C'était à cause de l'obscurité que les murs avaient cet air bombé. Le mouvement furtif qu'elle avait surpris au-dessus d'elle, dans la cage d'escalier, n'était que le ruissellement de l'eau sur le mur. De retour en bas, elle allait pouvoir quitter cette maison. Mais, comme elle put s'en rendre compte, quelqu'un avait verrouillé la porte d'entrée.

Elle eut un autre moment d'absence et fut de retour à la cuisine sans même se rappeler comment elle était venue là. Ces trous de mémoire étaient véritablement terrifiants, d'autant plus que la peur aurait dû la pousser à se précipiter au bout du couloir et à essayer de sortir, au lieu de gagner la cuisine. Comme dans un cauchemar, elle s'avança lentement dans la cuisine, se retourna et aperçut ce qui était jusque-là demeuré caché derrière la porte ouverte : une autre porte, celle de la cave.

En fait, ce n'était pas vraiment des trous de mémoire. C'était sa volonté seule qu'on bâillonnait, pas sa conscience. Sans pouvoir s'en empêcher, elle se vit tendre le bras vers la porte de la cave. La poignée était bien visible — couverte de poussière ou de toiles d'araignée — et elle y posa la main malgré sa répugnance. Quand la porte s'ouvrit en grinçant, au milieu d'une accalmie dans le grondement de la circulation, elle aurait été absolument incapable de brandir son tuyau.

Des marches inégales s'enfonçaient dans les ténèbres. Elle se décida brusquement. La maison s'était totalement emparé de son cerveau et sa volonté ne lui obéissait plus. Il régnait une odeur d'abattoir et elle avait l'impression d'être guettée par une foule qui retenait sa respiration dans le noir. Malgré cela, comme dans un mauvais rêve, il lui fallait refermer la porte derrière elle, descendre les marches et attendre dans le noir, sans même tendre la main vers le bouton électrique.

La porte se referma, chassant définitivement la maigre lumière de la cuisine ; elle glissa et tomba dans le noir. Sa chute lui permit de retrouver une partie de ses facultés. D'un même mouvement, elle tendit la main pour se retenir au mur et heurta le bouton. De la lumière s'alluma sous ses pieds et elle put voir où elle était.

La cave n'était pas très grande mais la lumière était trop faible pour en éclairer les recoins. Qu'y avait-il là, des ombres, ou bien autre chose? L'endroit avait été récemment occupé, en dépit de sa nudité. Sous l'ampoule, il y avait une cage grossière, fixée au sol et faite de barres d'acier liées par des câbles épais. Entre les barreaux de la cage, à peine assez grande pour contenir un enfant, elle vit une masse de cheveux blancs avec une mèche argentée.

L'horreur de ce qu'elle avait sous les yeux la fit brusquement revenir à la réalité et elle se jeta contre la porte. Ses pieds glissaient sur les marches. On aurait dit que les ténèbres avides voulaient la faire trébucher pour l'empêcher de s'échapper. Elle jaillit dans la cuisine et se rua vers la porte d'entrée.

L'obscurité grouillante hurlait aux portes de son cerveau; sa volonté l'abandonnait. La porte n'était plus fermée mais ouverte. Le soleil semblait presque à portée de la main. Elle s'élança, chancelante, et s'arrêta brusquement, interdite. Au sein du grondement de la circulation, elle venait d'entendre un bruit de pas précipités, plus menu qu'un trottinement de pieds nus mais suffisant pour faire craquer les marches. Quelqu'un descendait l'escalier du premier.

CHAPITRE TRENTE-QUATRE

LA seule issue était la porte du fond. Il ne fallait pas avoir peur de retourner à la cuisine ; il y faisait plus clair que dans l'entrée et elle avait toujours son tuyau de cuivre à la main. Il n'y avait qu'à briser la fenêtre de la porte — elle était plus basse que celle au-dessus de l'évier — et s'enfuir par là. Elle croyait avoir les jambes coupées par la peur mais fut cependant capable de courir. Il serait temps de réfléchir après.

Elle se rua dans la cuisine et eut un instant d'hésitation, ne sachant plus quelle porte elle devait choisir. La plus proche, naturellement, celle qui menait à la cave, où elle pourrait se cacher. Les pas avaient presque atteint le bas des marches et se rapprochaient, lentement mais inexorablement. A en juger d'après les bruits qui lui parvenaient, celui ou celle qui se déplaçait dans le noir devait avoir une jambe considérablement plus courte que l'autre et semblait progresser en prenant appui simultanément sur les deux murs du couloir.

Tout à coup, elle cessa d'entendre le bruit de la circulation, et même ses propres gémissements de panique, quand elle comprit vers où elle se dirigeait. Elle courut jusqu'à la porte du fond, le tuyau brandi à deux mains. Sans oser regarder derrière elle, elle l'abattit de toutes ses forces contre la fenêtre.

C'était peut-être du verre spécial pour dissuader les voleurs. L'extrémité du tuyau s'écrasa, mais la vitre tint bon. Quelque chose, de plus en plus clair, se rapprochait depuis la pénombre du couloir et elle se mit à frapper à coups redoublés. Elle n'entendait plus le bruit des coups qu'elle assenait, un peu plus persuadée à chaque seconde qui passait de leur totale inutilité.

Avec un bruit de brindille qui se brise, la vitre s'étoila. Elle s'acharna et, à grands coups de tuyau, réussit enfin à faire voler la fenêtre en éclats. Dehors le soleil brillait, hors d'atteinte, semblait-il. Elle dansa un instant sur une jambe flageolante et retira une de ses chaussures. Du talon, elle débarrassa le châssis des plus gros fragments de verre. Le trou déjà pratiqué était assez large pour lui permettre de s'y glisser, à condition de pouvoir grimper jusque-là. Comme pour concrétiser ses dernières hésitations, un morceau aussi gros que sa tête se détacha brusquement du châssis, la manquant de peu.

Elle n'avait jamais été une athlète. Si elle avait pu lever la jambe jusqu'à la hauteur de la fenêtre, elle aurait pu déloger les éclats de verre à coups de pied, plutôt que de devoir ôter sa chaussure. Elle voulut d'abord se hisser jusqu'à l'ouverture béante à la force des poignets, mais il y avait des éclats pointus partout où elle essayait de trouver une prise. Du coin de l'œil, elle vit quelque chose bouger dans le couloir, une ombre presque aussi haute que le plafond.

La gazinière pouvait convenir. Elle la tira contre la porte et sentit quelque chose se détacher du mur. Immédiatement, une odeur de gaz se répandit dans l'air. C'était d'ailleurs peut-être le gaz qui lui rendait les idées brumeuses : pourquoi vouloir faire compliqué alors qu'il était possible de faire si simple, puisqu'il y avait une autre porte, déjà ouverte et qui n'attendait plus qu'elle ?

Elle se hissa frénétiquement vers la fenêtre, se servant du four comme d'un escabeau. Son pied glissa sur la graisse froide mais elle réussit à passer la moitié du corps hors de l'ouverture. Des pointes acérées se plantèrent dans ses épaules. Elle gigota un instant en équilibre instable, les paumes griffant les briques grossières du mur d'un côté, les pieds s'agitant au-dessus du fourneau de l'autre, puis tomba tête la première à l'extérieur.

Elle se meurtrit les avant-bras et se cogna l'épaule. Elle avait perdu son morceau de tuyau. Elle se remit debout et s'enfuit en courant vers les piliers de béton. Elle avait réussi à s'échapper mais, maintenant qu'elle était à l'air libre, elle avait peur que quelqu'un surgisse de derrière la maison. Rien ne bougeait, sauf les détritus sous la bise ; personne n'était caché derrière les piliers. Néanmoins, même après s'être éloignée à la hâte et avoir atteint la station-service, elle n'osa pas cesser de courir pour autant.

Elle finit par ralentir, se sentant de nouveau capable de réfléchir objectivement. Perchés sur une passerelle suspendue, des piétons gagnaient Sauchiehall Street. Quelque part, retentit un tintement de cloches, incongru comme les ratés d'un moteur et à peine audible au sein du mugissement de la circulation. Au moins, voilà des gens qui paraissaient tout à fait normaux et Barbara les suivit de l'autre côté de la passerelle. Ceux qui la croisèrent détournèrent les yeux, gênés par son regard.

Elle devait avoir l'air hagard, désespéré. La secte avait dû trouver précipitamment une autre cachette car la police recherchait partout la vieille dame que ses membres avaient enlevée. Plus encore que le fait de s'éloigner une nouvelle fois d'Angela, le plus horrible était la pensée que, peut-être, Angela avait joué un rôle dans ce qui s'était passé à la cave. Non, elle n'avait sans doute pas été encore initiée. Barbara devait se contenter de ce faible espoir car elle n'avait pas d'autre conviction pour la soutenir.

Elle suivit les piétons jusqu'au milieu de Sauchiehall Street avant de reconnaître l'endroit où elle se trouvait. Elle avait besoin d'un peu d'argent pour prendre le bus jusqu'à l'aéroport. Il fallait qu'elle voie Ted ; elle avait besoin de lui. Ted était le dernier point stable vers qui elle pouvait se tourner.

Elle put à peine en croire ses yeux, mais il n'était pas encore dix heures. Ted ne l'attendrait pas avant onze heures et demie, le temps qu'elle en ait terminé avec les formalités douanières. Elle glissa sa carte magnétique dans la fente du distributeur de billets. Le panneau métallique se releva et elle tapa son code sur le clavier.

Rien ne se passa. Elle poussa sur la carte, au cas où elle aurait été coincée, mais le rectangle de plastique n'avança pas d'un pouce. Ce n'est qu'au bout d'un moment qu'elle remarqua un message qui clignotait faiblement, au milieu d'un rectangle rouge, CARTE NON ACCEPTÉE. Alors pourquoi la machine ne la lui rendait-elle pas? Elle en compris la raison un instant plus tard, quand, avec un léger cliquetis, un autre message vint remplacer le premier, HORS SERVICE.

Le panneau se referma sous ses yeux, incongru de stupidité dans son indifférence minérale. La fente était trop étroite pour qu'elle puisse atteindre sa carte ; de toute façon, elle avait dû être avalée par la machine. Elle sentit qu'elle allait se mettre à hurler mais cela n'aurait servi à rien. Bien que le cauchemar qu'elle était en train de vivre semblât se transformer en mascarade, la plaisanterie n'en était que plus sinistre.

Elle allait devoir marcher. Elle avait vu un panneau en quittant la rocade: l'aéroport de Glasgow était à plusieurs kilomètres de là, de l'autre côté de la Clyde. Elle n'y arriverait jamais à temps. Si elle allait jusqu'à la gare routière et suppliait l'un des chauffeurs, n'importe lequel, de bien vouloir l'y emmener? Il était plus que probable que ce ne serait qu'une perte de temps.

Elle se mit en marche vers la Clyde. Des gens la regardaient comme si elle avait oublié que c'était aujourd'hui dimanche, jour de repos. Elle finit par arriver à un pont, au bas de rues qui montaient à l'assaut des collines, parmi une forêt de grues au repos. Il lui fallut dix minutes pour traverser le fleuve. L'eau coulait, lourde et lente, comme au diapason de sa marche épuisante.

Elle quitta le pont et perdit la route de l'aéroport. Quelques minutes plus tard, elle rencontra un autre panneau, qui la dirigea vers un quartier résidentiel. A côté des églises, les demeures à la façade blanche avaient l'air de maisons de poupées. Devant les maisons, des bébés agitaient leurs hochets sur de méchants bouts de pelouse, des petits chevauchaient des voitures de plastique, d'autres se balançaient dans les jardins. Ces rues paisibles défilèrent pendant plus de vingt minutes.

Elle quitta enfin la ville ; sous le ciel figé, fait de fumée et de vapeur pétrifiées, le paysage se transforma peu à peu en campagne. Son épaule l'élançait sourdement, sa robe était mouillée de sueur. Le trottoir s'était transformé en gravillons qui lui écorchaient les pieds à travers ses chaussures.

Le simple fait de lever le pouce avivait la souffrance de son épaule. Les quelques conducteurs qui ralentissaient repartaient aussitôt qu'ils voyaient son visage. Lors des accalmies dans le flot de véhicules, l'odeur des champs parvenait jusqu'à elle mais elle n'avait en tête que la puanteur de la cave et la vue de la cage. Qu'allait-on faire d'Angela, là où on l'avait emmenée ?

Onze heures sonnèrent. Il n'y avait plus de trottoirs, même gravillonnés, mais des bas-côtés. Elle dut avancer dans les champs en s'efforçant de rester aussi près que possible de la route. Les herbes et les buissons qui proliféraient au bord de la chaussée rendaient pénibles chacun de ses pas. Des papillons s'envolaient devant elle, taches de couleurs qui apparaissaient et disparaissaient erratiquement, comme si sa vue ne fonctionnait plus que par intermittence. Au loin, certains véhicules fumaient comme des volcans. Elle avait la gorge aussi sèche que la route.

Elle était parfois obligée de faire de grands détours : parfois elle devait franchir des clôtures et des fils barbelés, parfois traverser des zones industrielles — Rolls-Royce avait là un établissement — mais personne ne semblait faire attention à elle. Écrasée de fatigue, elle ne pouvait plus marcher droit et se laissa tomber quelques instants dans l'herbe. Il était onze heures vingt et l'aéroport n'était toujours pas en vue.

Plusieurs minutes plus tard, elle aperçut les premiers avions, modèles réduits argentés qui s'élevaient ou se laissaient glisser le long de fils invisibles, mais ce n'est que vers midi qu'elle commença à apercevoir l'aéroport, loin devant elle. Elle fut arrêtée un moment par un petit canal qui passait sous la route, opération qui la fit presque pleurer de rage, tant elle dut attendre un répit dans la circulation pour pouvoir prendre pied sur le pont.

Dès que ce fut possible, elle s'élança et se mit à courir. Les bâtiments de l'aéroport oscillaient de droite à gauche au rythme de sa course mais restaient toujours aussi lointains. Les automobilistes qui la doublaient devaient croire qu'elle était ivre car ils passaient soigneusement au large en arrivant à sa hauteur ; quelques-unes ralentissaient un instant pour voir la direction qu'elle prenait. Des grondements sourds lui déchiraient les oreilles ; sans doute étaient-ce les avions qui manœuvraient au-dessus de la piste.

Un bus attendait devant l'aéroport. Elle aurait pu en prendre un semblable si elle avait eu un peu d'argent. Elle en fit le tour d'un air las pour examiner chacun des passagers. Aucun d'eux n'était Ted. Elle gagna le hall comme une automate. Elle se serait bien reposée un instant contre les portes si elles ne s'étaient pas ouvertes automatiquement.

Il faisait plus froid à l'intérieur mais elle ne le remarqua pas. Une horloge électronique indiquait 12 h 37. Le hall était noir de monde — des centaines de gens, isolés ou par groupes, qui parlaient, criaient, faisaient la queue devant les guichets, tendaient le nez vers les annonces amplifiées par les haut-parleurs ou se dirigeaient vers les escaliers roulants. Étaient-ce des hommes qui montaient ainsi, deux par deux, ou bien des animaux ? La voix qui sortait des haut-parleurs était celle d'un ordinateur qui parlait un langage chiffré, oracle qui traduisait ses propres codes bruyamment. Des bagages disparaissaient derrière la scène, des bagages qu'on ne reverrait plus jamais, comme Angela. Des gens se tournaient, souriaient, souriaient parce qu'elle était assez folle pour espérer que l'un d'entre eux puisse être Ted, alors qu'elle l'aurait immédiatement repéré s'il avait été là. Elle se mit à tourner, elle aussi, à tourner, à tourner en rond comme les premières strophes d'une chanson entendue pendant qu'elle était enceinte d'Angela. Elle aurait voulu la porter toujours dans son ventre, ne jamais l'avoir laissée partir. Cartes retournées, vous en choisissez une avec l'espoir de gagner, mais vous perdez toujours, éternellement. Elle crut que son cerveau, soumis à une pression trop forte, allait éclater.

Elle décida d'aller au bureau des renseignements. Elle réussit à atteindre l'escalier roulant et se laissa entraîner par la foule vers des bureaux, au niveau supérieur, où chaque employé avait son nom sur un écriteau flambant neuf posé devant lui. Elle avait l'impression de se trouver dans la vitrine d'un magasin, entourée de mannequins. Une hôtesse l'accueillit avec un sourire professionnel. Le vol de New York en provenance de Londres? Il avait pris du retard à Heathrow. Non, précisa l'hôtesse alors que Barbara commençait à espérer, l'avion venait de se poser il y avait déjà quelque temps. Les passagers devaient avoir déjà quitté l'aéroport. Si certains attendaient encore, ce ne pouvait être que là-bas. Juste là-bas, madame, là où vous voyez cette dame en pantalon mauve et rose.

Barbara se dirigea vers l'endroit indiqué d'une démarche titubante. Quelqu'un survint avant elle et entraîna au loin la plus grande partie du groupe. Parmi les rares à demeurer sur place, elle aperçut une frêle jeune femme qui parlait tranquillement à quelqu'un assis à côté d'elle sur un banc en plastique. Barbara boitilla pour éviter plusieurs New-Yorkais qui se plaignaient à voix haute que les porteurs étaient sans doute en grève, comme la moitié de ce foutu pays, et vit que celui qui discutait avec la jeune fille n'était autre que Ted.

Elle n'osa pas parler tout de suite mais s'assit à côté de lui — il y avait juste assez de place sur le banc — et s'empara de son bras.

« Dieu merci vous êtes là, finit-elle par pouvoir dire. J'avais peur que vous ne soyez parti. »

Il la regarda quelques instants, sans prononcer une seule parole. Quelque chose n'allait pas, elle le voyait bien. Il se mit brusquement debout mais elle aurait préféré rester assise quelques minutes, ou peut-être même boire quelque chose. Il s'écarta et la laissa face à la mince jeune fille aux cheveux coupés ras, assise de l'autre côté du banc. Celle-ci devait avoir quelque chose à lui expliquer. Barbara, tout à coup, se sentit à nouveau submergée par le désespoir ; encore un autre indice, une autre fausse piste, un autre déplacement dans ce jeu interminable où jamais elle ne gagnerait.

« Bonjour, maman », fit la jeune fille en la regardant droit dans les yeux.

CHAPITRE TRENTE-CINQ

LES long-courriers s'élevaient lourdement dans le ciel, de plus en plus minuscules, et allaient se perdre dans les nuages. Dans le hall, les voyageurs s'affairaient dans tous les sens, qui à la recherche d'amis, qui de renseignements, mais Barbara aurait été incapable de bouger de place. Le Coca-Cola avait étanché sa soif et le rhum avait adouci juste ce qu'il fallait l'anonymat des bâtiments de l'aéroport, devenus suffisamment irréels pour qu'elle puisse accepter l'idée que son rêve se réalisait.

Elle avait d'abord cru à une plaisanterie. Cette jeune femme à l'air sûr d'elle, avec ses cheveux blonds coupés court, ne pouvait pas être Angela, pas l'enfant qui naguère encore ne cessait de réclamer sa mère. Son visage ressemblait à celui de Barbara, mais encore plus à celui du dessin qu'elle avait trouvé juste après la mort de Margery. La jeune femme s'était levée du banc en plastique et avait posé sur elle ses yeux d'un bleu profond. Barbara avait alors vu la marque de naissance pourpre, sur son épaule gauche dénudée. Elle s'était levée à son tour, tremblante, et avait serré Angela contre elle, en larmes.

Elle vit Angela lui sourire calmement, de l'autre côté de la table du bar de l'aéroport, d'un sourire rassurant qui voulait lui dire qu'il était normal qu'elle se sente nerveuse, que tout rentrerait dans l'ordre avec le temps. Quoi de plus surprenant si elle se sentait gauche, alors qu'elle avait perdu une enfant de quatre ans et retrouvait une adolescente plus vieille que son âge? Peut-être n'avait-elle jamais réellement cru la revoir un jour. Retrouver Angela presque adulte était plutôt déroutant — personne au bar ne lui avait demandé son âge — mais en même temps rassurant, car cela prouvait au moins qu'elle avait réussi à survivre au cours des neuf années écoulées.

Elle sourit à son tour à Angela. Elle pouvait avoir confiance, maintenant qu'elle était avec sa mère. Bien sûr, elle n'avait pas pu lui dire tout ce dont elle avait envie, lorsqu'elle l'avait appelée, prisonnière de la secte et sachant qu'un terrible châtiment pouvait s'abattre sur elle. Cela rappela à Barbara qu'elle avait des questions à poser à sa fille, même si elle ne voulait pour rien au monde lui rappeler des souvenirs douloureux.

Elle prit la main d'Angela pour revenir définitivement au présent.

« Comment t'es-tu échappée? Quand je suis allée à l'adresse que Ted m'avait indiquée (elle commençait à comprendre qu'il y avait beaucoup de choses qu'elle allait avoir du mal à expliquer à sa fille, tout au moins avant longtemps), il n'y avait plus personne.

— Quand j'ai su qu'il allait encore falloir déménager, je t'ai appelée. Ensuite, je suis simplement sortie de la maison, dès que j'ai vu Ted. Puis nous sommes venus t'attendre ici. »

Les recherches de la police avaient dû accaparer l'attention de ses ravisseurs. Autant dire, pensa amèrement Barbara, qu'elle aurait mieux fait de l'appeler depuis des mois. Sa quête s'achevait dans des circonstances beaucoup moins dramatiques que prévues. Angela ne semblait pas se rendre compte des dangers qu'elle avait courus, ni combien sa mère avait eu peur pour elle. Tout était bien qui finissait bien mais la pensée de la secte continuait de hanter l'esprit de Barbara.

« Sais-tu où ils sont partis ?
— Oh, ils doivent être plutôt loin, maintenant », dit Angela en haussant les épaules.

Comment le savait-elle ? La nervosité de Barbara ne faisait que croître. Elles étaient entourées par des étrangers, dont chacun pouvait être un membre de la secte. S'ils voulaient enlever Angela une nouvelle fois, elle reconnaîtrait probablement ses agresseurs, mais les reconnaîtrait-elle à temps ? Ces femmes là-bas, assises près de la sortie, n'étaient-elles pas habillées un peu trop chichement pour des passagères d'avion ? Cet homme, à côté d'elle, regardait-il Angela en coulisse uniquement parce qu'il la soupçonnait d'être plus jeune qu'elle le paraissait ?

« Nous ferions mieux de nous en aller, dit Barbara. Je me sens bien, maintenant. »

Ce fut encore plus vrai quand Ted se leva. Il était de taille à affronter quiconque tenterait de lui enlever Angela. Rien ne pourrait lui arriver tant qu'elle serait avec Ted et sa mère. La foule se referma sur eux au pied des escaliers roulants. Barbara était tendue mais n'avait pas peur.

Ted les guida jusqu'à sa voiture, garée sur le parking de l'aéroport.

« Cela vous ennuie de conduire jusqu'à Londres ? demanda Barbara. Je crois que je serais incapable de prendre un volant en ce moment.

— Mais pas du tout, dit-il en la regardant fixement. Mieux, j'insiste. »

La voiture prit la direction de Glasgow afin d'aller chercher les bagages de Barbara, puis Ted insista pour que tout le monde mange un morceau avant le voyage du retour. Ils trouvèrent un fast-food en face de la gare. Barbara se souvint de la nuit où ils avaient poursuivi la femme au bec-de-lièvre. La secte était bien établie ici, à Glasgow, malgré les affirmations de Ted, mais cela n'avait plus d'importance aujourd'hui. Elle se sentait en sécurité entre les murs de la salle du restaurant, sans vue directe sur la rue. Les portraits de Doris Day jeune et de Marilyn Monroe scintillaient sur les murs. Angela prit son hamburger à deux mains. Barbara sentit monter en elle une vague d'amour.

Quand ils rejoignirent l'autoroute à Carlisle, il était presque seize heures. Barbara finit par noter que l'automne était déjà bien avancé ; le soleil chatoyait mélancoliquement derrière les arbres brunis par la rouille, se dépouillant de leurs feuilles qui chuintaient sous les roues des voitures. Elle était assise à l'arrière, avec Angela. Ted conduisait et explorait les fréquences radio. Elle aurait voulu serrer Angela contre elle, comme autrefois, mais Angela n'était pas encore prête à ce genre d'épanchements. Bien sûr, après neuf années, elles étaient devenues des étrangères l'une pour l'autre, surtout Angela qui se trouvait brusquement plongée dans un univers totalement différent de celui qu'elle avait connu. Au bout de neuf ans de réclusion, l'idée même de liberté devait être un concept déconcertant.

D'abord, Barbara fut heureuse d'être tranquillement assise à côté d'elle. Cela ressemblait à un avant-goût de la paix qu'elles allaient à présent pouvoir partager. Des rideaux de pins défilaient régulièrement à l'horizon ; ils ne croisaient que quelques rares véhicules. Ted avait trouvé une station régionale qui diffusait de la pop music américaine entrecoupée de productions écossaises. Puis ce furent les informations: les trains au départ de Londres accusaient tous du retard suite à une grève du personnel, on signalait des nappes de brouillard éparses sur l'autouroute M6 entre Penrith et Kendal, une partie de la rocade intérieure de Glasgow était fermée temporairement à cause d'une explosion qui avait entièrement détruit une maison, dispersant des débris sur trois des quatre voies. La police penchait pour l'hypothèse d'un appareil à gaz défectueux.

« Mon Dieu, c'est moi qui ai fait ça ! s'écria Barbara. C'est la maison. »

Angela sourit fugitivement. Barbara regretta ses paroles. Même si la maison avait été détruite et même si cela pouvait aider Angela à oublier ce qu'elle y avait subi durant si longtemps, ce n'était pas une raison pour lui rappeler l'enfer qu'elle avait vécu. Il y avait des souvenirs qu'il valait mieux oublier.

« Tu te rappelles la maison qu'on habitait à Otford? Et le ruisseau, que tu aimais beaucoup, juste au bout du parc? Et les canards, qui te faisaient toujours rire? »

Barbara bêtifiait, elle le savait; Angela n'était plus une enfant, mais elle ne voyait pas comment lui parler autrement.

« Je me rappelle certaines choses, répondit Angela malgré tout. Tatie Jan, qui habitait à côté. Tu me laissais souvent chez elle. »

Pendant un instant, Barbara crut qu'elle allait parler de l'enlèvement, peut-être même l'accuser, mais Angela n'y fit pas allusion.

« Et tu m'écoutais souvent par l'interphone, quand j'étais dans ma chambre.

— C'est vrai. »

Barbara se souvint tout à coup qu'Angela disait à l'époque qu'elle parlait à son père.

« Te souviens-tu de ton père? demanda-t-elle d'une voix rauque.

— Ce serait difficile, répondit Angela d'un ton sec. Il est parti. »

Était-ce une manière enfantine de dire qu'il était mort avant sa naissance, ou bien voulait-elle dire autre chose? Barbara répugnait à poser la question.

« Cela semble tellement loin, Otford. On dirait presque une autre vie, dit Barbara en s'efforçant de s'adresser à sa fille comme à une égale. Ma vie a beaucoup changé depuis. Je m'en suis bien sortie, je crois. Mais jusqu'à présent je n'avais personne avec qui partager ma réussite. »

Barbara lui pressa la main et Angela répondit à son étreinte, bien qu'elle la sentît tendue. A l'idée que Ted ait pu entendre leur conversation, Barbara eut subitement l'impression de n'avoir proféré qu'une suite de clichés, de paroles qu'il pouvait croire offensantes, s'il avait vraiment secrètement désiré partager sa vie. Mais il semblait apparemment trop absorbé par la conduite pour écouter ce qu'elles disaient.

A seize heures trente, la brume, venue du district des Lacs, envahit l'autoroute et un épais brouillard gris se referma sur les sommets dénudés. Ted avait coupé la radio ; le seul bruit était celui du ronflement du moteur. Barbara eut l'impression d'être à nouveau prisonnière des murs croulants de la maison de Glasgow. Elle avait besoin de sommeil, c'était tout. Elle pouvait dormir, maintenant qu'elle avait retrouvé Angela et que Ted était là pour veiller sur elle.

A l'échangeur de Kendal, le brouillard se dissipa. Ted accéléra l'allure devant plusieurs auto-stoppeurs qui brandissaient des bouts de carton marqués « Glasgow ». La plupart étaient des adolescents — Barbara, mal à l'aise, se demanda si la secte capturait aussi les auto-stoppeurs — mais l'un d'entre eux était un homme beaucoup plus âgé que les autres. Elle crut d'abord que c'était Arthur, jusqu'à ce qu'elle voie mieux son visage.

Après Kendal, le paysage se fit moins accidenté. La route, anonyme, avait cet air irréel de ruban sans fin des simulations des machines à jeux vidéo. Était-ce le fait d'avoir cru voir Arthur, mais elle se sentit soudain déprimée, incapable de repousser ses terreurs si elle s'endormait. Il fallait qu'elle reste éveillée.

« Aimerais-tu partir quelque part en voyage ? Je pensais aller en Italie, cette année, et je crois que ce serait une bonne idée, histoire de fêter ton retour. J'ai encore une vente en pourparlers, mais dès que ce sera fait, nous partirons. »

Cela lui remit quelque chose en mémoire.

« Oh, Ted, je ne vous ai pas encore annoncé la bonne nouvelle. Quelqu'un m'a fait une offre pour votre roman. Cela m'était sorti de la tête, avec tous ces événements. Cathy Darnell vous écrira prochainement.

— Très bien. »

Il semblait à peine avoir entendu ce qu'elle venait de lui dire. Vraiment, elle ferait peut-être mieux de dormir : elle avait l'impression de partager la voiture d'un couple d'étrangers. Mais il était normal — au moins durant quelque temps — qu'Angela soit peu communicative et Ted avait probablement du mal à se faire à la nouvelle situation. Néanmoins, la bizarrerie de leur attitude à tous deux la dérouta et elle décida, compte tenu des circonstances, que la meilleure chose à faire était encore de dormir.

Réveillée par le grondement des poids lourds, elle ouvrit les yeux au milieu d'un paysage de béton. Le bruit était infernal. La maison avait été détruite, mais pas le pouvoir qui l'habitait. Ils étaient de retour parmi la forêt de piliers de béton.

Mais non, ils n'étaient pas sur la rocade de Glasgow : ils approchaient de Birmingham, prisonniers d'un dédale de voies autoroutières. Elle se détendit, bien que son cœur battît follement, puis se rendit compte que Ted était sur la mauvaise file. Ils allaient se retrouver à Birmingham s'il n'en changeait pas.

Quand elle lui fit remarquer son erreur, il lui jeta un regard noir dans le rétroviseur. Ce ne pouvait être destiné qu'au véhicule qui les suivait. Il avait conduit quatre heures d'une seule traite et, avant cela, depuis combien de temps n'avait-il pas dormi, lancé sur la piste de la maison de Glasgow pendant qu'elle était aux États-Unis ? Elle aurait bien voulu lui proposer de le remplacer, mais elle dormait encore à moitié.

En voyant le panneau qui annonçait l'aire de repos de Corley, où l'on pouvait se restaurer, Barbara insista pour effectuer un arrêt. La longue salle du restauroute était pleine de familles et d'enfants grognons qui picoraient à peine leur assiette. Dormir ne semblait lui avoir fait aucun bien ; elle se sentait nerveuse, chaque fois qu'il entrait quelqu'un, même quand les nouveaux arrivants n'étaient que d'inoffensives familles. La secte avait des enfants, après tout.

N'aurait-elle pas dû se sentir heureuse, maintenant qu'elle était avec Angela ? Mais comment s'étonner si, au bout de neuf ans, Angela n'avait plus cette faculté d'apaisement qu'elle possédait étant enfant ? Ou bien la possédait-elle encore et referait-elle un jour surface, avec le temps ? D'ailleurs, mieux valait continuer à rester sur ses gardes ; pouvait-elle se fier à ses impressions alors qu'elle venait d'avoir une hallucination ? A la sortie de l'échangeur, elle avait cru apercevoir Arthur lui faire signe, le bras levé, mais comme elle avait pu le constater quand elle avait vu son visage, ce n'était pas lui du tout.

Quand ils quittèrent le restauroute, la nuit tombait. Ted semblait inquiet. Quand elle lui demanda si cela ne le dérangeait pas de continuer à conduire, il lui grogna, d'un ton cassant :

« Mais non, pas du tout. »

Elle se demanda s'il n'était pas irrité de se sentir exclu de leur cercle familial.

Durant la dernière centaine de kilomètres jusqu'à Londres, le paysage devint terne et confus. Les champs n'étaient plus que de maigres parcelles mangées par la brume ; le vent agitait les branches des buissons, voilées de ouate grise ; l'horizon était bas, lourd et pesant ; le flot incessant des véhicules grondants s'écoulait sur les voies en deux longs serpents lumineux. Une caravane surgit du brouillard en tanguant juste devant eux et Barbara crut voir un visage la regarder, pressé contre la fenêtre arrière. Des visages se tournaient vers elle chaque fois qu'une voiture les dépassait, surtout dans celles qui semblaient surgir inopinément de nulle part. Elle devait encore avoir des hallucinations car, au bord de l'autoroute, elle aperçut soudain une silhouette voûtée et décharnée, qui semblait suivre la voiture. Quelque chose qui progressait par bonds, derrière les buissons, et la regardait méchamment par les éclaircies du feuillage.

Ils atteignirent Hendon à vingt-deux heures. Ted parut avoir quelques difficultés à suivre la direction de

Londres ; à un moment donné, il faillit rebrousser chemin vers l'autoroute, puis vit leurs visages dans le rétroviseur. Barbara insista pour qu'il passe la nuit avec elles et il ne sembla pas y voir d'objection. Elle voulait qu'il soit à côté d'elle, au cas où la secte aurait projeté une ultime tentative. Demain serait un autre jour et il serait temps d'aviser.

Avant d'atteindre St John's Wood, ils durent s'arrêter à plusieurs feux rouges. Barbara s'assura que les portières étaient bien fermées. Si jamais quelqu'un ouvrait brusquement la voiture pendant qu'elle était à l'arrêt et s'emparait d'Angela ! Dans Euston Road, chaque piéton qui traversait la mettait mal à l'aise ; elle en vit même un, un homme au visage triste, qui ressemblait à Arthur. Était-ce donc ainsi qu'allait être la vie, maintenant qu'elle avait retrouvé Angela ?

Même le Barbican avait l'air inquiétant. Les parkings étaient sombres, plongés dans le noir. Le clignotement des rampes lumineuses qui couraient au plafond — était-il vraiment plus bas que d'habitude ? — semblait doter les ténèbres d'une vie mystérieuse. Il y avait partout des dizaines de véhicules immobilisés dont chacun pouvait cacher une embuscade.

Ted sortit ses valises. Elle dit à Angela de rester avec lui pendant qu'elle partait devant ouvrir l'appartement. Elle traversa rapidement les rangées de voitures et vit qu'elles étaient toutes vides. Elle se dirigea vers les marches qui donnaient sur sa coursive, de plus en plus nerveuse et angoissée. Les saules tendaient leurs doigts tâtonnants vers l'église, le vent mugissait derrière les massifs piliers de béton. Depuis la sortie du parking, son ombre la suivait, semblant s'ingénier à hanter les recoins les plus sombres. Mais était-ce vraiment son ombre ?

Elle se dit qu'elle n'avait aucune raison d'être nerveuse. Angela était en sécurité avec Ted ; quant à elle, il était peu probable que la secte veuille tenter quelque chose à son encontre. Néanmoins, elle ne se sentit soulagée que lorsqu'elle fut devant son appartement.

Elle introduisit la clef dans la serrure, ouvrit la porte et alluma la lumière.

Enfin, elle retrouvait des choses familières — la moquette vert sombre, la tapisserie argentée dont les motifs bougeaient discrètement au passage, la lithographie d'Escher aux perspectives inversées, et même l'odeur de son parfum — étonnant ce qu'il pouvait demeurer. La première chose qu'elle vit fut une lettre, qu'on avait glissée sous la porte. Elle se pencha et la ramassa.

Elle venait de Hemel Hempstead. La raison sociale de la compagnie Kodak avait été rayée sur l'enveloppe. Elle lirait dans un instant ce que les parents d'Iris voulaient lui dire mais décida d'abord de quitter le couloir, qui lui semblait plus étroit que d'habitude. Cela devait être un effet secondaire de son escapade à Glasgow. Cette sensation désagréable disparaîtrait peut-être, une fois toutes les lumières allumées.

Elle appuya sur l'interrupteur du salon et pénétra dans la pièce, l'ongle glissé sous le rabat de l'enveloppe. Ted avait dû renverser un flacon de parfum dans la précipitation de son départ pour New York ; l'odeur était insupportable. Elle fit plusieurs pas et releva les yeux : quelque chose n'allait pas.

La lettre lui échappa des mains et parut mettre plusieurs secondes à tomber. On aurait dit que le choc qu'elle venait d'éprouver avait aussi ralenti la feuille de papier dans sa chute, pétrifiée en vol comme ses propres pensées dans son cerveau. Les livres et les disques étaient éparpillés partout dans la pièce. Tous les meubles avaient été saccagés et semblaient couverts de déjections gluantes. Son album de photos gisait renversé sur la moquette. La plupart des clichés avaient été déchirés.

Elle tendit la main vers le mur pour allumer l'éclairage indirect — des gens de la secte avaient dû fracturer sa porte et, voyant qu'Angela n'était pas là, avaient décidé de se venger en dévastant son appartement. Il lui fallait plus de lumière pour mesurer l'étendue des dépradations. Elle vit alors deux enfants, un garçon et une fille d'environ huit ans, sortir de l'ombre de la bibliothèque. Les yeux fixés sur eux, exorbités, elle sentit un bras d'homme se refermer autour de sa gorge.

Sa vision se brouilla et l'homme relâcha sa prise. On la voulait apparemment vivante. Elle vit émerger au moins deux douzaines de personnes des autres pièces. Quand elle vit la femme au bec-de-lièvre, elle essaya de se libérer, en pure perte, car elle avait la respiration coupée. Ainsi, ils avaient trouvé un autre endroit où se cacher. Barbara se demanda avec désespoir si leurs pouvoirs leur permettaient d'ouvrir les portes sans avoir besoin de clefs.

Elle se força à se détendre pour que son agresseur la laisse un peu respirer. Malgré la senteur de son parfum qui flottait partout dans l'appartement, elle sentit l'odeur de l'homme qui la maintenait, faite de cannabis et de sueur aigre. L'homme dut finir par comprendre que l'appartement était insonorisé et desserra l'étau de son bras. Il ne restait plus qu'à attendre l'occasion favorable pour crier. Dès que la porte s'ouvrirait, elle se mettrait à hurler et dirait à Ted et à Angela de s'enfuir. Du moment qu'Angela était sauve, elle ne devait pas songer à ce qu'on pouvait lui faire en représailles.

La clef tourna dans la serrure, où elle l'avait laissée. Un homme au visage bouffi alla se placer juste derrière la porte. La clef tâtonna un instant dans le pêne, puis la porte s'ouvrit vers l'intérieur. Le bras qui l'étouffait resserra brusquement sa prise sur sa gorge et elle ne put émettre le moindre son.

Mais ses agresseurs avaient commis une erreur. Elle s'en rendit compte à l'instant où les ténèbres allaient se refermer sur elle. L'homme qui l'étranglait l'avait entraînée avec les autres dans le couloir. Ted la verrait immédiatement. Peut-être pourrait-elle lui dire, des yeux, de sauver Angela, de ne pas chercher à la sauver elle, mais de penser d'abord à Angela.

La porte s'ouvrit et ce fut Angela qui surgit dans

l'encadrement. Ted apparut derrière elle, le visage blanc. Ils pénétrèrent tous deux rapidement dans l'appartement. Ted claqua la porte pour la refermer. Angela aperçut sa mère, puis les inconnus qui l'immobilisaient. Ses yeux s'élargirent, animés soudain d'un éclat intense, insoutenable. Elle sourit d'un air de triomphe, victorieuse d'un jeu qui avait duré très longtemps.

« Vous feriez mieux de la bâillonner avant qu'on l'emmène », dit-elle.

CHAPITRE TRENTE-SIX

UNE soudaine secousse projeta Barbara contre le flanc de la camionnette. Elle réussit à se remettre debout, les mains liées derrière le dos, une douleur sourde à l'épaule droite, de manière à pouvoir regarder par la fenêtre arrière. Une odeur de poussière s'infiltra dans ses narines; le papier de la lettre qu'ils lui avaient enfoncée dans la bouche avait un amer goût d'encre. Elle avait la nausée et avait peur de vomir. Cela l'aurait peut-être délivrée de son bâillon.

La camionnette traversa rapidement une zone portuaire. Des entrepôts anonymes bordaient les rues désertes; les seules lumières étaient celles de rares réverbères. La secte cherchait-elle un endroit aussi désert que possible? Elle redoubla d'efforts et tira sur ses liens. Il fallait qu'elle se libère avant que la camionnette s'arrête et qu'on vienne la chercher.

Tous ses efforts n'aboutirent à rien. Les bas qui lui sciaient les poignets et les chevilles, minces et légers quand on les portait, s'avéraient en fait des liens redoutables. Il n'y avait que peu de place libre: des bagages — des valises et des malles debout — occupaient la plus grande partie du plancher et elle pouvait à peine se tourner. De toute façon, même si elle avait réussi à se libérer, une autre camionnette suivait: elle ne pourrait jamais ouvrir la porte sans se faire remarquer. Elle continua néanmoins à se trémousser pour essayer de donner un peu de mou à ses liens qui lui entaillaient profondément la peau. Il fallait persévérer tant qu'il y avait une chance de sauver Angela.

Mais restait-il encore une chance? Barbara s'était lourdement trompée, Angela avait manifestement été initiée. Elle aurait dû se douter qu'une initiation n'était pas quelque chose qui survenait soudain à l'occasion du treizième anniversaire, c'était plutôt un processus qui s'achevait à cet âge-là. Ainsi qu'elle le comprenait trop tard, l'initiation d'Angela avait commencé dès qu'elle avait été capturée.

Le jeu qu'elle avait joué avec elle, cette promenade de place en place, faisait partie de cette initiation. Angela aurait continué à la berner, la plonger dans la confusion, l'épuiser jusqu'à l'hallali final, si la secte n'avait pas été obligée de quitter Glasgow précipitamment. Maintenant qu'on s'était emparé d'elle, la cérémonie allait pouvoir s'achever. Quel sort lui réservait-on?

Il ne fallait pas y penser. Elle ne devait surtout pas s'interroger sur l'éclair de haine qui brûlait dans les yeux d'Angela. La secte dominait totalement ses pensées; Dieu seul savait ce qu'on lui avait dit pour en arriver là, peut-être que Barbara l'avait privée de son père, à en juger par sa remarque amère dans la voiture. On lui avait certainement raconté les pires horreurs sur son compte mais, pour le moment, il ne fallait pas oublier que l'initiation n'était pas tout à fait terminée. Jusque-là, Angela pouvait peut-être encore être sauvée.

C'était un espoir malgré tout bien mince, à voir la haine qui flambait dans ses yeux. Il y avait neuf ans, la médium avait eu raison: Angela avait de grands pouvoirs. Mais ces pouvoirs avaient été pervertis et complètement dénaturés par ceux qui n'avaient plus de noms. Il ne fallait pas s'étonner que Ted soit devenu leur marionnette — il devait l'être depuis le jour où il avait disparu, à Glasgow — même si elle avait été horrifiée par son regard indifférent quand il lui avait entravé les chevilles et les poignets.

Le regard d'Angela avait été pire encore, au-delà de toute indifférence. Quand leurs yeux s'étaient rencontrés, Barbara s'était sentie détruite, niée, tout juste bonne à servir de victime. Les yeux d'Angela étaient d'un bleu pervers qui n'était plus naturel. Elle avait calmement soutenu le feu de ce regard tout le temps qu'on l'avait attachée et bâillonnée. Angela allait-elle permettre à la secte d'atteindre son but? Ses pouvoirs étaient-ils ce que la secte attendait?

Il ne fallait pas penser ainsi, car cela ne pouvait que la conduire au désespoir et elle savait déjà combien le pouvoir de la secte se nourrissait du désespoir. Elle se tortilla de droite à gauche, essayant de bouger les poignets et les chevilles. Si seulement elle pouvait écarter ses liens ne serait-ce que d'un centimètre, ou même d'un demi, pour récupérer une partie de ses forces !

Le convoi avait maintenant quitté Londres. Pendant des kilomètres, il n'y eut plus rien au bord de la route, à part de temps en temps des usines qui brillaient dans la nuit, au-delà de champs plongés dans les ténèbres ou de marais. Des camions passaient en grondant; les pinceaux lumineux de leurs phares faisaient danser les ombres entre les bagages. Un sac ou un manteau avait glissé d'une des malles.

Pouvait-elle attirer l'attention d'un routier? Si elle se plaquait tout contre les portes arrière et pressait son visage contre la fenêtre, elle pourrait sûrement faire signe à l'un d'entre eux. Malheureusement un amas de valises lui bloquait le chemin. Elle voulut se hisser par-dessus — peu importait si elle tombait — mais n'y parvint pas. De toute façon, le conducteur de la camionnette qui les suivait la verrait probablement bien avant. Entre les malles, près des portes, le sac — ou le manteau — la regardait d'un air déplaisant: on aurait dit un nain, la tête rentrée dans les épaules.

Elle examina les valises une à une, à la recherche

d'une arête métallique qui lui aurait permis de venir à bout de ses liens. Il n'y en avait pas. Ses ravisseurs avaient naturellement pris soin de ne rien laisser de tranchant à sa portée. La camionnette lui semblait de plus en plus petite, poussiéreuse ; il flottait indéniablement une odeur âcre et sèche. Quand les phares des camions balayaient l'intérieur du véhicule, le manteau semblait hocher la tête dans sa direction et lever vers elle son visage aveugle.

La camionnette ralentit et s'engagea sur une route non éclairée. Barbara fut lourdement projetée contre le tas de valises. L'une d'elles s'ouvrit sous le choc. La seule lumière était maintenant celle des phares de la camionnette suivante, qui jetait des lueurs rasantes au plafond et laissait le reste du véhicule dans le noir. Un autre virage, et elle fut projetée en arrière contre la cloison. Elle entendit un objet tomber en rebondissant de la valise ouverte et venir rouler contre sa cuisse.

Après de brefs efforts, elle réussit à toucher l'objet avec ses mains. Ce devait être un vase, ou quelque chose de fragile, car il était enveloppé d'une étoffe, raide de crasse. L'objet était-il mou ou bien était-ce dû à l'étoffe ? Non, ce devait plutôt être un récipient quelconque, qui s'était ouvert dans son emballage. Elle éprouvait cependant un violent sentiment de répugnance, même si l'odeur de la terre, après tout, était une odeur comme une autre. Elle se tortilla jusqu'à ce qu'elle réussisse à projeter l'objet à l'autre bout de la camionnette.

Quand la camionnette s'arrêta, ce fut presque un soulagement. Puis les feux arrière s'éteignirent, la plongeant de nouveau dans la peur. Elle était seule dans les ténèbres, seule avec cette odeur de terre sèche, avec le faible bruit du papier entre ses dents. Le manchon s'enfonçait dans sa bouche mais elle se força à ne pas déglutir, dans l'espoir insensé qu'on l'oublie. Quand on vint la chercher, elle tremblait de peur.

D'abord, elle ne vit pour ainsi dire absolument rien, seulement une étendue désolée battue par les vents.

Quand ses yeux se furent habitués à l'obscurité, elle vit qu'elle était près d'une petite rivière qui allait probablement se jeter dans la Tamise. Tout autour d'elle, des marécages scintillaient sous un ciel aux lueurs soufrées. Des mouettes passaient dans le ciel en hurlant. Entre ciel et terre, on distinguait des taches sombres, nuages ou bien collines. Ces blocs ténébreux, plus haut sur la rivière, étaient des maisons, apparemment abandonnées. Il n'y avait pas une seule lumière aux fenêtres.

Angela rejoignit les deux hommes qui immobilisaient Barbara. Elle regarda sa mère un instant, le visage impénétrable dans la nuit mais les yeux brillants. Puis elle se retourna vers la camionnette où on l'avait enfermée. Barbara ne comprit tout d'abord pas pourquoi ses deux tourmenteurs la serrèrent avec une vigueur renouvelée, puis elle entendit quelque chose descendre de la camionnette.

Ted vit ce que c'était avant elle. Pendant un instant, son visage se crispa, épouvanté, puis se vida brusquement de toute expression. En quelques secondes, la silhouette contrefaite s'avança en sautillant jusqu'à Barbara. Dans l'obscurité, on aurait dit un enfant, n'eût été la tête branlante et ridiculement réduite, et la peau, qui avait l'air recouverte d'écailles. La chose laissa tomber aux pieds de Barbara l'objet enveloppé qui sentait la terre sèche. Lorsque l'emballage s'ouvrit, Barbara ferma les yeux.

« J'ai pensé que ça te ferait plaisir, dit Angela. Ça appartient à ton amie Gerry Martin. »

Barbara attendit aussi longtemps qu'elle le put avant d'ouvrir à nouveau les yeux. Lorsqu'elle y fut obligée, elle vit Angela qui brandissait l'objet privé de son emballage par les cheveux afin de bien le lui montrer. Ce n'était pas aussi effroyable qu'elle l'aurait cru, tellement grotesque et incomplet que cela ne semblait pas réel. Mais elle détourna tout de même les yeux, s'étouffant dans son bâillon.

« Aucune importance, dit Angela en haussant les

épaules. Tu seras comme ça quand on en aura fini avec toi. La seule différence est que dans ton cas ça durera plus longtemps. »

Elle tendit l'objet à la créature contrefaite, qui s'enfuit immédiatement d'une démarche de canard en direction des marais. Barbara n'était plus capable de réagir. Une seule pensée, obsédante, fulgurait dans son esprit : tout le monde avait reculé à l'approche de la créature — tout le monde sauf Angela.

CHAPITRE TRENTE-SEPT

LES bagages déchargés, les camionnettes disparurent dans la nuit. Une fois le bruit des moteurs évanoui, le silence retomba sur les marais, seulement troublé par le bruissement des joncs, courbés sous le vent. Même les enfants étaient silencieux, répandant toujours une insupportable odeur de parfum.

Si elle réussissait à appeler à l'aide, à travers son bâillon, sa voix porterait loin dans cette région absolument plate. Ses cris réveilleraient sans doute quelqu'un dans les maisons voisines, à supposer qu'elles soient habitées. Elle tenta subrepticement de déglutir et de souffler pour pousser son bâillon en avant mais il était coincé dans sa gorge. Si elle faisait du bruit, ses ravisseurs le remarqueraient — ils devaient voir son visage puisqu'elle pouvait à présent voir les leurs. Il y avait la femme au bec-de-lièvre, un homme très grand et le crâne rasé, bleu d'un duvet renaissant, une petite femme boulotte qui avait l'air de perpétuellement craindre quelque chose, un homme qui ne cessait de se lécher les lèvres, grasses et épaisses. Chacun d'eux semblait embarrassé par sa présence car tous évitaient de la regarder. Quand viendrait le moment de la torturer, ils retrouveraient sans doute tout le zèle nécessaire.

Il lui sembla lutter pendant des heures pour faire

bouger son bâillon ; il était impossible de juger du passage du temps sous le ciel noir. L'encre avait un goût de fiel dans sa bouche. Ses ravisseurs ne semblaient absolument pas faire attention à l'endroit où ils se trouvaient, balayé par un vent glacé — ce qui n'était pas étonnant quand on songeait au genre d'endroits où ils avaient l'habitude de vivre. Ils croyaient aveuglément qu'ils n'étaient que les instruments de leurs actes. Elle voulait croire qu'Angela elle aussi n'était qu'un instrument, incapable de comprendre ce qu'elle faisait, mais il était évident que cela relevait du vœu pieux.

Le bâillon n'avait pas bougé d'un pouce. Les conducteurs firent leur réapparition. Les autres membres de la secte ramassèrent les bagages et tout le monde s'engagea furtivement derrière Angela, qui s'était mise en marche vers la rivière. Barbara croyait vivre un cauchemar, une parodie de randonnée qu'on n'aurait pas osé effectuer en plein jour. Il y avait même un couple de vieillards, courbés par les ans, pour donner une touche plus familiale à cette assemblée nocturne. Un homme, qui ne portait rien, fermait la queue du cortège. Barbara ne réussit pas à discerner ses traits.

L'un des ravisseurs lui libéra les jambes et deux hommes l'escortèrent le long du chemin, devant parfois marcher de côté pour avancer à trois de front, tant le sentier était étroit et envahi d'herbes coupantes. A mi-chemin de la rivière, elle se rendit compte que la procession se dirigeait droit vers les habitations. Si la secte avait l'intention de se cacher dans l'une d'elles, un voisin n'allait sûrement pas manquer d'entendre le bruit qu'ils faisaient.

Angela entraîna le cortège dans l'un des longs jardins, où un maigre filet d'eau brillait sous un pont de bois rustique. Ils contournèrent un pavillon et Barbara vit un petit bateau à moteur, mouillé à un ponton à l'extrémité du jardin. Elle voulut crier mais ne put produire qu'un gémissement étouffé.

La moitié des bagages avait déjà été transférée à bord

quand une lumière s'alluma dans le pavillon. Barbara se prépara à bondir tout en se laissant traîner, molle et soumise. Presque en même temps, le porche à l'arrière de la maison s'éclaira. La porte s'ouvrit violemment ; un homme imposant apparut et considéra un instant le jardin.

Elle réussit à se dégager de l'emprise de l'un des deux hommes qui la retenaient et à accomplir un pas vacillant vers le propriétaire des lieux. Ce fut peine perdue. L'homme regarda la procession traverser le jardin et éteignit la lumière du porche. Puis il gagna l'embarcation à grandes enjambées et s'installa à la timonerie. Ainsi qu'elle aurait dû le remarquer, il était habillé comme pour un voyage.

Il y avait à peine assez de place sur le pont pour contenir tout le monde. Quelqu'un ordonna aux enfants, les deux qu'elle avait surpris dans son appartement et une petite fille de six ans, d'aller rejoindre l'homme dans la cabine. Ils obéirent immédiatement — il était cependant impossible de dire lesquels des membres de la secte étaient leurs parents — et s'assirent dans un coin pour ne pas gêner. Barbara fut poussée sur le pont au milieu des autres. Le bateau tangua dangereusement. Jamais elle ne s'était sentie si près de toucher le fond du désespoir.

Dès que tout le monde fut monté à bord, le bateau s'éloigna en ahanant. Le bruit allait sûrement réveiller quelqu'un. Mais ils laissèrent les maisons derrière eux sans qu'une seule se soit allumée. Les visages de ses ravisseurs lui apparaissaient simultanément, verts à tribord et rouges à babord. Certains, à la lueur des feux de la cabine de pilotage, étaient clairement discernables ; ceux d'Angela et de Ted, qui l'observaient tous deux sans aucune émotion, celui d'un adolescent au crâne rasé et vêtu de haillons qu'elle croyait avoir déjà vu quelque part, celui d'une jeune fille aux cheveux d'un noir d'encre. Quelques-uns regardaient maintenant Barbara avec un certain intérêt.

Bientôt, les dernières maisons disparurent et le bateau

s'enfonça dans une zone marécageuse. Ils se retrouvèrent au milieu d'un paysage plat qui miroitait sous la nuit, totalement dépourvu d'arbres, à la monotonie seulement rompue par les bandes plus sombres des canaux de drainage. Au-dessus de l'horizon, vers la mer du Nord, les nuages avaient l'air de couver sous la cendre. Çà et là, des taches plus claires bougeaient, volant au ras des marais, seuls signes de vie.

Quand le bateau arriva à proximité de la mer, Barbara se mit à frissonner. Au-delà des lagunes et des anses à demi cachées, la Tamise allait se jeter dans la haute mer. C'était là que le bateau se dirigeait et Barbara se demanda si la secte voulait quitter le pays. Comment pouvaient-ils espérer effectuer la traversée, serrés sur ce frêle esquif ? Un navire les attendait peut-être au large, ou bien leur destination n'avait plus d'importance, maintenant qu'ils étaient si près du but.

Elle était la victime qui allait enfin leur permettre d'accomplir leurs desseins. Le bateau se mit à tanguer dans le mascaret qui remontait vers l'amont du fleuve. Elle luttait toujours, la langue meurtrie, pour faire bouger son bâillon. Sur des milles le long de la côte, là où des flammes orange dansaient au-dessus du labyrinthe métallique d'une raffinerie, des navires pétroliers étaient rassemblés. Même si elle réussissait à crier, personne ne l'entendrait avec le bruit des machines. Et puis le bateau s'éloignait vers la haute mer.

Elle poussait de la langue, les joues gonflées, quand Angela surprit tout à coup ce qu'elle était en train de faire. Quand elle s'approcha d'elle, Barbara se recroquevilla intérieurement, effrayée par sa propre fille. Mais Angela lança la main en avant d'un air méprisant et lui arracha son bâillon. Elle pouvait bien hurler à qui voudrait l'entendre, au milieu de cette immensité vide et désolée.

Tout d'abord, Barbara n'osa pas parler. Elle ne reconnaissait plus Angela comme sa fille. Elle ne savait pas comment se faire entendre d'elle, elle en avait même peur, mais elle devait lui parler.

« Merci, Angela », dit-elle simplement.

Angela s'éloignait déjà et ne se retourna même pas. Peut-être ne réagissait-elle plus à son nom ? Barbara ne put supporter son indifférence.

« Écoute-moi, Angela », dit-elle plus fort en s'efforçant d'ignorer tous ceux qui l'entouraient et pouvaient la faire taire quand ils le voudraient.

Angela s'arrêta mais, à regarder son visage, il était clair que ce n'était pas à cause de la prière de Barbara. Même si elle devait crier aux quatre vents, la bouche pleine d'encre, elle devait parler à Angela.

« Je ne sais pas ce qu'on t'a dit à mon sujet, mais j'aurais passé ma vie entière à te chercher, s'ils ne m'avaient pas fait croire que tu étais morte. Ils ont tué un de leurs propres enfants pour me tromper. Je n'aurais même pas osé rêver que tu étais encore vivante si tu ne m'avais pas appelée un jour. Tu dois savoir ce que j'ai ressenti, même si tu ne veux pas l'admettre devant eux. Tu te rappelles comme je t'aimais ? Et tu dois te rappeler combien tu m'aimais aussi ? »

Angela semblait excédée et Barbara crût savoir pourquoi. A en juger d'après tout ce qu'elle avait dit pendant le trajet de Glasgow à Londres, elle se rappelait surtout que Barbara avait l'habitude de la laisser seule toute la journée, qu'elle l'avait laissée se faire enlever par la secte. Elle avait raison, bien sûr ; elle avait toutes les raisons de haïr sa mère. Tout ce qu'on pourrait lui faire ne serait que justice.

Elle ravala son désespoir car Angela avait dit autre chose dans la voiture.

« Tu crois que je t'ai éloignée de ton père, demanda-t-elle d'un ton farouche. Je présume que c'est ce qu'ils t'ont dit, mais ce n'est pas vrai du tout. Il est mort à ta naissance. »

Un instant, un rictus lui découvrit les dents. Angela était-elle jalouse comme une enfant pouvait l'être, ou bien lui reprochait-elle aussi la mort de son père ? Le pont était glissant ; Barbara avait des crampes dans les jambes, ankylosées d'avoir été attachées ; le bateau tanguait sur les flots. Uniquement à cause de cela, et non à cause de son regard impérieux, Barbara se laissa tomber, impuissante, aux pieds d'Angela.

Il y avait encore une pensée que Barbara n'osait formuler, même pour empêcher Angela de se détourner d'elle avec indifférence.

« Je ne sais pas ce qu'on veut que tu me fasses, Angela, mais ne vois-tu pas que cela prouve que je compte encore pour toi ? Ils l'ont compris et c'est pourquoi ils essayent de te faire croire le contraire. Comment expliquer autrement cet acharnement à vouloir me capturer ? »

Angela la dévisagea, les yeux aussi limpides qu'une eau claire.

« Ce n'est pas leur idée. C'est moi qui t'ai choisie. Jusque-là, nous n'avions utilisé que des étrangers. C'est la seule raison pour laquelle tu représentais encore quelque intérêt pour moi. »

Elle avait parlé d'un ton calme et raisonnable, nullement sur la défensive. Elle ne faisait qu'énoncer une froide vérité. Elle s'éloigna, n'ayant rien d'autre à dire à sa mère. Les autres avaient les yeux fixés sur Barbara, impatients de se mettre au travail. Seuls les yeux de Ted étaient inexpressifs.

Une lueur de pitié traversa-t-elle fugitivement ses yeux ? Il avait vraiment eu l'air épouvanté quand la créature avait bondi de la camionnette. Sa personnalité n'avait pas été entièrement détruite ; on ne devait pas avoir eu assez de temps pour cela. Elle pourrait peut-être toucher ce qui restait d'humanité en lui, si seulement il levait les yeux vers elle.

Elle gisait sur son épaule douloureuse et priait en silence pour qu'il regarde vers elle. Finalement, avec hésitation, c'est ce qu'il fit. Elle se força à sourire à l'être qu'elle avait toujours connu, l'homme qu'il était toujours, prisonnier de ce corps de marionnette. Elle essaya d'inclure dans son muet appel à l'aide tout ce qu'elle avait éprouvé pour lui, en souvenir des années qu'ils avaient partagées ensemble. Il dansa d'un pied sur l'autre mais ne détourna par son regard. Une faible lueur d'étonnement traversa lentement ses yeux, comme s'il dormait et redoutait de se réveiller. La grosse femme désigna Barbara du doigt.

« Elle essaye de le persuader de l'aider! couina-t-elle.

— On en a terminé avec lui, maintenant. Il ne pourra pas nager. »

En fait, il ne savait pas nager, mais même s'il avait su, Angela semblait laisser entendre que cela n'aurait rien changé.

« Il a essayé de me jouer un sale tour en revenant de Glasgow », ajouta Angela en se tournant vers lui.

Ted baissa les yeux et se dirigea vers le bastingage, à tribord. Barbara s'était-elle montrée suffisamment éloquente ; allait-il pouvoir résister? Apparemment non. Les rangs s'ouvrirent devant lui et il traversa le pont rapidement. Les visages étaient verts sous le clignotement des feux, verts et avides ; la lange de l'homme lippu ne cessait d'aller et venir entre ses dents ; la grosse femme se frottait les mains. Leur pouvoir, ou le pouvoir qu'ils servaient, était le plus fort, un pouvoir qui avait flairé l'odeur de la mort.

Barbara sentait elle aussi la présence de ce pouvoir car il s'était emparé d'elle en même temps que les autres. Ted ne comptait pas, n'avait aucune importance. Face à l'immensité de la nuit, de l'autre côté du garde-fou, il ne signifiait rien. Il n'était qu'une victime, offerte en sacrifice aux forces des ténèbres. Le mal qui avait corrompu Angela n'avait aucune importance. Barbara n'avait aucune importance, sa vie même n'avait aucune importance. Sa vie n'était qu'une simple offrande, comme tout le reste du monde, et, très bientôt, tout serait consommé. Bientôt en effet, les forces des ténèbres viendraient elles-mêmes réclamer ce qui leur était dû.

L'esprit de Barbara rétracta ses antennes, épouvanté. Une seconde, elle eut un bref aperçu de la créature dantesque à l'origine de tout ceci, bouffie dans sa propre suffisance au cœur d'une noirceur d'abysse, infiniment lointaine et en même temps très proche, comme les peurs tapies au plus profond d'elle. Puis elle prit à nouveau conscience qu'elle était sur un bateau, mais cela ne semblait avoir aucune importance. Ted était maintenant presque parvenu au bastingage.

Angela désirait sans doute qu'il prenne tout son temps et s'en délectait par avance, elle ou les forces noires qui l'habitaient. Elle était manifestement l'instrument de forces qui la dépassaient, mais Barbara ne voyait pas comment utiliser cette certitude intuitive. Peu importait puisque cela n'avait aucune importance. Seule la marche de Ted vers la mort était importante ; encore cette mort ne serait-elle pas pleinement satisfaisante, car beaucoup trop rapide.

La nuit se referma sur Ted, aussi avidement qu'elle s'était refermée sur le bateau, se moquant des maigres lumières du pont et de la cabine de pilotage. Ted était tout contre la rambarde. Comme une gigantesque bouche affamée, les vagues se jetaient contre les flancs du bateau. Barbara était résignée à la mort de son ami, presque impatiente de connaître l'étape suivante de ce cauchemar. Mais quelqu'un se pencha vers elle et la prit par l'épaule, comme pour la sortir de sa transe. C'était l'homme qui fermait la marche et dont elle n'avait jusqu'à présent pas pu voir le visage.

C'était Arthur. Elle n'osait pas croire qu'il pouvait être là et avait eu raison de ne pas espérer ; il ne pouvait même pas l'aider à se remettre debout. Tout ce qu'il pouvait faire était de compatir à son triste sort compassion si poignante qu'elle brisa l'abattement qui l'avait saisie et la ramena au présent. Elle fut à nouveau capable de souffrir en voyant Ted marcher à la rencontre de la mort. Elle eut beau crier, l'appeler par son nom, cela ne servit à rien. Le regard vide, ses ravisseurs ne la quittèrent pas des yeux tandis qu'elle regardait Ted, impuissante, agripper la rambarde et se glisser dessous. Elle hurla son nom mais il ne se retourna pas.

C'est Angela qui le fit et qui la regarda, perplexe. Pour la première fois, elle paraissait douter d'elle. Elle devait se demander comment Barbara avait réussi à crier alors qu'elle était la proie des forces des ténèbres. En fait, ce n'était pas Barbara qu'elle regardait, non, mais au-delà, les yeux franchement hostiles.

« Va-t'en », jeta-t-elle.

Elle parlait à son père. Peut-être percevait-elle son chagrin. Oui, elle le pouvait, car, une lueur vicieuse dans les yeux, elle entreprit de l'amener sous son contrôle. Comment pouvait-elle faire une chose pareille alors qu'elle, Barbara, ne pouvait même pas voir son visage ?

« Laisse-moi », dit-elle d'un ton glacial.

Ses yeux vacillèrent, luttant pour repousser les souvenirs. Se souvenait-elle des jours où elle lui parlait dans son berceau avant de s'endormir ? Était-il en train de lui parler ?

Les autres membres de la secte la regardèrent, hésitants. Les forces obscures semblaient refluer, à présent que son esprit était accaparé par l'apparition de son père. Elle tituba, à cause du roulis, semblait-il. Ses yeux brillaient toujours sauvagement mais elle luttait visiblement pour refouler le torrent douloureux qu'elle sentait monter en elle.

« Va-t'en ! » s'écria-t-elle d'une voix à présent tremblante.

Du bruit éclata dans la cabine. Ted avait recouvré une partie de ses moyens pendant que l'emprise qu'exerçait Angela sur lui faiblissait. Il se rua vers la timonerie et assomma l'homme qui tenait la barre. L'homme glissa sur le plancher de la cabine, inconscient. Ted prit la barre et dirigea le bateau vers la côte du Kent.

Les membres de la secte se tournèrent vers lui. Ils préféraient l'affronter plutôt que de s'interroger sur le brusque changement de comportement d'Angela.

« Attachez-le aux cordes », couina la grosse femme.

Ces misérables croyaient peut-être que le torturer ramènerait le noir pouvoir vers eux, que le but qu'ils avaient si ardemment poursuivi allait malgré tout s'accomplir. Ils se précipitèrent dans la cabine, repoussant les enfants contre la cloison, les mains tendues en avant comme des serres.

Ted tenta de garder le contrôle du gouvernail de sa main gauche tout en se défendant de l'autre. Un premier coup de poing repoussa l'homme aux grosses lèvres en arrière, la lèvre inférieure fendue et sanglante. Le bateau se mit à tanguer dangereusement, tantôt pointé vers les pétroliers, tantôt vers la côte du Kent. Ted perdit l'équilibre. Aussitôt, une demi-douzaine de fanatiques se jetèrent sur lui et lui saisirent les bras.

La fille aux cheveux de jais lui agrippa la main droite et essaya de lui mordre les doigts. La grosse femme lui immobilisa les jambes et le mordit profondément à la cuisse. Angela observa pensivement ce déchaînement de violence ; tout à coup, le dégoût envahit son visage. Sa bouche se tordit d'un sourire de dérision dont la plus grande partie était dirigée contre elle-même.

Ses yeux s'élargirent ; les membres de la secte se mirent à hurler. Ils se répandirent hors de la cabine comme une colonie d'insectes, les doigts plantés dans la peau pour apaiser le feu qui les brûlait de l'intérieur. Sous la lueur rouge des feux de bâbord, des visages de pantins se tordaient, écorchés. Certains essayaient de se déchirer le ventre pour atteindre le brasier qui leur consumait les entrailles. Quelques-uns, les yeux fous, sautèrent par-dessus bord, pour se noyer avec ce qui les dévorait.

Barbara songea aux paroles d'Iris, qui avait parlé du mal qui prenait possession de vous : ce n'était pas le mal qui infligeait ces souffrances atroces à tous ces gens, mais bel et bien Angela. Angela qui, par une explosion de chagrin démesuré, de repentir enfantin, une manière d'expulser son propre dégoût hors d'elle-même, reniait tout l'enseignement de la secte pour, peut-être, regagner l'amour de son père. Ses victimes chancelaient sur le pont trop étroit, se heurtaient à Barbara. L'adolescent tonsuré se lacérait le visage avec les ongles ; Barbara vit un de ses yeux jaillir de son orbite. Elle ferma les paupières et se réfugia en elle-même, le temps que les hurlements aient cessé et qu'il n'y ait plus personne sur le bateau.

Quand elle rouvrit enfin les yeux, il ne restait plus qu'elle, Angela, Ted et les trois enfants. Serrés les uns contre les autres dans la cabine de pilotage, ils paraissaient choqués, incapables de comprendre ce qui s'était passé. Angela défit les derniers liens de sa mère, puis recula, honteuse. Barbara lui prit la main et la serra dans la sienne, malgré son mouvement de recul. Elle avait peur qu'Angela se jette par-dessus bord, submergée par le remords.

Ted avait repris la barre. La côte du Kent se rapprochait. Des prairies inondées miroitaient, derrière les brise-lames ; sur une partie plus ferme, des caravanes étaient groupées comme des escargots. Les torchères de la raffinerie ensanglantaient le ciel au-dessus des marécages. Barbara se demanda où le bateau allait pouvoir accoster.

Soudain, Ted se mit à gémir. Il avait l'air si désespéré que Barbara marcha jusqu'à lui, lâchant la main d'Angela. Lorsqu'il les vit, il abandonna la barre et s'appuya en tremblant contre la cloison de la cabine.

« Mon Dieu, mon Dieu, se mit-il à répéter.

— Tout va bien, Ted. »

Elle fut heureuse quand Angela prit la barre, apparemment capable de diriger le bateau.

« C'est fini, maintenant.

— Non. Vous ne savez pas ce que j'ai fait. Vous n'en connaissez qu'une partie, vous ne savez pas toutes les choses que j'ai faites. »

Elle voulut l'aider mais il s'éloigna d'elle en tremblant.

« Ne me laissez pas vous toucher, s'écria-t-il.

— On vous a forcé à faire ces choses. Vous ne pouviez rien y faire. »

Son visage se vida de toute couleur. Barbara eut peur qu'il ne devienne semblable à celui d'Iris.

« Quoi que vous ayez pu faire, vous pouvez m'en parler sans crainte. Je suis la seule à pouvoir vous comprendre. »

Elle semblait avoir trouvé les arguments qui convenaient.

« Ils ne voulaient pas que la police se lance à sa recherche, sans cela, je crois que je leur aurais livré Judy, dit-il enfin avant de détourner les yeux.

— Mais vous ne l'avez pas fait. Vous n'avez rien fait qui ne puisse être réparé. Tout va bien, maintenant », dit Barbara.

Tout à coup, le bateau se mit à trembler. Elle jeta un regard nerveux à Angela, puis vit qu'ils avaient atteint un ponton. Au-delà, il n'y avait que des champs perdus dans la nuit et les flammes lointaines de la raffinerie, mais l'endroit semblait sûr pour accoster. Angela fit virer le bateau cul arrière.

« Il faut l'amarrer », dit-elle.

L'arrière se présenta face au ponton. Ted, soulagé d'avoir une occupation, se précipita vers les cordes.

« Il ne pourra pas y arriver tout seul », déclara Angela d'un ton inquiet.

Barbara courut le rejoindre, passant devant les enfants qui avaient l'air de ne même plus savoir qui ils étaient. Un instant, elle hésita contre le bastingage, le temps que l'arrière vienne buter contre le ponton, puis, d'un saut, bondit à terre. Les lattes du ponton frémirent sous ses pieds mais elle réussit à garder l'équilibre, malgré sa faiblesse. Elle se retourna, prête à attraper la corde, et vit Angela qui la regardait fixement.

Elle comprit subitement qu'il n'était nul besoin d'amarres et que le bateau se déplaçait suffisamment lentement pour leur permettre de sauter sur le ponton sans dommage, même les enfants. Était-ce Angela qui l'avait empêchée de s'en rendre compte avant? Avant qu'il ne soit trop tard?

Ted lança la corde par-dessus bord. Le bateau se coucha brusquement de côté et il fut projeté contre le bastingage. Il put néanmoins sauter et se mettre à l'abri. Les machines grondaient, face à l'immensité des eaux sombres.

« Angela! » hurla Barbara.

A l'appel de son nom, Angela se retourna, frêle et craintive comme une petite fille qui ne veut pas rester seule dans le noir. Elle abandonna la barre, apparemment dans le but de gagner elle aussi le ponton. Ses souvenirs lui revinrent peut-être en mémoire d'un seul coup car elle s'arrêta et se couvrit le visage des mains. Était-ce son ombre qui la suivait, ou bien celle d'un homme, une main posée sur son épaule? Si tel était le cas, il ne put rien faire pour l'arrêter. En une seconde, le corps d'Angela s'embrasa dans un torrent de flammes.

Ce fut le dernier usage qu'elle fit de son pouvoir. Elle resta debout, absolument immobile, pendant que les flammes dévoraient son corps. Sur la berge, Barbara tendit inutilement les bras vers elle. Les flammes crevèrent le toit de la cabine de pilotage et montèrent vers le ciel. L'épave en feu s'éloigna dans la nuit. Barbara y prêta à peine attention, même quand, finalement, elle explosa, ne pouvant effacer de son esprit l'image de l'endroit carbonisé où, un instant auparavant, s'était tenue Angela.

Elle finit par prendre conscience que Ted lui serrait le bras, si fort qu'elle n'aurait su dire s'il voulait la rassurer elle ou bien se rassurer lui. Il avait l'air d'un homme qui vient juste de se réveiller d'un mauvais rêve.

« Ils ne pouvaient pas la tuer, seulement la pervertir. Et ils n'y ont pas réussi, pas complètement. Elle s'est donné une autre chance. »

Barbara voulait bien s'efforcer de le croire. Ted lui prit les mains, toujours tendues vers les ténèbres fumantes, et voulut la détourner de ce spectacle. Les flammes de la raffinerie rougeoyaient au-dessus de la mer: la dernière chose qu'avait vue Angela. Le vent gémissait au-dessus des marais désolés ; les eaux de la Tamise clapotaient sous les traverses du ponton ; le ciel commençait à pâlir à l'orient. Serrés l'un contre l'autre, Ted et Barbara s'effondrèrent à même le ponton, incapables de parler. Barbara regarda les flammes qui achevaient de consumer l'épave et, face à l'aube qui n'allait pas tarder, souhaita qu'Angela ait effectivement trouvé la paix.

IAIN BANKS

LE SEIGNEUR DES GUÊPES

Moi, j'ai jamais fait brûler de chien. D'accord c'est amusant, mais il y a quand même d'autres choses plus intéressantes !

Deux ans après avoir tué Blyth, j'ai assassiné Paul, mon petit frère, pour des raisons différentes et nettement plus fondamentales. Et puis, environ un an après, j'ai encore éliminé ma petite cousine Esmeralda, plus ou moins, sur un coup de tête. C'est mon total pour le moment : trois. Maintenant, ça fait des années que je n'ai plus tué personne et je n'ai pas l'intention de recommencer.

Je pense que c'était juste comme une phase que je traversais.

En tout cas, moi, au moins, on ne m'a pas surnommé « le brûleur de chiens », comme mon frère Eric, celui qui vient de s'évader de son asile.

GRAHAM MASTERTON

LE PORTRAIT DU MAL

Ils étaient prêts aux pires atrocités pour conserver l'éternelle jeunesse que leur conférait le portrait maléfique.

Un portrait de douze personnages au visage en décomposition… La toile est l'œuvre d'un certain Waldegrave, ami d'Oscar Wilde et passionné d'occultisme, mais elle est sans valeur et plutôt médiocre. Alors pourquoi la mystérieuse Cordelia Gray veut-elle à tout prix s'en emparer ? Quel est le secret du portrait ? Qui sont ces douze personnages ?

Vincent Pearson, l'actuel propriétaire du tableau, découvre un lien entre cette œuvre démoniaque et une série de meurtres particulièrement abominables qui secouent depuis quelques mois la Nouvelle-Angleterre…

JAMES HERBERT

LES RATS

Hommes et rats ont toujours été ennemis. Jusqu'à présent l'homme avait toujours eu le dessus, mais cette fois...

Ils avaient appris à vivre dans l'ombre, furtivement, à sortir surtout la nuit et à craindre les hommes. Et soudain ils commencèrent à réaliser leur force et à prendre goût à la chair humaine.

A leurs dents tranchantes comme des rasoirs, à leur nombre venait s'ajouter une arme supplémentaire : l'horreur et le dégoût qu'inspirait leur multitude grouillante.

Bientôt on découvrit les restes ensanglantés des premières victimes...

JACK VANCE

MÉCHANT GARÇON

A rester des mois terré dans un placard, il vous vient parfois de drôles d'idées...

Pauvre Ronald ! Une tentative de viol qui tourne mal et le voilà recherché pour meurtre. Sa mère le sermonne, mais elle comprend bien qu'il s'agit d'un accident et l'aide à se cacher de la police. Par chance, il y a dans la maison un petit réduit qui ne demande qu'à être aménagé.

Le jeune meurtrier s'y installe. En principe, juste pour quelques semaines, le temps que l'affaire se tasse... Mais sa mère, son seul lien avec le monde extérieur, victime d'un malaise, est emmenée à l'hôpital...

DEAN R. KOONTZ

MIROIRS DE SANG

« Je suis un vampire et un démon », *murmura la voix dans sa tête. « J'aime le goût du sang »*.

Mary Bergen a le don de clairvoyance : elle peut voir de ses yeux des meurtres qui se commettent ou vont se commettre loin d'elle. Son pouvoir lui a déjà permis d'élucider ou même d'empêcher bien des crimes, mais elle le paie très cher : elle est poursuivie par la vision de belles jeunes femmes sauvagement mutilées et ses nerfs sont mis à rude épreuve. Pourquoi ne voit-elle pas le visage du sadique ? Chaque fois qu'elle croit y parvenir, elle entend ces bruissements d'ailes de chauve-souris et tout bascule.

Mais l'assassin, lui, semble tout savoir d'elle...

Achevé d'imprimer en novembre 1990
sur les presses de l'Imprimerie Bussière
à Saint-Amand (Cher)

PRESSES POCKET - 8, rue Garancière - 75285 Paris
Tél. : 46-34-12-80

— N° d'imp. 3516. —
Dépôt légal : septembre 1989.

Imprimé en France